Erin Jade Lange
Halbe Helden

Für Matt,
der mich mit beiden Beinen auf der Erde hält
und zugleich Höhenflüge erleben lässt

Erin Jade Lange

HALBE HELDEN

Aus dem Amerikanischen von
Jessika Komina und Sandra Knuffinke

magellan

KAPITEL 1

Als ich Billy D. zum ersten Mal sah, hatte ich gerade einen Fuß auf dem Hals von irgend so einem Typen und eine Hand in der Hosentasche. Er stand auf der anderen Straßenseite und starrte mich an – gab sich nicht mal Mühe, es unauffällig zu machen, sondern gaffte einfach wortlos zu mir rüber, ohne auch nur zu blinzeln.

»Was glotzt du so?«, rief ich.

Sein Mund öffnete sich zu einem lautlosen kleinen O, aber er antwortete nicht. Er verschwand aber auch nicht, sondern starrte mich bloß weiter an.

In dem Hals unter meinem Fuß gurgelte es und ich guckte runter. Der Typ sah aus, als bekäme er nicht mehr allzu gut Luft, aber sein Gesicht war noch nicht rot angelaufen, also wandte ich mich wieder dem anderen Jungen zu.

»Hau ab! Sonst bist du als Nächster dran!«

Aber das war eine ziemlich leere Drohung. Denn selbst von der anderen Straßenseite aus konnte ich an seinem ausdruckslosen Blick, dem bräsig hängenden Unterkiefer und den komisch hochgezogenen Schultern erkennen, dass er anders war – wahrscheinlich einer aus dem Förderunterricht. Und die vermöbelte ich nun mal nicht.

Ich hatte halt auch so meine Prinzipien.

»Hey, bist du taub, oder was? Jetzt verpiss dich endlich!«

Er reagierte immer noch nicht, trat bloß vom rechten Fuß auf den linken und wieder vom linken auf den rechten. Dann musterte er mich und den Jungen unter meinem Stiefel noch mal, richtete den Blick auf den Gehweg und stampfte davon.

So ein Freak.

Die Hand in meiner Tasche ertastete einen Streifen Kaugummi. Ich steckte ihn in den Mund und konzentrierte mich wieder auf mein aktuelles Projekt. Vor dem Hintergrund aus Straßendreck und Steinchen verfärbte sich das Gesicht da unten langsam Richtung rosa. Ich hob den Fuß und kickte ein loses Stückchen Splitt weg, das von der Schulter des Typen abprallte. Es musste wehgetan haben, denn er zuckte zwischen zwei gequälten Atemzügen zusammen.

»Ach, du glaubst, das war schlimm? Das ist noch gar nichts verglichen mit dem, was ich mit deinem Auto anstelle, wenn du dich noch mal mit mir anlegst.«

Er bekam immer noch kein Wort raus, was sein Glück war, weil er wahrscheinlich sogar blöd genug gewesen wäre, irgendwas zu sagen, was mich noch stinkiger gemacht hätte. Jetzt rappelte er sich auf und kroch über den Bürgersteig zur Straße, wo mit offener Tür sein knallroter Mustang wartete. Es war ein restaurierter Oldtimer aus der guten alten Zeit, als Mustangs noch richtig cool waren. Kurz bevor er da war, rief ich ihm hinterher:

»Und such dir gefälligst ’nen anderen Weg zur Schule. Wenn ich deine Karre noch einmal hier auf der Straße sehe, dann geht nicht nur deine Windschutzscheibe zu Bruch, sondern auch deine Nase.«

Der Typ hievte sich auf den Fahrersitz und warf mir noch einen letzten finsteren Blick zu, bevor er die Tür zuknallte. Als Antwort hob ich die Faust – und obwohl ich immer noch auf dem Bürgersteig stand und ihm gar nichts hätte tun können, hörte ich die Türverriegelung klicken. Ich musste lachen.

Was für ein Weichei.

Der Mustang kachelte dröhnend um die Ecke und war weg. Aus reiner Gewohnheit kratzte ich mir die Handflächen, aber das war gar nicht nötig. Das Jucken war zusammen mit dem Auto verschwunden.

So fing es immer an, mit diesem Jucken. Ich spürte es in den Handflächen, eine Art Summen, das ich nicht ignorieren konnte. Wenn ich es versuchte, breitete sich das Jucken spinnwebartig aus, schoss mir bis in die Handkanten und jagte mir ein Kribbeln in die Fingerspitzen. Der einzige Weg, es loszuwerden, war, die Hände zur Faust zu ballen und dieser Faust einen Landeplatz zu bieten.

Ich konnte nie voraussagen, was es auslösen würde. Manchmal war es irgendwas fast Unmerkliches, wie jemand, der im Unterricht die Augen verdrehte, wenn ich eine Antwort gab, und dann wieder etwas so Offensichtliches wie dieser Arsch da eben, der das Fenster seines knallroten Mustangs runtergekurbelt und gefragt hatte, warum ich mir eigentlich kein Auto leisten konnte. Im ersten Fall waren mir die Hände gebunden – ich stand sowieso kurz davor, von der Schule zu fliegen. Wenn meine guten Noten nicht gewesen wären, hätten sie mich längst rausgeschmissen. Aber im zweiten Fall konnte es schon mal passieren, dass ein Typ aus seinem Auto gezerrt wurde und eine Lektion in Sachen Straßenranddemut verpasst bekam.

Normalerweise hätte ich den Mustangmacker nicht so leicht davonkommen lassen, aber der Freak auf der anderen Seite hatte mich total aus dem Konzept gebracht. Seine Augen – schräg und rund gleichzeitig – hatten irgendwas Seltsames an sich gehabt. Ich hatte mich beurteilt gefühlt, und das war eine Sache, von der mir erfahrungsgemäß die Handflächen zu jucken anfingen. Aber bei diesem Hängebackenfreak hatte ich eher den Drang, mich am Kopf zu kratzen statt an den Händen.

In einem Punkt musste ich dem Würstchen im roten Mustang

allerdings recht geben: Welcher Sechzehnjährige, der was auf sich hielt, hatte denn bitte schön kein Auto?

Ich schlurfte die Straße runter und kickte dabei ein paar Steinchen vor mir her. Ich war nicht der Einzige ohne Auto in der elften Klasse der Mark-Twain-High, aber einer der wenigen. Gut, Columbia, Missouri, war vielleicht nicht gerade die Heimat der Reichen und Schönen, aber die meisten Familien schafften es trotzdem irgendwie, ein paar Mäuse für eine alte Klapperkiste zusammenzukratzen.

An der Ecke wandte ich mich in die entgegengesetzte Richtung als die, in die der Mustang verschwunden war. Bonzen nach rechts, arme Schlucker nach links. Ich nahm die Schultern besonders weit zurück, als könnte der Typ im Mustang mich immer noch sehen. Wer brauchte vier Räder, wenn er zwei Fäuste hatte?

Je weiter ich ging, desto verwilderter wurden die Vorgärten, desto mehr blätterte die Farbe von den Häusern. Meine Straße war die letzte, bevor diese Häuser und Vorgärten Wohnwagen und Kieseinfahrten wichen. Ich bog um eine weitere Ecke und sah den mittlerweile vertrauten Umzugswagen auf der Straße, direkt gegenüber von unserem Haus. Das Ding stand nun schon fast eine Woche da und verdeckte mir die Sicht auf so ziemlich alles andere.

Wie lange konnte es denn dauern, so ein Ding auszuräumen?

Ich spähte rüber zu dem Haus hinter dem Wagen und fragte mich, was für faule Säcke da jetzt wohl wohnten, die die Gegend noch weiter runterziehen würden, und blieb abrupt stehen. Von den Eingangsstufen des Hauses aus erwiderte jemand meinen Blick – jemand mit Augen in einer so unverwechselbaren Form, dass ich sie sofort wiedererkannte. Genau wie zuvor beobachtete mich der Junge, ohne zu blinzeln. Vielleicht lag es an der sicheren Entfernung oder daran, dass er einfach zu beschränkt war, um Gefahr zu wittern, aber er sah auch dann nicht weg, als ich ihn bemerkte.

»Hat dir noch nie einer erklärt, dass Leute anstarren unhöflich ist?«, rief ich herausfordernd.

Wie zur Antwort schob er seinen Rucksack zurecht und rückte ihn auf seinen eigentümlich gekrümmten Schultern ein Stück höher. Er war klein und ziemlich kompakt gebaut, sodass es in Kombination mit seiner komischen gebückten Haltung aussah, als würde er jeden Moment vornüberkippen, weil die obere Körperhälfte so schwer war. Um genau zu sein, wirkte alles an ihm schwer, von seinen Lidern bis hin zu den Armen. Ich wartete einen Moment ab, ob er wirklich umkippen würde, damit ich was zu lachen hatte, aber ich wurde enttäuscht.

»Und *dämlich* ist es auch«, versuchte ich es noch einmal.

Er blinzelte.

Was war das jetzt? Angst? Oder wollte der mich verarschen?

Ich wartete auf das Jucken, aber es kam nicht. Es war schwer, Wut auf jemanden zu entwickeln, bei dem man keine Ahnung hatte, was er dachte. Schließlich deutete ich warnend mit dem Finger auf ihn.

»Hast du ein Glück, dass ich keine Mongos zusammenschlage.«

Ein Schatten huschte über sein Gesicht – der Funke einer Reaktion.

»Ich bin kein Mongo«, sagte er nachdrücklich, als glaubte er das tatsächlich.

Selbst seine Stimme machte nur noch deutlicher, dass er anders war. Sie war ziemlich hoch – die Pubertät ließ wohl noch auf sich warten – und klang ein bisschen, als ständen seine Zähne seiner Zunge im Weg.

»Ich bin kein Mongo«, wiederholte er, lauter diesmal. Zur Betonung stampfte er dazu mit dem Fuß auf.

»Ist ja gut, ist ja gut.« Mein warnender Zeigefinger verwandelte sich in eine beschwichtigend hochgehaltene Hand. Ich wollte mich hier schließlich nicht mit einem Behinderten prügeln. Ich wollte bloß, dass er aufhörte, mich anzustarren. »Aber lass die Glotzerei, klar?«

Ich drehte mich zu unserem Haus um und war schon fast drin, als wieder seine Stimme ertönte.

»Deine Klamotten passen nicht zusammen!«

Was?

Ich fuhr herum. Er hatte die Arme selbstzufrieden vor der Brust verschränkt. Das, so schien es, war für ihn die ultimative Beleidigung gewesen. Auf unerklärliche Weise verunsichert, sah ich an mir runter. Wie konnten denn Jeans und ein Kapuzenpulli nicht zusammenpassen? Ich hob den Kopf und wollte ihn fragen – ernsthaft interessiert –, was zum Teufel er meinte, aber die Stufe, auf der er gestanden hatte, war leer. Ich erhaschte nur noch einen flüchtigen Blick auf einen Rucksack, der im Haus verschwand.

KAPITEL 2

Ich knallte die Tür hinter mir zu, damit jeder wusste, dass ich zu Hause war, und schleuderte meinen Rucksack in die Ecke. Als Nächstes wäre normalerweise der Griff nach der Fernbedienung gekommen, aber heute schob ich stattdessen die Gardine vor dem Fenster ein Stück zur Seite. Der Umzugswagen verstellte mir zwar größtenteils den Blick, aber ich konnte immer noch die Hälfte der Fenster im ersten Stock und im Erdgeschoss des Hauses gegenüber sehen. Blinzelnd versuchte ich, etwas dahinter zu erkennen, aber es war zu dunkel.

»Was gibt's denn da Spannendes?« Mom hockte sich auf die Armlehne der Couch, schob ihr Gesicht neben meins und spähte ebenfalls aus dem Fenster.

»Die neuen Nachbarn.«

Sie war mir so nah, dass ich ihr Lächeln spüren konnte: Ihre Wange hob sich und berührte meine. »Oh, super, wo denn? Auf die lauere ich schon die ganze Woche.«

»Im Moment sind sie drinnen.«

»Bist du ihnen schon begegnet?« Sie ließ sich rücklings auf die Couch plumpsen.

»Na ja, einem … irgendwie jedenfalls.«

»Und wie war der so?«

»Buckelig und glotzäugig.«

Ich riss mich vom Fenster los und ließ die Gardine wieder zufallen.

Mom runzelte die Stirn. »Das ist aber nicht nett, Dane.«

»Tja, Nettigkeit konnte man mir noch nie vorwerfen«, antwortete ich und machte es mir neben Mom bequem.

»Das sagst du immer.«

»Ja, weil es immer wahr ist.«

Mom lachte. »Okay, du Fiesling, dann geh dich jetzt mal rasieren und ich mache uns was zu essen.«

»Netter Versuch.«

»Ach, komm schon, bitte. Tu's für dein liebes Mütterlein.«

Mittlerweile lachten wir beide.

»Das kannst du vergessen«, sagte ich und fuhr mir mit den Fingern übers Kinn. »Mit dem Stoppelbart sehe ich tougher aus.«

»Du siehst aus wie ein Rowdy.«

»Wer sagt denn bitte noch ›Rowdy‹?«

»Erwachsene Menschen. Die sagen das.«

»Ach was, auf einmal bist du also erwachsen?«

Es war nur ein Witz gewesen, aber Moms Gesicht verhärtete sich, und sofort wünschte ich, ich hätte es nie gesagt.

Früher hatte ich es immer cool gefunden, dass meine Mom jünger und hübscher war als andere Mütter, bis die Typen in meinem Alter anfingen, ihr auf eine Weise hinterherzustarren, die mich ganz krank machte. Aber so peinlich das auch für mich war, für Mom war es schlimmer.

Einmal, als mein Bart gerade erst zu sprießen angefangen hatte, waren wir in einem Restaurant und der Kellner fragte uns, wie lange wir zwei schon zusammen waren. *Zusammen.* Ich weiß nicht, wer sich mehr gegruselt hat, Mom oder ich, aber auf dem Nachhauseweg hat sie an einer Drogerie angehalten und mir einen Rasierer und Rasierschaum gekauft. Sie erklärte mir die Prozedur so gut es ging, aber Beine rasieren sich nun mal ganz anders als ein Gesicht. An dem Abend trug ich dreizehn

Schnitte davon. Ich fand ja, dass ich damit ziemlich gangstermäßig aussah, aber Mom weinte. Danach ließ sie mich monatelang mit dem Thema in Ruhe.

»Tja, *du* siehst jedenfalls längst nicht so erwachsen aus, wie du denkst«, erwiderte sie. Sie strich die Haarsträhne an meinem Hinterkopf glatt, die ständig hochstand. »Nicht mit deinem kleinen Babywirbel da.«

Ich schüttelte ihre Hand ab und glättete die Strähne gewohnheitsmäßig selbst.

Sie lächelte. »Und, hast du heute in der Schule irgendwelchen Ärger gemacht?«

»Heute nicht.«

»Gut.« Sie tätschelte mir das Bein und stand auf.

Ich ging ihr hinterher in die Küche. »Mom, ich wollte dich was fragen… äh, Moment, wieso kochst du überhaupt? Hast du heute Abend keinen Kurs?«

Sie kramte eine Tüte Wokgemüse aus dem Tiefkühlfach und knallte eine Pfanne auf den Herd. Meine Frage ignorierte sie, und zwar mit Absicht.

»Mom?«

Sie hielt mir weiter den Rücken zugewandt, aber ihr schlechtes Gewissen war ihr regelrecht anzuhören. »Die haben meinen Mittwochskurs gestrichen. Nicht genug Teilnehmer.«

Mom unterrichtete Yoga und Pilates in einem Fitnessstudio und wurde pro Kurs bezahlt. Keine Schüler, kein Geld.

»Scheiße«, sagte ich.

Sie hob die Schultern, als wäre das alles nicht so wild, aber so schwer, wie sie sie gleich wieder sinken ließ, konnte ich sehen, dass sie sich Sorgen machte – Sorgen, diesen Monat die Miete nicht zahlen zu können, Sorgen, kein Essen für mich kaufen zu können, Sorgen, sich keinen Sprit leisten zu können. Sprit für *ihr* Auto.

Sie stellte den Herd an und kippte den gefrorenen Tüteninhalt in die Pfanne. »Egal, was wolltest du mich fragen?«

»Hm, ist vielleicht gerade nicht der richtige Zeitpunkt, aber …« Ich zögerte. »Ich wollte fragen, ob ich ein Auto haben kann.«

Ihr Lachen klang weniger amüsiert als verärgert. »Du hast recht, Dane. Das ist nicht der richtige Zeitpunkt.«

Sie rüttelte die Pfanne auf dem Herd heftiger, als nötig gewesen wäre.

»Ich kann mir doch einen Job suchen«, schlug ich vor. »Du würdest aber einen besseren Job kriegen, wenn du vorher aufs College gehst.« Endlich drehte sie sich zu mir um. »Und das geht nun mal nicht ohne finanzielle Unterstützung. Ohne gute Noten bekommst du kein Stipendium. Ich sag's dir, du wirst es bitter bereuen, wenn du wegen eines Schülerjobs nicht genug zum Lernen kommst.«

»Meine Noten sind super«, sagte ich.

»Und das werden sie auch bleiben, das mit dem Job kannst du nämlich vergessen.«

»Und das mit dem Auto anscheinend auch«, maulte ich.

»Ganz genau«, sagte sie, während sie zwei Teller aus dem Schrank riss und sie auf unseren winzigen Küchentisch knallte. »Weil ich nun mal eine Rabenmutter bin.«

»Das hab ich doch gar nicht gesagt. Und ich wollte mich auch überhaupt nicht streiten. Aber …«

»Aber was?« Sie hielt mit dem Tischdecken inne und sah mich an, eine Hand in die Hüfte gestemmt.

»Aber als du in meinem Alter warst, hattest du auch ein Auto.«

Und damit endete unser Gespräch so, wie unsere Gespräche immer endeten.

»Dane, als ich in deinem Alter war, hatte ich ein *Kind*.«

Das Bescheuertste an der Sache war, dass sie sich sehr wohl ein Auto für mich hätte leisten können. Der Beweis hing direkt vor meiner Nase, während wir schweigend zu Abend aßen. Die Wand über Moms Kopf zierten Dutzende kleiner Rahmen. Aber in keinem davon befand sich ein Bild. Sondern Lose. Rubbellose. Und zwar alle mit Gewinn.

Mom kaufte Rubbellose, wann immer sie Geld dafür übrig hatte, was, verglichen mit all den anderen Spielsüchtigen da draußen, nicht sonderlich oft vorkam. Aber im Gegensatz zu diesen Verlierertypen gewann Mom – nicht einfach nur ab und an, sondern *immer*. In dieser Hinsicht war sie einfach ein Glückspilz. Wahrscheinlich wären wir steinreich, wenn sie dieses Glück einfach mal ein Wochenende lang in Las Vegas auf die Probe gestellt hätte. Aber Mom war überzeugt, dass es mit dem Glück vorbei wäre, sobald sie versuchte, es sich zunutze zu machen, und deshalb, sagte sie, würde sie es sich für etwas Größeres aufsparen.

Ich sah mich um und mein Blick fiel auf den Linoleumboden, der sich in den Ecken schon wellte, und die nicht zusammenpassenden Küchenstühle. Bislang schien sich ihr Glück definitiv auf diese Rubbellose zu beschränken, die dort, wie als Folter für mich, an der Wand hingen. Die meisten waren auch gar nicht viel wert – ein Dollar hier, fünf dort. Dann ein paar Hundert-Dollar-Gewinne, denen ich schon etwas nachgetrauert hatte, als sie in ihre Rahmen gewandert waren. Trotzdem, wenn sie alle so gering gewesen wären, hätte es mir nicht so viel ausgemacht.

Aber da war ein Los – es hing genau in der Mitte und hatte einen etwas größeren Rahmen als die anderen –, bei dem ich Mom angefleht hatte, es einzulösen. Ein einziges goldenes Los … fünftausend Dollar wert. Ich war mir so sicher gewesen, dass sie ihre bizarre Marotte an diesem Punkt aufgeben würde.

Das, dachte ich, musste doch der große Gewinn sein, für den sie ihr Glück aufgespart hatte.

Als sie mir erklärte, es würde an der Wand landen wie der Rest auch, explodierte ich.

»Ein halbes Jahr Miete!«, schrie ich. »Ein Auto! College!«

Ich versuchte alles, aber mein Protest wurde einfach ignoriert. Mom sagte, der große Gewinn sei bloß ein Zeichen dafür, dass ihr Glück zunahm. Und da kapierte ich, dass ihr kleines Karmaspielchen mehr war als bloß eine exzentrische Angewohnheit. Es war krankhaft.

Das Los hing nun schon drei Monate an der Wand und laut der Website der Bundesstaatslotterie von Missouri würde es nach weiteren drei verfallen. Jedes Mal, wenn ich es sah, wurde ich wütender und besorgter um Moms Geisteszustand. Dieses eine Los stach unter allen anderen hervor und quälte mich mit den unendlichen Möglichkeiten, die es barg.

Dieses eine Los ließ meine Handflächen jucken.

Ich riss den Blick von den Rahmen los. Der einzige Weg, so dicht neben etwas, was ich nicht haben durfte, nicht durchzudrehen, war, so zu tun, als existierte es gar nicht. Stattdessen sah ich Mom an. Sie wirkte so *normal* – und um ehrlich zu sein, war sie für eine Mom echt ziemlich cool –, aber ganz offensichtlich hatte sie nicht mehr alle Latten am Zaun.

KAPITEL 3

Der Weg zur Schule war einfach – dreimal abbiegen und einmal schräg übers Baseballfeld –, darum fiel mir nicht sofort auf, dass er mir folgte. Ich war gerade um unsere Straßenecke, als er auf dem Bürgersteig auf der anderen Seite auftauchte. Da stampfte er dahin mit seinem komischen Buckel, den Blick stur auf den Boden gerichtet. Er konzentrierte sich so sehr darauf, wohin er die Füße setzte, dass ich gar nicht auf die Idee gekommen wäre, er könnte mir folgen, wenn ich nicht meine Abkürzung durch die Gärten eingeschlagen hätte.

Manchmal, wenn ich morgens spät dran war, nahm ich den Weg zwischen ein paar Häusern hindurch, die ein Netz von Ziergärten umstanden. Die Hintertüren dieser Häuser führten alle auf eine Art Hof mit Backsteinwegen, die zwischen quadratischen, von Backsteinmäuerchen gesäumten Beeten hindurchführten, von denen jedes eine andere Sorte Blumen enthielt. Die Blumen interessierten mich zwar eher weniger, aber es war trotzdem nett zu wissen, dass es diese Gärten gab – dass in unserer Gegend überhaupt noch etwas so Gepflegtes existierte. Es war die Art von Ort, an den ich ein Mädchen mitnehmen würde, das Blumen verdient hätte. Leider waren die meisten Mädchen, die ich kannte, alles andere als die blühende Unschuld.

Ich nahm den Weg rechts rum und sah aus dem Augenwinkel, dass er den linken nahm. Er guckte mich immer noch nicht an, aber als ich neben einem Beet mit gelben Blumen langsamer wurde, tat er dasselbe auf der anderen Seite bei den rosafarbenen. Und als ich mich hinhockte und so tat, als wäre mein Schnürsenkel auf, blieb er doch tatsächlich stehen und schnupperte an den Rosen.

Keine Ahnung, wieso der Kleine unbedingt Stress mit mir wollte, aber das würde ich jetzt rausfinden. Ich blieb in der Hocke und schob einen Fuß zurück, wie ein Läufer in Startposition. Dann stieß ich mich ab und rannte aus den Gärten, so schnell ich konnte. Die verschlungenen Wege bremsten mich dabei zu sehr, deshalb nahm ich das letzte Backsteinbeet mit einem riesigen Satz. Ich sah nicht nach, ob er mir noch auf den Fersen war; mit seinem Gestampfe war er sowieso viel zu unkoordiniert, um mich einzuholen.

Überzeugt, dass er nur noch eine Staubwolke von mir gesehen hatte, versteckte ich mich, sobald ich aus den Gärten raus war, hinter dem ersten Haus am Weg. Schnaufend drückte ich mich mit dem Rücken an die Wand und wartete. Ein paar Sekunden später hörte ich seine schweren, schlurfenden Schritte im Gras und ging zum Angriff über.

Ich sprang hinter der Ecke hervor. »Warum verfolgst du mich?«

Aber genauso gut hätte ich einfach »Buh!« machen können, denn der Junge erschreckte sich dermaßen, dass er nur noch stammeln und pfeifend nach Luft ringen konnte. Sein krummer Rücken wurde mit einem Mal kerzengerade und seine Hände ballten sich neben seinem Kopf zu Fäusten. Schätze, so was in der Art hatte ich ja auch bezweckt, aber anstatt zufrieden zu sein, schob ich doch ein bisschen Panik. Das Letzte, was ich jetzt gebrauchen konnte, war die Schuld daran, dass irgendein Mongo einen hysterischen Anfall bekam.

»Hey«, sagte ich und fasste ihn bei der Schulter. »Ganz ruhig.«

Er gehorchte, lockerte nach und nach die Fäuste und atmete wieder etwas langsamer.

»Gut so«, lobte ich. Ich ließ seine Schulter los und verschränkte die Arme. »Also, warum verfolgst du mich?«

Er holte tief Luft und ratterte dann, so schnell es ging, herunter: »Weil diese Typen gesagt haben, dass sie mich noch schnappen, und weil du den Weg zur Schule weißt und weil du den einen Jungen da verhauen hast –«

»Welchen?«

Er riss die Augen auf und in seiner Antwort lag Ehrfurcht. »Verhaust du denn viele Jungs?«

»Geht dich nichts an.«

»Den mit dem Auto.«

»Kennst du den?«, fragte ich.

Er zuckte mit den Schultern. »Nein.«

»Warum interessiert's dich dann?«

»Du stellst aber viele Fragen«, sagte er.

»Und du solltest sie lieber mal beantworten. Wenn mir einer folgt, kann ich das ungefähr genauso gut ab, wie wenn mich einer anstarrt. Oder sich über meine Klamotten lustig macht.«

Sein Blick wanderte an mir runter, aber falls er an meinem Outfit irgendwas auszusetzen hatte, war er zumindest so schlau, es nicht zu sagen. Stattdessen sah er mir wieder ins Gesicht. »Ich hab Angst vor ein paar Jungs aus der Schule. Aber die haben Angst vor dir. Wenn ich mit dir zur Schule laufe, brauch ich keine Angst vor denen zu haben.« Er hob die Hände zu einer »Tja, was will man machen?«-Geste, aber sein Gesichtsausdruck blieb derselbe.

Ich fragte mich, wer diese Jungs wohl sein mochten. Mir fiel ums Verrecken keiner aus der Schule ein, vor dem man Angst hätte haben müssen, aber ich war ja auch nicht so kurzgewachsen wie der Typ hier. Er wirkte zwar robust wie ein kleiner Fels, aber wenn er sich auf die Zehenspitzen stellen musste, um sich überhaupt zu wehren, dann könnte er Probleme bekommen.

»Gehst du auf die Twain?«

»Ja.«

»In die Neunte?«

»Ja.«

»Downsyndrom?«

»Was denn sonst?«, erwiderte er, als redete er mit dem zurückgebliebensten Menschen der Welt. Er verdrehte die Augen und zog seinen Rucksack hoch. Mir fiel auf, dass seine Zunge ein bisschen hervorguckte; sie ruhte auf seiner Unterlippe und zog sich nur beim Sprechen in den Mund zurück.

»Und du glaubst im Ernst, wenn du mir, ohne mich vorher zu fragen, hinterherrennst, dann *erspart* dir das Prügel?«

»Na ja, jetzt nicht mehr«, antwortete er.

»Gut.« Ich drehte mich weg Richtung Straße.

»Jetzt kann ich denen sagen, dass du Angst vor mir hast.«

Ich wirbelte so schnell herum, dass ich über meine eigenen Füße stolperte und rückwärts auf den Bürgersteig wankte. »Wie bitte?«

»Du bist doch eben vor mir weggerannt.« Er kam mir nach und stampfte den Tau von seinen Schuhen.

»Alter, ich bin nicht vor dir weggerannt.«

»Äh, doch, bist du wohl. Bist ja sogar noch über die Blumen gesprungen und alles.« Er streckte den Arm aus und vollführte mit der flachen Hand eine Segelgeste, direkt an meiner Nase vorbei, und fügte sogar noch einen *Wusch*-Soundeffekt hinzu. Ich musste mich beherrschen, um seinen Arm nicht wegzuschlagen.

»Ich bin bloß gerannt, um einen Vorsprung vor dir zu haben«, erklärte ich. »Damit ich … damit du nicht …« Dann hielt ich den Mund. Das mit dem Rennen kam mir jetzt selber ziemlich blöd vor.

»Damit du mir Angst einjagen konntest«, ergänzte er.

»Kann sein.«

»Darum bin ich dir ja auch gefolgt. Weil du den Leuten Angst einjagst.«

»Tja, herzlichen Glückwunsch, da drin bist du nämlich selber ziemlich gut. Ist echt gruselig, einem so hinterherzuschleichen.«

»Das ist nur gruselig, wenn wir nicht *zusammen* gehen.«

Ich massierte mit den Fingern meine Schläfen. Ich hatte keine Zeit, mit jemandem zu diskutieren, der eine Antwort auf alles hatte. Wir waren sowieso schon spät dran für die Schule und noch mal Nachsitzen konnte ich mir nicht erlauben. Also tat ich das einzig Vernünftige und marschierte los. Einen Moment später merkte ich allerdings, dass er sich nicht bewegt hatte. Seufzend und ohne mich umzudrehen, gab ich ihm einen Wink aus dem Handgelenk, dass er mitkommen sollte.

»Los jetzt«, kommandierte ich.

Hastig schloss er zu mir auf. »Danke, ich –«

»Es wird nicht gequatscht«, schnitt ich ihm das Wort ab und starrte dabei immer noch stur geradeaus. »Und auch nicht geheult, geglotzt oder über meine Klamotten gelästert. Aber vor allem wird nicht gequatscht. Und wenn wir irgendwen aus der Schule sehen, machst du, dass du auf die andere Straßenseite kommst.«

Ich warf ihm einen kurzen Blick zu, um zu überprüfen, ob er auch zuhörte. Er nickte eifrig.

»Und wenn du auch nur eine von diesen Regeln brichst, hau ich dir eine rein, klar?«

»Klar«, antwortete er, nur um sofort darauf die erste Regel zu brechen. »Ich bin Billy Drum. Aber alle nennen mich Billy D.«

»Interessiert mich nicht.«

»Und wer bist du?«

Ich musste grinsen. »Dein schlimmster Albtraum.«

»Du bist nicht mein schlimmster Albtraum. In meinem schlimmsten Albtraum kommt immer so eine Schlange vor und die –«

»*Interessiert* mich nicht.«

»Mein Nachbar Mark nennt dich immer ›dieser Wichser‹, aber so heißt du gar nicht. Ich weiß, was ein Wichser ist, und das ist kein Name. Wichsen ist das, was wir im Biounterricht o-na-nie-ren nennen. Und danach heißt doch kei…«

»Alter! Ich will mit dir bestimmt nicht übers Wichsen reden.«

»Worüber willst du denn dann reden?«

»Ich will …« Ich warf entnervt die Hände in die Luft und tigerte ein paar Schritte auf und ab. »Ich will über gar nichts reden! Hau ab!«

Mein Ausbruch ließ Billy völlig kalt. Ich ging schneller und er passte sich meiner Geschwindigkeit an.

»Okay, aber wenn du mir deinen Namen sagst, kann ich ihn Mark weitersagen, und dann nennt er dich nicht mehr ›dieser Wichser‹.«

»Der kleine Pisser weiß ganz genau, wie ich heiße. Der kriegt nachher erst mal 'nen ordentlichen Arschtritt dafür, dass er mich Wichser nennt.«

»Okay, aber dann sag *mir* doch deinen Namen, damit ich dich nicht Wichser nenne und du mir keinen Arschtritt verpasst.«

Ich seufzte auf und vergrub das Gesicht in den Händen. »Dane, okay? Ich heiße Dane Washington.«

»Washington wie der Präsident?«

»Ja. Wie der Präsident.«

»Das ist super.«

»Wenn du meinst.«

Seine Schritte wurden leichter, fast zu einem Hüpfen. »Jetzt kann ich dich Dane nennen und du verpasst mir keinen Arschtritt.«

»Mach ich vielleicht trotzdem, wenn du nicht endlich die Klappe hältst.«

»Du hast doch gesagt, du verprügelst keine Mongos.«

»Und du hast gesagt, du bist kein Mongo.«

»Bin ich auch nicht.«

»Na dann.«

»Na dann.«

Ein paar herrliche Sekunden lang hielt er den Mund, dann fragte er: »Heißt das, du kannst mir doch einen Arschtritt verpassen?«

Ich ließ den Kopf hängen und schloss die Augen. Das würde der längste Schulweg aller Zeiten werden.

KAPITEL 4

Das Baseballfeld zu überqueren war tückisch. Halb joggte, halb schlitterte ich über das feuchte Gras – ich wollte unbedingt pünktlich zur ersten Stunde da sein. Billy D. bemühte sich, mit mir mitzuhalten, und keuchte vor Anstrengung so sehr, dass er gar keine Puste mehr zum Quatschen hatte. Ich legte noch einen Zahn zu, aber er ließ sich nicht abschütteln. Insgeheim war ich beeindruckt, wie schnell er mit diesen kurzen Beinchen war. Ich gestattete mir einen flüchtigen Seitenblick, um herauszufinden, wie er das machte, und genau in dem Moment machte sein ganzer Körper einen Ruck nach vorn und ich hörte seine Sneakers quietschend auf dem nassen Rasen ausrutschen.

Instinktiv schoss mein Arm zur Seite und meine Finger schlossen sich um seinen Ellbogen.

»Aua!«, jammerte er, als ich seinen Arm zurückriss, um ihn am Fallen zu hindern.

Unbeholfen schlitternd kamen wir beide am Rand des Schulparkplatzes zum Stehen. Er machte sich von mir los und zog die Augenbrauen zusammen. Ich versuchte einzuordnen, ob das auf seinem Gesicht Wut oder Verwirrung war, aber ich konnte einfach nicht in seinen Zügen lesen.

»Du hättest dich fast langgemacht«, sagte ich. Das klang wie eine Entschuldigung, also fügte ich meinen nächsten Worten ein abfälliges Schnauben hinzu. »Gern geschehen.«

»Oh.« Billys Stirn glättete sich und er rieb sich den Ellbogen. »Danke.«

»Jaja.«

Sein Gesicht verzog sich plötzlich zu einem Lächeln, das mehr von seiner übergroßen Zunge sichtbar machte und den Blick auf lauter kleine Lücken zwischen seinen Zähnen freigab. »Treffen wir uns nach der Schule hier? Für den Nachhauseweg?«

»Pass mal auf, du Sonderschüler, ich treff mich sicher nirgends –«

»Ich heiße Billy D. Und ich bin nicht auf der Sonderschule.«

Er stampfte davon, bevor ich etwas entgegnen konnte, und wieder mal fragte ich mich, wie dieser Kerl es eigentlich schaffte, immer das letzte Wort zu behalten, während ich bloß dastand wie der letzte Idiot.

Ich schaffte es gerade noch vor dem Klingeln in die Klasse. Regentropfen prasselten gegen das Fenster und übertönten fast Mr Johnsons monotonen Vortrag. Ich starrte finster zu den Wolken hinaus, die sich am Himmel türmten. Die Tropfen würden sich in einen ausgewachsenen Schauer verwandeln und den Weg nach Hause noch rutschiger als den Schulweg heute Morgen machen.

Mürrisch ließ ich den Blick über meine Klassenkameraden schweifen und überlegte, wie viele von ihnen wohl vier Räder mit einem Dach drüber besaßen, die sie nach der Schule warm und trocken nach Hause bringen würden. Ohne Auto durch den Winter zu kommen war schon übel genug, doch da konnte man sich wenigstens dick einmummeln. Aber der Frühling brachte immer diese kalten Wolkenbrüche, die alles durchnässten, egal, wie viele Schichten man übereinanderzog. Und obwohl der Kalender gerade erst von Februar auf März umgeblättert worden war, waren auch die Frühlingsstürme schon da.

Ein Wasserfall welligen, dunklen Haars fesselte meine Aufmerksamkeit. Nina Sinclair bot echt eine nette Aussicht; zum Glück hatte ich fast alle Fächer mit ihr zusammen. Außerdem behandelte sie mich nicht wie einen Schlägertypen, weswegen sie einer der wenigen Menschen an dieser Schule war, mit denen ich überhaupt noch zu tun hatte. Dafür kriegte ich es allerdings auch regelmäßig mit ihrem Freund zu tun. Ich blinzelte nach rechts und ja, da saß er natürlich, direkt neben ihr, und feuerte böse Blicke auf mich ab.

Komm mal runter, du Arsch, ich gucke doch nur.

Nachdem ich mich vergewissert hatte, dass er mich immer noch beobachtete, warf ich Ninas Hinterkopf betont auffällig einen Luftkuss zu. Ihr Freund – Timmy oder Tommy oder wie auch immer sein blöder Sportleridiot-mit-Eierschutz-Name lautete – ballte die Faust auf seinem Pult. Ich tat es ihm lächelnd nach, ließ dabei jedoch den Mittelfinger ausgestreckt.

Falls es darauf eine noch beleidigendere Antwortgeste gab, blieb ihm jedenfalls keine Zeit dazu, denn Mr Johnson erwischte ihn beim Umdrehen und nahm ihn direkt mit einer Frage in die Mangel.

Ich hatte gedacht, damit wäre die Sache gelaufen, aber Tim-Tom passte es anscheinend nicht, dass ich das letzte Wort – oder den letzten Finger – in der Angelegenheit gehabt hatte, also brachte er eine Aktion, die vor ihm schon viel zu viele versucht hatten. Sobald die Stunde vorbei war, legte er den Arm um Nina und formte über ihre Schulter hinweg lautlos mit den Lippen ein *Träum weiter.*

Großer Fehler.

»Hey, Nina«, sagte ich.

Sie drehte sich um und riss sich geradezu von ihrem Freund los. »Hi, Dane, was gibt's?«

»Wollte nur mal Hallo sagen.« Ich lächelte und sah Nina leicht erröten, als sie mein Grinsen erwiderte.

Es überraschte mich jedes Mal, wenn ich so eine Reaktion von einem Mädchen bekam, aber in letzter Zeit passierte das immer öfter. Lag vermutlich am Dreitagebart.

»Wir sehen uns ja gleich in Algebra«, sagte sie.

Sie griff nach Tim-Toms Hand, die wieder zur Faust geballt war.

»Ich komme gleich nach«, versprach er ihr.

Er wartete, bis Nina und Mr Johnson den Raum verlassen hatten, und wandte sich dann mir zu, das Gesicht rote-Bete-rot angelaufen.

»Was soll der Scheiß?«

»Wovon redest du?« Ich schnappte mir Buch und Block von meinem Pult und wollte mich an ihm vorbeidrängen, aber seine Hand stemmte sich gegen meine Brust und drückte mich, kaum merklich, aber doch eindeutig, zurück. Das Jucken fing an, in meinen Handflächen seine Kreise zu ziehen. Mich ärgerte weniger, dass er mich überhaupt anfasste, sondern eher die Tatsache, dass er keine Angst davor zu haben schien. Die meisten Leute wussten es besser.

»Die würde ich an deiner Stelle schleunigst da wegnehmen«, sagte ich und nickte runter in Richtung seiner Hand.

Er knirschte mit den Zähnen und stemmte sich nur noch stärker gegen meine Brust. »Nina ist meine Freundin.«

Das hier würde übel für mich ausgehen, so oder so. Eine Prügelei würde mir einen Besuch im Büro des Disziplinarrats einbringen, aber wenn ich nachgab, wüsste in ein paar Stunden die ganze Schule darüber Bescheid. Mir blieb nur eine Millisekunde, um meine Möglichkeiten gegeneinander abzuwägen, aber alles, woran ich denken konnte, war das Jucken.

»Im Ernst, du solltest die Hand da wegnehmen, und zwar *jetzt.*«

»Sie steht nicht auf dich, kapiert?«

»Letzte Chance.«

»Was sollte sie auch mit einem Proll aus dem Wohnwagenpark, der –«

Mehr bekam er nicht raus, bevor meine Faust auf sein linkes Auge traf.

»Da wohne ich nicht«, sagte ich ganz ruhig und lockerte meine Hand.

Aber er hörte mich vermutlich gar nicht über seinem mädchenhaften Kreischen. Er presste sich beide Hände aufs Auge und taumelte zurück, wobei er ein paar Pulte umriss.

»Was ist hier los?«, donnerte Mr Johnson vom Eingang her.

Tja, Nina und ich würden uns wohl doch nicht in Algebra sehen.

Innerhalb von Sekunden waren wir auf dem Weg zum Büro des Disziplinarrats. Tim-Tom hatte direkt losgeplärrt, ich hätte ihn geschlagen, was ich gar nicht erst abstritt. Dafür erklärte ich Mr Johnson, er hätte zuerst Hand an mich gelegt, damit ich gefälligst nicht der Einzige war, der nachsitzen musste.

Meine Handflächen kribbelten immer noch, als wir uns vor dem Büro auf die Wartestühle setzten.

»Hallo, Mrs Pruitt.« Ich zwinkerte der Sekretärin zu.

»Dane.« Sie lächelte schmallippig. »Wie schade, dich schon wieder unter diesen Umständen hier zu sehen.«

Ich zuckte mit den Schultern.

Mr Johnson und Mrs Pruitt steckten die Köpfe zusammen und flüsterten, als müssten sie vor uns geheim halten, warum wir hier waren. Dann verschwand Johnson und Pruitt klopfte an die Tür des Disziplinarrats.

Direkt über ihrer Faust glänzte eine kleine goldene Plakette mit schwarz eingravierter Schrift: THEODORE BELL, SCHULDISZIPLINARRAT. Pruitt stieß die Tür auf, ohne auf Antwort zu warten.

»Ted? Ich habe hier Dane Washington und einen anderen Jungen für Sie.«

Wie immer: Dane Washington und »ein anderer Junge«. Wer konnte nach einer solchen Ansage noch bezweifeln, dass meine Chancen ziemlich mies standen? Ich verbrachte die meiste Zeit von allen in diesem Büro, also musste ich folgerichtig auch derjenige sein, der es am meisten verdient hatte – während »ein anderer Junge« straflos zurück in den Unterricht geschickt werden würde.

Mrs Pruitt winkte uns durch und schloss die Tür hinter uns. Ich wusste, was uns erwartete, und setzte mich schweigend hin, aber Tim-Tom fing direkt an, seine Version der Ereignisse zu schildern. Er blubberte fast eine Minute vor sich hin, bevor ihm die erhobene Hand des Disziplinarrats auffiel, ein stiller Befehl, die Klappe zu halten. Der Disziplinarrat musterte uns einen Moment, wobei er der geschwollenen Tomate, die mal Tim-Toms Auge gewesen war, besondere Aufmerksamkeit widmete. Dann drehte er seinen Stuhl ein winziges bisschen mehr in meine Richtung.

»Was war los?«

»Das fragen Sie *ihn*?« Tim-Tom deutete auf sein Matschauge. »Ich bin ja wohl der Verletzte hier.«

Der Disziplinarrat sah weiterhin mich an und wartete.

»Er hat mich angefasst. Ich hab ihn gebeten, die Hand wegzunehmen, aber er hat sie dagelassen, also hab ich ihn geschlagen.« Ich wusste, dass für den Disziplinarrat die Würze in der Kürze lag.

»Ich hab ihn nicht angerührt!«, bollerte Tim-Tom.

Der Disziplinarrat richtete den Blick in Richtung der Lärmquelle. »Wie ist dein Name?«

»Toby Smith.«

Aha. Toby. Knapp daneben.

Schließlich erlaubte der Disziplinarrat ihm, seine Version vorzutragen – ein aufwendiges Lügenmärchen, in dem ich gestolpert war und er die Hand ausgestreckt hatte, um mich aufzufangen, ich ihm aber, anstatt mich zu bedanken, völlig ohne Grund ins Gesicht geschlagen hatte.

Schmunzelnd hob ich die Hand. Der Disziplinarrat nickte.

»Ich würde meine Aussage gern korrigieren. In Wirklichkeit habe ich nämlich niemanden geschlagen. Sein Gesicht ist einfach auf meine Faust gefallen.«

Die Mundwinkel des Disziplinarrats zuckten leicht, dann leierte er seinen üblichen Vortrag runter, darüber, dass Worte bloß Worte seien und Gewalt etwas völlig anderes. Ich warf Toby einen finsteren Blick zu. Ich wusste, was als Nächstes kam. Der Disziplinarrat erklärte, dass ein unfreundliches Wort keinen Fausthieb rechtfertige. Er legte Toby nah, dass wir alle vorsichtig sein sollten, wenn wir jemand anderen anfassten, da die Berührung missverstanden werden könne, aber dass es sich in diesem Fall nicht anhöre, als habe er die Schulregeln verletzt.

Ich behielt Toby während der gesamten Predigt im Auge.

War das etwa der Anflug eines zufriedenen Grinsens?

Zum Disziplinarrat gerufen zu werden, machte mir an sich gar nicht so viel aus. Die Stühle waren einigermaßen bequem und in Mrs Pruitts Süßigkeitenschale fanden sich immer massenweise Gummibärchen. Und man durfte sich so viele nehmen, wie man wollte, egal, was man angestellt hatte.

Es machte mir nicht mal was aus, wenn der Disziplinarrat mir was von Selbstbeherrschung und Respekt erzählte. Aber an einer Stelle in seiner Standpauke fingen meine Handflächen immer an, wie verrückt zu jucken.

»Ohne jegliche Provokation.«

So hatte er es bezeichnet, als ich Jimmy Miller einen Stock zwischen die Speichen geworfen hatte, woraufhin er im hohen

Bogen mit dem Gesicht voran in den Kies am Fahrradständer geflogen war. Dabei hatte Jimmy mir vorher meine Englischarbeit geklaut, aus der großen roten Eins eine Sechs gemacht und sie an meinen Spind geklebt – damit alle mich für einen Versager hielten.

Und als ich Brian Chungs Kunstprojekt kaputt gehauen hatte, weil ich mitgekriegt hatte, wie er zu jemandem sagte, ich sei ein schmuddeliger Fiesling, der dringend mal duschen müsse, war der Disziplinarrat auch der Meinung gewesen, dass das ohne jegliche Provokation geschehen war. Diese Worte machten mich jedes Mal stinkwütend. Sie schienen zu besagen, dass jeder Blödmann ein Recht dazu hatte, andere beschissen zu behandeln, aber ihm niemand dafür das Maul stopfen durfte.

War der denn blind? Konnte er nicht sehen, wie Toby mich direkt vor seiner Nase mit seinem zufriedenen Grinsen *provozierte*?

Offenbar nicht, denn eine Sekunde darauf wurde »ein anderer Junge« entlassen.

Als die Tür wieder zu war, schob mir der Disziplinarrat wortlos ein Blatt Papier über den Schreibtisch zu. Ich wusste, was jetzt kam, und er wusste, dass ich es wusste. Ich musste den Wisch mit nach Hause zu Mom nehmen, sie mit ihrer Unterschrift bestätigen lassen, dass sie sich darüber im Klaren war, was für ein böser Junge ich war, und den Zettel dann morgen auf dem Weg zum Nachsitzen ins Fach des Disziplinarrats werfen.

Im Ernst, die hätten sich eine Menge Papier sparen können, wenn sie mir irgendwas Wiederverwendbares mitgegeben hätten, wie eine dieser kleinen Karten, mit denen man in Cafés Stempel sammeln konnte. *Zehnmal Nachsitzen und Sie bekommen eine Suspendierung gratis!* Meine Karte wäre dann schon fast voll. In der Twain brauchte man dafür nämlich bloß siebenmal Nachsitzen und der Vorfall heute war mein sechstes. Es wären noch eine ganze Menge mehr gewesen, aber Mom hatte den Direktor zum zweiten Halbjahr überreden können, mich einen Neuanfang machen zu lassen. Direktor Davis interessierten Eins-a-Noten nämlich viel mehr als ein Eins-a-Sozialverhalten und er würde sein bestes Pferd im Stall nicht einfach so aufgeben.

Jetzt allerdings stand ich wieder ziemlich auf der Kippe – noch ein Mal Nachsitzen und ich würde vorübergehend suspendiert werden. Und wenn ich mir danach auch nur den kleinsten Ausrutscher leistete, würde ich von der Schule fliegen. Eine Privatschule konnte Mom sich nicht leisten, also würde mir dann die Alternativschule winken – wo sämtliche Krawallbrüder, Volltrottel und alle anderen landeten, für die keine Hoffnung bestand, jemals zum College zu gehen. Mit anderen Worten: so ziemlich alle meine alten Freunde.

Fast meine gesamte Clique an der Junior-Highschool war bis zum Ende der neunten Klasse von der Twain verschwunden. Die, mit denen ich danach anfangs noch Kontakt gehabt hatte, ließen mich einer nach dem anderen fallen, als sie sechzehn wurden und Autos bekamen. Vielleicht hatten sie keine Lust, mich durch die Gegend zu kutschieren. Oder vielleicht waren sie mit ihren Autos direkt auf die schiefe Bahn gelangt, wo auch alle anderen Kids von der Alternativschule rumkurvten. Das wollte ich lieber gar nicht so genau wissen. Ich wollte genauso dringend an der Twain bleiben, wie Mom und Direktor Davis mich dort halten wollten, aber Arschlöcher wie Toby gestalteten das leider sehr schwierig.

Ich schnappte mir den Wisch und steckte ihn in meinen Rucksack.

Mom würde sich ein Loch in den Bauch freuen.

KAPITEL 5

Als ich aus der Schule kam, goss es wie aus Kübeln, darum machte ich mir gar nicht erst die Mühe, meine Kapuze aufzusetzen oder meinen Rucksack als Regenschutz zu benutzen. Ich stürzte mich einfach direkt in die Sintflut. Je schneller man losging, desto schneller hatte man das Elend hinter sich. Ringsum vermischte sich das Prasseln des Regens mit dem Zuknallen von Autotüren und dem Gekreisch von Mädchen, die über den Parkplatz hasteten. Nur ein Geräusch übertönte die anderen.

»Dane! Dane, warte!«

Ich zog den Kopf ein und tat, als hätte ich ihn nicht gehört, aber einen Augenblick später war er auch schon neben mir und patschte über das schlammige Baseballfeld.

»Es regnet«, keuchte er, ein wenig außer Atem.

»Sag bloß.«

Jeder Schritt über das Feld bedeutete dank Billys Gestampfe einen weiteren Matschspritzer auf meiner Jeans. Mein Kopf ruckte zu ihm herum, und ich wollte ihn gerade anmeckern, gefälligst ein bisschen aufzupassen, als mir auffiel, dass die Spritzerei nicht bloß eine Nebenwirkung seiner schweren Schritte war. Die Augen auf den Boden gerichtet, suchte er sich extra die größten Pfützen aus. Er hüpfte von einem Fuß auf den anderen, von einer Pfütze in die nächste, und veranstaltete mit voller Absicht eine Riesensauerei. Ein breites Grinsen teilte sein Gesicht in zwei Hälften und legte seine Augenwinkel in Falten.

Irgendwas an dem Ausdruck brachte mich dazu hinunterzuschlucken, was ich hatte sagen wollen. Ich schwieg, bis wir an der Ecke angekommen waren.

»Du gehst da lang.« Ich deutete in Richtung der Straße, wo ich ihn das erste Mal gesehen hatte. »Ich gehe durch die Gärten.«

»Und dann verhaust du Mark?«

»Was?«

»Mark. Du hast doch gesagt, du würdest ihm später einen ordentlichen Arschtritt verpassen.«

Billy ignorierte meine Anweisung und folgte mir über den Rasen, sodass wir beide den Weg von heute Morgen zurückgingen. Der Regen ließ langsam nach und verwandelte sich in Nebel.

»Ach so.« Ich zuckte mit den Schultern. »Mal sehen.«

Billy kniff die Augen zusammen und schob sich einen Wust nasser Haare aus der Stirn. »Hunde, die bellen, beißen nicht.«

»Was?«

»Das hätte mein Dad jetzt gesagt. Wenn einer behauptet, er würde was tun, und es dann aber doch nicht –«

»Ich weiß, was das bedeutet«, schnitt ich ihm das Wort ab.

»Man kann auch sagen ›Große Klappe, nichts dahin…‹«

»Ich *weiß*«, wiederholte ich.

»Also machst du's?«

Als wir das Backsteinpfadgewirr der Gärten erreichten, nahmen die Wolken ein helleres Grau an.

Ich hatte mehr als guten Grund, Mark zur Rede zu stellen, aber im Moment war eine Prügelei das Letzte, was ich gebrauchen konnte.

Manchmal fragte ich mich, ob Mark und ich nicht eigentlich Freunde hätten sein müssen, wo wir doch in derselben Straße aufgewachsen waren und so. Aber in unserem Block wohnten eine ganze Menge Kids und die alle kennenzulernen hatte ich mich schließlich auch nicht bemüht. In der Schule hatte ich auch kaum Freunde. Es wäre einfach zu peinlich gewesen, irgendwen von ihnen in unser hässliches Haus einzuladen und meiner durchgeknallten Mom vorzustellen. Also hatte ich beschlossen abzuwarten – dass wir irgendwohin umzogen, wo sich der Küchenfußboden nicht wellte, dass Mom aufhörte, Rubbellose einzurahmen –, aber es änderte sich ja nie was, und als mir das klar geworden war, hatte ich mir schon mehr Feinde gemacht als Freunde.

»Ausnahmsweise lasse ich den Penner mal davonkommen«, sagte ich zu Billy. »Ich muss sowieso schon nachsitzen, weil ich mich heute geprügelt hab.«

Als wir aus den Gärten kamen, brachen die ersten Sonnenstrahlen durch die Wolken. Es war dieses eigenartige Licht, das es nur nach einem schweren Regen gibt und das alles in Gold taucht, sodass selbst unsere beschissene Gegend regelrecht glitzerte.

»Du musst nachsitzen?« Billys Augen wurden so groß, dass sie ihm fast aus dem Kopf fielen.

»Ist doch nichts Wildes.«

»Ich musste einmal fast nachsitzen, an meiner alten Schule, und das war ganz schön wild. Mom hat sich ganz doll mit dem Lehrer gestritten, weil der gesagt hat, ich hätte es verdient –«

»Lass mich raten. Weil du zu viel gequatscht hast?«

»Nein, weil ich zum Berserker geworden bin.«

»Was?« Ich blieb stehen und starrte ihn an.

»Ich bin ziemlich jähzornig«, erklärte Billy fröhlich. »Ich hatte früher immer solche Anfälle – so hat der Arzt das zumindest genannt. Mom sagt immer Koller dazu, aber ich glaube nicht –«

»Komm auf den Punkt.«

»Der Punkt ist: Wenn ich wütend war, bin ich manchmal total ausgeflippt, und einmal war ich eben wütend auf den Lehrer.«

»Weswegen?«

Billy dachte kurz nach. »Weiß nicht mehr. Aber auf jeden Fall musste ich nicht nachsitzen. Mom nennt mich immer noch ihren kleinen Berserker, obwohl ich solche Anfälle heute gar nicht mehr habe.«

Während wir schweigend weitergingen, dachte ich an das erste Mal, als ich selbst zum »Berserker« geworden war.

Ich konnte mich nicht mehr an den Namen des Jungen erinnern, nur dass er immer mit Mark auf unserer Straße Fahrrad gefahren war. Ich wusste noch, wie er den Ständer seines Schrottrads in den vereisten Gehweg vor unserem Haus rammte. Ich war gerade dabei, mir ein Schneefort zu bauen, und er strunzte damit herum, dass sein Dad ihm gezeigt habe, wie man ein ganzes Iglu machte. Zuerst beachtete ich ihn gar nicht, so wie die ganzen anderen Loser aus unserem Block auch, aber er hörte einfach nicht auf zu quasseln. Sein Dad habe ihm auch gezeigt, wie man die Kette an seinem Fahrrad auswechselte, und gesagt, dass er ihm, wenn er erst alt genug sei, auch zeigen werde, wie man ein Auto reparierte.

Als ich dort im Schnee kniete, fühlte ich zum allerersten Mal das Jucken. Es war, als würden die eisigen Klumpen, die ich zu meinem Fort auftürmte, mich durch meine Handschuhe hindurch piksen. Immer wieder ballte ich die Fäuste und versuchte, meine Handflächen mit den Fingerspitzen zu kratzen. Ballen. Loslassen. Ballen. Loslassen. Das Jucken ließ nicht nach.

Ich sagte immer noch nichts, aber das schien den anderen Jungen nicht zu stören. Er hielt die einseitige Unterhaltung dickköpfig aufrecht, stapfte sogar durch den Schnee und beugte sich über mein Fort, damit ich auch ja jedes Wort mitbekam. Er erzählte mir, wie sein Dad mit ihm campen und zum Minigolf und schwimmen ging, und schloss damit, dass ich davon wahrscheinlich keine Ahnung hätte, denn schließlich hätte ich ja keinen Dad.

Schon da hätte ich ihm eine reinhauen sollen, aber mir fiel nichts Besseres ein, als zu lügen.

Ich erklärte ihm, mein Dad sei Astronaut und nur deswegen nie zu Hause, weil er im Weltraum Aliens erforsche. Das war nur eins der vielen Märchen, die ich mir als Kind aus den Fingern sog, wenn mich jemand nach meinem Dad fragte. Aber der Junge kaufte es mir nicht ab. Seine Antwort werde ich wohl nie vergessen.

»Meine Mom sagt, deine Mom weiß nicht mal, wer dein Dad ist!«

Es geschah so schnell, dass ich erst gar nicht begriff, dass ich das alles ausgelöst hatte, aber mit einem Mal war das Schneefort platt, der Idiot lag mittendrin und aus seiner Nase lief Blut. Es sickerte in die weißen Ruinen unter ihm und ließ sie aussehen wie ein riesiges Kirschwassereis. Das Jucken in meinen Handflächen hatte aufgehört.

Ich hatte ihn nicht wegen dem geschlagen, was er über meinen Dad gesagt hatte. Sondern weil mir – selbst als Kind schon – ziemlich klar war, was er da über meine *Mom* behauptete.

Ich erinnere mich noch, wie ich nach dieser ersten Prügelei in mein Zimmer rannte und heulte. Ich war mir sicher, dass der Junge mich verraten und ich einen Riesenärger bekommen würde.

Aber der Ärger blieb aus. Tatsächlich sagte der Junge nie wieder etwas Gemeines zu mir. Danach setzte ich meine Fäuste noch gegen ein paar andere lose Mundwerke ein. Und hatte jedes Mal Erfolg.

Ich legte den Kopf schief und sah Billy an, als wir in unsere Straße einbogen. »Wie meintest du das eben, ›hätte gesagt‹?«

»Was?«

»Du meintest doch, dein Dad *hätte gesagt*, ›Hunde, die bellen, beißen nicht‹. Ist dein Dad … ist der tot oder so was?«

»Nein.« Der Schatten eines Ausdrucks huschte über Billys Gesicht, aber ich konnte nicht ausmachen, was es war.

»Und wo ist er dann?«

»Er ist …« Er zog den schweren Rucksack auf seinen Schultern höher, wodurch er noch vornübergebeugter ging als sowieso schon. »Nicht hier«, beendete er den Satz.

Den Blick wie auf den Boden geklebt, ging er schneller, mitten auf der Straße. Ich drängte ihn nicht weiter. Wenn einer wusste, wie nervig es war, mit Fragen gelöchert zu werden, die man nicht beantworten konnte, dann ja wohl ich – ganz besonders, wenn es um einen abwesenden Elternteil ging.

Stattdessen zog ich den Reißverschluss von Billys Rucksack auf.

»Was hast du da eigentlich so Schweres drin?«

»Hey!« Reflexartig fuhr Billy herum und dabei fiel etwas Großes, Flaches aus dem Rucksack und knallte auf die nasse Straße. Ich schnappte es mir schneller, als er es vor mir retten konnte, und wischte den schlammigen Splitt von der Vorderseite.

»Was ist das denn?«

»Hallooo? Kannst du nicht lesen, oder was?« Er deutete auf ein großes Wort auf dem glänzenden Bucheinband und las es betont langsam vor. »At-las.«

»Kein Mensch sagt mehr ›Hallooo?‹«, informierte ich ihn und blätterte durch das Buch. »Ist der für Erdkunde oder so?«

Der Atlas klappte wie von selbst bei einer Karte von West Virginia auf. Knapp unterhalb der Hauptstadt Charleston, ein bisschen weiter links, stand in Krakelschrift *Big Ugly*. Die Worte waren mit rotem Filzstift eingekreist. Ich beugte mich vor, um mir die Sache genauer anzusehen, aber Billy riss mir das Buch aus den Händen.

»Ich brauch keinen Erdkundeunterricht«, sagte er. Seine Stimme klang ruhiger, als seine Bewegungen hätten vermuten lassen. Er fummelte am Reißverschluss seines Rucksacks herum und versuchte, den Atlas wieder hineinzustopfen.

»Okay«, sagte ich.

»Ich bin super in Erdkunde.« Er zerrte grob den Reißverschluss über die Ecke des Buchs.

»Gut.«

»Ich könnte Erdkunde *unterrichten.*«

»In Ordnung. Komm mal wieder runter.«

Er schlang sich den nun verschlossenen Rucksack zurück auf die Schulter und sah mir direkt in die Augen. Dann sagte er mit betont beruhigender Stimme: »Keine Angst, Dane. Ich werd nicht zum Berserker.«

»Ähm … nett von dir?«

Wir liefen weiter mitten auf der Straße, bis links und rechts unsere Häuser in Sicht kamen und jeder auf seine Seite ging.

Ich blieb stehen und sah mich um.

»Hey, Billy D.«

»Was?« Er drehte sich um.

»Mein Dad … der ist auch nicht hier.«

Billy musterte mich ein paar Sekunden lang mit undurchschaubarer Miene. Dann, blitzschnell, hellte sich sein Gesicht zu einem Lächeln auf.

»Na dann.«

»Na dann.«

KAPITEL 6

Diese Ruhe nach dem Sturm war typisch für Mom und mich. Nachdem ich ihr den Nachsitzwisch gegeben und meine Entschuldigung vorgetragen hatte, war ein richtiger Streittornado zwischen uns ausgebrochen. Inzwischen waren wir bei dem schweigenden Frühstück angelangt, das bei uns immer auf diese Auseinandersetzungen folgte. Und mit Frühstück meine ich Kaffee für Mom und Cola für mich. Ich nutzte die kalte Schulter, die sie mir zeigte, um am Küchentisch noch schnell meine Mathehausaufgaben fertig zu machen. Mom saß mir gegenüber und rahmte ein neues Rubbellos ein.

Ich schloss die letzte Klammer der letzten Gleichung und knallte mein Buch zu.

»Wie viel?«, fragte ich.

Mom räusperte sich. »Dane.«

»Wie viel?«

Sie drückte die Klemmen an der Rückseite des Rahmens zu und drehte ihn dann um, um zu prüfen, ob das Los auch in der Mitte saß. »Fünf Dollar.«

»Fünf Dollar, von denen ich mir heute was zum Mittagessen hätte kaufen können.«

»Hör auf damit.«

»Womit soll ich aufhören?«

»Hör auf, so zu tun, als hätten wir nicht mal genug Geld, um dir was zum Mittagessen zu kaufen.«

»Haben wir denn genug Geld, um diesen Monat die Miete zu zahlen?«

»Natürlich haben wir das. Schluss jetzt. Ich will nicht, dass das heute Morgen schon wieder losgeht.« Sie stand auf und fing an, in der Krimskramsschublade nach einem Nagel für den Rahmen zu suchen.

Mit großer Geste deutete ich auf ihre peinliche Rahmengalerie. »Stimmt, wir hätten ja vermutlich sogar genug für ein ganzes Jahr Miete. Blöd nur, dass wir mit unserem Geld lieber die Wände tapezieren.«

Mom schob mit einem Ruck die Schublade zu und kam so schnell zurück an den Tisch gestürmt, dass ich vor Schreck aufsprang.

»Weißt du, was, Dane? Du hast recht! Vielleicht sollte ich stattdessen lieber anfangen, die hier einzurahmen!« Sie riss den Nachsitzwisch so schwungvoll vom Tisch hoch, dass er wie eine Peitsche knallte. »Davon haben wir ja weiß Gott genug.« Dann schleuderte sie den Zettel von sich, und ich fing ihn auf, als er abwärtstrudelte.

»Ich hab doch gesagt, es tut mir leid.« Ich hörte mich an wie ein Kleinkind.

Mom presste bloß die Lippen aufeinander und hängte ihren neuen Schatz auf.

Ich sah ihr eine Weile dabei zu, betrachtete ihr blondes Haar und ihre blasse Haut, den durchtrainierten Körper, geformt durch jahrelanges Yoga und Pilates und was sie sonst schon alles im Fitnessstudio unterrichtet hatte. Sie wirkte stark, genau wie ich, aber ansonsten waren wir unterschiedlich wie Tag und Nacht. Meine dunklen Haare und gebräunte Haut verrieten auf den ersten Blick, wie viel Düsternis in mir herrschte, aber Moms Aussehen war eine Tarnung, darunter war sie genauso aufbrausend wie ich – und auch genauso tough. Ich wusste zwar nicht, wem ich äußerlich ähnelte, aber innerlich kam ich hundertprozentig nach Mom.

Mit einem Mal hatte ich das dringende Bedürfnis, sie zu umarmen oder zum Lachen zu bringen, aber es war offensichtlich, dass sie noch nicht bereit war für eine Versöhnung, also packte ich meine Tasche und machte mich schweigend auf den Weg zur Schule.

Ich nahm meine übliche Route durch die Straßen. Auf der Hälfte der Strecke hörte ich Billy D., der hinter mir angeschnauft kam. Er holte mich so ziemlich genau an der Stelle ein, wo ich dem Typen mit dem Mustang gezeigt hatte, was Sache war.

»Warum hast du nicht gewartet?«, fragte er.

»Worauf?« Ich legte einen Zahn zu.

»Auf mich, damit wir zusammen zur Schule gehen können.«

»Wann hab ich denn behauptet, wir könnten zusammen zur Schule gehen?«

»Hast du nicht, aber … aber ich dachte –«

»Tja, falsch gedacht.«

Billy war einen Moment still und überlegte, dann fing er an zu lachen. »*Du* hast falsch gedacht.«

Ich verdrehte die Augen. »Ach ja?«

»Ja. Ich dachte, wir gehen zusammen, und du dachtest, nicht. Aber jetzt gehen wir ja zusammen! Also hast *du* falsch gedacht.«

Ich öffnete den Mund, aber mir fiel keine schlagfertige Antwort ein. Wieso ließ sich etwas so absolut Sinnloses so schwer widerlegen?

Billy folgte mir bis zum Büro des Disziplinarrats.

»Musst du nicht vielleicht irgendwo anders hin?«, fragte ich, zog die Bürotür auf und nickte Mrs Pruitt zu.

Wir traten so ziemlich gleichzeitig an ihren Schreibtisch.

Ich griff in meinen Rucksack, um den unterschriebenen Nachsitzwisch herauszuholen, und Billy griff in Mrs Pruitts Süßigkeitenschale.

»Guten Morgen, Billy D.« Sie lächelte und klopfte einladend auf den Stuhl neben ihrem Schreibtisch.

»Morgen.« Billy hockte sich auf den Stuhl und fing an, sich mit Gummibärchen vollzustopfen. Es verwirrte mich, wie vertraut er offenbar mit dem Disziplinarratsbüro war. Ich hielt in der Bewegung inne, den Wisch halb in Mrs Pruitts Richtung ausgestreckt.

»Was soll das denn werden?«, fragte ich ihn.

»Billy trägt vor dem Unterricht immer Nachrichten für mich aus«, schnurrte Mrs Pruitt. »Und in der Mittagspause auch.«

Mir gefiel nicht, wie sie für ihn antwortete.

»Isst du mittags nichts?«, wollte ich wissen.

»Er isst manchmal hier«, erklärte Mrs Pruitt.

»Er kann selber antworten. Er ist schließlich kein Mongo.«

Mrs Pruitt hielt vor Schreck die Luft an. Als sie sie kurz darauf wieder ausstieß, zischte eine Reihe unzusammenhängender Wörter aus ihr hervor. »Das hab ich doch nie … so ein schreckliches Wort … Nachsitzen würde dir wirklich … selbstverständlich kein Mongo … Menschen mit Behinderung … kognitiv beeinträchtigt …«

»Mrs Pruitt«, unterbrach Billy sie, der ihre Bedrängnis entweder ignorierte oder sie gar nicht gemerkt hatte. »Dane kann heute nicht nachsitzen. Er muss mich nach Hause bringen. Er beschützt mich vor den bösen Jungs.«

»Aha, ein persönlicher Bodyguard, was?« Der Disziplinarrat lehnte in seiner Bürotür. »Was war das mit dem Nachhausebringen?«

»Dane und ich gehen zusammen, damit die anderen mich nicht ärgern«, erklärte Billy.

»Ach was, stimmt das?« Der Disziplinarrat sah mich mit hochgezogener Augenbraue an.

Nein, dachte ich. *Na ja, jedenfalls nicht so, wie es gerade rüberkommt.*

Drei gemeinsame Schulwege machten noch lange keinen Bodyguard aus mir und außerdem hatte ich jeden einzelnen davon zu vermeiden versucht. Aber komplett gelogen war es natürlich auch nicht.

Mein Blick wanderte von Billy zum Disziplinarrat. »Irgendwie schon.«

»Tja, ›irgendwie schon‹ wird nicht reichen, um dich vor dem Nachsitzen zu retten.«

Da wurde ich hellhörig. Ich verschränkte die Arme, noch immer den Wisch in der Hand.

Der Disziplinarrat sah zwischen Billy und mir hin und her. »Direktor Davis würde das bestimmt gefallen«, sagte er.

»Was würde ihm gefallen?«

»Dass du unserem neuen Schüler hilfst. Unser Billy hier könnte einen … einen …«, er schnippte mit den Fingern, »eine Art Mentor wirklich gut gebrauchen – jemanden, der ihm alles zeigt und so weiter.«

»Aha?«

»Wenn du dich also freiwillig als dieser Mentor zur Verfügung stellen würdest, dann ließe das deine Akte gleich viel besser aussehen.« Der Disziplinarrat wies auf den Zettel in meiner Faust. »Vielleicht könnte man damit sogar einen oder zwei von diesen dunklen Schandflecken ausradieren.«

»Also … wie jetzt? Sie löschen meine Nachsitzeinträge, wenn ich seine Bücher schleppe, oder was?« Ich deutete auf Billy, der bis zur Stuhlkante vorgerutscht war und gespannt lauschte.

Der Disziplinarrat hob das Kinn. Er wusste, dass er mich in der Tasche hatte. »Das müsste ich natürlich noch mit dem Direktor besprechen, aber nehmen wir fürs Erste einmal an … Billy ist jeden Tag hier bei uns. Wenn er berichtet, dass du dich gut als sein Mentor machst, dann führt dein nächstes Mal Nachsitzen nicht automatisch zu einer Suspendierung.«

»Vielleicht *muss* ich ja gar nicht erst wieder nachsitzen«, imitierte ich seinen herablassenden Tonfall.

Der Disziplinarrat lachte. Bis zum Ende des Schuljahrs waren es noch drei Monate, und uns war beiden klar, dass die Chancen, dass ich so lange ohne Nachsitzen durchhalten würde, bei null lagen.

»Na schön, ich zeig dem Stöpsel, wie's hier so läuft.«

»Ich bin kein Stöpsel«, schnaubte Billy. »Ich bin Billy D.«

»Gut, *Billy D.*« Ich breitete die Arme aus, um den ganzen Raum mit einzubeziehen. »Das hier ist das Disziplinarratsbüro.« Mit dem Daumen deutete ich hinter mich. »Da draußen ist der Flur. Und siehst du die vielen Türen da? Dahinter liegen doch tatsächlich die Klassenzimmer.« Ich blickte den Disziplinarrat mit schiefgelegtem Kopf an. »Wenn Sie wollen, zeig ich ihm auch noch die Toiletten, aber ich halte ihm ganz bestimmt nicht den –«

Mit einem Mal war das Gesicht des Disziplinarrats nur Millimeter von meinem entfernt. »Das ist eine ernste Angelegenheit«, zischte er. »Noch. Ein. Fehltritt.« Bei jedem Wort stach er mit dem Zeigefinger auf meinen Nachsitzwisch ein. »Und du wirst suspendiert. Und danach – fliegst du.«

»Ich weiß.« Beschämt registrierte ich das leichte Quietschen in meiner Stimme.

»Ich biete dir hier eine einzigartige Chance. Direktor Davis hält dich ja für clever – so clever, dass er dich unbedingt an der Schule halten will, auch wenn du allen auf den Sack gehst.«

Von Mrs Pruitt erklang ein empörtes Räuspern.

»Also beweis es mir. Beweis mir, dass du clever genug bist, eine Chance zu nutzen, die du gar nicht verdient hast.«

»Okay«, sagte ich und wand mich unbehaglich, weil er immer noch so dicht vor mir stand. »Und wie genau soll das Ganze laufen?«

Der Disziplinarrat trat einen Schritt zurück und sah sich über die Schulter nach Billy um, der mit hervorquellenden Augen die Szene in sich aufnahm. »Billy D., du hast gesagt, Dane hat dir geholfen, als ein paar andere Schüler dich belästigt haben.«

»Nein«, fiel ich ihm ins Wort. »Ich hab die nicht mal –«

»Ich habe Billy gefragt«, unterbrach mich der Disziplinarrat.

»Er ist mit mir zur Schule gegangen und niemand hat mich geärgert«, antwortete Billy wahrheitsgemäß.

Der Disziplinarrat zog den Nachsitzwisch zwischen meinen Fingern hervor, knüllte ihn zusammen und warf ihn zielsicher in den Mülleimer an der Tür. »Das ist doch schon mal ein guter Anfang«, sagte er.

Ich starrte ihn mit offenem Mund an. »Ich muss nicht nachsitzen?«

»Es steht trotzdem in deiner Akte.« Er deutete auf die zerknitterte Papierkugel im Müll. »Als Nummer sechs. Aber du musst die Strafe nicht hier in der Schule ableisten. Stattdessen bringst du heute Nachmittag Billy nach Hause.«

Nachsitzen wäre mir lieber.

»Wie wenn man wegen guter Führung aus dem Gefängnis entlassen wird«, sagte ich.

»Betrachte dich eher als auf Bewährung.« Der Disziplinarrat lächelte. »Wenn du nur ein einziges Mal über die Stränge schlägst, wanderst du direkt zurück in den Bau.«

Ich kniff die Augen zusammen. »Was soll ich sonst noch machen?«

»Alles, was Billy möchte.«

»Aber was gen…?«

»*Alles*, was er möchte. Aber du könntest schon mal damit

anfangen, ihm ein bisschen mehr Respekt entgegenzubringen. Oder damit, *allen* unseren Schülern aus dem Förderunterricht ein bisschen mehr Respekt entgegenzubringen?«

Dann ist er also doch *ein Sonderschulfall.*

Billy schob die Unterlippe vor und sah aus, als wollte er protestieren, aber der Disziplinarrat redete weiter.

»Billy mag am Downsyndrom leiden, aber er ist extrem selbstständig.« Er hielt inne und ließ die nächsten Worte besonders scharf klingen. »Er braucht ganz sicher nicht deine Hilfe, wenn er *auf die Toilette muss*.«

Er ging rückwärts in sein Büro und deutete dabei auf mich. »Zeig mir einfach ausnahmsweise mal, dass dir nicht alles scheißegal ist, okay?« Dann knallte er die Tür zu.

Mrs Pruitt räusperte sich wieder und wedelte mit den Händen, als könnte sie damit die ganze unschöne Angelegenheit verscheuchen.

»Gut«, sagte sie und zog eine Akte aus ihrer Schreibtischschublade. »Dann zeichne ich dieses Mal Nachsitzen wohl als abgeleistet ab, was?« Sie zwinkerte mir zu und klopfte Billy auf die Schulter. »Sieht aus, als wärst du deinem Freund Billy hier einen Gefallen schuldig.«

Ich runzelte die Stirn. »Gefallen sind nicht mein Ding.«

Aber der zusammengeknüllte Nachsitzwisch im Müll und das breite Grinsen in Billys Gesicht ließen mich erahnen, dass ich um diesen Gefallen nicht herumkommen würde.

KAPITEL 7

Es dauerte nicht mal einen Tag, bis Billy kam, um meine Schulden einzutreiben.

Es war nach der Schule. Ich lehnte an Nina Sinclairs Auto und blockierte die Fahrertür gerade so weit, um sie am Einsteigen zu hindern, aber nicht so sehr, dass meine Absicht offensichtlich wurde, und hielt ein Gespräch über Mathe am Laufen. In Wirklichkeit allerdings stellte ich Berechnungen darüber an, was heißer war – ihre langen Haare oder ihre langen Beine.

Gerade hatte ich sie zum Lachen gebracht, als Billy angestampft kam.

»Ich weiß jetzt einen Gefallen«, verkündete er.

Mein Blick schleuderte Feuerpfeile in seine Richtung, aber Ninas Augen wurden bei seinem Anblick so feucht, dass sie die Flammen sofort wieder löschten.

»Hey, Schätzchen, was hast du gerade gesagt?«, fragte sie mit widerwärtig süßlicher Babystimme und beugte sich vor, die Hände auf die Oberschenkel gestützt, als wäre Billy D. ein kleiner Junge und nicht genauso groß wie sie.

»Ich hab mit ihm geredet.« Er zeigte auf mich.

»Oh, entschuldige.« Eine Sekunde lang wirkte Nina verwirrt, dann aber sah sie mit verklärtem Blick zu mir auf. »Kümmerst du dich um ihn?«

»Na ja, ›kümmern‹ kann man eigentlich –«

»Hat er das Downsyndrom?«

»Du, er kann dich hören –«

»Das ist ja total lieb von dir.« Sie trat einen Schritt auf mich zu, klimperte mit den Wimpern und schlug dann die Augen nieder. »Und irgendwie auch echt heiß.«

Wärme breitete sich in mir aus, von meinen Wangen bis runter unter die Gürtellinie.

»Ach, na ja, weißt du …« Ich legte den Arm um Billys Nacken und zog ihn mit Richtung Baseballfeld. »Irgendwer muss doch ein Auge auf die kleinen Kerle haben.«

Nina lächelte und ich behielt Billy im Schwitzkasten, bis sie in ihrem Auto saß und wegfuhr.

Als ich schließlich meinen Griff lockerte, befreite Billy sich vehement. »Ich bin nicht klein.«

»Dein Hirn aber schon.«

»Ist es gar ni…«

»Schon gut, so meinte ich das ja nicht. Ich will bloß sagen, es ist ziemlich daneben, jemanden zu unterbrechen, wenn er gerade ein Mädchen anbaggert.«

Billy runzelte die Stirn. »Du hast einen Bagger?«

»Nein, ich meine, ich wollte sie anmachen. Das sagt man halt so, wenn …« Ich schüttelte den Kopf. »Egal, vergiss es.«

Wir erreichten die Straße und gingen schweigend weiter, bis wir an den Fuß des kleinen Hangs kamen, der zu den Gärten führte.

Dort blieben wir stehen und überlegten, welchen Weg wir nehmen sollten, bevor wir wortlos den Hügel links liegen ließen und weiter die Straße entlangmarschierten.

»Du hast doch gesagt, du weißt jetzt, was ich dir für einen Gefallen tun soll«, fing ich an.

»Ach so, ja, du musst mir helfen –«

»Nein.«

»Wie?«

»Spielt keine Rolle, was es ist, die Antwort lautet *Nein*. Ich bringe dich nach Hause. Das ist meine Strafe.«

»Aber Mr Bell hat doch gesagt, du bist mein Men… mein Men…«

»Mentor«, ergänzte ich. »Aber nenn mich ja nicht so. Und erwarte bloß nicht, dass ich dir das Händchen halte oder den Arsch abwische. Meinetwegen zeige ich dir die Schule, aber ich tue dir bestimmt nicht irgendwelche bescheuerten Gefallen, die du dir ausdenkst, wie … wie dir beim Zimmeraufräumen helfen oder so.«

»Du sollst mir nicht beim Aufräumen helfen. Du sollst mir helfen, meinen Dad zu finden.«

Ich stolperte und musterte dann prüfend Billys Gesicht, um zu beurteilen, ob das ein Scherz gewesen war. Sah nicht so aus. Also trat ich einen Schritt zurück, die Hände erhoben. »Wow. Das ist … das ist echt … viel zu heftig.«

Und ein viel zu heikles Thema für mich.

Billy war kein bisschen überrascht. So wie er die Augen zusammenkniff und entschlossen den Kiefer vorschob, wirkte er eher – ja, wie? – berechnend.

»Mr Bell mag mich«, erklärte er.

»Na und?«

»Und wenn du mir hilfst, lässt er dich nicht mehr nachsitzen.«

Diese Unterhaltung nahm eine Wendung, die mir so gar nicht gefiel.

»Auf keinen Fall«, sagte ich und ging weiter.

Billy beeilte sich, mich einzuholen. »Wenn du mir hilfst, meinen Dad zu finden, dann helfe ich dir auch bei der Suche nach deinem.«

Wieder blieb ich wie angewurzelt stehen. »Alter, wie kommst du darauf, dass ich auf der Suche nach meinem Dad bin? Das … das … geht dich gar nichts an, klar?« Ich marschierte weiter und fühlte, wie meine Handflächen zu jucken anfingen. »Und wer hat eigentlich behauptet, dass ich nicht weiß, wo mein Dad ist?«

»Mark.«

»Was?«

»Mark sagt, du weißt noch nicht mal, *wer* dein Dad ist.«

Na, Mark schien Billy in seiner ersten Woche hier ja schon ein ganz schönes Kotelett an die Backe gequatscht zu haben. Ich schlug mir mit der Faust in die juckende Handfläche. »Okay, diesmal verpasse ich ihm definitiv einen Arschtritt.«

»Weißt du's denn?«

»Weiß ich was?«

»Wer dein Dad ist?«

»Ich hab dir doch gesagt, das geht dich nichts an!« Ich hob den Zeigefinger vor seinem Gesicht. »Solchen Zurückgebliebenen wie Mark solltest du gar nicht erst zuhören.«

»Und du solltest nicht ›zurückgeblieben‹ sagen.«

Ich ließ die Hand sinken. »So hab ich das nicht … ich wollte damit nicht sagen … du weißt schon.«

Billy starrte mich an.

»Egal.« Ich schüttelte seinen Blick ab. »Warum bittest du dann nicht deinen tollen Freund Mark, mit dir nach deinem Dad zu suchen?«

»Er ist nicht mein Freund. Er ist bloß einmal mit mir zur Schule gelaufen.«

Was in Wirklichkeit vermutlich hieß, dass Billy Mark zur Schule *gefolgt* war.

»Der würde mir außerdem bestimmt nicht helfen«, fuhr Billy fort. »Aber du schon.«

»Wieso sollte ich?«

»Wenn du's nicht machst, sag ich's Mr Bell.«

»Und was genau willst du ihm sagen? Dass ich mich geweigert habe, mich in deine Familienprobleme einzumischen? Bitte schön, mach ruhig. Dafür schmeißt er mich sicher sofort von der Schule.«

Billy schüttelte den Kopf. »Nein. Ich sag ihm, dass du mir in der Schule nicht helfen willst. Und dass du kein guter Mentos bist.«

»Mentor heißt das«, korrigierte ich und starrte wütend auf Billy runter. »Das ist ja wohl ein Witz, oder? Du würdest ernsthaft den Disziplinarrat anlügen und mich nachsitzen und vielleicht sogar von der Schule fliegen lassen, nur weil ich dir nicht so einen blöden, unmöglichen Gefallen tun will?«

Billy antwortete nicht, aber er erwiderte meinen Blick, ohne zu blinzeln, und der Ausdruck in seinen Augen sagte alles.

Ja, würde er. Ernsthaft.

»Das ist … du kannst doch nicht …« Mit fuchtelnden Händen und um Worte ringend lief ich ihm nach, als er sich wieder in Bewegung setzte. »Das ist Nötigung!«, rief ich schließlich.

Billy sah mich ausdruckslos an.

»Erpressung«, versuchte ich es anders.

Billy zuckte mit den Schultern. »Ich weiß nicht, was das heißt. Aber ich soll Mr Bell Bescheid sagen, wenn du mir nicht hilfst. Und wenn du mir nicht hilfst, kriegst du Ärger. Also musst du mir helfen.«

So langsam fragte ich mich wirklich, ob unter dieser unschuldigen Miene nicht ein echtes Superschurkenhirn am Werk war. Ich wäre ja gern wütend gewesen, aber – verdammt noch mal – insgeheim war ich beeindruckt.

»Okay, Kurzer. Dann haben wir wohl einen Deal.«

»Ich bin nicht kurz. Und ich heiße –«

»Schon klar, schon klar. Du heißt Billy D. Na schön, *Billy D.*, ich helf dir, deinen Dad zu finden, okay?«

Ich hatte keine Ahnung, in was für einen Schlamassel ich mich da eventuell reinmanövrierte, aber wie es aussah, blieb mir ja wohl nichts anderes übrig. Aus irgendeinem Grund war ich mir ziemlich sicher, dass der Disziplinarrat es mir nicht abkaufen würde, wenn ich behauptete, der nette Neue mit Downsyndrom würde mich erpressen.

»Super«, sagte Billy. »Und ich helf dir, deinen zu finden.«

»Nee, lass mal, ich will ihn gar nicht –«

Aber Billy stampfte schon weiter und faselte davon, wann wir loslegen sollten und wie lange es wohl dauern würde.

Zwei Abbiegungen später, an der Mündung zu unserer Straße, schien ihm langsam wieder einzufallen, dass ich auch noch da war.

»Du musst mir noch einen Gefallen tun.«

Der Junge hatte vielleicht Nerven.

»Du musst mir beibringen, wie man kämpft.« Billy richtete sich gerade auf und schlug sich mit der Faust in die Handfläche, wie er es kurz zuvor bei mir gesehen hatte.

Ich fing an zu lachen, aber sein eindringlicher Blick ließ mich schnell verstummen. »Oh, du meinst das ernst.«

»*Tod*ernst.«

Ich musste ein Lächeln unterdrücken. Das klang, als hätte Billy es von einem coolen Typen aus dem Fernsehen. »Tja, ich würd mal sagen, wenn ich dir beibringe, wie man kämpft, dann ist das so ungefähr das komplette Gegenteil von dem, was Mr Bell sich vorstellt.«

»Also machst du's nicht?« Billy musterte mich aus schmalen Augen.

Mein unterdrücktes Lächeln wurde zu einem ausgewachsenen Grinsen, als ich mir ausmalte, was der Disziplinarrat sagen würde, wenn er wüsste, dass ich hier auf seine Veranlassung hin Boxunterricht gab, statt nachzusitzen.

Ich versetzte Billy einen leichten Hieb gegen die Schulter. »Nein, ich mache es gerade *deswegen*.«

KAPITEL 8

Billy mochte ja ein Berserker sein – was auch immer man sich darunter vorzustellen hatte –, aber er hatte ganz offensichtlich noch nie jemandem einen anständigen Boxhieb versetzt. Nur wenige Tage nach meinem Versprechen, ihm das Kämpfen beizubringen, bereute ich es auch schon wieder. Warum hatte ich nicht einfach weiter mein Glück mit dem Disziplinarrat versucht, anstatt mein weiteres Schicksal an der Twain-High von Billys Forderungen abhängig zu machen?

Dabei hatte ich gedacht, das größte Hindernis hätte darin bestanden, Billys Mutter davon zu überzeugen, ihn überhaupt mit mir auf die Straße zu lassen. Ich wartete draußen vor dem Haus, während Billy ihr versicherte, dass wir nur ein bisschen »rumhängen« und auch nicht zu weit weggehen würden. Aber Mrs Drum hörte gar nicht zu. Die Frau schien permanent mit den Nerven am Ende zu sein, so wie sie dort in der Tür stand und misstrauisch an Billy vorbei zu mir runterstarrte. Offensichtlich war sie davon überzeugt, dass »rumhängen« in Wirklichkeit »Drogen nehmen« bedeutete und dass jeder Schritt jenseits unserer Straße ein Schritt zu weit war. Aber Billy flehte und bettelte und schließlich gab sie nach, wenn auch nicht, ohne ihm das Versprechen abzunehmen, bei Einbruch der Dunkelheit wieder zu Hause zu sein.

Jetzt drückte ich mir die Finger auf die Lider und lehnte mich an den zersplitterten Holzpfosten einer Schaukel. »Ich weiß nicht, wie ich's dir sonst noch erklären soll, Mann. So schwer ist das doch nicht, eine Faust zu machen.«

»Für mich schon.«

Als ich die Augen wieder aufmachte, saß Billy auf dem unteren Ende einer ausgeblichenen gelben Plastikrutsche. Hier im Park, auf dem alten, schrottigen Spielplatz voller rostiger, mit Gang-Graffiti beschmierter Geräte hatten wir wenigstens einigermaßen unsere Ruhe. Er war viel zu abgeranzt, um tagsüber noch Kinder anzuziehen, und die Typen, die ihn als Treffpunkt für ihre Drogendeals oder als Leinwand für ihre Spraydosen nutzten, tauchten erst im Dunkeln auf.

Billy sah auf seine Hände, spreizte die Finger und zwang sie, gerade zu bleiben. Wenn er sie locker ließ, krümmten sie sich sofort wieder. Er konnte zwar eine lose Faust formen, sie aber nicht lange halten. Jedes Mal, wenn er einen Hieb zu landen versuchte, erschlafften seine Finger, sodass er sich bisher selbst mehr wehgetan hatte als mir.

Ich stieß mich von dem Pfosten ab, richtete mich auf und bemühte mich, meinen Frust abzuschütteln.

»Okay, noch mal. Diesmal schlägst du mich hier.« Ich deutete auf meinen Bauch. »Der ist weicher, dann tut's nicht so weh.«

Billy schüttelte den Kopf. »Du bringst mir das gar nicht richtig bei.«

»Ich … was?« Ich schnaubte. »Du kannst mich mal, Billy D.! Ich tu dir hier 'nen Riesengefallen, klar? Und Gefallen sind normalerweise echt nicht –«

»Jaja«, unterbrach mich Billy. »Gefallen sind nicht dein Ding.«

Mein Mund klappte zu.

»Du musst mir zeigen, wie man fester schlägt, oder –«

»Dabei geht's nicht nur um Kraft. Sondern darum, wie man sie einsetzt.« Ich hoffte, das klang, als hätte ich irgendeine Ahnung, wovon ich redete. Niemand hatte mir je das Kämpfen beigebracht. Ich hatte einfach immer nur dem Jucken nachgegeben.

Ich ließ mich neben dem schmollenden Billy auf seiner Rutsche zu Boden sinken. »So wird das nichts.«

Er guckte entsetzt. »Aber du hast doch gesagt –«

»Ich weiß, aber so ist das halt. Ich kann dir nichts beibringen.«

»Warum nicht?«

Frustriert warf ich die Hände in die Luft. »Weil ich nicht Mr Miyagi bin und du mal *so* was von kein Karate Kid.«

»Kein was?«

»Jetzt sag mir nicht, du hast diesen Film noch nie gesehen.«

»Worum geht's denn da?«

»Ist schon ein richtig alter Schinken, aus den Achtzigern oder so. Da drin wird so ein mickriges Würstchen quasi zum größten Kämpfer aller Zeiten.«

»Wie ich.« Billy grinste.

»Nein, Mann, eben nicht wie du. Das versuch ich dir ja zu erklären.«

»Ist doch dein erster Tag als Lehrer heute«, tröstete Billy. »Keine Angst, du wirst schon noch besser.«

Sprachlos starrte ich ihn an. Genau, ich war hier ja auch derjenige, der es absolut nicht draufhatte, und nicht etwa der Junge, der nicht mal dann ein Ziel treffen würde, wenn sein Leben davon abhinge.

Während ich noch wie betäubt dasaß und mal wieder nicht anders konnte, als sein Selbstbewusstsein zu bewundern, schleifte er seinen Rucksack rüber zum Sandkasten und kramte seinen Atlas hervor. Im Schneidersitz hockte er sich auf eine der rissigen hölzernen Bahnschwellen, die die Sandfläche begrenzten, und schlug auf seinem Schoß das schwere Buch auf.

Ich wollte mich eigentlich zurücklehnen und die sicher nur vorübergehende Ruhe genießen, aber je länger Billy in dem Atlas blätterte, desto dringender wollte ich wissen, was zum Teufel denn an einer Ansammlung von Landkarten so spannend war. Also folgte ich ihm seufzend.

»Was suchst du eigentlich da drin?«

Billy sah nicht auf. »Meinen Dad.«

Ich warf ihm einen zweifelnden Blick zu.

»Komischer Ort, um seinen Dad zu suchen«, erwiderte ich. »Wenn er nicht gerade ein Gebirge oder ein Fluss ist, wirst du ihn da wohl kaum –«

Billy pikte mit seinem Stummelfinger auf die aufgeschlagene Seite ein. »Truth or Consequences!«

Ich zuckte zusammen. Offenbar war das alles ein bisschen viel für ihn gewesen. »Äh, was? Vielleicht sollten wir für heute doch lieber Schluss –«

»Nein, guck doch mal. Truth or Consequences.«

Er nahm den Finger weg, und da sah ich die drei Wörter dort stehen, genau in der Delle, die sein Fingernagel in der Karte von New Mexico hinterlassen hatte.

»Das ist ein Städtename?«, vergewisserte ich mich.

»Ja. Und das ist noch einfach, weil die Stadt auf der Karte steht.« Er blätterte durch die weichen, abgegriffenen Seiten des Atlasses. »Aber es gibt auch jede Menge Städte mit ulkigen Namen, die man auf keiner Karte findet.«

»Okay, aber was hat das mit –«

»Hier, guck mal.« Er klappte das Buch wieder auf. »In Oregon, wo ich früher gewohnt habe, da gibt's einen Ort, der heißt Boring. Nur steht der nicht im Atlas, also musste ich ihn dazuschreiben.«

»Gut, Billy, aber –«

»Und dann gab's noch eine Stadt namens Idiotville.« Er lachte, während sein Finger eine Linie vom handgeschriebenen *Boring* zu einem dunklen Gekritzel zog, wo er *Idiotville* durchgestrichen hatte. »Aber da wohnt jetzt keiner mehr. Und Borings gibt es jede Menge. Eins in Maryland und eins in Tennessee und –«

»Billy D.!« Ich musste richtig schreien, damit er mich beachtete.

Er hob den Blick von dem Atlas, als tauchte er gerade aus einem Rausch auf, und ich machte die universelle »Auszeit«-Geste: die Hände zu einem T geformt.

»Ist ja alles super, Mann, aber du hast doch gesagt, du bist auf der Suche nach deinem Dad.«

»Bin ich auch.«

»Ja, aber ich kapier's nicht.«

Billy legte eine pummelige Hand auf die Karte und strich die Seite glatt.

»Mein Dad hat mir die ganzen Städtenamen gesagt. Er hat Listen gemacht und ich hab dann nach dem passenden Staat gesucht und nach der Stelle, wo ich sie auf die Karte schreiben muss.«

»Und?«

»Und in einer Stadt davon wohnt er. Ich weiß bloß nicht, in welcher.«

Ich musterte Billys Gesicht, aber er wirkte mit den Gedanken weit weg, verloren in Hooker, Oklahoma, oder sonst einem komischen Ort.

»Wann hast du ihn denn zum letzten Mal gesehen?«

»Zu Hause«, sagte Billy. »Vor ein paar Monaten. Oder …« Sein Gesicht knautschte sich vor lauter Nachdenken zusammen. »Vielleicht auch vor ziemlich vielen Monaten.«

»Aber ihr seid doch gerade erst hergezogen«, wandte ich ein.

Billy fing wieder an, in seinem Atlas zu blättern. »Wir waren erst noch woanders.«

»Dein Dad ist also nicht zu Hause in … wo, hast du noch gleich gesagt? In Oregon?«

Billy schüttelte den Kopf. »Nein. Ich hab auf unserem alten Telefon angerufen. Die Nummer kann ich auswendig. Aber die gehört jetzt anderen Leuten.«

»Und wenn du's auf dem Handy versuchst?«

Eine leichte Röte stieg Billy in die Wangen. »Die Nummer hab ich nicht mehr.«

»Wieso nicht?«

»Mom hat sie aus meinem Handy gelöscht.«

»Oha! Steckt da 'ne üble Scheidung dahinter oder so was?«

Ein Kumpel von mir hatte das in der Junior-Highschool auch durchmachen müssen. Sein Dad hatte sich geweigert, Unterhalt zu zahlen, also hatte die Mom meines Freundes ihm verboten, seinen Vater am Wochenende zu besuchen. Er war der Erste aus meiner Clique gewesen, der von der Twain flog und auf die Alternativschule kam, nachdem der Disziplinarrat ihn mit Drogen erwischt hatte.

Billy knibbelte an einer Ecke des Atlasses und antwortete nicht.

Ich verschränkte die Arme und wandte das Gesicht zum Himmel. »Alter, ich weiß ja, ich soll dir bei deinem Dad-Kram helfen, aber dann musst du mir doch wenigstens so was wie 'nen Anhaltspunkt liefern.«

Billy hob den Atlas und sah mir endlich in die Augen. »Hier.«

»Aber sinnvoller wär's doch, wenn wir in Oregon anfangen«, schlug ich vor.

»Da ist er nicht.«

»Und da bist du dir sich…«

»Sogar Mom sagt, dass er da nicht ist. Sie meint, er ist umgezogen. Und ich weiß genau, dass er nur in eine von *unseren* Städten ziehen würde. Nur nicht nach Boring, weil Dad nämlich gesagt hat, er würde niemals in einer Stadt wohnen wollen, die ›langweilig‹ hei…«

»Wie heißt denn dein Dad?«, fragte ich.

»Paul Drum.« Er drehte den Kopf und sah mich aus zusammengekniffenen Augen an. »Warum?«

»Weil wir ihn im Internet suchen können – vielleicht finden wir so raus, wo er ist.«

Billy verdrehte die Augen. »Hallooo? Meinst du, das hätte ich nicht schon versucht?«

»Alter, ich hab dir doch gesagt, du sollst das nicht mehr sagen.«

»Es gibt ungefähr eine Milliarde Leute, die Paul Drum heißen«, redete er weiter. »Und die sind alle in Detroit oder San Diego oder sonst wo, wovon man schon mal gehört hat. Mein Dad würde nie irgendwo hinziehen, wovon man schon mal gehört hat.«

»Also hast du keinen von denen angeru…«

»Nein. Da ist er nicht.« Billy knallte den Atlas zu und presste ihn an seine Brust. »Er ist an einem von den Orten hier.«

Über dem Buch zusammengekrümmt wiegte er sich vor und zurück.

Instinktiv streckte ich die Hand aus und tätschelte seinen Rücken. Eine unbeholfene Geste, die meine Hand nicht gewohnt war, darum fiel das Geklopfe ein bisschen zu kräftig aus und Billy musste schnell einen Fuß in den Boden stemmen, um nicht mit dem Kopf voran im Sandkasten zu landen. Ich packte ihn an seinem T-Shirt-Kragen und zog ihn wieder hoch.

»Okay, Billy D. Wenn du sagst, dass er an einem von diesen Orten mit den komischen Namen ist, dann ist er da auch.«

Und als Billy mit einem leichten Lächeln zu mir aufsah, bereute ich nicht, ihn belogen zu haben. Sollte der Kleine ruhig denken, dass sein Dad sich in diesem Atlas versteckte, wenn es ihm dadurch besser ging.

Bei mir war es schon lange her, dass ich alte Fotoalben nach

Bildern von mir als Baby auf dem Arm eines Mannes – irgendeines Mannes – durchforstet hatte, und noch länger, dass ich naiv davon geträumt hatte, mein Dad würde kommen und mich zu sich holen, aber ich wusste noch genau, was das für ein Gefühl gewesen war. Und ich konnte es nicht leugnen: Hätte ich damals so einen Atlas oder irgendeine Art von Schatzkarte gehabt, die mir möglicherweise geholfen hätte, meinen Dad zu finden, dann hätte ich mich auch daran geklammert.

Nach unserer Trainingseinheit kam uns der Nachhauseweg länger vor als sonst, darum pflanzten wir uns auf halbem Weg zwischen Spielplatz und unserer Straße auf die Bank einer Bushaltestelle, um uns den Rest der Strecke chauffieren zu lassen. In der Ecke des Wartehäuschens hatte sich ein müffelnder Säufer zusammengerollt, der schnarchte wie ein Walross. Ich starrte ihn an, wie ich es bei vielen Fremden tat – auf der Suche nach etwas Vertrautem. Penner und Ganoven guckte ich mir immer ganz besonders gründlich an, aus Angst, einer von ihnen könnte der Mann sein, den ich Dad nennen sollte.

Der Bus kam mit quietschenden Bremsen vor uns zum Stehen und wir stiegen ein. Er war voller Feierabendvolk auf dem Heimweg und nirgends gab es einen freien Platz. Ich klammerte mich an einer Haltestange fest, aber Billy hatte das nicht nötig. Eine Frau in einem billig aussehenden Hosenanzug stand auf und forderte Billy wild gestikulierend auf, sich zu setzen. Als er es tat, lächelte sie selbstzufrieden und er grinste zurück. Ich sah noch weitere von diesen Mitleidslächeln um uns – mehr Leute, die Billy ihren Platz angeboten hätten, als könnte er nicht stehen wie jeder andere auch, als wäre sein ungewöhnliches Gesicht ein Zeichen dafür, dass seine Beine nicht funktionierten.

Die Frau, auf deren Sitz Billy nun saß, lächelte auch mir zu – ein stummes »Braver Junge«-Lob, weil ich so ein barmherziger

Samariter war und mich mit dem Jungen mit Downsyndrom abgab. Ich reagierte mit einem finsteren Stirnrunzeln.

Am Ende unserer Straße stiegen wir aus, und kaum dass meine Füße den Asphalt berührten, erklärte ich Billy auch schon: »Mann, das ging echt gar nicht.«

»Was ging nicht?«

»Du hättest den Platz von dieser Ollen nicht annehmen sollen.«

»Warum nicht?«

»Weil sie ihn dir bloß aus einem Grund überlassen hat.«

In Billys Miene flackerte Verwirrung auf.

Ich holte tief Luft und überlegte, wie ich ihm das nun einfühlsam erklären sollte.

»Sie hat ihn dir angeboten, weil sie dich für einen Mongo gehalten hat.«

Einfühlsamkeit war offenbar nicht so meine Stärke.

Billy zog die Brauen zusammen. »Nein, die war bloß nett.«

»Billy D., ist dir vielleicht schon mal aufgefallen, dass viele Leute nur zu dir und zu keinem anderen nett sind?«, fragte ich, während wir losmarschierten.

Billy dachte kurz nach. »Kann sein.«

»Und das macht dir nichts aus?«

»Warum sollte mir das was ausmachen?«

»Na ja … die sind nur nett zu dir, weil du ihnen leidtust.«

Überrascht sah Billy auf. »Wieso tue ich denen denn leid?«

Ich fing seinen Blick auf. »Meinst du das ernst?«

»Ja.«

»Na, weil du anders aussiehst, Alter. Ist doch klar.«

»Oh.« Billy guckte runter auf seine Füße.

Hastig versuchte ich, es besser zu erklären. »Ich meine, immerhin *sind* sie nett, stimmt's? Besser, man ist nett zu jemandem, der ein bisschen anders ist, als gemein oder so. Aber trotzdem …

die bilden sich ein Urteil über dich. Fällen ihre Entscheidung nur wegen deines Aussehens … wie …« Ich schnippte hilflos mit den Fingern. »Wie zum Beispiel, wenn die Leute über mich denken, ich wäre ein Arschloch, nur weil ich nicht die ganze Zeit rumrenne wie 'ne Grinsekatze.«

»Ach so.« Billys Augen strahlten, als er begriff. »Und wie das mit deiner Haarsträhne, die da hinten immer so hochsteht.«

Unwillkürlich tastete meine Hand nach meinem Hinterkopf. »Was?«

»Die Leute denken bestimmt, du würdest dir nicht die Haare kämmen, aber ich glaub schon, das machst du, weil, ich hab nämlich gesehen, wie du immer versuchst, die Strähne runterzudrücken, aber sie bleibt nicht unten, egal, wie oft du dich kämmst, stimmt's? Nur, das wissen die Leute eben nicht.«

Langsam und bedächtig hob ich die Hand von der fraglichen Strähne und fühlte das Kitzeln auf meiner Kopfhaut, als die Haare sich eins nach dem anderen wieder aufstellten.

»Nein, darum geht's doch – ich meinte nicht … was ich sagen wollte, Billy …« Ich atmete tief durch. »Die Leute sollten dich nicht anders behandeln, bloß weil du aussiehst wie ein Mon…« Ich schluckte das Wort schnell runter. »Weil du … Förderbedarf hast oder wie das heißt.«

Billy blieb stehen. Wir waren vor unseren Häusern angekommen. »Du hast mich doch auch anders behandelt«, sagte er.

»Was? Nee, hab ich gar nicht.«

»Doch, du hast gesagt, mich verprügelst du nicht – weil ich so aussehe, wie ich aussehe, oder nicht?«

Er starrte mich mit ausdruckslosem Gesicht an. Er war nicht sauer deswegen oder so, er sagte nur, was Sache war.

»Scheiße«, erwiderte ich. »Hab ich wirklich. Tut mir l…«

»Wen verprügelst du denn sonst noch alles nicht?«

Wir standen mitten auf der Straße zwischen unseren beiden

Häusern und es wurde immer dunkler. Ich wich zurück auf meine Seite, um nicht noch umgemäht zu werden. »Mädchen«, sagte ich im Rückwärtsgehen. »Mädchen haue ich nicht.«

»Warum nicht?«

»Alter, weil Mädchen hauen echt gar nicht geht.«

Darüber musste Billy ein Weilchen nachdenken. Schließlich nickte er. »Und wen sonst noch?«

»Keine Ahnung, Billy. Ich bin ziemlich fertig gerade, okay?«

»Okay.« Er stampfte rüber auf seine eigene Straßenseite, drehte sich aber noch mal um, bevor er die Stufen zur Haustür hochging. »Du, Dane?«

»Ja?« Im schummrigen Licht der Verandaleuchte konnte ich Billys Silhouette kaum ausmachen.

»Deine Mom ist doch die blonde Frau, oder?«

»Ja, wieso?«

»Du siehst gar nicht aus wie sie.«

»Ich weiß.« Ich hielt inne. »Ich weiß nicht, wem ich ähnlich sehe.«

»Aber deine Mom bestimmt«, überlegte Billy.

»Was?«

Billy zuckte mit den Schultern. »Wie sie siehst du nicht aus. Aber sie weiß bestimmt, wie wer du aussiehst.«

Natürlich war mir schon vorher mal durch den Kopf gegangen, dass ich meinem Dad ähnlich sehen musste, aber wieso war ich eigentlich nie darauf gekommen, dass meine Mom logischerweise wissen musste, wer er war? Im Dunkeln verzog sich mein Mund zu einem Lächeln.

Was immer die Leute über meine Mom dachten … was immer *ich* insgeheim über sie gedacht hatte … ich war mir sicher, dass sie nicht so war – dass sie wusste, wer mein Dad war, und es vermutlich auch schon immer gewusst hatte.

Billys Schatten bewegte sich auf seine Tür zu.

»Billy D.!«

»Ja?«

»Ich warte morgen auf dich. Dann können wir zusammen zur Schule laufen.«

Ich konnte fast sehen, wie sich ein Lächeln auf seinem Gesicht ausbreitete. »Na dann.«

»Na dann.«

KAPITEL 9

»Und, ist Dane auch nett zu dir?«, fragte ich Billy und imitierte dabei, so gut ich konnte, den Disziplinarrat.

»Ja«, antwortete Billy gelangweilt.

»Zeigt er dir die Schule?«

»Nein.«

Ich packte Billy beim Arm und drehte ihn zu mir herum, sodass wir Zeh an Zeh voreinander standen.

»Mann, Billy, du musst *Ja* sagen.«

»Aber du brauchst mir die Schule doch gar nicht zu zeigen.«

Frustriert warf ich die Hände in die Luft. »Darum geht's aber nicht.«

Ich versuchte ihm schon den halben Schulweg lang einzubläuen, was er dem Disziplinarrat erzählen sollte. Bisher war ich mir nämlich noch ziemlich sicher, dass ich kurz vor einer Suspendierung stand.

»Ach, egal«, seufzte ich und ging weiter. »Sag ihm einfach, dass ich dir helfe, okay?«

»Mach ich.«

»Gut.«

»Wenn du wirklich mal damit anfängst.«

Ich fuhr herum. »Was soll das denn heißen? Ich bringe dir doch wohl Kämpfen bei, oder nicht?«

Sein griesgrämiges Gesicht sagte mir, dass das nicht das war, was er gemeint hatte.

»Alter, ich tu doch, was ich kann, um dir bei der Suche nach deinem Dad zu helfen, aber so was dauert nun mal. Und du musst den Disziplinarrat *jetzt* davon überzeugen, dass ich ein Supertyp bin. Außerdem«, fügte ich dann mit gesenkter Stimme hinzu, »wenn du mir nicht den Ärger in der Schule vom Hals schaffst, hältst du dich nicht an deine Seite der Abmachung, und dann muss ich dir bald gar nicht mehr helfen, deinen Dad zu finden.«

Tja, der Spieß ließ sich auch umdrehen.

»Das ist …« Billy schnaubte und seine Ohren liefen rot an. »Das ist …«

»Erpressung?«, ergänzte ich. »Ja, wem sagst du das.«

Die Runde ging wohl an mich, aber beim Anblick von Billys hängenden Augen- und Mundwinkeln durchfuhr mich ein unbehaglicher kleiner Schauder aus Schuldgefühlen.

»Na schön, dann versuchen wir's eben noch mal. Du bist dir also sicher, dass dein Dad nicht zu Hause in Oregon ist?«

»Ganz sicher«, bestätigte Billy.

Wir gingen weiter.

»Und er hat dir nicht gesagt, wo er hinwill?«

»Nein.«

»Er ist einfach weggezogen und hat dich nicht mal angerufen?«

Billys Lächeln verblasste. »Er hat gar nicht unsere Nummer.«

»Wieso das denn nicht?«

»Weil Mom sie ständig ändert.«

Wow, der Frau musste echt übel mitgespielt worden sein.

»Hey, was macht die denn da?« Billy deutete nach vorn zur nächsten Straßenecke.

Mein Blick folgte seinem Finger zu einem Auto, das mitten auf der Kreuzung stand. Eine Frau in einem engen Rock trat wütend gegen die Reifen und schimpfte laut vor sich hin.

»Was hat sie denn?«, fragte Billy.

»Wen interessiert's?«

Als wir fast an der Kreuzung angelangt waren, fiel der Blick der Frau auf uns und sie hob die Hände, als wollte sie Halleluja rufen.

»Gott sei Dank! Kannst du mir helfen?«

»Womit?«, fragte ich.

Sie machte eine hektische Geste auf ihr Auto. »Mit diesem verschiss… diesem blöden Schrotthaufen hier. Ist einfach stehen geblieben. Ich fahre ganz normal und auf einmal stottert das Ding nur noch und *bleibt einfach stehen*!« Die Hände in die Hüften gestemmt, schien sie zu erwarten, dass uns diese Tatsache ebenso empörte wie sie.

»Und jetzt?«, fragte ich.

»Und … na ja, kannst du nicht mal unter die Haube gucken und nachsehen, was da nicht stimmt?«

Ich seufzte. So was passierte mir andauernd. Vielleicht lag es an meinem unrasierten Gesicht oder daran, dass ich nie was anderes trug als Worker Boots und Jeans, aber aus irgendeinem Grund nahmen die Leute – und ganz besonders Frauen – immer an, ich hätte Ahnung von Autos.

Einer von Moms Exfreunden hatte mal versucht, mir was über Kurbelwellen und Getriebe und wie das alles hieß beizubringen, aber ich hatte ihn abblitzen lassen, so wie jeden Typen, der sich aufführte, als wäre er mein Dad. Von einem Onkel oder Opa oder so hätte ich das Ganze ja ganz gern gelernt, aber so was hatte ich nun mal nicht, und Mom versicherte mir auch immer, wenn ich die gekannt hätte, hätte ich sowieso nichts mit ihnen zu tun haben wollen.

Normalerweise hätte ich der scharfen Mutti mit ihrer Karre ja erklärt, dass ich ihr nicht helfen konnte, aber Billy stand da und guckte mich an, als wartete er darauf, dass ich die Sache in Ordnung brachte – als wäre er überzeugt davon, dass ich einfach alles konnte. Also trat ich so selbstsicher wie möglich näher und klappte die Motorhaube auf.

Ich beugte mich vor und wich sofort hustend zurück. Irgendwas in diesem Gewirr qualmte ganz schön vor sich hin.

»Mann«, röchelte ich hervor. »Da haben Sie echt ein Problem.«

»Oh nein! Woran liegt's denn?« Die Frau hüpfte von dem Auto weg, als könnte es jeden Moment explodieren.

»Am … äh …« Ich beugte mich wieder über den Motor und streckte die Hand nach irgendeinem Teil aus, um Zeit zu schinden. Und verbrannte mir prompt die Finger an dem heißen Metall. »Verdammt!«

Mit schmerzverzerrtem Gesicht schob ich die Hand in die Tasche. Billy und die Frau sollten nicht mitkriegen, dass ich mir echt wehgetan hatte.

»Oh Gott. Ist es so schlimm?«, jammerte die Frau.

Ich nickte. »Ja, absolut, ich kann das nicht reparieren … hab ja mein Werkzeug nicht hier und so. Sie rufen wohl besser einen Abschleppwagen.«

»Das ist ja der größte Scheiß, den ich je gehört habe«, mischte sich eine raue Stimme ein, begleitet von einem hölzernen Schaben auf Beton.

Ich wirbelte herum. Hinter mir sprang ein dünner Junge mit grellweißem Haar von einem Skateboard. Nein, Moment, kein Junge – das war ein Mädchen.

Ihre flache Brust, die tiefe Stimme und die superkurzen, weißblond gefärbten Haare hatten mich kurz in die Irre geführt, aber als sie sich ihr Board schnappte und zu mir ans Auto trat, erkannte ich, dass ihr Gesicht eindeutig das eines Mädchens war: zarte Haut, lange Wimpern, rote Lippen.

Ich ertappte meine Hand dabei, wie sie nach oben schnellte, um die widerspenstige Haarsträhne zu glätten. »Bitte was?«

Ungerührt vom Qualm beugte sie sich über den Motor. »Sieht aus, als wäre der einfach überhitzt«, sagte sie zu der Frau im engen Rock. »Wann haben Sie denn den letzten Ölwechsel gemacht?«

Die Frau wedelte mit der Hand. »Ach herrje, keine Ahnung.«

Das Mädchen mit den weißen Haaren verdrehte die Augen. »Na ja, der Qualm lässt jedenfalls schon nach. Wenn der Motor ein bisschen abgekühlt ist, springt der Wagen sicher wieder an, aber dann würde ich auf direktem Weg in die Werkstatt fahren.« Sie deutete die Straße runter, vorbei am Baseballfeld. »Kennen Sie Rays Autowerkstatt? In der Oakland Street? Einfach da vorne rechts runter.«

Die Frau nickte. Die Selbstsicherheit des Mädchens schien sie zu beruhigen.

»Vielleicht muss auch Ihr Kühlsystem mal gespült werden.« Das Mädchen klappte die Motorhaube zu und ließ ihr Skateboard wieder auf die Straße fallen. »Ray macht Ihnen da bestimmt einen guten Preis. Sagen Sie ihm einfach, Seely schickt Sie.«

Die Frau bedankte sich ungefähr tausendmal bei dem Mädchen, während ich danebenstand und mir wie ein Volltrottel vorkam.

Einen Fuß auf dem Board, winkte das Mädchen der Frau zum Abschied nach und wandte sich dann uns zu. »Abschleppwagen?«, wiederholte sie spöttisch.

»Ach, und du meinst, die Kiste springt einfach so wieder an, ja?«, fauchte ich zurück.

Das Geräusch eines anspringenden Motors und das sich entfernende Auto beantworteten meine Frage.

Das Mädchen lachte. Es war ein raues Lachen, sehr sexy, und ich hätte gern mehr davon gehört, aber trotzdem starrte ich sie finster an.

»Schon gut.« Sie versetzte mir einen leichten Boxhieb auf den Arm. »Du hättest den Motor sicher super repariert … wenn du dein Werkzeug hier gehabt hättest. Und so.«

»Tja, das werden wir wohl nie erfahren«, murmelte ich.

»Kann ich mal mit deinem Skateboard fahren?«, meldete sich plötzlich Billy zu Wort.

Sie beäugte ihn unsicher, als wüsste sie nicht, ob es daneben von ihm war, das einfach so zu fragen, oder es daneben von ihr wäre, Nein zu einem Jungen mit Downsyndrom zu sagen. »Hm … eigentlich lasse ich fremde Leute nicht so gern auf mein Board.«

»Ich bin Billy Drum. Aber alle nennen mich Billy D.«

»Ich bin Seely. Mich nennen alle Seely.«

Billy lachte.

Seely guckte mich erwartungsvoll an.

»Oh. Ich bin Dane.«

»Ja, ich weiß. Ich kenne dich aus der Schule.«

Ach, echt? Warum kannte ich sie dann nicht? An diese verrückten Tipp-Ex-Haare hätte ich mich doch eigentlich erinnern müssen, aber vielleicht war sie auch eine von diesen Posertussis, die wöchentlich die Haarfarbe wechselten, um allen zu beweisen, wie »anders« sie waren.

»Du gehst auf unsere Schule?«, erkundigte sich Billy.

»Mhmm.«

»In welcher Klasse bist du?«

»Zehnte.«

»Und wieso kennst du dich so gut mit Autos aus?«

»Mein Dad hat eine Motorradwerkstatt. Ist fast dasselbe.«

»Ist dein Dad Ray?«

Ich musste mir das Lachen verkneifen. Dieses Mädchen hatte ja keine Ahnung, wie lange so ein Billy-Verhör gehen konnte.

»Wer?«, fragte sie. »Ach so, von Rays Werkstatt, meinst du?

Nein, das ist ein Freund von meinem Dad. Wow, du stellst aber ganz schön viele Fragen.«

»Gewöhn dich dran«, murmelte ich.

»Ich will dich kennenlernen. Damit wir keine fremden Leute mehr sind und ich mit deinem Skateboard fahren darf.«

Diese Ehrlichkeit war schon irgendwie bewundernswert.

»Okay, pass auf«, erklärte Seely. »Wenn wir uns noch mal treffen, sind wir keine fremden Leute mehr füreinander. Dann lasse ich dich vielleicht mal fahren. Abgemacht?« Sie ging so lässig mit Billy um, als hätte sie ihr Leben lang mit Typen wie ihm verhandelt.

»Abgemacht.« Billy schlug die Hände zusammen. »Hoffentlich treffen wir uns dann bald wieder.«

Seely lächelte. »Seh ich genauso.«

Und als sie das sagte, huschte ihr Blick zu mir, nur ganz kurz. Dann stand sie auch schon wieder mit beiden Füßen auf dem Skateboard und rollte Richtung Schule davon.

»Die mag ich«, verkündete Billy, als wir übers Baseballfeld liefen. »Du auch?«

Hm, mal sehen: Sie hat mich vor der scharfen Mutti doof dastehen lassen, mir das Gefühl gegeben, ein Idiot zu sein, weil ich sie nicht erkannt habe, sie mich aber schon, und mir ganz schön fies vor Augen geführt, dass einen Dad zu haben sogar einem Mädchen mehr Männlichkeit einbringt, als ich sie habe.

»Wie könnte ich das nicht?«

KAPITEL 10

Es dauerte fast eine Woche, bis Billy wieder von seinem Dad anfing. Wir hatten so oft auf dem Spielplatz im Park Boxen geübt und uns bemüht, Billys Mom davon zu überzeugen, dass es okay war, wenn er erst im Dunkeln nach Hause kam – jedenfalls solange ich bei ihm war –, dass wir einfach keine Zeit für was anderes gehabt hatten.

Aber ich war ihm diesen Gefallen definitiv schuldig. Ich wusste nicht, was er dem Disziplinarrat und Mrs Pruitt erzählt hatte, aber innerhalb weniger Tage beäugten sie mich nicht mehr argwöhnisch, wenn sie mir auf dem Flur begegneten, sondern kriegten sich kaum mehr ein vor lauter Lächeln und Winken. Billy hielt seinen Teil der Abmachung ein. Zumindest in den Augen meiner Gefängniswärter verwandelte ich mich immer mehr vom Halunken zum Helden.

Nach einer unserer Trainingseinheiten lag Billy bäuchlings im Gras, die Nase nur Zentimeter über dem aufgeschlagenen Atlas.

»Warum guckst du eigentlich ständig in dieses Ding?«, fragte ich ihn. »Was Neues findest du da drin sicher nicht.«

»Doch, ich finde andauernd neue Sachen«, antwortete Billy, ohne aufzublicken.

Ich ließ mich neben ihm auf die Wiese fallen und spähte ihm über die Schulter. Für mich waren das dieselben langweiligen Karten wie eh und je. »Wie kann das sein?«

»Ich folge den Hinweisen.«

Billy zeigte auf den unteren Seitenrand, wo eine einzige handgeschriebene Zeile zu sehen war – zu ordentlich, um von Billy selbst zu stammen.

»Was ist das?«

»Hat mein Dad geschrieben. Davon gibt's jede Menge.« Billy blätterte durch die Seiten, und tatsächlich, hier und da fanden sich Fußnoten unterhalb der Karten, alle in derselben gleichmäßigen Handschrift. Mindestens ein Dutzend. »Das sind Hinweise«, erklärte Billy.

»Hinweise worauf?«

»Neue Städte. Hier, guck.« Er hielt den Atlas hoch, damit ich die Zeile unter der Karte von Kalifornien sehen konnte:

Besser als die Taube auf dem Dach.

Eine Sekunde glotzte ich ihn nur an, dann schüttelte ich den Kopf. »Kapier ich nicht.«

»Mom sagt immer: ›Der Spatz in der Hand ist besser als die Taube auf dem Dach.‹«

»Ja, das hab ich schon mal gehört«, sagte ich, immer noch verwirrt.

Billy ließ die Seiten durch die Finger gleiten, während er weiterredete. »Ich hab im Internet gesucht, mein Dad hat mir gezeigt, wie das geht. Ein Spatz ist ja einfach nur ein Vogel, und jetzt guck mal, hier, es gibt einen Ort, der Bird-in-Hand heißt, Vogel-in-der-Hand.« Er schlug eine Karte von Pennsylvania auf und presste den Finger auf eine Stelle, wo er *Bird-in-Hand* eingetragen hatte.

Ich zog die Augenbrauen hoch. »Das war wirklich clever, Billy D.«

Er strahlte mich an, aber kurz darauf legte sich ein Schatten auf sein Gesicht und er starrte wieder in das Buch. »Aber alle versteh ich nicht.«

Ich musterte Billy und spürte förmlich, wie sich die Puzzleteilchen zusammenfügten. »Also … du glaubst, wenn du hinter alle Hinweise kommst, dann verrät dir das, wo dein Dad ist?«

Billy setzte sich auf, die Augen kreisrund. »Denkst du das auch?«

Nein, eigentlich nicht.

Aber ich wusste, was ich zu tun hatte: den Kurzen glücklich machen, damit der Disziplinarrat glücklich war.

»Kann jedenfalls nicht schaden, wenn wir uns das Ganze mal vornehmen, was?« Ich zog den Atlas auf meinen Schoß. »Weißt du, was das hier bedeutet?«

Die Karte von Pennsylvania war immer noch aufgeschlagen und unten auf der Seite stand geschrieben: *Hier haben Mom und ich uns kennengelernt und auch geheiratet. Dasselbe und doch anders.*

Billy las den Hinweis vor. Mit dem Zeigefinger folgte er den einzelnen Wörtern und formte sie mit dem Mund. Bei »kennengelernt« und »geheiratet« geriet er ein bisschen ins Stocken, aber ich half ihm.

»Das ist doch einfach«, sagte ich. »Wo haben sich deine Eltern denn kennengelernt und geheiratet?«

Billy zuckte mit den Schultern. Sein Blick war ausdruckslos.

»Das weißt du nicht? Dann frag doch einfach deine Mom.«

»Aber die wird wütend, wenn ich sie solche Sachen frage.«

Ich nickte und fragte mich insgeheim, warum Billys Eltern sich wohl getrennt hatten. Offensichtlich war irgendwas richtig Übles zwischen ihnen vorgefallen, aber ich fand es trotzdem unfair von Billys Mom, dass sie mit ihm nicht mal über seinen Dad reden wollte. Plötzlich überkam mich Mitgefühl für Billy. Was auch immer meine eigene Mom gegen meinen Dad hatte, sie hatte sich gerächt, indem sie seinem Sohn nie verraten hatte, wer er war. Wieso bestraften unsere Mütter die Falschen?

»Trotzdem einfach«, sagte ich und stand auf. Ich streckte Billy die Hand hin, um ihn ebenfalls hochzuziehen. »Komm, wir zwei machen jetzt 'ne kleine Schnitzeljagd.«

Viel zu jagen gab es allerdings nicht. Bei Billy zu Hause war es ziemlich leer – nichts als eine Couch und ein Tischchen mit einem kleinen Fernseher drauf im Wohnzimmer, in der Küche ein Klapptisch und ein paar Stühle und auf den Böden der Schlafzimmer Matratzen. Alles andere befand sich noch unausgepackt in einem Meer von Umzugskartons.

»Was suchen wir denn?«, fragte Billy und zerrte auf mein Kommando hin einen der Kartons mit in sein Zimmer.

»Fotoalben«, antwortete ich. »Hochzeitsbilder von deiner Mom und deinem Dad.«

Billys Gesicht wurde ganz knautschig. »Das würde Mom aber gar nicht gefallen.«

»Na, dann ist es ja gut, dass sie nicht hier ist«, sagte ich und riss den Karton auf.

Es war Samstag und Billy hatte geschworen, dass seine Mom am Wochenende den ganzen Tag arbeitete. Was genau sie machte, wusste er nicht, was ich ziemlich komisch fand, aber ich vertiefte das Thema nicht weiter. So interessant war es dann doch nicht und besonders beeindruckend konnte es sowieso nicht sein, wenn man sich die spärliche Einrichtung des Hauses anguckte.

Bei den ersten paar Kartons half Billy mir noch suchen, aber seine Aufmerksamkeit ließ schnell nach. Jeder Karton enthielt eine neue Ablenkung.

Den Transformer hier hab ich von Dad zu Weihnachten gekriegt, Megatron heißt der.

Das Bild hier hab ich im Kindergarten gemalt und Dad hat es am Kühlschrank aufgehängt.

Die Eintrittskarte hier ist vom Zoo, da haben Dad und ich mal eine ganze Stunde lang zugeguckt, wie die Affen sich gegenseitig die Läuse aus dem Fell sammeln – Dane, wusstest du das, dass Affen sich die Läuse aus dem Fell sammeln? Und dann essen die die auf. Die essen Läuse*!*

Billys Geschichten brachten mich zum Lächeln, aber gleichzeitig hätte ich am liebsten geschrien. Es war ja echt nett, jemanden solche Sachen über seinen Dad erzählen zu hören, der nicht bloß damit angeben und mich verletzen wollte. Aber ich selbst würde solche Geschichten eben nie haben.

Und mit jeder von Billys Erinnerungen wurde ich ein kleines bisschen stinkiger auf seine Mom, weil sie ihm das alles weggenommen hatte – weil sie ihm mehr Erinnerungen dieser Art vorenthielt. Ich hoffte, dass meine Mom das nicht auch getan hatte. Ich hoffte sogar ganz kurz, dass sie doch nicht wusste, wer mein Dad war, denn das wäre wenigstens ein guter Grund dafür, es mir nicht zu sagen.

Gerade wollte ich das Kartongekrame aufgeben, als meine Hand plötzlich die Ecke von etwas Dickem, Flachem ertastete.

»Hey, Billy D., ich glaub, ich hab eins.«

»Ein Fotoalbum?« Er ließ seinen Megatron fallen und krabbelte zu mir rüber.

»Ja.«

Ich zog das Album aus dem Karton und pustete den Staub vom Einband. Darauf war ein Bild von zwei Händen mit ineinander verschlungenen Fingern zu sehen. Der Fokus lag auf den Eheringen an diesen Händen.

Bingo.

»Du hast es gefunden!« Billy klatschte in die Hände und hüpfte im Sitzen auf und ab.

Ich schlug es auf, fast genauso heiß darauf wie Billy zu sehen, ob ich auf der richtigen Spur war. Die Bindung knarzte, als ich das Album öffnete – viel zu laut. Ich erstarrte in der Bewegung, aber das Knarzen hörte nicht auf. Das Geräusch kam gar nicht vom Fotoalbum, das kapierte ich jetzt. Sondern von der Haustür. Billy und ich sahen uns an, und meine eigene Panik spiegelte sich in seinen Augen, als wir seine Mom rufen hörten: »Billy? Bist du da?«

Wir ruckten genau gleichzeitig nach vorn, um aufzuspringen, aber stattdessen knallten wir mit den Stirnen aneinander.

»Aua!«

»Verdammt!«

»Billy?« Mrs Drums Stimme klang jetzt näher, als käme sie den Flur herunter.

Ich ließ das Album zurück in den Karton fallen und Billy warf seine größten Spielzeuge obendrauf. Dieser Sekundenbruchteil an Teamwork verwischte unsere Spuren genau in dem Moment, als Mrs Drum in der Tür erschien.

»Was ist denn hier los?«, fragte sie. Zu Beginn der Frage lächelte sie noch, aber ihr Blick wanderte währenddessen von Billy zu mir, und als sie beim Fragezeichen angekommen war, hatte sich ihr Gesicht verfinstert.

»Ich hab dir doch gesagt, kein Besuch, wenn ich nicht zu Hause bin.«

Ich erwiderte ihren Blick und versuchte, meinen noch grimmiger wirken zu lassen. Sie hatte kein Recht, mich so anzugucken. Was hatte ich der Frau denn bitte getan, außer natürlich, mich um ihren Sohn zu kümmern, während sie ewig lange arbeitete und lauter Geheimnisse vor ihm hatte? Gern geschehen, dachte ich.

»Ich zeige Dane nur meine Spielsachen«, sagte Billy.

Gute Tarnung. Halbwahrheiten sind ja meistens die glaubwürdigsten Lügen. Aber ich spürte, wie sich mein Magen zusammenzog, als Mrs Drums Blick auf den Karton fiel. Sie stieß einen müden Seufzer aus. »Na, von mir aus. Ich habe keine Zeit für Diskussionen, ich muss wieder zurück zur Arbeit. Ich wollte nur was holen … wir haben kein …« Sie rieb sich die Augen. »Ach, ist auch egal. Bleib nur bitte jetzt zu Hause. Und wenn es dunkel ist, geht dein Besuch«, betonte sie.

Billy stimmte zu, und wir folgten seiner Mom in die Küche, wo sie eine Großflasche Bleichmittel und eine Handvoll alter Lappen zusammenpackte. Ich betrachtete ihre Kleidung, eine Uniform aus einer papierartigen grauen Hose und passendem Oberteil, wie besonders triste OP-Klamotten.

»Wo arbeiten Sie eigentlich, Mrs Drum?«, erkundigte ich mich mit der Stimme, die ich immer bei den Mädchen in der Schule einsetzte.

Offenbar funktionierte diese Stimme aber auch nur bei den Mädchen in der Schule, denn Mrs Drum wandte abrupt den Kopf und starrte mich an, als hätte ich gerade einen Schwall Flüche abgelassen.

»Warum fragst du?«, fragte sie.

Verblüfft wich ich zurück. »Nur so, ich wollte bloß nett sein.«

Sie musterte mich noch ein bisschen länger und wandte sich dann Billy zu. »Dein Besuch geht, wenn es dunkel ist«, wiederholte sie und verschwand.

In der Sekunde, als sich die Tür hinter ihr schloss, standen Billy und ich schon wieder in seinem Zimmer und wühlten nach dem Fotoalbum. Wir brauchten uns nicht mal genauer die Bilder anzugucken. Billys Mom hatte es uns leicht gemacht und ein Etikett auf die Innenseite des Einbands geklebt: *Unsere Hochzeit in Cancún, Mexiko.*

Ich las es Billy laut vor und er rümpfte die Nase. »Das steht aber gar nicht in meinem Atlas.« Er kramte das Buch aus seinem Rucksack und deutete auf den Titel. »Vereinigte Staaten von Amerika.«

Ich runzelte die Stirn. »Wie lautet noch mal der Hinweis?«

Billy schlug die Karte von Pennsylvania auf und las die Zeile darunter noch mal vor. Diesmal, fiel mir auf, gelang es ihm viel schneller, fast so, als hätte er die Worte auswendig gelernt. Ich fragte mich, bei wie vielen dieser Hinweise das wohl der Fall war.

»Kennengelernt und auch geheiratet«, murmelte ich vor mich hin. »Dasselbe und doch anders.«

»Was heißt das?«

Dasselbe und doch anders. »Haben sie sich in Cancún kennengelernt?«, fragte ich.

Mit einem Schnauben verschränkte Billy die Arme. »Ich sag doch, das weiß ich nicht.«

»Na ja, woher stammen deine Eltern denn eigentlich?« Ich ließ nicht locker. »Wo sind sie aufgewachsen? In Oregon?«

Billy schüttelte den Kopf. »Nein. Hier.«

»Was?«, rief ich überrascht. »Hier in Columbia?«

»Hier in Missouri.«

Ich sprang auf und fing an, auf und ab zu tigern, als könnte ich die Lösung durch die Bewegung aus meinem Hirn herausschütteln oder so. »Und wo in Missouri?«

Billy wedelte frustriert mit den Armen. »Weiß ich nicht, Dane. Aber Mom hat gesagt: ›Wir gehen nach Hause. Missouri ist unser Zuhause.‹« Er zog einen Schmollmund. »Du stellst aber viele Fragen.«

»Ganz schön nervig, was?« Ich hob die Augenbrauen.

Billy schmollte nur weiter.

»Dasselbe und doch anders.« Ich marschierte weiter durchs Zimmer. »Mexiko und Oregon. Mexiko und Missouri.« Plötzlich blieb ich wie angewurzelt stehen und grinste Billy an. »Mexico *in* Missouri!«

»Häh?«

»Das ist eine Stadt! Eine Stadt mit einem komischen Namen in Missouri.« Ich ließ mich wieder auf den Boden plumpsen und blätterte hastig zur Karte von Missouri vor. »Guck, du musst es noch nicht mal reinschreiben. Steht alles schon da.«

Ich zeigte es Billy: Mexico, gerade mal zwei Zentimeter von Columbia entfernt, zumindest auf der Karte. »Wetten, da haben sie sich kennengelernt. Und hier, siehst du? Da unten am Seitenrand steht auch wieder ein Hinweis.« Meine Worte überschlugen sich fast. »Bestimmt stehen deshalb auch auf manchen Seiten Hinweise und auf anderen nicht. Das Ganze hat ein Muster, eine Ordnung, und man muss die richtige Reihenfolge rausfinden, um ans Ende zu kommen und …«

Ich hatte zu viel gesagt. Das erkannte ich an dem Strahlen in Billys Gesicht.

»Also, sicher bin ich mir natürlich nicht …«, stammelte ich. »Ich meinte nicht …«

Aber so schnell, wie Billy auf volle Kraft voraus schaltete, konnte ich gar nicht zurückrudern.

»Können wir da hinfahren?«, fragte er.

»Wohin?«

»Nach Mexico.« Er zog die Kappe von einem Stift und kreiste Mexico, Missouri, sorgfältig ein.

»Alter, ich glaub echt nicht, dass dein Dad da –«

»Nur mal gucken.«

Ich war immer noch der Meinung, dass diese Hinweise nirgends hinführten außer zu noch mehr Karten, aber diese eine kleine Stadt konnten wir uns ja wirklich mal ansehen. Solange Billy glücklich war, hielt er mir in der Schule Ärger vom Hals. Und außerdem, aber das gestand ich mir nur insgeheim ein, wollte ich dem Kurzen irgendwie auch wirklich helfen, seinen Dad zu finden. Ein Dad, der einem Weihnachtsgeschenke kaufte und mit einem in den Zoo ging und sich dort eine Stunde lang die Affen anguckte, das klang doch wirklich mal nach jemandem, den es sich zu finden lohnte.

»Klar, meinetwegen können wir da irgendwann hinfahren«, sagte ich. »Aber nur am Wochenende, dann kann ich mir das Auto von meiner Mom leihen.«

»Du kannst Auto fahren?«, fragte Billy.

»Klar. Ich bin schließlich sechzehn.«

»Aber du gehst doch immer zu Fuß«, wandte Billy ein.

Ich sah zu Boden und betrachtete plötzlich mit großem Interesse einen dunklen Fleck auf dem abgeschabten Teppich. »Ja, aber nur, weil ich kein eigenes Auto habe«, murmelte ich.

»Kauf dir doch ein rotes wie dieser eine Junge.«

»Welcher Junge?«

»Der, den du verhauen hast.«

Ich sah wieder hoch. »Ach, der Idiot in dem Mustang? Dasselbe Auto wie dieser Verlierer würde ich mir nie im Leben holen. Der hält sich doch für wer weiß wie toll, nur weil er die Karre hat.«

»Und darum hast du ihn verhauen?«, wollte Billy wissen. »Weil er ein Auto hat und du nicht?«

»Nein, doch nicht …«

Ich hielt inne. Das Problem war nicht nur, dass dieser Arsch ein Auto hatte und ich nicht. Sondern die *Freiheit*, die dieses Auto symbolisierte – die er besaß und ich nicht.

»Ja«, sagte ich zu Billy, und dieses Geständnis schockierte mich selbst ein bisschen. »Ja, vielleicht auch deswegen.«

Billy nickte. »Du haust Leute, die Sachen haben, die du nicht hast.«

»Quatsch«, sagte ich. »Ich haue nur Leute, die es nicht anders wollen.«

Billys Augen traten fast aus ihren Höhlen hervor. »Die *wollen* das?«

»Nein, das sagt man doch nur so«, versuchte ich halb lachend, halb seufzend zu erklären. »Ich meine, nur Leute, die es verdient haben.«

Billy nickte wieder, aber ich hatte das Gefühl, er hatte mich gar nicht richtig verstanden, sondern einfach genug von dem Thema.

»Willst du mal was echt Cooles sehen?« Er sprang auf und drückte die Nase ans Fenster. »Guck mal. Mein Zimmer ist direkt neben dem von Mark. Da kann man reingucken.«

»Wer will das denn schon?«, erwiderte ich. »In Marks Schlafzimmer läuft doch eh nichts, außer zwischen Mark und seiner rechten –«

»Na ja, jetzt kann man sowieso nichts mehr sehen«, schränkte Billy ein. »Am Anfang, als wir hergezogen sind, da hat er oft durchs Fenster mit mir geredet. Aber dann bist du immer mit mir zur Schule gelaufen und da hat er die Vorhänge zugezogen und jetzt kann man nichts mehr sehen.«

»Ist doch egal. Wenn das jetzt Nina Sinclairs Fenster wäre …« Ich lehnte mich zurück an Billys Matratze und ließ meiner Fantasie freien Lauf.

»Die ist doch langweilig«, sagte Billy. »Seely ist viel cooler.«

»Wer?«

»Seely. Die mit dem Skateboard.«

»Ach, Tipp-Ex-Girl?« Ich fletschte die Zähne zu einem schiefen Grinsen. »Auf die stehst du wohl, was?«

Billys rundes Gesicht wurde rot und er sah weg. »Ich mag bloß ihr Skateboard.«

Ich dachte an die roten Lippen unter diesem weißen Haar und die heisere Stimme, die aus diesem dürren Körper gekommen war.

Klar war sie nervig gewesen, aber ich hätte nichts dagegen gehabt, sie wieder dabei zu sehen, wie sie sich über eine offene

Motorhaube beugte. Irgendwie war es ziemlich scharf, wenn ein Mädchen sich mit Autos auskannte – ganz besonders, da ich keine Ahnung davon hatte.

»Ja«, stimmte ich zu, schloss die Augen und gab mich einer neuen Fantasie hin. »Ich mag ihr Skateboard irgendwie auch.«

KAPITEL 11

»Und dann waren wir in Bonanza, das ist in Colorado … aber eigentlich ist das gar keine richtige Stadt, nur ein Häufchen Häuser …, also, da sind wir auf der Kirmes gewesen.«

»Aha?« Mom nickte.

»Und meine Mom hat mich ganz alleine auf so ein Karussell gelassen, das sich superschnell gedreht hat.«

»Aha?«

»Und mir ist überhaupt nicht schlecht geworden.«

»Prima!« Mom grinste Billy an.

Er erzählte ihr gerade von der Fahrt von Oregon hierher – und ließ keinen einzigen Zwischenstopp aus, von Snowville, Utah, bis Frankenstein, Missouri, wo es offenbar hauptsächlich Friedhöfe und nicht viel anderes gab. Ich hatte mein gesamtes Leben in Missouri verbracht und noch nie von diesem Ort gehört. Und es würde mir auch nichts ausmachen, wenn ich den Rest meines Lebens nie wieder davon hörte.

Das Ganze ging nun schon über eine Stunde und Mom wirkte immer noch total gefesselt.

Sie türmte ständig neue Plätzchen und Chips vor Billy auf, und all der Knabberkram und sein Riesenatlas, der aufgeschlagen auf unserem Küchentisch lag, hatten mich an den äußersten Rand gedrängt, wo ich versuchte, Mathe zu lernen und die Unterhaltung der beiden auszublenden. Aber es war gar nicht leicht zu ignorieren, wenn die eigene Mom bei einem fremden Kind plötzlich zur Übermutter mutierte. Dabei hatte ich ihn nach der Schule bloß mit zu mir nach Hause genommen, weil er mir unbedingt etwas hatte zeigen wollen, was er sich aus der Schulbücherei ausgeliehen hatte. Aber wie es schien, hatte er das in derselben Sekunde vergessen, in der er den Fuß über die Schwelle gesetzt hatte.

»So eine Fahrt würde ich ja auch gerne mal unternehmen«, schwärmte Mom.

»Meine Mom wollte erst nirgends halten. Ich musste ganz viel bittebitte sagen.«

»Ach, warum das denn nicht?«

Billy sah runter auf den Tisch und drehte ein Plätzchen in den Händen. »Sie hat nichts übrig für solche Sachen.«

»Na, aber für dich hat sie anscheinend umso mehr übrig, sonst wäre sie ja nicht mit dir hingefahren. Du bist ein Glückspilz, Billy.«

»Aber nicht so wie Sie!«, rief Billy. Er fuchtelte mit dem Arm in Richtung der Rubbellos-Wand. »Wär das toll, wenn ich das könnte. Das ist ja wie zaubern!«

Typisch Billy: Er rümpfte nicht nur nicht die Nase über unser verrücktes Haus, sondern war auch noch so begeistert, als wäre es der coolste Ort, an dem er seit Smileyberg, Kansas, gewesen war.

Billy drehte seinen Stuhl um, damit er die Rubbellose besser bestaunen konnte, und Mom fing hinter seinem Rücken meinen Blick auf.

Wie süß, formte sie lautlos mit den Lippen.

Ich duckte mich hinter mein Mathebuch und tat weiter so, als gelänge es mir, die beiden zu ignorieren.

»Im Ernst, Billy, du findest meine Rubbellose nicht irgendwie komisch?«, drängelte Mom.

»Nee.« Billy kniete sich auf seinen Stuhl und guckte Mom

über die Lehne hinweg an. »Ich hab im Fernsehen mal 'ne Sendung über Leute gesehen, die im Lotto gewonnen und das ganze Geld ausgegeben haben. Die konnten da gar nichts für, das Lotto hat gemacht, dass sie komplett durchdrehen. Und am Ende waren sie *ärmer als vorher.*« Billy unterstrich den Satz mit in die Luft geworfenen Armen. »Ist das nicht verrückt?«

»Und wie«, stimmte Mom aus vollem Herzen zu. »Gier kann ganz schön gefährlich sein.«

»Aber so«, erklärte Billy und deutete auf die Wand, »bleiben Sie für immer eine Gewinnerin.«

Mom beugte sich über den Tisch und streckte Billy die Hand hin. Dass sie ihn nicht vollsabberte, war alles.

»Ach, Billy, du musst unbedingt öfter vorbeikommen.«

»Jetzt reicht's!« Ich knallte mein Buch ein bisschen zu laut zu. »Äh … mit der Lernerei, meine ich. Billy D., wolltest du mir nicht noch irgendwas zeigen?«

Billy schien überrascht, dass ich überhaupt noch mit im Raum war. »Ach so, ja.« Sein Blick huschte verstohlen zu meiner Mom, was wohl bedeutete, dass sie dieses »irgendwas« nicht sehen durfte.

»Komm, wir gehen in mein Zimmer«, sagte ich.

»Na gut …« Billy sah runter auf die Plätzchen.

Mom sprang sofort darauf an und drückte ihm einen Stapel nachgemachte Oreos in die Hand.

»Nimm sie mit. Und komm dir ruhig noch mehr holen, wenn du willst.«

»Damit sollten wir wohl auskommen, Mom«, sagte ich und schob Billy und seinen Rucksack aus der Küche und durch den Flur.

Dann schloss ich meine Zimmertür hinter uns ab. »Okay, aber wehe, wenn das jetzt nicht spannend ist …«

»Es ist *super*spannend«, erwiderte Billy. Er setzte sich auf den staubigen Teppich und zog ein großes, flaches Buch aus dem Rucksack.

»Was ist das?« Ich ließ mich neben Billy auf den Boden sinken und beugte mich zu ihm rüber.

»Ein *Jahrbuch*«, hauchte er.

Dieses Hauchen war der passende Soundeffekt zu meinen Erwartungen, die mit einem Mal wie ein angestochener Luftballon in sich zusammenschrumpften.

»Ein Jahrbuch? Im Ernst? Ich hab gerade eine Stunde darauf gewartet, so ein langweiliges Jahrbuch zu sehen zu bekommen?« Ich riss es Billy aus den Händen. »Das ist ja schon tausend Jahre alt.« Ich warf einen Blick auf den Einband. Es war aus meinem Geburtsjahr. »Ich kapier nicht …«

Oh.

Ich kannte nur eine einzige Person, die vor sechzehn Jahren zur Mark-Twain-High gegangen war.

»Ist das das Jahrbuch von meiner Mom?«

Ohne die Antwort abzuwarten, schlug ich es auf. Billy kniete sich neben mich und spähte mir über die Schulter.

»Du hast gesagt, bei deiner Geburt war sie fünfzehn«, erklärte Billy. »Und ich bin ziemlich gut in Mathe«, zufällig wusste ich, dass Billy im Mathe-Förderkurs war, aber ich unterbrach ihn nicht, »also hab ich rausgekriegt, in welchem Jahrbuch sie sein würde.«

»Okay. Und?«

»Na, wetten, dein Dad ist auch hier drin?«

Mit einem Knall klappte ich das Jahrbuch zu und schob es von mir, als wäre es verseucht. »Wow, jetzt aber mal langsam. Wer hat dich eigentlich gebeten, nach meinem Dad zu suchen?«

»Mich hat keiner gebeten. Das hab ich von ganz alleine gemacht, weil ich nett bin.« Er schien absolut zufrieden mit sich zu sein, was mich nur noch wütender machte.

»Ich hab's dir doch schon gesagt«, zischte ich wütend. »Ich will meinen Dad nicht finden. Ich will nicht über meinen Dad reden. Ich *scheiße* auf meinen Dad.«

Billy lehnte sich ein bisschen von mir weg, aber eingeschüchtert wirkte er nicht. »Das hast du mir nicht erzählt.«

»Ich hab dir jedenfalls genug erzählt, dass du das eigentlich hättest kapieren müssen«, sagte ich und stopfte das Jahrbuch zurück in seinen Rucksack. »Was hast du denn gedacht, was wir da drin finden würden? Ich weiß doch nicht mal, wie der Kerl heißt.«

»Hallooo? Jemanden, der aussieht wie du, natürlich.«

Für einen kurzen Moment erstarrte ich und die Vorstellung erschien beinahe zu verlockend, dann aber schüttelte ich den Kopf.

»Auf keinen Fall. Tut mir leid, aber er könnte wie sonst wer aussehen. *Ich* könnte wie sonst wer aussehen. Wie hast du dir das denn vorgestellt, willst du etwa alle Typen mit dunkler Haut und dunklen Haaren raussuchen, bei ihnen klingeln und fragen, ob sie mit meiner Mom gepennt haben? Das geht mal so gar nicht, Billy D.«

Billys Schultern sackten nach unten. So weit hatte er wohl nicht gedacht. Genau wie bei seinem Atlas hatte er beschlossen, dass die Antworten in einem Buch zu finden waren – als wären Bücher so was wie magische Pfade, an deren Ende verschollene Dads warteten. Meine Handflächen fingen an zu jucken. Billy hatte mich – wenn auch nur für eine Sekunde – dazu gebracht, wie er daran zu glauben, dass in diesem Buch des Rätsels Lösung zu finden war. Seinetwegen kam ich mir jetzt dumm und kindisch vor, und ich fragte mich, warum zum Teufel ich mich eigentlich mit so einem Mong… verdammt, jetzt konnte ich dieses Wort nicht mal mehr *denken* – warum ich mich mit jemandem abgab, der so … so gar nicht wie ich war.

Ich stand auf und knurrte Billy von oben an. »Mein Dad steht nicht in irgendeinem Jahrbuch. Ich brauche so was nicht und auch keinen Atlas oder was auch immer. Wenn ich ihn finden wollte, dann würde ich mir schon was ausdenken. Dafür hätte ich deine Hilfe nicht nötig. Aber ich *will* ihn nicht finden, okay?«

Ungerührt zog Billy den Reißverschluss seines Rucksacks zu und stand auf. »Okay. Wir können es uns auch später angucken.«

»Ich will es mir aber gar nicht ...«

»Ich muss jetzt nach Hause. Mein Bauch tut weh von den vielen Plätzchen.« Billys Augen weiteten sich und er hob mahnend den Zeigefinger. »Sag deiner Mom nichts, ja?«

»Keine Angst«, antwortete ich. »Meiner Mom erzähl ich bestimmt nichts davon. Ich hab sie schon öfter nach meinem Dad gefragt und da ist sie immer total ausgefl...«

»Nein«, unterbrach Billy mit todernster Miene. »Erzähl ihr nicht das mit den Plätzchen.«

Als Billy weg war, saß ich am Küchentisch und tat so, als würde ich einen Englischaufsatz schreiben. Ich starrte auf den Block vor mir, aber ich erkannte die Wörter nicht, die ich darauf notiert hatte. Alle meine Sinne waren auf Mom konzentriert – ich hörte, wie sie den Kühlschrank auf- und wieder zumachte, roch ihr Shampoo und spürte ihren Blick auf mir.

»Wie läuft's mit den Hausaufgaben?«

»Gut.«

»Englisch?«, fragte sie und setzte sich mir gegenüber.

Ich sah nicht auf. »Mhmm.«

Mehr als diese wenigen Silben traute ich mich nicht zu sagen. Zusammen mit dem Jahrbuch hatte Billy auch irgendeine Seite in mir aufgeschlagen, und obwohl mir klar war, dass dabei nichts Gutes herauskommen würde, konnte ich an nichts anderes denken als an die Frage, die ich Mom stellen wollte – eine Frage, die ich mir sehr lange Zeit verkniffen hatte. Natürlich hatte ich sie ihr als Kind immer wieder in unzähligen Variationen gestellt, und sie hatte mir Antworten gegeben, die von Halbwahrheiten bis hin zu, wie ich vermutete, blanken Lügen reichten. Nach ein paar hitzigen Diskussionen, die jedes Mal damit geendet hatten, dass sie sich weinend in ihrem Schlafzimmer verschanzte, hatte ich es schließlich aufgegeben. Nicht für immer, zumindest nicht, wenn es nach mir ging, aber je mehr Zeit verstrich, desto schwerer wurde es, das Thema wieder anzuschneiden. Und Billy hatte etwas in mir zum Brodeln gebracht, das jetzt kurz vor dem Überkochen war.

»Mom, *weißt* du eigentlich, wer mein Dad ist?«, platzte es aus mir heraus.

Ihr Mund klappte auf. »Wie bitte?«

»Weißt du … na ja …« Ich wusste nicht, wie ich es anders formulieren sollte.

»Was genau willst du damit andeuten, Dane?«

Ich verhedderte mich in »So hab ich das nicht …«, mehreren »Äh, äh, äh« und meinem allgemeinen *Uaah*-Gefühl. Die wahre Bedeutung meiner Frage lastete plötzlich so schwer auf mir, dass ich am liebsten im Boden versunken wäre.

Hatte ich meine Mom gerade tatsächlich gefragt, ob sie eine Schlampe war? Dabei war gerade das doch die Anschuldigung, gegen die ich sie verteidigt hatte, als ich damals zum ersten Mal zugeschlagen hatte. Das war alles Billys Schuld, er hatte mir diese verrückten Ideen in den Kopf gesetzt. Solche Situationen wie die hier waren der Grund, warum ich nicht nach meinem Dad suchen wollte. Viel zu gefährliches Terrain.

Und jetzt saß Mom mir gegenüber und hielt ihre Wut, die ich sogar gut verstehen konnte, gerade noch im Zaum, während sie darauf wartete, dass ich genau das Falsche sagte.

Am liebsten hätte ich das ganze peinliche Gespräch einfach

beendet, aber der Druck wuchs ins Unermessliche, während sie mich immer weiter anstarrte. Und außerdem musste ich es wissen. So furchtbar es war, ich musste zumindest von ihr hören, ob sie wusste, wer er war. Schließlich musste es doch einen Grund dafür geben, dass sie es mir nie erzählt hatte, und wenn es daran lag, dass sie es einfach nicht wusste …

Oh, verdammt. Oh Gott. Nein.

Mein nächster Gedanke war einfach zu krank. Noch schlimmer, als mit Mom bloß über Sex zu reden – viel schlimmer. Plötzlich schmeckte ich Galle im Mund.

»Oh Gott, Mom, wurdest du … hat dir irgendwer was *angetan*?«

»Was?« Sie starrte mich weiter aus schmalen Augen an, während sie einzuordnen versuchte, ob ich sie schon wieder beleidigt hatte. Dann riss sie die Augen auf und alle Anzeichen von Wut schmolzen von ihrem Gesicht.

»Mein Gott! Nein! Ich bin nicht vergewaltigt worden, falls du das meinst. Im Ernst, wie kommst du denn darauf?«

Bei dem Wort »vergewaltigt« zuckte ich zusammen und wünschte mir nur noch mehr, dieses ganze schreckliche Gespräch gar nicht erst angefangen zu haben.

»Nein, tut mir leid. Ach, Scheiße.«

Mom und ich hockten einander gegenüber wie Spiegelbilder. Die Köpfe in die Hände gestützt, blickten wir überallhin, nur nicht dem anderen in die Augen.

»Tut mir leid, dass ich gefragt habe«, sagte ich zum Tisch. »Das war blöd.«

»Dane, eins muss dir klar sein.« Mom presste die Fingerspitzen vor ihrem Mund aneinander und zwang sich, mich anzusehen. »Dass ich nie mit dir über deinen … deinen Vater … rede, liegt nicht daran, dass ich mich schützen will. Ich bin nicht verg…«

Ich verzog das Gesicht.

»Ich bin nicht angegriffen worden«, fuhr sie fort. »Und ich bin auch nicht durch sämtliche Betten gehüpft.«

Ich seufzte. Tief in mir war mir das klar gewesen, aber es war trotzdem schön, es von Mom selbst zu hören.

»Ich rede nicht mit dir über ihn, weil ich *dich* schützen will.«

Ich zog eine Augenbraue hoch. Das klang nach einer ziemlich billigen Ausrede, aber das würde ich ihr sicher nicht vorwerfen, wo sie gerade so kurz davor stand, die Katze aus dem Sack zu lassen. Also hielt ich die Klappe.

»Die Wahrheit ist … also, das war so … ach, verdammt.« Das letzte Wort flüsterte Mom nur noch und sah dann weg, auf die Wand mit den Rubbellosen, auf all die Sachen, die uns gehören sollten, nur dass wir sie einfach nie einforderten.

Als sie sich mir wieder zuwandte, glänzten ihre Augen wässrig. Eine Träne löste sich und rann ihr über die Wange, als sie leise sagte: »Er wollte dich nicht.«

Ihre Stimme war ganz sanft, aber die Worte versetzten mir trotzdem einen brutalen Hieb in den Magen. Wieder hatte ich das Gefühl, mich übergeben zu müssen, aber diesmal war es anders – als könnte ich mein Herz gleich mit auskotzen.

Mom beeilte sich, das Schweigen zu brechen.

»Aber *ich* wollte dich, Schatz. Ich habe mich so auf dich gefreut. Ist doch sein Pech. Weil du nämlich so toll …«

»Ist schon gut, Mom.«

»Nein, ist es nicht. Tut mir leid. Aber begreifst du jetzt, warum es absolut nicht wichtig ist, wer er ist?«

Nein. Es ist jetzt wichtiger denn je.

»Ja, ich versteh schon.«

Und in dem Moment wurde mir klar, dass ich *wirklich* wissen wollte, wer er war. Nicht weil mir irgend so eine kitschige Vater-Sohn-Zusammenkunft vorschwebte. Ich wollte ihn gar nicht finden. Ich wollte bloß einen Namen. Ich wollte wissen, wer daran schuld war, dass meine Handflächen in diesem Moment so juckten – in wessen Gesicht meine Faust so dringend landen wollte. Aber ich war nicht meinetwegen so wütend. Sondern wegen Mom. Ich war stinksauer, dass sie sich auch noch für dieses Arschloch entschuldigen musste, dass sie seinetwegen hatte weinen müssen – oder meinetwegen, weil er sie dazu gebracht hatte.

Ich griff nach Moms Händen, und es fühlte sich an, als wäre ich der Erwachsene von uns beiden.

»Mom.«

»Ja?« Sie hatte ihre normale, feste Stimme wiedergefunden, aber ich konnte das leise Schniefen dahinter immer noch hören.

»Wenn er mich nicht will, dann will ich ihn auch nicht.«

Sie sah mir in die Augen und umklammerte meine Hände, als fürchtete sie, ich könnte sie wegziehen. »Bist du sicher?«

Ich hielt ihrem Blick stand. »Ganz sicher.«

Während Mom mir die Arme um den Hals schlang, ergänzte ich insgeheim: *Ganz sicher, dass ich ihn, wenn ich ihn jemals finde, dermaßen vermöbeln werde, dass nicht mal er selbst mehr seinen Namen weiß.*

KAPITEL 12

Nachdem Billy ein paar Wochen lang mit mir zur Schule und wieder nach Hause gezockelt war, kam mir kaum noch in den Sinn, es peinlich zu finden, mit ihm gesehen zu werden – ich merkte es gar nicht mehr, wenn andere Leute uns anstarrten. Manchmal wurde ich höchstens daran erinnert, wie komisch wir zusammen aussehen mussten, zum Beispiel, als das Gerücht umging, Billy wäre mein kleiner Bruder, oder immer dann, wenn Nina Sinclair mich mit diesem verklärten »Gott, bist du lieb«-Lächeln ansah. Nachdem mir das ein paarmal aufgefallen war, hörte ich mehr oder weniger auf, mit ihr zu reden.

Unser gemeinsamer Schulweg war ein ziemliches Tauziehen: Billy versuchte, mich dazu zu kriegen, die Hinweise aus dem Atlas zu entschlüsseln, während ich versuchte, Billy mehr übers Kämpfen beizubringen.

Ich wusste, dass er enttäuscht war, wenn ich die rätselhaften Botschaften seines Dads nicht knacken konnte, also bemühte ich mich, stattdessen mit unserem privaten Fight Club ein paar Bonuspunkte zu sammeln. Ich hatte ihm schon beigebracht, sich ein bisschen gerader zu halten und einen festeren Stand einzunehmen, damit ihm niemand so einfach die Beine unterm Körper wegtreten konnte. Er wiederum hatte es mit genau dieser Technik schon ein paarmal geschafft, mich umzuhauen, und mir war aufgefallen, dass er beim Laufen keinen ganz so schlimmen Buckel mehr machte.

Wir waren gerade auf dem Nachhauseweg und übten das Beinewegtreten, als vor uns etwas Weißes aufblitzte.

»Hey, Billy D., ist das da nicht deine Süße?«

Billy folgte meinem Blick, rannte sofort mit ausgestrecktem Arm los und winkte wie ein Irrer. »Seely! Seely!«

Seely bremste und vollführte eine 180-Grad-Drehung auf dem hinteren Teil ihres Skateboards. »Hey! Billy D., richtig?«

»Richtig!« Billy reckte die Faust in die Luft, als hätte er einen Sieg zu feiern. »Du weißt noch, wer ich bin.«

»Na klar weiß ich das noch, Kleiner.«

»Ich bin nicht klein«, korrigierte Billy. »Ich bin … ich bin groß genug, um mit deinem Skateboard zu fahren.«

Seely tippte mit dem Fuß auf das hintere Ende des Boards und es schoss nach oben. Ohne den Blick von Billy zu wenden, fing sie es einhändig auf. »Stimmt ja. Ich hatte gesagt, dass du mal fahren darfst, wenn wir uns wiedertreffen.«

»Ja, weil wir jetzt Freunde sind.«

Mittlerweile hatte ich die beiden eingeholt und schenkte Seely hinter Billys Rücken ein entschuldigendes Schulterzucken. Tja, sie hatte es nun mal wirklich versprochen.

Und sie zögerte auch nur eine Sekunde, bevor sie ein breites Lächeln aufsetzte und Billy das Board reichte. »Okay, mein Freund, dann wollen wir doch erst mal sehen, ob du darauf stehen kannst.«

»Au ja!« Billy ließ seinen schweren Rucksack einfach auf die Straße plumpsen und stellte sich auf das Board. Seely gab ihm anfangs mit beiden Händen Hilfestellung, dann nur noch mit einer, und schließlich ließ sie ihn allein herumrollen. Mir fiel auf, dass er seine Kampfstellung einnahm, um das Gleichgewicht zu halten. Seely und ich setzten uns auf die Bordsteinkante und sahen zu, beeindruckt und – zumindest, was mich anging – auch ein bisschen stolz.

»Macht er echt gut«, sagte Seely.

Ich schnaubte. »So schwer ist Skateboard fahren ja nun auch nicht.«

»Für manche Leute schon«, erwiderte sie.

Ich warf ihr einen Seitenblick zu. »Wenn du damit Leute wie Billy D. meinst, liegst du falsch. Der kann genauso gut auf einem Stück Holz stehen wie jeder andere auch.«

»Ich meinte nicht *Leute wie Billy D.* Sondern einfach nur *Leute* im Allgemeinen. Das ist nämlich nicht so leicht, wie du denkst.«

Meine Arme entspannten sich, und ich guckte weg, damit Seely nicht das kleine, erleichterte Lächeln sah, das sich auf meine Lippen gestohlen hatte, bevor ich es unterdrücken konnte.

»Warum bist du überhaupt ständig mit dem Teil unterwegs?«, höhnte ich. »Hast du nicht erzählt, dass dein Dad eine Motorradwerkstatt oder so was hat? Warum fährst du keins?«

Seely deutete auf die Straße unter Billys Füßen. »Warum sich mit zwei Rädern begnügen, wenn man vier haben kann?«

Sie zwinkerte Billy zu, der gerade vorbeikam und über ihren Witz lachte.

»Nein, im Ernst«, erklärte sie. »Am liebsten hätte ich ein Auto, aber das muss ich mir erst zusammensparen. Darum helfe ich bei meinem Dad aus. Er musste ein paar Leute entlassen, als er in die roten Zahlen gekommen ist. Also arbeite ich mit und verdiene dabei noch ein bisschen Kohle.«

»Du musst dir dein eigenes Auto kaufen? Obwohl dein Vater Mechaniker ist?«

»Wir machen halbe-halbe. Für jeden Dollar, den ich verdiene, legt er einen obendrauf. Und wenn wir genug Geld beisammen haben, kaufen wir Ray eine von seinen Oldtimer-Schrottmühlen ab und machen sie gemeinsam wieder flott.«

»Und wie viel ist genug Geld?«, wollte ich wissen.

Seely schüttelte den Kopf und ihre kurzen weißen Haarstacheln wackelten mit. »Weiß ich nicht. Jedes Mal, wenn ich bei Ray bin, sehe ich eins, das mir besser gefällt – und besser heißt leider auch gleich teurer.«

Ich überlegte, wie viel Geld sie wohl schon gespart hatte. Ob es auch nur die Hälfte von dem war, was Mom an ihrer Wand hängen hatte.

Lautes Geklapper auf der Straße ließ uns beide zusammenfahren. Das Skateboard lag auf dem Boden und Billy daneben, mit dem Gesicht nach unten. Seely und ich sprangen im selben Moment auf und sprinteten zu ihm rüber. Ich war als Erster da.

»Billy D., alles in Ordnung?«

Er stöhnte, das Gesicht immer noch Richtung Straße. Ich stupste seine Schulter mit der Stiefelspitze an.

»Sehr einfühlsam.« Seely schob mich mit dem Ellbogen zur Seite und kauerte sich neben Billy. Sie schob meinen Stiefel weg und legte stattdessen sanft die Hand auf Billys Schulter. »Hey, mein Freund, hast du dir wehgetan?«

Das Stöhnen wich einem Kichern. Endlich drehte Billy sich um und sah uns an.

An seinen Wangen klebten kleine Steinchen und er hatte sich ein bisschen das Kinn aufgeschürft, aber er grinste. »Das war supertoll.«

Wir lachten alle und ich streckte Billy die Hand hin, um ihm hochzuhelfen. »Kannst ja ganz schön was einstecken, Mann.«

»Wirklich cool«, stimmte Seely zu.

Sie lächelte die ganze Zeit, während sie ihr Board untersuchte. Erst nach ganzen zwei Minuten erklärte sie es für unbeschädigt und das gespielte Lächeln verwandelte sich in ein echtes. Sie ließ das Board auf die Straße fallen und stellte einen Fuß darauf.

»Tja, schätze, wir sehen uns.«

»Wohnst du hier in der Gegend?«, fragte ich.

»Nicht weit weg.« Seely deutete über eine Reihe Häuser hinweg. »Ungefähr zehn Blocks in die Richtung. Kennt ihr den Park am Einkaufszentrum?«

»Ja«, antwortete Billy. »Da gehen wir immer auf den Spielplatz.«

Ich ließ den Kopf hängen und schwenkte ihn gequält von links nach rechts.

»Ach was.« Seelys Stimme blieb höflich, aber ich konnte das unterdrückte Lachen darin hören. »Auf den Spielplatz?«

»Ja, den mit der gelben Rutsche und den vielen Bildern.«

»Er meint die Graffiti«, erklärte ich und sah wieder hoch. »Und wir gehen da auch nicht zum *Spielen* hin. Wir hängen da nur manchmal rum.«

»Schon klar«, erwiderte Seely und stellte auch den anderen Fuß auf das Board. »Vielleicht sehen wir uns ja mal da.«

»Jaaa«, jubelte Billy, ohne den Blick von ihrem Skateboard zu lösen.

Seely nahm Anschwung und winkte, während sie die Straße runterrollte. »Bis dann, Billy!« Sie nickte mir zu. »Dane.«

Ich nickte auch, sagte aber nichts. Erst nachdem sie um die Ecke verschwunden war, merkte ich, dass ich die Hand auf dem Kopf hatte und mal wieder mein Haar zu glätten versuchte.

KAPITEL 13

Am nächsten Tag ertappte ich mich dabei, wie ich die Cafeteria nach einem kurzen weißen Haarschopf absuchte, aber offenbar hatte Seely zu einer anderen Zeit Mittagspause als ich. *Schade*, dachte ich, als ich mich durch die Massen nach draußen auf den Innenhof schob. Ich hätte ein bisschen Gesellschaft gut gebrauchen können.

Ich stellte mein Tablett auf einen der Betonpicknicktische im Hof. In der Neunten hatte ich noch einen Stammplatz drinnen gehabt. Aber je mehr meiner Freunde von der Twain flogen, desto schwieriger wurde es, den Tisch zu halten, bis ich als Einziger übrig war und die Sache mit der Cafeteria schließlich ganz drangab.

Normalerweise war der Hof ziemlich leer, aber heute ließ sich ein bekanntes Gesicht auf der Bank gegenüber nieder – Jake hieß der Typ. Letztes Jahr hatte er sich manchmal zu meiner Clique gesetzt, wenn wir ihn ließen. Er erinnerte mich an einen von diesen kleinen Kläffern, die sich für viel größer halten, als sie sind, und ständig versuchen, es mit Rottweilern aufzunehmen. Tatsächlich versuchte Jake, es mit so ziemlich jedem aufzunehmen. So oft, wie der Typ Prügeleien anzettelte, war es ein richtiges Wunder, dass er nicht längst selbst von der Schule geflogen war.

Marjorie Benson setzte sich neben ihn und nickte mir zu. Früher hatte ich mich immer darauf gefreut, Marjorie in der Schule zu sehen, aber mittlerweile hatte meine gesamte alte Gang so viel von ihr gesehen, dass die Luft irgendwie raus war. Trotzdem, scharf war sie immer noch, und ich wunderte mich, warum sie sich neben Jake setzte, bis mir aufging, dass die meisten ihrer Freundinnen wohl mittlerweile auch auf der Alternativschule gelandet waren.

»Was geht, Dane?«, fragte Jake und schaufelte sich mit der Gabel etwas Braunes und vage an Fleisch Erinnerndes in den Mund. Ein paar Tropfen Soße landeten auf seinem Shirt und er verschmierte sie mit den Fingern.

Das war alles, was mir noch an Gesellschaft übrig geblieben war, nachdem sich meine Freunde in Luft aufgelöst hatten.

»Nicht viel«, murmelte ich. »Und bei dir?«

»Ach, weißt schon, das Übliche. Den Neuen zeigen, wo's langgeht und so.« Er schenkte mir ein verschwörerisches Grinsen, bei dessen Anblick mir allerdings irgendwas im Hals stecken blieb.

»Welchen Neuen?«, fragte ich. Mit schmalen Augen musterte ich Jake und versuchte zu entscheiden, ob er der Typ war, der Jungs wie Billy drangsalierte – ob Jake derjenige war, der ihm Angst gemacht hatte.

»Allen möglichen. Allen. Was weiß ich?«

»Etwa einem namens Billy Drum?« Mein Tonfall brachte Jake dazu, sich ein Stück zurückzulehnen.

»Glaub nicht. Wer ist 'n das?«

»Ist das der kleine Behinderte, mit dem du jetzt ständig rumläufst?«, erkundigte Marjorie sich gelangweilt.

»Woher weißt du das denn?«, fragte ich zurück.

Sie winkte ab, als wären das Nachrichten von vorgestern. »Hat Nina Sinclair mir in Sport erzählt. Sie meinte, du bringst ihn immer zur Schule – so als ehrenamtliche Aufgabe oder was.« Marjorie lachte. »Die kennt dich anscheinend nicht besonders gut. Eingebildete Blödbratze. Du hattest doch nicht etwa was mit der, oder?«

Jake mischte sich ein, bevor ich antworten konnte. »Was sind das denn für Storys, Dane? Spielst du jetzt den braven Jungen, oder was?«

»So weit kommt's noch«, brummte ich verschämt. »Aber wenn mir zu Ohren kommt, dass du ihm Stress machst –«

»Quatsch, ich schlag doch keine Mongos. Und schon gar nicht, wenn das Freunde von dir sind, Mann. Ich schwör's.«

»Er ist kein Mongo. Und mein Freund ist er auch nicht.« Während des letzten Satzes starrte ich auf mein Tablett. Mir war bewusst, dass das eine Lüge war. Komisches Gefühl, Billy zuerst zu verteidigen und ihn gleich im nächsten Atemzug wieder zu verraten. Aber mir gefiel nun mal nicht, wie sich die Sache mit ihm auf meinen Ruf auswirkte. War ja in Ordnung, wenn Mädchen wie Nina mich deswegen für so eine Art Schutzengel hielten, aber bei ein paar bestimmten Typen wollte ich auf keinen Fall, dass sie davon Wind bekamen.

Ich biss in mein Sandwich. »Wir haben da so was wie 'nen Deal.«

»Deal? Also tust du ihm nur 'nen Gefallen, oder was?«

Ich blickte Jake scharf an. »Gefallen sind nicht mein Ding.«

Jake lachte. »Tja, aber *mir* könntest du doch mal einen tun und für ein bisschen Action sorgen. Ist echt stinklangweilig hier in letzter Zeit.«

»Genau, Dane.« Marjorie zwinkerte mir zu. »Ich würde dich auch gern mal wieder in Action erleben …« Unter dem Tisch stupste sie mit dem Fuß mein Bein an und ich rutschte aus ihrer Reichweite. Ich fand solche coolen Mädels ja irgendwie gut – die Mädels, die in den Wohnwagen bei mir die Straße runter aufgewachsen waren und die nichts schocken konnte, von hartem Alk bis hin zu blöden Sprüchen über ihre Herkunft. Sie steckten beides weg, ohne eine Miene zu verziehen. Ich fand sie gut, ja, aber ich hielt mich lieber von ihnen fern.

»Mann, du denkst auch immer nur an das eine.« Jake verdrehte die Augen. »Ich fänd's cool, wenn du mal wieder so was bringen könntest wie damals, als du Jimmy Miller vom Fahrrad geholt hast. Das war der Hammer!«

»Tja, noch so ein Hammerding und ich darf an der Alternativschule anfangen.«

»Immer noch besser als der Laden hier«, sagte Jake. »Oder zumindest nicht so langweilig.«

»Wenn du meinst.«

»Was gibt's denn da zu glotzen?«, fragte Marjorie jemanden hinter mir.

Ich drehte mich um, neugierig, mit wem sie da redete, und sah Mark vorbeischlurfen. Seine Chinohose und sein verblichenes Poloshirt entlockten mir ein Naserümpfen – das Outfit hatte ihm wohl seine Mami im Secondhandladen besorgt. Für wen hielt der Typ sich eigentlich, dass er hier in den abgelegten Klamotten von irgendwelchen reichen Bonzen rumrannte und so tat, als wohnte er nicht in derselben Straße wie ich?

»Ach, guck an, der Märchenonkel«, schnaubte ich.

Mark sah mir für einen Sekundenbruchteil in die Augen, bevor er sich schnell wieder abwandte und so tat, als hätte er nichts gehört.

»Stehen bleiben«, befahl ich.

Er gehorchte, und ich sah, wie er sich im Umdrehen so groß wie möglich machte.

»Was?«, fragte er betont lässig.

Ich schwang die Beine über die Bank, um ihn richtig ansehen zu können. »Hab gehört, du hast deinem neuen Nachbarn meine ganze Lebensgeschichte erzählt. Gibt's dafür vielleicht 'nen bestimmten Grund? Bist du in mich verknallt oder so?«

Marjorie und Jake prusteten los und mit ihrem Gelächter im Rücken fühlte ich mich stärker. Böser.

»Na?«, drängte ich.

Mark schien all seinen Mut zusammenzunehmen. Seine dürren Ärmchen spannten sich an, als er die Fäuste ballte. »Wenn einer in dich verknallt ist, dann ja wohl eher Billy D.«, erwiderte er. »Der steht schließlich auf Jungs.«

»Was soll das denn heißen?« Meine Finger hatten sich mittlerweile ebenfalls zu Fäusten um das Jucken in meinen Handflächen geschlossen.

»Ich hab diesen Perversen dabei erwischt, wie er bei mir durchs Fenster geglotzt hat«, fauchte Mark.

Im nächsten Augenblick war mein Gesicht nur Millimeter von Marks entfernt. Ich hörte, wie Jake hinter mir hastig über den Betontisch gekrabbelt kam.

»Sag das noch mal«, forderte ich Mark auf, mein Atem heiß auf seinen Wangen.

Marks Blick huschte zwischen meinen beiden Augen hin und her und sein Hirn kochte wahrscheinlich gerade über, weil er sich nicht zwischen Kampf und Flucht entscheiden konnte. Er hätte wirklich besser wegrennen sollen, aber wenn man aus unserer Gegend kam, gab man eben nicht so leicht nach – nicht mal so ein armseliges Würstchen wie Mark. »Ich hab gesagt, dein Freund Billy D. ist ein Spanner«, wiederholte er. »Und du anscheinend auch.«

Meine Hand packte ihn mit solcher Wucht bei seinem Designershirt, dass er zurückstolperte bis an die Backsteinwand des Innenhofs. Ich drehte die Faustvoll Stoff, bis ihm der Kragen eng um den Hals wurde. Mit einem dumpfen Knirschen schlug sein Kopf gegen die Mauer.

»Du kapierst echt nicht, wann du besser die Klappe halten solltest, was?«, knurrte ich.

Jake lehnte sich locker neben Mark an die Wand und flüsterte ihm ins Ohr. »Tja, du Trottel, jetzt muss mein Kumpel Dane dich leider so plattmachen, dass du unter der Tür durchpasst.«

Irgendwas an Jake in seinem soßenbeschmierten Shirt, mit seinem gruseligen Flüstern und dem gefährlichen Glitzern in den Augen – irgendwas daran, dass so ein Typ mich seinen *Kumpel* nannte, brachte mich dazu, meinen Griff zu lockern.

Jake stutzte und sein Blick huschte von Mark zu mir. »Wie jetzt?«

Ich rüttelte Mark noch einmal kräftig durch, bevor ich ihn schließlich losließ und ihm vor die Füße spuckte. »Der ist es nicht wert«, sagte ich. Ich bemühte mich, es so klingen zu lassen, als wäre das eine bewusste Entscheidung gewesen, aber Tatsache war: Bei Jakes Anblick hatte ich mich plötzlich gefühlt, als hätte mir jemand einen Spiegel vorgehalten, und was ich darin gesehen hatte, war nicht schön. Mark verdiente zweifellos ein paar aufs Maul, aber vielleicht – ganz vielleicht – hatte ich ja diesmal wirklich angefangen.

Mark schob sich langsam weg von der Wand und zog sein Polohemd gerade. Mit fragendem Blick sah er mich an, als wollte er um Erlaubnis bitten, sich verdünnisieren zu dürfen.

Ich nickte knapp. »Hau ab.«

Mark machte, dass er wegkam, und Jake fuchtelte frustriert mit den Händen. »Wie lahm war das denn? Hier ist doch weit und breit keine Pausenaufsicht. Du hättest ihn so was von fertigmachen können und keiner hätte was mitgekriegt.«

Ich zuckte mit den Schultern und hoffte, dass es gelangweilt wirkte und nicht schwächlich. »Der hätte doch nur gepetzt. Und außerdem wohnt er mir direkt gegenüber. Ich kann ihn mir später noch vornehmen.« Ich trat wieder an den Picknicktisch, wo Marjorie immer noch in ihrem Mittagessen herumstocherte und null Interesse an dem Beinaheblutbad vor ihrer Nase zeigte. Ich steckte mir den letzten Bissen meines Sandwichs in den Mund und griff nach meinem Tablett.

»Bis dann, Marjorie.«

»Bis dann.« Sie winkte.

Als ich die Hand hob, um zurückzuwinken, stellte ich fest, dass das Jucken nachgelassen, aber nicht aufgehört hatte. Ich war froh, dass ich mir den Besuch im Büro des Disziplinarrats erspart hatte, aber ein Teil von mir wollte Mark noch immer das verpassen, was er verdiente.

KAPITEL 14

Bei unserem nächsten Kampftraining tauchte Seely auf, zu Fuß. Sie glitt so geschmeidig durch den Park, als stände sie auf ihrem Skateboard. Die weichen Bewegungen passten überhaupt nicht zu ihrem rauen, punkigen Äußeren.

»Wo hast du denn dein Board?«, rief ich ihr zu.

Sie deutete mit dem Daumen über die Schulter. »Ich wohne direkt da drüben auf der anderen Straßenseite.« In der linken Hand schwang sie eine Plastiktüte mit buntem Inhalt. Als sie näher kam, erkannte ich, dass es Süßigkeiten in rosa und lila Verpackung waren.

»Osterausbeute«, sagte sie und hob die Tüte. Wenn der schulfreie Tag nicht gewesen wäre, hätte ich wahrscheinlich vergessen, dass Ostern war. Mom und ich feierten eigentlich nur Weihnachten und Geburtstage. Als ich kleiner gewesen war, hatte sie noch Eier für mich versteckt, aber die hatte ich immer viel zu schnell gefunden. In einem Jahr hatte sie sich dann so viel Mühe gegeben, dass sie ein paar davon selbst nicht mehr wiedergefunden hatte. Erst Monate später, als aus einem unbenutzten Blumentopf fauliger Gestank aufstieg, hatten wir gemeinsam beschlossen, dass das unsere letzte Eiersuche gewesen war.

»Und, was macht ihr zwei so?«, fragte Seely.

»Kämpfen«, antwortete ich im selben Moment, in dem Billy sagte: »Wir suchen nach unseren Dads.«

Seelys Blick wanderte zwischen uns hin und her.

»Ich bringe ihm Selbstverteidigung bei«, erklärte ich und hoffte, dass Billy nicht wieder irgendwelchen Quatsch hinzufügte.

»Ja, wir kämpfen. Und dann reden wir über unsere Dads«, sagte Billy.

Tja, so viel dazu.

»Eure Dads, aha.« Seely setzte sich neben Billy ins Gras, wo er sich schon hingehockt hatte und seinen Atlas hervorkramte. Bevor er den Rucksack wieder zumachte, sah ich, dass immer noch das Jahrbuch darin steckte.

Seely packte einen Schokoriegel aus und hielt Billy auch einen hin.

»Ich darf keine Süßigkeiten. Hat Mom mir verboten.« Er klappte den Atlas auf und ignorierte Seelys ausgestreckte Hand.

Sie bot den Riegel mir an und ich nahm ihn. Es war einer von diesen leckeren mit Nüssen und Karamellfüllung – kein Billigzeug aus dem Discounter.

»Guck mal«, fing Billy an. »Wir denken, dass *mein* Dad in einer dieser Städte hier auf den Karten ist.«

Ich korrigierte Billys »wir« nicht.

»Was sind denn das für Rätsel da unten auf manchen Seiten?«, erkundigte sich Seely. Sie las eins davon vor. »›Jeder glaubt, er wohnt am Nordpol, aber in Wahrheit wohnt er hier.‹ Wer? Der Weihnachtsmann?«

»Genau. Santa Claus«, erklärte Billy. »So heißt eine Stadt in Indiana.«

Seely verdrückte ein Stück Süßkram nach dem anderen, während Billy ihr den Atlas vorführte und die Hinweise zeigte. Bei ein paar davon hatte er Probleme mit dem Vorlesen und Seely half ihm, ganz ohne dabei die große Wohltäterin raushängen zu lassen. Aber die meisten ratterte er herunter, ohne auch nur einen Blick auf die Seite zu werfen – er las nicht, er konnte sie auswendig. Dazwischen plapperte er davon, bei welchen er noch Hilfe brauchte und welche er schon allein gelöst hatte. Als er fertig war, türmte sich ein Haufen Papierchen zu Seelys Füßen.

»Und was ist mit *deinem* Dad?«, wandte sie sich an mich, als Billy endlich mal Luft holte.

Ich winkte ab. »Ich helfe bloß Billy D.«

Mein Dad ging sie gar nichts an.

Seely zuckte mit den Schultern und inhalierte weiter Süßigkeiten.

»Die Namen hier sind echt super«, sagte sie mit vollem Mund und deutete auf den Atlas in Billys Schoß. »Hungry Horse, Montana, das ist ja zum Totlachen.«

Ich setzte mich auf Billys andere Seite und er blätterte den Atlas durch und zeigte ihr seine Lieblings-Quatschnamen. Manche in der ordentlichen Handschrift seines Dads, andere in Billys riesigen Kinderkrakelbuchstaben. Über Hippo in Kentucky und Catfish Paradise in Arizona mussten wir alle lachen.

Bei Dickshooter, Idaho, warf ich ein: »Da müsste Mark eigentlich wohnen.«

Seely brach in Gelächter aus und Billy stimmte ein, auch wenn er es vermutlich gar nicht so richtig kapierte.

Seely schnappte sich den Atlas. »Sandwich, Massachusetts«, las sie vor, den Mund immer noch voller Süßigkeiten. »Und hier, Cheddar, South Carolina. Da kriegt man ja richtig Hunger!«

Wir kriegten uns sowieso schon nicht mehr ein, als sie umblätterte und »Chocolate Bayou, Texas!« quietschte.

Billy und ich brachen völlig zusammen und mussten uns gegenseitig stützen. Der Zuckerrausch von dem vielen Süßkram machte die Namen noch viel lustiger, und als wir bei Mosquitoville, Vermont, angelangt waren, rollte Seely auf dem Boden hin und her und ich musste mir die Seite halten. Billy stieß ein abgehacktes »HA. HA. HA.« aus, worüber wir uns nur noch mehr wegschmissen.

»Alter, das klingt ja«, ich musste zwischen meinen eigenen keuchenden Lachsalven nach Luft schnappen, »wie ein asthmatischer Bernhardiner.«

Seely schnaubte und dabei kam ein kleines Stückchen schokoladenummantelte Erdnuss aus ihrer Nase geschossen. Billy und ich brüllten vor Lachen.

»Auuuuuu, das hat wehgetan«, schrie Seely, aber trotz der Schmerzen konnte sie immer noch nicht aufhören zu lachen.

Als uns schließlich die Puste ausging, lagen wir alle ausgestreckt auf der Wiese. Ich starrte hoch in den Himmel und versuchte mich zu erinnern, wann ich das letzte Mal so gelacht hatte. Der einzige Mensch, den ich überhaupt jemals zum Lachen brachte, war Mom, aber so lustig war es bei uns trotzdem nie. Die Wolken über uns nahmen ein bedrohliches Grau an und schoben sich von Osten und Westen aufeinander zu. Eine warme Brise wirbelte weiße Pusteblumensamen durch die Luft.

»Ich glaube, das gibt ein Gewitter«, sagte ich.

Als niemand antwortete, guckte ich zur Seite und sah Seely mit dem Atlas auf den Knien dasitzen. »Ihr könntet doch einfach im Internet nach ihm suchen.«

Ich setzte mich auch auf. »Ja, auf die Idee bin ich auch schon gekommen.« Jetzt wurde mir klar, warum Billy »Hallooo?« gesagt hatte, als ich diesen Vorschlag gemacht hatte. »Aber es gibt zu viele Paul Drums. Hunderte, im ganzen Land. Die alle anzurufen wäre komplett bescheuert.«

Billy rollte sich im Gras auf den Bauch. »Mein Dad müsste so einen coolen Namen haben wie die Städte hier. Dann würde man ihn leicht finden.«

»Weiß deine Mom denn nicht, wie man ihn finden kann?«, wollte Seely wissen.

Billy konzentrierte sich darauf, Grashalme aus dem Boden zu rupfen. Seely sah mich fragend an und ich schüttelte kaum merklich den Kopf.

»Na ja, ich meinte jedenfalls auch nicht, dass ihr einfach seinen Namen eingeben sollt.« Seely klappte den Atlas zu und ließ den Daumen über den Buchrücken gleiten. »Sondern dass ihr bei den Städten anfangen sollt – jeder Hinweis führt doch zu einer neuen Stadt, stimmt's?«

Billy richtete sich kerzengerade auf und starrte Seely an. »Ja.«

»Na dann … nehmt euch doch einfach jedes Mal, wenn ihr einen Hinweis gelöst habt, die betreffende Stadt vor und guckt, ob dein Dad da im Telefonbuch steht. Eine nach der anderen.«

Warum waren wir darauf bloß nicht selbst gekommen?

»Am besten fangt ihr mit den Hinweisen an, die ihr schon gelöst habt«, fuhr Seely fort. »An den Orten würde ich zuallererst nach Paul Drum suchen.«

»Ja!« Billy kam hoch auf die Knie und beugte sich zu Seely und dem Atlas vor. »Los, das machen wir. Sofort. Hast du Internet auf deinem Handy?«

»Kein Internet«, sagte Seely und zeigte ihr ramponiertes altes Klapphandy.

»Ich hab auch keins.« Billy runzelte die Stirn.

Beide blickten mich an.

»Na klar.« Ich lachte und zog mein eigenes Billigteil aus der Tasche. »Mit dem Ding hier kann man ja kaum telefonieren.«

»Tja, dann müssen wir das halt mit 'nem Computer machen«, erklärte Seely. »Geht sowieso schneller.«

»Ich hab keinen Computer«, sagte Billy. »Ich benutze immer die in der Schulbücherei.«

Ich dachte an den Klapptisch und die Stühle, die bei Billy zu Hause als Esszimmereinrichtung herhalten mussten, und spürte, wie sich mein Magen zusammenzog. Ich wusste natürlich, dass meine Mom und ich nicht die ärmsten Schlucker in ganz Columbia waren, aber jetzt wurde mir klar, dass wir nicht mal die ärmsten Schlucker in unserer Straße waren.

»Ich hab auch keinen«, fügte ich hinzu.

»Ich schon.« Seely guckte von einem zum anderen und mit einem Mal wirkte sie ganz schüchtern. »Ich meine, falls ihr nichts dagegen habt, wenn ich euch helfe. Ich will mich da nirgends reindrängeln oder –«

»Super!«, unterbrach Billy.

»Ja, echt cool!«, stimmte ich zu, dann schluckte ich und wandte den Blick von Seely ab. »Ich meine, von mir aus, warum nicht.«

»Und du wohnst direkt da drüben auf der anderen Straßenseite.« Billy erhob sich. »Kommt, gehen wir.«

Ich stand auch auf und deutete auf die dunklen Wolken, die sich mittlerweile über uns zusammengebraut hatten. Sie formten sich zu Strudeln und die elektrisch geladene Luft ließ die Härchen auf unseren Armen zu Berge stehen.

»Wir sollten uns lieber auf den Nachhauseweg machen, sonst kommen wir nachher noch in einen Tornado.«

Billy stampfte mit dem Fuß auf. »Aber es ist doch noch nicht mal dunkel!«

»Meinetwegen, Alter, ich bin ja nicht deine Mom. Mach doch, was du willst. Aber ich setze mich jetzt in den Bus, ich hab nämlich keinen Bock, nass zu werden.«

Seely legte Billy die Hand auf den Arm. »Ja, das könnte echt übel werden. Geh lieber mit, wir verschieben es einfach auf morgen.«

Billy blickte finster zum Himmel. »Morgen ist Samstag, oder?«, vergewisserte er sich.

»Den ganzen Tag und abends mit Beleuchtung«, erwiderte Seely augenzwinkernd.

»Na gut.« Billy zog einen Schmollmund. Er schulterte seinen Rucksack und stampfte los durch den Park.

Als Seely und ich ihn einholten, fielen gerade die ersten Regentropfen. Am Rand des Parks angekommen, zeigte sie uns ihr Haus und nahm uns das Versprechen ab, nur ja nicht zu früh aufzutauchen.

»Okay«, sagte Billy. »Aber wenn es wieder regnet, kommen wir trotzdem.« Mit schmalen Augen sah er mich an. »*Ich* hab nämlich keine Angst vor Gewittern.«

KAPITEL 15

Bei Seely zu Hause sah es aus wie in einer riesigen Werkstatt. Die Küchenarbeitsplatte lag voller Werkzeuge, Bohraufsätze und Metallteile, die ich nicht mal erkannte. Am Badezimmerspiegel klebte das Diagramm irgendeines Motors und vor dem Fernseher im Wohnzimmer stand ein Tisch mit einer großen Kreissäge.

Der gemütlichste Raum im ganzen Haus war die Garage, in der es wenigstens ein paar staubige Sofas und eine Musikanlage gab. Außerdem stand da der Computer, weswegen wir dort unten rumhingen, Limo tranken und die Reste von Seelys Ostersüßigkeiten verputzten.

»Wie super ist das denn hier?«, staunte ich zum fünften Mal und guckte mich um.

»Ist ganz okay«, erwiderte Seely.

»Okay?« Ich holte mit dem Arm zu einer Geste aus, die den ganzen riesigen Raum mit einbezog, groß genug für zwei Motorräder, einen Pick-up, eine Wohnzimmergarnitur und eine Werkbank mit Profiausmaßen. »Diese Garage ist größer als unser ganzes Haus – als *euer* ganzes Haus.«

»Ja, wir haben angebaut, als wir hier eingezogen sind. Ich hab dabei geholfen, aber nur weil ich dachte, dass dann das Haus, na ja, auch ein Haus bleiben würde.«

»Aber das hier ist doch perfekt«, protestierte ich. »Jeder Typ, den ich kenne, würde sofort hier einziehen.«

»Ganz genau, jeder *Typ*. Aber ich bin nun mal keiner, falls dir das noch nicht aufgefallen ist.« Sie warf mir einen mürrischen Blick zu.

Es war mir aufgefallen, auch wenn man es zwischendurch leicht vergaß. Ich war noch nie einem Mädchen begegnet, das so markerschütternde Rülpser loslassen konnte oder sich so gut mit Autos auskannte wie Seely. Man konnte mit ihr reden wie mit einem Jungen, aber wenn man sie ansah, fiel einem definitiv auf, dass sie ein Mädchen war, trotz der kurzen Haare.

»Ich find's schön warm hier«, steuerte Billy bei.

Wir hatten beide kein Geld für den Bus dabeigehabt und den ganzen Weg zu Seely im strömenden Regen zu Fuß laufen müssen. Seely hatte ein paar Heizgeräte eingeschaltet und sie auf die Sofas in der Garage ausgerichtet, aber wir waren immer noch mehr oder weniger klitschnass.

Ich deutete mit dem Kopf in Richtung des Computers auf der Werkbank.

»Funktioniert dieser Dinosaurier überhaupt noch?«

Es war eine riesige, altmodische Kiste, genau wie der Fernseher in Moms Schlafzimmer.

»Klar funktioniert der. Mein Dad hat ihn zusammengebaut.« Seely hievte sich auf den Drehhocker vor dem Computer und schaltete ihn ein.

»Ich dachte, dein Dad repariert Motorräder«, wandte ich ein.

»Tut er auch. Der eine. Der andere baut Computer zusammen.«

Billy und ich blickten Seely an, dann einander, dann wieder Seely.

Seely wirbelte auf ihrem Hocker zu uns herum, während der Computer hochfuhr.

»Ist doch irgendwie ulkig. Ihr beide habt gar keinen Dad und ich hab zwei. Tja, jeder hat wohl sein Päckchen zu tragen.«

»Zwei Dads?«, hakte ich nach.

Seely leckte sich einen Rest Schokolade vom Daumen. »Na ja, eigentlich sogar drei, wenn man Bio-Dad mitzählt, mach ich aber nicht.«

»Was ist denn ein Bio-Dad?«, wollte Billy wissen.

»Na, mein biologischer Vater. Meine DNA hab ich von ihm, aber ich kenne ihn nicht.«

»Und was ist mit deiner Mom?«, fragte ich.

»*Bio*-Mom«, stellte Seely richtig. »Über die denke ich eigentlich auch nie nach. Das sind nicht meine echten Eltern – ich sehe sie eher als so was wie Teilnehmer bei einem wissenschaftlichen Experiment.«

Mein Gesicht muss genauso ausdrucks- und verständnislos wie Billys gewirkt haben, denn Seely lachte uns beide einfach nur aus.

»Also, meine Dads wollten gern ein Kind haben, aber schwule Paare stehen nicht gerade ganz oben auf der Adoptionsliste, kapiert? Also haben sie sich ein bisschen Sperma und die Gebärmutter einer guten Freundin ausgeborgt und –«

»Hey, hey!« Ich hob die Hände. »Zu viele Details!«

Seely lachte abermals und griff wieder in die Süßigkeitentüte. »Na ja, manche Kinder kriegen die Geschichte von den Bienchen und den Blümchen zu hören und bei mir ging's eben um Reagenzgläser und Leihmütter.« Sie senkte den Kopf ganz dicht neben Billys, fing an zu schielen und ließ die Zunge seitlich aus dem Mund hängen. Mit noch tieferer und rauerer Stimme als sowieso schon raunte sie: »Ich wurrrde im Laborrr errrschaffen, wie bei Doktorrr Frrrankenstein.«

Billy rollte sich kichernd auf dem Sofa herum.

Ich zog eine Augenbraue hoch. »Aber dein Dad – oder einer von den beiden jedenfalls – ist doch Mechaniker.«

»Ja, und?«

»Das ist doch der totale Männerjob.«

Seely verdrehte die Augen und ließ ein leeres Schokoladenpapierchen neben dem Computer auf die Werkbank fallen. »Du bist so ein Idiot.«

Das mochte ja stimmen, aber wenn ich hier schon dermaßen auf dem Schlauch stand, dann traf das auf Billy D. sicher doppelt und dreifach zu. Ich wandte mich mit der gleichen Stimme an ihn, mit der Mom immer über sogenannte Erwachsenenthemen mit mir zu reden versuchte.

»Verstehst du, Billy? Seely hat deshalb zwei Väter, weil –«

»Weil du ein Riesenglück hast«, hauchte Billy. Sein Blick ging durch Seely hindurch, als sähe er ganz weit entfernt etwas, was niemand anderes erkennen konnte.

»Ja, das hab ich wohl«, sagte Seely. Sie warf mir einen bedeutungsvollen Blick zu und drehte sich wieder zum Computer um. Ich wünschte, ich hätte ihre Dads nicht beleidigt.

Ich zog einen Stuhl neben sie.

»Hey, ich, äh …«, stammelte ich leise. »Tut, äh … ähm …«

»Dir leid?«, ergänzte Seely.

»Ja.«

»Nicht gerade deine Stärke.«

»Was?«

»Entschuldigungen.« Sie wich meinem Blick aus. »Aber schon gut. Ich bin's gewohnt. Also, Billy D.« Sie sah an mir vorbei zu Billy, der schon den Atlas ausgepackt hatte. »Was zuerst?«

Billy studierte seine Karten. »Ich weiß nicht, welche zuerst kam.«

»Wir wissen ja gar nicht sicher, ob die Hinweise wirklich miteinander verbunden sind«, sagte ich. »Das war bloß so 'ne Idee von mir.«

»Klingt doch logisch«, sagte Seely. »Aber wir müssen ja

trotzdem nicht der Reihe nach gehen. Nehmen wir einfach irgendeine Stadt, die ihr schon rausgefunden habt.«

»Wawa, Pennsylvania.« Mit einem Mal verhielt sich Billy ganz geschäftsmäßig. »W-A-W-A.«

Seely hatte drei verschiedene Websites geöffnet, alle mit kleinen Suchfeldern, in die man Namen und Städte eingeben konnte. Sie tippte überall »Paul Drum« und »Wawa« ein und ließ die Suchmaschinen loslegen.

»Keine Ergebnisse«, sagte sie nach ein paar Sekunden. »Die nächste.«

Auch in Bird-in-Hand, Pennsylvania, oder Spunky Puddle, Ohio, gab es keinen Paul Drum.

Billys Städteliste war kurz und wir heizten ziemlich schnell hindurch. Mit jedem »Nichts« und »Die nächste« von Seely wurde es stiller im Raum. Wie es aussah, würden wir Billy wieder enttäuschen müssen.

Nachdem sich Santa Claus, Indiana, als weitere Sackgasse entpuppt hatte, schlug Seely eine kleine Pause vor, aber Billy bestand darauf, dass wir weitermachten. Erst nachdem Mexico, Missouri, ebenfalls keine Ergebnisse geliefert hatte, knallte Billy den Atlas zu und verschränkte die Arme. Gerade bei diesem Ort hatte er sich offenbar ein bisschen zu viele Hoffnungen gemacht. Er hatte dort hinfahren wollen, und jetzt begriff ich, wie sehr er sich gewünscht hatte, sein Dad wäre so nahe.

Am liebsten hätte ich ihm erklärt, dass es einfach nicht so leicht war, Väter zu finden – nicht mal, wenn sie vielleicht sogar in derselben Stadt lebten wie man selber.

Aber stattdessen klappte ich den Atlas wieder bei der Karte von Missouri auf und stupste Billy mit dem Ellbogen an. »Dann müssen wir eben das nächste Rätsel lösen.« Ich deutete auf den Hinweis unter der Karte. »Wir lösen sie alle – dann haben wir eine schöne, lange Liste.«

Seely setzte sich auf Billys andere Seite und las vor, was unten auf der Seite stand. »›Das passiert, wenn man nicht aufgibt.‹« Sie kaute an einem Fingernagel. »Hm, man gibt sich mehr Mühe, versucht es noch mal?«

»Nein«, sagte ich. »Dann müsste da ja eher so was stehen wie ›Was macht man nach einem Misserfolg?‹.« Das letzte Wort blieb mir im Hals stecken und ich setzte mich kerzengerade auf dem Sofa auf. »Hey, wie wär's denn damit? Wenn man nicht aufgibt, hat man doch irgendwann Erfolg, oder?«

Billys Augen weiteten sich, und ein paar der Wolken, die seine Miene verfinstert hatten, verzogen sich. Sein Kopf ruckte von mir zu Seely und wieder zurück. »Können wir …?«

»Ich guck mal nach«, sagte Seely und hüpfte zurück an den Computer.

Ich hielt genau wie Billy den Atem an, während die Tastatur unter Seelys Fingern klickerte und klackerte.

»Ich finde hier nichts«, erklärte sie schließlich.

Billy und ich stießen gleichzeitig enttäuschte Seufzer aus. Ich hätte so gern mit dem Hinweis recht gehabt, und wenn nur, um Billy etwas zu geben, was ihn zumindest für ein Weilchen glücklich machen würde – was ihm das Gefühl gab, dass wir weiterkamen.

»Oder … Moment mal«, sagte sie.

Wir drängten uns hinter sie, angezogen von der Aufregung in ihrer Stimme. Auf dem Computerbildschirm öffnete sich eine Seite, auf der eine große Karte geladen wurde. Schließlich erschien ein Name in der Mitte der Karte, wo sich zwei Autobahnen kreuzten: Success, Arkansas.

»Success!«, rief Seely. »Wenn man nicht aufgibt, dann hat man *Erfolg*!«

Strahlend wirbelte sie auf ihrem Drehhocker zu uns herum. Billy und ich grinsten erst sie an und danach einander. Und dann stürzten wir uns gleichzeitig auf den Atlas auf der Couch. Ich erreichte ihn zuerst, warf das Buch aber Billy auf den Schoß. »Leg los.«

Seely und ich lugten Billy über die Schulter, während er schnell an Alabama, Alaska und Arizona vorbeiblätterte. Ich hielt die Luft an, als er die Seite mit Arkansas aufschlug. Als ich wieder ausatmete, schrumpfte mit meinem Brustkorb auch mein Ego ganz klein in sich zusammen. Denn unter der Karte von Arkansas herrschte nichts als Leere.

Na klar. Natürlich gab es unter Arkansas keinen Hinweis. Hatte ich mir diesen Atlas nicht schon hundert Mal angeguckt? Und wenn es bei mir hundert Mal waren, dann waren es bei Billy mindestens tausend, und selbst er hatte sich für einen kurzen Augenblick mitreißen lassen und vergessen, dass Arkansas keine Perle in der Kette war.

»Na, macht ja nichts«, sagte Seely mit etwas zu fröhlicher Stimme. »Wir kommen schon noch weiter.«

Billy ließ sich in die Polster der Couch sinken und verschanzte sich hinter dem Atlas.

»Vielleicht sollten wir einfach an allen Orten, die ihr markiert habt, nach Paul Drum suchen«, fuhr Seely fort. »Dein Dad hat dir doch viele von diesen Städten selbst gezeigt, oder? Nicht nur die paar mit den Hinweisen drunter. Vielleicht ist die, in der er wohnt, ja schon –«

»Oder er wohnt eben in *keiner* davon«, sagte ich.

Seely warf mir einen missbilligenden Blick zu.

»Was denn?«, verteidigte ich mich. »Ich sag ja nicht, dass wir aufgeben sollen. Ich meine nur, vielleicht sind wir ja auf dem falschen Dampfer.«

»Das ist der richtige Dampfer«, widersprach Billy, seine Stimme gedämpft durch das dicke Buch.

Ich spürte, wie Billy das Vertrauen in die Suche – in mich –

verlor. Und wenn er der Meinung war, dass ich meinen Teil der Abmachung nicht einhielt, dann würde er seinen auch nicht einhalten, und ohne Billy hätte ich sofort wieder den Disziplinarrat am Hals.

»Vielleicht sollten wir einfach selbst nach ein paar Städtenamen suchen«, schlug ich vor und setzte mich auf den Hocker vor dem Computer. »Na komm, Billy D., meinst du im Ernst, Wawa wäre der einzige in Pennsylania? Das kann doch nicht sein.«

»Was machst du da?« Billy trat hinter mich und spähte auf den Bildschirm, während ich mich durch eine Liste von Suchergebnissen scrollte.

Seely sah über meine andere Schulter zu.

»Ich suche nach bescheuerten Ortsnamen in Pennsylvania.«

»Die sind nicht bescheuert«, sagte Billy.

»Da!« Ich stach mit dem Zeigefinger auf den Bildschirm ein. »Guckt's euch an. Virginville, Pennsylvania.«

»Nicht dein Ernst.« Seely beugte sich vor und ich konnte ihr zitroniges Shampoo riechen. »Das gibt's wirklich?«

Ich klickte auf die Karte, die bei meiner Suche aufgetaucht war, und verkleinerte so lange den Maßstab, bis wir die Staatsgrenzen sehen konnten. »Billy, weißt du überhaupt, was eine Jungf…«

»Klar weiß ich, was das heißt«, fauchte Billy. »Hab ich in Bio gelernt. Das ist, wenn eine Frau noch nie –«

»Schon gut«, fiel ich ihm ins Wort. »Ich weiß selber, was das heißt.«

Diese Entdeckung zog eine neue Recherche nach sich, die uns vermutlich nicht besonders weiterhelfen würde. Die nächste Stunde verbrachten wir mit dem Nachschlagen der versautesten Ortsnamen, die wir finden konnten. Es gab Sugar Tit in South Carolina und Latexo in Texas. Wir hatten so viel Spaß bei der Suche, dass wir sie auf die ganze Welt ausweiteten. Als wir von

Fucking in Österreich im englischen Penistone angelangt waren, lagen wir bereits am Boden vor Lachen.

»Oh Mann, das ist ja ekelhaft«, rief Seely. »Das kann es doch nicht wirklich geben.« Sie guckte auf den Bildschirm, wo ich gerade eine Karte mit Dildo, Kanada, aufgerufen hatte.

»Kapier ich nicht«, gestand Billy.

Ich wandte mich zu Seely um, in der Hoffnung, dass sie mir helfen würde, aber sie wich lachend zurück und hob die Hände. »Frag mich nicht.«

Ich fuhr den Computer runter und schlang den Arm um Billys Schultern. »Na komm, Billy D. Ich erklär's dir auf dem Nachhauseweg.«

KAPITEL 16

»Billy, du musst aufpassen!«

Eigentlich hätte er meinen Fausthieben ausweichen sollen, aber jetzt hatte ich schon den dritten Treffer hintereinander gelandet.

»Mach ich ja.«

Er rieb sich die Wange.

Meistens schlug ich ja nur ganz leicht zu – schnelle Schwinger, bei denen ich kurz vor dem Auftreffen die Faust hochzog, damit er nur gerade so spürte, wo ich hinzielte. Aber hinter den letzten hatte ich doch etwas mehr Kraft gelegt, um ihn mal ein bisschen wachzurütteln.

»Tust du gar nicht«, widersprach ich. »Du gibst dir überhaupt keine Mühe.«

Billy ließ die Hand sinken, und ich sah, wie ein kleiner Fleck auf seiner Wange sich von rosa nach blau verfärbte.

»Ich bin müde«, sagte er.

»Wir haben doch gerade erst angefangen.«

»Mir ist *langweilig*.« Er verschränkte die Arme und schob die Unterlippe vor.

»Hey«, sagte ich. »Mir ist total egal, ob du diesen Mist lernst oder nicht. Wenn du heute keine Lust auf Training hast, können wir auch einfach nach Hause gehen –«

»Nein!« Billy stampfte mit dem Fuß auf.

»Tja, ich hab jedenfalls was Besseres zu tun, als hier in diesem blöden Park rumzustehen und mich mit einem Idioten, der sich keine zwei Minuten konzentrieren kann –«

Der Schlag in meinen Magen kam so schnell, dass er mir glatt die Füße wegriss. Ich landete unsanft mit dem Hintern im Sandkasten.

Billy baute sich vor mir auf. »Ich bin kein Idiot.«

Stöhnend hielt ich mir den Bauch. Billy dagegen hielt sich den Nacken. Er hatte mir einen Kopfstoß versetzt – und zwar so heftig, dass ich fast keine Luft mehr bekam. Ich musste lachen.

»Coole Aktion, Billy D.«

Billys finstere Miene blieb unbewegt.

Ich mühte mich in eine sitzende Position hoch und deutete auf seinen Nacken. »Wenn du jemanden so rammen willst, musst du dich weiter vorbeugen und die Schultern bis unter die Ohren hochziehen. Guck mal, so.« Ich stand auf und machte es ihm vor. »Dann stößt du dich mit den Beinen ab und wirfst dich mit deinem ganzen Gewicht gegen den anderen.«

Billys Stirn war immer noch gerunzelt, aber er imitierte meine Haltung.

»Gut«, lobte ich. Im Schulternhochziehen war Billy ein Naturtalent. »Komm, wir probieren das mal aus. Ich schlage nach dir und du duckst dich weg, wie ich es dir gezeigt habe, und dann kommst du von der Seite und machst deinen Kopfstoß.«

Mit einem Mal ganz konzentriert ging er vor mir in Stellung, bereit zum Manöver.

Ich hob die Faust, hielt dann aber inne. »Hey, Billy D. Tut mir leid, dass ich Idiot zu dir gesagt habe.«

Er nickte. »Ich weiß.«

Ich holte aus. Und in einer blitzschnellen Abfolge von Ereignissen ruderte mein Arm plötzlich ziellos durch die Luft, als mir auch schon Billys Kopf mit voller Wucht in die Seite krachte und mich zu Boden riss.

Sobald ich wieder zu Atem gekommen war, stemmte ich mich auf ein Knie hoch und hob anerkennend den Daumen. »Oh Mann, du bist ja doch ein echter Karate Kid. Du bist … du bist Karate Kid in Teil drei, wo er schon der totale Superstar ist!«

Billy starrte mich nur verständnislos an.

»Okay«, sagte ich und stand auf. »Wir müssen uns unbedingt mal diesen Film ausleihen. Ist echt ein Verbrechen, dass du den noch nicht gesehen hast!«

»Ein Verbrechen?« Billys Augen weiteten sich.

»Nein, das sagt man doch nur … ach, egal.«

»Noch mal?« Billy trat vor mich, bereit für den nächsten Angriff.

»Nee, Alter, ich würd sagen, den Trick hast du jetzt drauf.« Ich holte tief Luft und spürte einen Stich an einer meiner Rippen. »Ich glaub, ich brauch erst mal 'ne kleine Pause.«

Billy ließ sich auf den Rand des Sandkastens plumpsen und zog seinen Rucksack auf. *Sehr gut*, dachte ich. *Lies du mal schön in deinem Atlas, dann kann ich mich ein bisschen erholen.* Aber es war nicht der Atlas, den er aus dem Rucksack kramte.

»Ich wollte dir noch was zeigen«, sagte Billy, das Jahrbuch in den Händen.

Ich starrte darauf und wusste nicht, ob ich sauer oder einfach nur genervt sein sollte. Natürlich hatte er es nicht in die Bücherei zurückgebracht. Wieso auch? Bloß, weil ich es von ihm verlangt hatte? Eins war mir mittlerweile klar: Billy machte, was er verdammt noch mal wollte, egal, was ich oder sonst wer sagte.

Billy klappte das Jahrbuch auf, und ich sah, dass er einige Seiten mit blauen Miniklebezettelchen markiert hatte.

»Deine Mom war da in der Zehnten, aber aus der Zehnten sieht niemand aus wie du.« Billy schlug die Seite mit dem ersten Post-it auf. »Aber ein paar von den Neunt- und Elftklässlern –«

»Ich hab dir doch gesagt, dieses blöde Jahrbuch ist mir total egal«, unterbrach ich ihn. »Wir können meinen Dad doch nicht daran erkennen, dass er dieselbe Haarfarbe hat wie ich.«

»Aber was ist, wenn sie genauso hochstehen wie deine?« Billy deutete auf eins der Fotos. Das Gesicht unter seinem Zeigefinger war heller als meines und die Augen standen zu dicht zusammen, aber die widerspenstige Strähne am Hinterkopf war schwer zu übersehen. Automatisch tastete meine Hand sich nach oben.

»Und der hier.« Billy blätterte ein paar Seiten vor. »Der hat genauso ein großes, spitzes Kinn wie du.«

Ich musste zugeben, dass unsere Gesichter wirklich eine schockierende Ähnlichkeit aufwiesen.

»Aber, Billy –«

»Und hier –«

»Billy!«

»Was denn?«

»Na schön, die sehen aus wie ich! Aber kapierst du das nicht? Wenn man lange genug sucht, sehen sie irgendwann *alle* aus wie ich.«

Das wusste ich aus Erfahrung, aus den vielen Jahren, in denen ich fremde Gesichter studiert hatte – im Supermarkt, im Waschsalon, an der Tankstelle. Die Augen von diesem Typen da – die standen ungefähr so weit auseinander wie meine. Und der da – dessen Mundwinkel waren genauso grimmig runtergezogen. Ja, ich hatte jahrelange Übung darin, in den Gesichtern von Unbekannten das zu sehen, was ich wollte. Aber sie konnten ja nicht alle mein Dad sein, und so war ich schon vor langer Zeit zu dem Schluss gekommen, dass das nur bedeuten konnte, dass keiner von ihnen es war.

»Der hier sieht aber nicht aus wie du.« Billy zeigte auf einen dürren, pickelgesichtigen Typen mit Brille.

Ich lachte. »Ja, und nachher stellt sich raus, dass *das* mein Dad ist. Kapierst du, wie sinnlos das ist?«

»Das ist nicht sinnlos«, protestierte Billy. »Wir können die doch in Seelys Computer suchen, und dann wissen wir, wo sie wohnen und –«

»Ich find's aber nicht so toll wie du, wenn Seely sich in meine Angelegenheiten mischt, Billy D.«

»Na gut.« Billy wollte das Buch zuknallen, aber ich hielt seine Hand fest.

Mir war ein Gesicht aufgefallen. Ich wusste nicht, warum, aber irgendwie kam es mir bekannt vor.

»Der hier.« Ich zeigte darauf. »Den kenne ich … glaube ich.«

Billys Augen fingen an zu leuchten. »Der sieht aus wie du. Darum hab ich ja die Seite hier markiert! Dane, das ist er. Das ist er!«

Keine Ahnung, wie Billy es schaffte, auf und ab zu hüpfen, obwohl er saß.

»Nein, ist er nicht«, sagte ich, ohne jedoch richtig überzeugt zu klingen. Das Gesicht kam mir wirklich bekannt vor, aber ich konnte es mit keiner konkreten Erinnerung verbinden – sie blitzten nur ganz kurz auf, wie wenn man aus einem Traum aufwachte und er immer weiter vor einem davonhuschte, sodass man nur noch ein paar einzelne Fransen erwischte.

»Wir können ihn finden, Dane. Wir nehmen einfach Seelys – ich meine, wir nehmen den Computer in der Bücherei. Ich sage denen, wir machen bloß Hausaufgaben. Ich bin echt gut im Lügen, darum –«

»Das müssen wir nicht«, sagte ich leise.

»Doch, müssen wir. Du musst ihn finden, Dane. Du musst –«

»Sei mal still!« Ich hob die Hand. Eine Erinnerung balancierte am Rand meines Bewusstseins, und ich konnte sie nicht näher heranholen, solange Billy so einen Krach machte.

Billy hielt den Mund, aber er hüpfte weiter im Sitzen auf dem Sandkastenrand auf und ab.

Schließlich erklärte ich: »Ich glaube, ich weiß schon, wo wir ihn finden.«

Jetzt hielt Billy still. »Im Ernst?«

Ich fuhr mit dem Finger den Namen unter dem Foto entlang. »Ich kenne diesen Namen.«

Vince Martinelli.

Wie in: Pizza und Pasta Martinelli.

Ich schloss die Augen. Spaghetti mit Hackfleischbällchen. Ein weißes T-Shirt mit einem Tomatensoßenfleck, den Mom nie wieder rausbekam. Dieser Mann – der nur für mich extra Fleischbällchen auf den Teller häufte.

Seit meiner Kindheit war ich nicht mehr im Martinelli gewesen, aber damals hatten wir so oft da gegessen, dass ich auch jetzt noch alles wusste. Alte karierte Tischdecken und gesprungene Bodenfliesen. Und es roch immer so gut, dass man sofort wieder Hunger bekam, auch wenn man sich gerade erst den Bauch vollgeschlagen hatte.

Langsam stiegen mehr Erinnerungen auf – dieses Gesicht am anderen Ende einer Wippe, genau auf diesem Spielplatz hier … das Innere eines Autos ohne Klimaanlage, ein Hörnchen mit schmelzender Eiscreme, die auf den Sitz tropfte, und wieder dieser Mann, der lachte und mir versicherte, es sei nicht schlimm. Aber keine davon war so klar wie die Erinnerung an das Restaurant.

Warum hatte Mom irgendwann aufgehört, mit mir ins Martinelli zu gehen?

Ich sah Billy an. »Hast du Lust auf 'ne Pizza?«

KAPITEL 17

Ein Teil von mir hatte gehofft, das Martinelli gäbe es gar nicht mehr. Ich hatte Billy mit in den Bus gezerrt, ohne auch nur darüber nachzudenken, was ich da machte. Auf der Fahrt hatte ich dann genug Zeit zum Grübeln gehabt. Na schön, dann kam mir das Gesicht dieses Typen eben bekannt vor – aber das konnte doch auch einfach daran liegen, dass wir früher oft dort gegessen hatten. Na schön, dann sah ich eben ein bisschen italienisch aus – aber aus anderen Blickwinkeln konnte ich genauso gut griechisch oder sogar lateinamerikanisch wirken.

Als wir schließlich unsere Haltestelle erreichten, musste Billy *mich* aus dem Bus zerren. Er war völlig aufgekratzt, seit ich ihm erklärt hatte, wo es hinging.

»Als würden wir das Restaurant ob… obversieren?«

»Observieren. Klar, von mir aus.«

Wieder mal fragte ich mich, was für bescheuerte Polizeisendungen sich Billy wohl immer im Fernsehen ansah. Und dann ging mir auf, dass dieses ganze Unterfangen bescheuert war, und ich wollte kehrtmachen, aber Billy hatte schon fest die Zügel übernommen. Er bot sogar an, die Pizza mit der Kreditkarte zu bezahlen, die seine Mom ihm für Notfälle gegeben hatte. Mein Magen stimmte Billy laut rumorend zu, also stand es zwei gegen einen, und kurz darauf saßen wir auch schon an einem der Tische mit den hässlichen Karodecken und versuchten, uns möglichst unauffällig zu verhalten.

Na ja, zumindest *ich* versuchte das. Billy verrenkte sich andauernd den Kopf wie ein Vogel ohne Rückgrat, um über die Wand unserer Sitznische in die offene Küche spähen zu können.

»Setz dich hin«, blaffte ich ihn an.

Billy setzte sich hin. Und hüpfte auf und ab.

»Alter, beruhig dich mal. Du machst mich total nervös.«

Billy beugte sich über den Tisch. »Siehst du ihn schon?«

Schnell schob ich mein Wasserglas aus dem Weg, bevor er es umwerfen konnte. »Nein, ich sehe ihn noch nicht. Jetzt setz dich ordentlich hin und mach hier nicht so ein Theater.«

»Sag mir nicht, was ich tun soll«, schmollte Billy. Aber er setzte sich tatsächlich gerade hin und verschanzte sich hinter der übergroßen Speisekarte. »Können wir Salami nehmen?«

»Von mir aus. Ist mir egal.«

Ich hatte noch keinen einzigen Blick in meine Speisekarte geworfen. Ich war viel zu beschäftigt damit, selbst die Küche abzuchecken. Nur musste ich mich dafür nicht winden wie ein Oktopus.

Endlich entdeckte ich ihn. Er trug nicht so eine furchtbare rot-weiße Uniform wie die anderen Mitarbeiter, sondern einfach Jeans, T-Shirt und Worker Boots – genau wie meine. Ich schluckte.

Er spazierte von Tisch zu Tisch und erkundigte sich, ob die Gäste mit dem Essen zufrieden seien, ob sie ein schönes Wochenende gehabt hätten, ob er sonst noch was für sie tun könne. Als er an unserer Sitznische anlangte, zuckte meine Hand gegen das Glas, das ich eben noch vor Billy gerettet hatte. Eisstückchen schlitterten umher, Wasser überflutete die dicke Plastikdecke. Ich sah zu, wie die ganze Bescherung zum Ende des Tisches und über die Kante tropfte, direkt auf die Schuhe des Mannes.

»Hoppla!« Der Mann – Vince Martinelli – lachte und schüttelte einen Eiswürfel von seiner Stiefelspitze.

»Tut mir leid … ach, Scheiße … ich meine, schade … verdammt, tut mir leid. Entschuldigung.« Hastig griff ich nach einer Serviette, knuddelte sie irgendwie zusammen und warf sie auf seinen Schuh.

Billy starrte mich mit offenem Mund an. Seinem Gesichtsausdruck nach zu schließen, kam ich genauso durchgeknallt rüber, wie ich mich fühlte.

»Kein Problem, gar kein Problem.« Der Mann zog ein Geschirrtuch aus seiner hinteren Jeanstasche und drückte es auf den Tisch, um den Wasserfall aufzuhalten. »H2O haben wir genug da.« Er bedeutete einer Kellnerin, mir ein neues Glas Wasser zu bringen. Dann drehte er sich wieder zu uns – zu mir – um und blinzelte. »Kennen wir uns irgendwoher?«

Keine Ahnung, ob er fragte, weil er mich wiedererkannte oder weil ich ihn anstarrte wie ein totaler Psycho. Ich hüstelte, um meine Sprachlosigkeit zu überspielen.

»Das ist Dane Washington«, erklärte Billy.

Ich richtete meinen starren Blick auf den Verräter an meinem Tisch.

»Hm, ich wüsste nicht, woher … ach herrje.« Seine Stimme klang plötzlich so anders, dass ich zu ihm hochsehen musste. »Bist du etwa Jenny Washingtons Sohn?«

Welche Wut und Angst auch immer mein Gesicht unter Kontrolle gehabt und mir die Worte geraubt hatten, jetzt schmolz beides dahin und verwandelte sich fast in so was wie Aufregung. Mein Herz hämmerte. Gut möglich, dass ich sogar anfing, auf und ab zu hüpfen wie Billy.

»Ja, genau, das ist meine Mom! Jennifer Washington.«

Uff. Ich hörte mich ja an wie ein aufmerksamkeitsheischender kleiner Welpe. Als ich weiterredete, bemühte ich mich, lässiger und höchstens halbwegs interessiert zu klingen. »Kennen Sie sie?«

»Und ob ich sie kenne.«

Mein Bein zitterte auf und ab wie ein Presslufthammer – der Welpe wedelte mit dem Schwanz.

Der Mann zog sich einen Stuhl heran und setzte sich zu uns, einen Ellbogen auf den nassen Tisch gestützt und ein Lächeln auf den Lippen. »Und dich kenne ich auch.«

Streichle mich! Streichle mich!

»Ach, echt?«

Ich täuschte ein Gähnen vor.

»Klar. Deine Mom und ich waren 'ne ganze Weile zusammen, als ich vom College zurückgekommen bin – fast ein Jahr. Du warst noch ziemlich klein, gerade mal im Kindergarten, glaube ich, deswegen wirst du dich wohl nicht erinnern. Aber wir zwei waren richtig gute Kumpels.«

Ich wusste, ich hätte sein Lächeln erwidern und etwas erfreuter wirken sollen, aber ich fühlte, wie mir sämtliche Hoffnung aus dem Gesicht rutschte. Die Erinnerungsblitze gesellten sich gleich dazu und glitten in meinen Magen hinunter, wo sich meine Ängste wieder ausdehnten und mit dem Rest vermischten. Und diese ganze Suppe triefte mir nun am Körper runter und sammelte sich in meinen Schuhen – den Boots, die genauso aussahen wie die von diesem Typen … was anscheinend auch unsere einzige Gemeinsamkeit war.

Der Mann sagte, wir sollten ihn Vinnie nennen, und erzählte eine lange Geschichte von früher, als er mit meiner Mom zusammen gewesen war, aber noch nicht bereit, sich irgendwo häuslich niederzulassen.

Sein Blick wirkte traurig und schweifte in die Ferne, darum musste ich mir gar keine Sorgen machen, ob mein Gesicht die angemessenen Reaktionen zeigte. Ich hörte kaum noch zu.

Mom hatte über die Jahre eine Menge Freunde gehabt, von denen keiner eine wichtige Rolle gespielt hatte, weder für sie noch für mich. Also war dieser Typ hier auch bloß einer von denen – niemand Besonderes.

»Tja.« Vinnie räusperte sich. »Hat mich jedenfalls gefreut, dich zu sehen, Dane. Bestell deiner Mom ’nen schönen Gruß von mir.« Er erhob sich.

»Ich erinnere mich auch«, platzte es aus mir heraus.

Ganz langsam setzte Vinnie sich wieder hin. »Ehrlich? Du warst ja noch ziemlich klein.«

»Ähm … nur an … an den Laden hier«, stotterte ich. »Und ans Eisessen und solche Kleinigkeiten.«

Vinnie lächelte über die gemeinsamen Erinnerungen, dann aber zog er eine Augenbraue hoch. »Bist du darum hier? Gibt’s irgendwas, was ich wissen sollte?«

Ich wollte gerade mit Nein antworten und Vinnie wieder zurück an die Arbeit gehen lassen, aber da musste Billy seine große Klappe aufreißen.

»Dane sucht nach seinem Dad.«

Unter dem Tisch verpasste ich ihm einen Tritt.

Vinnie stieß einen gedehnten Pfiff aus. »Oh Mann. Und da dachtest du …«

»Nein, dachte ich nicht. Und ich bin auch nicht auf der Suche, nach niemandem. Ich dachte bloß … ich meine … So ist das nicht. Hören Sie, sagen Sie es nicht meiner Mom …«

»Moment, jetzt aber mal langsam.« Vinnie hob die Hand, um mich zum Schweigen zu bringen, und legte sie mir dann auf die Schulter. »Ich sage keiner Mom irgendwas, okay? Ich habe Jenny schon ewig nicht mehr gesehen, und jetzt melde ich mich bestimmt nicht bei ihr, nur um dich zu verpfeifen. Aber darf ich dir einen Rat geben?«

Nein, Sie sind nicht mein Dad.

»Vielleicht solltest du lieber selbst mal mit ihr darüber reden.«

Ich schüttelte Vinnies Hand ab. »Okay. Danke.«

Er stand auf und faltete sein Geschirrtuch zusammen. »So, wollt ihr Jungs denn jetzt auch eine Pizza? Geht aufs Haus. Bestellt euch, was ihr wollt.«

»Wir haben keinen Hunger«, sagte ich.

Ich stand auf und mein Blick fiel für einen Moment auf Vinnies Boots neben meinen eigenen, die völlig gleich aussahen. Sogar dieselbe Größe.

Ich fuhr herum und hastete ohne ein weiteres Wort auf den Ausgang zu. Als ich die Tür aufdrückte, schrillte ein Glöckchen über meinem Kopf los. Und über den Lärm des Glöckchens hinweg hörte ich Billys Stimme hinter mir.

»Kann ich Salami haben?«

Ich wartete, bis wir wieder im Bus saßen, bevor ich Billy die Hölle heißmachte.

Sein Gesicht war ein einziges Tomatensoßenmassaker, während er sich noch zwei zusammengeklappte Stücke Pizza auf einmal in den Mund stopfte.

»Das ist alles deine Schuld«, sagte ich.

Auf der anderen Seite des Ganges ließ Billy sein Pizzasandwich sinken, den Mund aber offen stehen. Ich konnte den Riesenberg zermanschte Salami und Teig auf seiner Zunge sehen. Von seiner Unterlippe baumelte ein Käsefaden.

Ich rümpfte die Nase über den ekelhaften Anblick und ließ mich davon nur noch weiter aufpeitschen. »Weil du mir dieses dämliche Jahrbuch gezeigt hast … und mich gezwungen hast, in dieses Restaurant zu fahren –«

»Ich hab dich doch nicht gezwungen –«

»Deinetwegen hab ich eine Sekunde lang gedacht … hab ich geglaubt, ich will wirklich nach … nach …« Meine Stimme brach und ich ballte die Fäuste. Beinahe *wünschte* ich mir, meine Handflächen würden jucken. Dann wüsste ich zumindest, dass ich wütend war. Aber nichts, nicht mal ein Kribbeln. Das Gefühl, das mir Brust und Magen zusammenschnürte, war etwas viel Beängstigenderes, viel Mächtigeres als Wut. Ich traute mir nicht zu, noch irgendwas Verständliches herauszubringen, also hielt ich lieber gleich den Mund und ließ die Fäuste geballt, in der Hoffnung, dass Billy dadurch denken würde, ich wäre bloß sauer und nichts weiter.

»Tut mir leid, dass Vinnie nicht dein Dad ist«, sagte Billy.

Ich drehte mich weg von ihm, zum Fenster, und schloss die Augen. Warum konnte ich sie nicht genauso fest zukneifen wie meine Fäuste?

»Ist mir egal«, sagte ich.

Der Bus wiegte uns sachte vor und zurück.

»Wir können ja nach welchen von den anderen –«, fing Billy an, aber ich hob nur die Hand.

»Ich will dieses Jahrbuch nie wieder sehen.« Ich blickte Billy unerbittlich an, damit er wusste, dass ich keine Scherze machte. »Ich mein's ernst. Wenn du mir das Ding noch ein Mal unter die Nase hältst, dann verpasse ich dir wirklich 'nen Arschtritt.«

»Okay.«

»Das ist genau der Grund, warum ich mich gar nicht erst auf die Suche machen wollte. Jede Spur endet ja doch nur in einer Sackgasse und dann ist man enttäuscht und hat bloß seine Zeit verschwendet!«

»Okay.«

»Man kann eben niemanden finden, der nicht gefunden werden will!«

Billy schwieg.

Verdammt.

»Damit meinte ich jetzt nicht *deinen* Dad«, sagte ich. »Das ist was anderes. Der will bestimmt wirklich gefunden werden.«

Billy nickte und ließ die übrig gebliebenen Pizzaränder in die braune Papiertüte fallen, die Vinnie ihm mitgegeben hatte. Er angelte eine benutzte Serviette heraus und wischte sich damit das Gesicht ab, ohne mir in die Augen zu sehen.

Ich deutete auf Billys Rucksack, in dem sich, wie ich wusste, das Jahrbuch verbarg. »Bring's einfach weg, ja?«

KAPITEL 18

Am Dienstagmorgen ließ ich Billy seinen Rucksack aufmachen und mir zeigen, dass das Jahrbuch wirklich darin und auf dem Weg zurück in die Bücherei war.

»Hab ich doch gesagt«, murrte er, zog den Reißverschluss wieder zu und hievte den Rucksack vom Backsteinpfad in den Gärten hoch. »Ich bring's zurück. Obwohl Miss Tanner mir erlaubt hat, es zu behalten, solange ich will.«

»Wer ist denn Miss Tanner?«

»Die von der Bücherei.«

Ich musste kurz nachdenken. »Die große Dünne?«

»Ja.«

»Die ist ziemlich scharf. Netter Hintern.«

»Bah.«

»Was denn? Findest du etwa nicht, dass sie 'nen scharfen Hintern hat?« Ich schubste ihn spielerisch vor mir her. »Komm schon, Billy D., gib's zu. Du gehst doch nur in die Bücherei, um Miss Tanner auf den Arsch zu starren. Oder stehst du mehr auf Titten?«

Billy machte »Pssst!« und guckte sich panisch um, als könnten die Blumen uns belauschen. Er wirkte beinahe so entsetzt wie ein paar Tage zuvor, als ich ihm erklärt hatte, warum Dildo so ein lustiger Ortsname war.

»Oha!« Ich lachte. »Unser Billy D. steht also auf dicke Dinger, ja? Wie Wasserbomben, richtig schön prall und –«

»Igitt!«

Ich drehte mich um, sodass ich rückwärts vor Billy herlief. »Wie jetzt? Hast du etwa noch nie ein Mädchen geküsst?«

Normalerweise hätte ich natürlich nicht beim Thema Küssen haltgemacht, aber ich dachte mir, alles andere würde bei Billy doch ein bisschen zu weit führen.

»Hab ich wohl!«, behauptete Billy, aber die plötzliche Röte auf seinen Wangen verriet ihn.

»Hattest du nicht behauptet, du wärst gut im Lügen?« Ich zwinkerte ihm zu.

Billy schnaubte und verschränkte die Arme.

»Hey, ist doch kein Problem«, sagte ich. »Wir müssen einfach ein bisschen mehr mit Mädchen rumhängen.«

»Seely ist ein Mädchen«, sagte Billy ein bisschen zu hoffnungsvoll.

»Nicht Seely«, sagte ich ein bisschen zu nachdrücklich.

Eine Weile blieben wir auf einem grasbewachsenen Abhang stehen und lieferten uns ein Starrduell.

»Du magst sie«, stellte Billy fest.

»Ich mag niemanden.«

»Sie mag dich.«

Mein Magen machte einen eigenartigen Hüpfer, und ich hüstelte ein bisschen, um es zu überspielen, als hätte Billy es sonst hören können. »Würde dir das was ausmachen?«, fragte ich.

»Was?«

»Wenn Seely und ich uns mögen würden?«

Billy zog die Träger seines Rucksacks enger. »Ich weiß ja, dass sie nicht mich mag«, flüsterte er.

Das war keine Antwort. Ich wartete ab.

Schließlich stieß Billy einen theatralischen Seufzer aus und setzte sich wieder in Bewegung. »Na gut, es würde mir nichts ausmachen.«

»Gut.« Lächelnd schloss ich zu ihm auf. »Ich wüsste da nämlich ein paar Mädels, die du vielleicht mögen könntest.«

Billy wurde ganz aufmerksam.

»Lass mich mal überlegen«, fing ich an. »Sara wär sicher an Bord, aber die hat nicht gerade viel in der Birne.« Ich blätterte durch mein geistiges Adressbuch. »Annie ist nett – und zwar zu jedem –, *richtig* nett. Aber sie hängt ständig mit Marjorie rum und die kann die Beine einfach nicht zusammenhalten.«

Unsere Unterhaltung über Mädchen dauerte den ganzen Schulweg an.

Billy stellte mir tausend Fragen. *Woher weiß man, wenn ein Mädchen einen mag? Wo geht man hin, wenn man ein Date hat? Wann nimmt man ihre Hand?* Ich antwortete: *wenn sie viel lacht, zum Bowling*, und: *Händchenhalten ist was für Weicheier*.

Er fragte, woher ich Mädchen kannte, die nicht auf die Mark-Twain-High gingen, und ich beschrieb diejenigen, die von der Twain *geflogen* waren, in etwas rosigeren Farben, als es der Realität entsprochen hätte. Er fragte, ob ich schon mal mit einem Mädchen geschlafen hätte, und ich antwortete wahrheitsgemäß, dass ich es so weit noch nicht gebracht hätte – aber schon mal nah dran gewesen wäre. Er fragte, ob er wohl mal mit einem Mädchen schlafen sollte, und ich tat so, als hätte ich die Frage überhört.

Am Rand des Baseballfelds, bevor sich unsere Wege trennten, boxte ich Billy leicht auf die Schulter.

»Na, hast du auch schön mitgeschrieben? Auf dem Rückweg frage ich dich ab.«

Billy schlug nach meiner Hand. »Ich weiß alles.«

Ich wich seinem Hieb aus und rempelte ihn scherzhaft an, sodass er ein paar Schritte zur Seite taumelte. »Das wollen wir doch mal sehen.«

»Schluss damit!«, ertönte eine Stimme.

Eine Lehrerin, die ich nicht kannte, kam über den Parkplatz auf uns zumarschiert. Aus ihren Augen sprühten Funken, und zwar in meine Richtung.

»Womit?«

»Ich hab genau gesehen, was hier los war.« Bei uns angelangt, legte sie Billy die Hand auf den Arm. »Hat er dir wehgetan?«

Billy schüttelte sie ab. »So stark ist der gar nicht.«

»Wir haben doch nur rumgeblödelt«, erklärte ich.

Die Lehrerin starrte mich einen Sekundenbruchteil lang finster an und wandte sich dann wieder Billy zu. »Schon gut, er kann dir jetzt nichts mehr tun. Du kannst es mir wirklich –«

»Dane Washington schlägt keine Mongos.« Zufrieden, dass er das klargestellt hatte, verschränkte Billy die Arme.

Ich schloss die Augen. »Billy, so solltest du das lieber nicht aus…«

»Ach, Schätzchen, du bist doch kein … So ein Wort sollte wirklich niemand benutzen.« Sie warf mir einen giftigen Blick zu, redete jedoch weiter mit Billy. »Und wenn es doch jemand tut, dann ist er nicht dein Freund.«

»Wohl ist das mein Freund«, widersprach Billy. »Wir haben nur rumgeblödelt, wie er gesagt hat. Er geht immer mit mir zur Schule und erklärt mir alles über Mädchen und bringt mir bei, wie man käm …«

Ich räusperte mich schnell, damit er still war.

»Wir kommen noch zu spät zum Unterricht«, merkte ich an.

Die Lehrerin sah auf ihre Armbanduhr und musterte uns beide dann wieder. »Rumgeblödelt, soso. Na schön. Aber bitte nicht ganz so wild«, mahnte sie, bevor sie in ihren hochhackigen Schuhen davonstöckelte.

Ich starrte ihr nach.

Gerne hätte ich geglaubt, dass ich es war, über den sie eine vorgefasste Meinung hatte – dass sie nach einem Blick auf mich überzeugt war, einen Schlägertypen vor sich zu haben. Aber mir war klar, dass sie höchstwahrscheinlich eher in Billy ein Opfer sah.

Und diese Erkenntnis versetzte mich in so miese Laune, dass sie den ganzen Morgen anhielt.

Ich war immer noch stinkig, als Billy in der Mittagspause sein Tablett neben meins stellte.

»Mrs Pruitt hat Grippe«, verkündete er.

»Und?«

»Und darum braucht sie mich heute nicht, und Mr Bell hat gesagt, ich soll in der Cafeteria essen gehen.«

»Dann geh in der Cafeteria essen«, erwiderte ich mit dem Mund voller Käsemakkaroni. Ich wollte allein sein, und wenn ich Billy los war, würde dieser Wunsch ziemlich sicher in Erfüllung gehen. Jake und Marjorie hatte ich seit der Beinaheprügelei mit Mark nicht mehr gesehen, und die einzige andere Person im Innenhof war ein Junge am anderen Ende unseres Tisches, der sich nicht um uns kümmerte und irgendwas auf einen Block kritzelte.

Aber Billy hörte gar nicht zu, sondern zog seinen Atlas aus dem Rucksack.

Ich hob die Augenbrauen. »Was soll das denn werden?«

»Ich will dieses Rätsel hier lösen«, sagte er. »›Das braucht … das braucht man …‹«

»Pack das Ding weg. Ist doch total uncool, beim Mittagessen wie ein Streber über ’ner Landkarte zu hocken.«

Billy stieß ein empörtes Schnauben aus, weil ich ihn unterbrochen hatte, und fing wieder von vorne an zu lesen, diesmal noch langsamer. »›Das braucht man für ein Du… ein Dü… ein Duell.‹«

»Wenn du dieses Ding nicht sofort wegpackst, dann findet

hier gleich ein Duell zwischen meiner Faust und deiner Nase statt, und ich kann dir jetzt schon sagen, wie das ausgeht.«

Ich wusste nicht, ob ich so schlechte Laune hatte, weil ich immer noch wütend über die Lehrerin von heute Morgen war oder weil es mir peinlich war, von Billy beim Alleinessen überrascht worden zu sein, auf jeden Fall war ich nicht in Stimmung für sein Gequatsche. Ich war in Stimmung für eine Prügelei …

Und darum saß ich keine fünfzehn Minuten später im Disziplinarratsbüro, neben mir ein Typ mit blutender Nase.

Der Typ hatte es natürlich verdient gehabt, aber das würde den Disziplinarrat nicht interessieren.

Billy hatte angefangen, irgendwas über das Rätsel daherzuplappern, und mein Blick war abgeschweift – in Richtung des Jungen mit dem Block. Mir war schon klar gewesen, dass die fiese Karikatur, die er da gerade zeichnete, Billy D. darstellte, bevor er die hervorlugende Zunge und die Zahnlücken hinzufügte.

Mein Ellbogen krachte schneller auf seine Nase, als er hochgucken konnte. Mit Ausnahme von Billy sah mich nicht mal irgendwer. Alle anderen bekamen nur die Nachwehen mit, das triefende Blut und das Geflenne des Typen mit der Karikatur.

Innerhalb von Sekunden scheuchte einer von den Cafeteria-Sheriffs uns alle drei den Flur runter, um uns dem Disziplinarrat vorzuführen.

Und jetzt hockten wir in seinem Büro und warteten, während er noch in irgendwelchen Papieren blätterte und seinen Anrufbeantworter abhörte. Mrs Pruitts Abwesenheit schien seine Stimmung nicht gerade zu verbessern. Nicht dass mein Timing irgendeine Rolle gespielt hätte. Gute oder schlechte Laune, es war klar, was mir von Seiten des Disziplinarrats blühte. Das war schließlich mein siebter Verstoß. Und mit dem siebten Verstoß schoss man sich ins Aus. Der einzige Trumpf, den ich noch hatte – mein Ass im Ärmel –, war Billy. Er war dabei gewesen und würde mir Rückhalt geben – wenn er denn rechtzeitig kapierte, worum es eigentlich ging.

»Das war ein Versehen«, platzte es aus mir heraus.

Der Disziplinarrat knallte seinen Papierstapel auf den Tisch und wandte sich endlich uns zu.

»Ein Versehen?«, wiederholte er, doch der näselnde Zwischenruf des Typen mit dem Blut im Gesicht schnitt ihm das Wort ab.

»Schwachsinn!«

Nur dass er sich so dick Taschentücher in die Nase gestopft hatte, dass es eher klang wie »Dwachdinnd«.

Er zeigte anklagend auf mich. »Der Dyp da had mir voll auf die Dase gehauen.«

Der Disziplinarrat warf ihm einen entnervten Blick zu. »Du hältst dich erst mal geschlossen.« Seine Augen richteten sich wieder auf mich. »Wie kann man jemandem aus Versehen die Nase brechen?«

Ich musste mich echt beherrschen, um nicht die Augen zu verdrehen. Dass ich dem Typen tatsächlich die Nase gebrochen hatte, wagte ich zu bezweifeln. »Ich hab meinem Kumpel Billy was erzählt«, fing ich an, »und dabei hab ich so rumgestikuliert.« Ich demonstrierte es ihm, indem ich übertrieben weit mit den Armen ausholte, und der blutüberströmte Typ zuckte zusammen, als meine Hand sich wieder seinem Gesicht näherte. »Und zack, hab ich ihm hier ins Gesicht gehauen – ganz unabsichtlich.«

Ich schenkte dem Disziplinarrat ein joviales Lächeln. Im Ernst, ich tat uns doch beiden einen Gefallen. Solange der Disziplinarrat mich hierbleiben ließ, hatte er seine Ruhe vor dem Direktor. Jetzt musste er sich das Ganze nur noch von Billy bestätigen lassen, dann konnten wir alle wieder zurück in den Unterricht. Gut, der Typ mit der zermatschten Nase wohl eher nicht. Für den war vermutlich ein Besuch bei der Schulkrankenschwester angesagt – oder im Krankenhaus. Aber das war mir nach dem Bild, das er von Billy gezeichnet hatte, ziemlich egal.

Wie erwartet, drehte der Disziplinarrat seinen Stuhl leicht in Billys Richtung.

»Es war also ein Unfall?«

Billy wand sich unter seinem Blick.

Der Disziplinarrat merkte, wie gehemmt Billy war, und fuhr mit schärferer Stimme fort: »Ich habe nämlich allen Grund zu der Annahme, dass es sich *so* nicht zugetragen hat –«

»Had es auch dichd«, bekräftigte der Karikaturist.

»Hat es doch«, beharrte ich. »Stimmt's, Billy D.?«

Meine Augen bohrten förmlich Löcher in Billys Schläfe, so angestrengt versuchte ich, ihn telepathisch dazu zu bewegen, mich anzusehen, aber er starrte bloß auf seine Hände.

»Billy D.?«, drängte der Disziplinarrat.

Billy wiegte sich auf seinem Stuhl vor und zurück.

»Sag's ihm«, raunte ich eindringlich.

Endlich sah Billy auf und klagte mit leiser Stimme: »Mir ist nicht so gut.«

»Möchtest du zur Krankenschwester?«, bot der Disziplinarrat an.

»Äh, *ich* böchde zur Grangenschwesder«, schniefte der andere Junge.

Der Disziplinarrat und ich warfen ihm beide gleichermaßen grantige Blicke zu und wandten uns dann wieder an Billy, der sich ganz klein machte.

»Mir ist einfach nicht so gut«, wiederholte er.

»Okay, Billy, dann warte doch bitte kurz draußen, ja?«

Ich wollte protestieren, aber Billy hastete bereits auf die Tür zu und der Disziplinarrat redete weiter.

»Dane, angesichts deines bisherigen Verhaltens und der

Schwere der Verletzung neige ich leider nicht dazu, deiner Aus-Versehen-Theorie Glauben zu schenken.«

Mann, ging's vielleicht noch verschwurbelter?

»Daher sehe ich mich gezwungen –«

»Halt!«, stieß ich hervor, während mein Hirn sich mühte, mit meinem Mund mitzuhalten. »Es gab einen Grund … ich kann das erklären …«

Der Disziplinarrat presste die Fingerspitzen gegeneinander und erwiderte mit geradezu hoffnungsvoller Stimme: »Ich höre.«

Okay, Lügen war also gestrichen. Ich musste mir schnell was anderes ausdenken. In meiner Verzweiflung hielt ich mich an ein Motto, das ich mal in Geschichte oder Literatur oder, verdammt, was wusste denn ich, vielleicht auch in Chemie gehört hatte: *Die Wahrheit wird euch frei machen.*

Ich deutete auf den Jungen mit der blutenden Nase. »Er hat eine gemeine Karikatur von Billy gezeichnet. Richtig fies, wo er sich über sein Gesicht lustig macht und so.« Ich wusste, der Disziplinarrat duldete keine gewaltsamen Reaktionen jeglicher Art, solange der Auslöser gewaltfrei war, aber ich betete stumm um eine Ausnahme.

»Ja, ich hab ihn gedzeichded.« Der Junge ließ die Hand mit den Taschentüchern sinken. Eine dünne rote Rotzblase bildete sich unter einem Nasenloch und zog sich wieder zurück, als er einatmete. Danach konnte man ihn endlich richtig verstehen. »Ich zeichne aber jeden.«

Er holte seinen Zeichenblock aus dem Rucksack und sein Daumen hinterließ einen kleinen Blutfleck an der Ecke. Er blätterte schnell hindurch – Seite um Seite voller Gesichter, die ich vage vom Innenhof, aus der Cafeteria, von den Fluren wiederzuerkennen meinte. Jedes wie das einer Cartoonfigur.

»Das ist eben mein Stil.« Es klang fast entschuldigend. »Ich wollte mich nicht über deinen Freund lustig machen.«

»Er ist nicht mein Freund«, fauchte ich, während sich meine Wut von dem Jungen mit der blutenden Nase auf den Verräter vor der Bürotür verlagerte.

Aber das Jucken in meinen Handflächen ließ nach. Ich hatte den Kerl völlig grundlos geschlagen – oder vielmehr aus dem falschen Grund. Auf gewisse Weise war es wirklich ein Versehen gewesen.

Ich sah vom Zeichenblock hoch in das Gesicht des Jungen. »Tut mir leid.«

Die Worte fühlten sich irgendwie sperrig und fremd auf meiner Zunge an, aber ich meinte sie wirklich ernst.

Der Junge murmelte etwas wie »Schon in Ordnung« und packte den Block weg. Seine Wut war auch verraucht. Er blickte genauso schuldbewusst drein, wie ich mich fühlte.

Schließlich schickte der Disziplinarrat den armen Kerl zur Krankenschwester und zwischen uns breitete sich Schweigen aus. Ich brach es als Erster.

»Tja, keine Absicht also«, sagte ich.

Der Disziplinarrat starrte mich einfach nur an.

»Und er hat gesagt, es ist in Ordnung, das haben Sie ja gehört. Und Billy –«

»Billy«, unterbrach der Disziplinarrat, »wirkte sehr verstört von der ganzen Sache.«

»Ach was, der war einfach nur –«

»Du hast versprochen, auf ihn aufzupassen, und stattdessen setzt du ihn solchen gewalttätigen Szenen aus.«

»Nein, ich –«

»So wie ich das sehe«, fuhr der Disziplinarrat fort, »hast du heute gleich zwei Jungen verletzt.«

Ich biss die Zähne zusammen. Es war doch wohl sonnenklar, dass Billy *mir* geschadet hatte. Er hätte einfach nur meine Geschichte bestätigen müssen und alles wäre in Butter gewesen.

Okay, der Typ hätte immer noch eine zermatschte Nase gehabt, aber passiert war nun mal passiert, richtig?

Während er Aktenschränke öffnete und Papiere hervorzog, redete der Disziplinarrat weiter. »Dane, du bist mit sofortiger Wirkung für eine Woche suspendiert.«

Sprachlos sackte ich auf meinem Stuhl zusammen.

»Das ist der letzte Verstoß, bevor es zu einem Schulverweis kommt.« Er schob mir einen der Zettel über den Schreibtisch zu. »Dieses Formular besagt, dass du das Schulgelände nicht betreten darfst, und erläutert die weiteren Regeln deiner Suspendierung.« Er ließ ein weiteres Blatt Papier darauffallen. »Und das hier nimmst du bitte mit nach Hause und lässt es von deinen Eltern unterzeichnen. Damit bestätigen sie, dass sie sich im Klaren darüber sind, dass du für jeden weiteren Verstoß …«

Die Stimme des Disziplinarrats wurde zu einem gleichförmigen Dröhnen, während er mir immer mehr Zettel zuschob – ein Formular, auf dem stand, wo Mom meine Hausaufgaben abholen durfte, ein anderes, das erläuterte, wie diese Suspendierung sich auf meine Akte auswirken würde. Die Seiten verschwammen genauso wie die Worte des Disziplinarrats. Das war genau das, was ich durch meinen Deal mit Billy zu vermeiden versucht hatte. Warum also kam es mir dann vor, als säße ich durch seine Schuld hier?

Das hat man nun davon, wenn man sich für Leute einsetzt, die nicht auf die Idee kommen, einem denselben Gefallen zu tun.

Als ich die Bürotür öffnete, wartete Billy geduldig auf einem der Vorzimmerstühle. Nun sprang er auf.

»Können wir jetzt wieder in den Unterricht?«, fragte er.

Ich wartete, bis die Tür hinter mir zugefallen war, und umklammerte die Zettel so fest, dass sie verknickten. Wutschäumend sah ich Billy an. »Du vielleicht. Ich gehe nach Hause.«

»Aber –«

Ich hob die Faust mit den Formularen, das brachte Billy zum Schweigen. Dann packte ich so viel Ärger in meine Stimme, dass er meine Verletztheit übertönte.

»Unser Deal ist geplatzt.«

KAPITEL 19

Die Suspendierung war ein bisschen wie Ferien –

Ferien, in denen Mom mich anschwieg und mir Extraaufgaben im Haushalt aufbrummte. Nach unserem anfänglichen Schreiduell hatte Mom sich eine Art Stenosprache angewöhnt. »Hausaufgaben« – jeden Nachmittag, begleitet von auf den Küchentisch geklatschten Papierstapeln und Büchern. »Abwasch« – während sie mir ein Geschirrtuch in die Hand drückte und auf die Spüle deutete. »Fernseher aus« – wenn sie sich auf den Weg zur Arbeit machte.

Natürlich ging der Fernseher in dem Moment wieder an, als sich die Tür hinter ihr schloss, aber wenn sie zu Hause war, durfte ich mich von der Couch verabschieden und war ständig auf den Beinen – ich musste mein Zimmer aufräumen oder ihre verdammten Rubbellose abstauben. Selbst am Wochenende, als die Suspendierung genau genommen schon um war, schickte sie mich nach draußen in den Vorgarten und ließ mich die paar jämmerlichen Grashalme mähen, die wir Rasen nannten.

Am Samstagmorgen schob ich also gerade in der Aprilschwüle schwitzend den Rasenmäher vor mir her, als Seely im Auto ihres Dads vorfuhr. Sie hielt mitten auf der Straße zwischen Billys und unserem Haus, stieg aus, lehnte sich mit verschränkten Armen an die Motorhaube und sah mich an.

Ich brachte den Mäher quietschend zum Stehen und starrte zurück.

»Was ist?«

»Gehst du mir aus dem Weg?«, fragte sie.

Ich wischte mir mit dem Handrücken den Schweiß von der Stirn. »Hatte viel zu tun.«

»Damit, nicht zur Schule zu gehen?«, konterte Seely und kam durch den leicht ansteigenden Vorgarten, bis sie vor mir stand.

»Na und?«

»Ist dir das etwa peinlich?«

Ich zog die Augenbrauen zusammen – bemühte mich, genervt zu gucken –, aber Seely konnte man nicht so leicht was vormachen, also ließ ich das Stirnrunzeln sein und zuckte nur mit den Schultern.

Als sie mir die Hand auf den Arm legte, fühlte es sich an, als würde der Schweiß dort einen elektrischen Stoß von ihren Fingerspitzen bis direkt in meine Brust leiten. »Muss es nicht sein«, sagte sie. »Billy hat mir erzählt, was passiert ist. Ist doch nicht deine Schuld –«

»Nein, es ist *seine*«, fauchte ich und machte mich von ihr los.

Seelys Blick wanderte von mir zu Billys Haus und wieder zurück. »Ihr seid also immer noch …?«

»Wir sind *gar nichts*«, unterbrach ich sie.

»Das stimmt nicht und das weißt du genau.«

Als ich nicht antwortete, seufzte sie theatralisch und schlenderte zurück auf die Straße. »Ich nehme an, das heißt, du kommst nicht mit.«

»Wohin?«

»Ach, bloß ’ne kleine Tour.« Sie war am Auto angelangt und strich verträumt über die Motorhaube. »Ich dachte, vielleicht möchtest du gern mal fahren.«

Mist.

Klar witterte ich es drei Meilen gegen den Wind, wenn mir ein hübsches Mädchen eine Falle stellte, aber sie hatte leider genau das richtige Lockmittel gefunden. Verdammt noch mal, natürlich wollte ich gern mit diesem Auto fahren – mit *jedem* Auto –, solange ich damit nur mal aus dieser Stadt rauskam und weg von Mom.

Ich verzog den Mund. »Und wer kommt sonst noch mit auf diese Tour?«, fragte ich, obwohl ich die Antwort schon kannte.

Und Seely musste auch gar nichts sagen, denn in diesem Augenblick flog Billys Haustür auf und er kam hastig die Eingangsstufen runtergestampft. Unten auf der Straße sah er auf und blieb wie angewurzelt stehen. Einer seiner Mundwinkel krümmte sich ganz leicht, als wüsste er nicht, ob er lächeln oder wegrennen sollte.

Seely fing meinen Blick auf. »Billy und ich fahren nach Mexico. Also, dem hier in Missouri.«

Ich spürte einen eifersüchtigen Stich. Klar, ich hatte Billy gesagt, unsere Abmachung sei geplatzt, aber ich war auch nicht auf die Idee gekommen, dass Seely und er ohne mich weitersuchen würden. Und auch wenn ich wütend auf ihn war und es mir sonst wo vorbeigehen sollte, von wem er sich nach Mexico kutschieren ließ, wünschte ich mir unwillkürlich, ich wäre es und nicht sie.

»Und was meint ihr, was ihr da findet?«

»Ach, wir haben schon was gefunden«, erklärte Seely aufreizend lässig. »Können wir dir ja unterwegs erzählen.«

Oh Mann, sie war echt gut. Und Billy war so clever, die Klappe zu halten; er stand einfach nur still wie eine Statue da, mit diesem dämlichen kleinen Grinsen im Gesicht. Ich streckte die Hand nach dem Autoschlüssel aus, aber Seely zog ihn in letzter Sekunde zurück.

»Weißt du, was? Wenn du dich auf unserem kleinen Ausflug gut benimmst, darfst du uns wieder nach Hause fahren, okay?«

Diese Schlange. Sie hatte mich am Haken und das wusste sie ganz genau.

Meine Gedanken rasten, mein Blick huschte von Seely zum Rasenmäher zum Haus, wo Mom wahrscheinlich mit noch mehr Arbeit auf mich wartete. Schließlich sah ich Billy an. Ich stieß einen Seufzer aus und knurrte: »Aber ich sitze vorne.«

Mexico, Missouri, war sogar ein noch größeres Dreckskaff als Columbia. Na ja, genaugenommen eigentlich ein kleineres Dreckskaff, kaum groß genug, um überhaupt als Stadt bezeichnet zu werden.

Die ganze Fahrt über hatte ich auf Seelys Beine in ihren superkurzen Shorts gestarrt und es vermieden, Billys Blick im Rückspiegel zu begegnen. Das angespannte Schweigen im Wagen war nur einmal unterbrochen worden, als ich Mom angerufen hatte, um ihr zu sagen, wo ich war. Irgendwie hatte sie sogar erleichtert geklungen – vermutlich, weil sie langsam nicht mehr wusste, was sie mir zu tun geben sollte.

Jetzt zockelten wir über die staubig-grauen Straßen von Mexico, und ich wollte endlich mal wissen, was wir hier machten, weil ich ansonsten noch vor Langeweile durchdrehen würde.

»Na schön«, sagte ich, als würde ich auf irgendetwas in der Stille antworten. »Was habt ihr rausgefunden?«

»*Billy* hat was rausgefunden«, erklärte Seely. Sie reckte den Hals, um Billy auf dem Rücksitz anzusehen. »Erzähl's ihm, Billy«, ermunterte sie ihn.

Ich biss die Zähne zusammen, um keinen gehässigen Spruch abzulassen. Eigentlich wollte ich kein Wort von Billy hören, aber Seely hatte sich offenbar in den Kopf gesetzt, uns dazu zu bringen, miteinander zu reden. Billy allerdings hatte den richtigen Riecher. Anstatt den Mund aufzumachen, zog er etwas aus seinem Rucksack und reichte es mir nach vorn.

Es war ein Stapel Briefe und Postkarten, zusammengehalten von ein paar Gummibändern. Ich streifte sie ab und sah den Stapel durch. Was ich auf die Schnelle vom Inhalt sah, war ziemlich nichtssagend, aber sie alle hatten zwei Dinge gemeinsam – eine Absenderadresse in Mexico, Missouri, und dieselbe komische Unterschrift: *June Bug*. Junikäfer?

»Die sind ja uralt«, wandte ich nach einem Blick auf die Daten ein. »Woher wollt ihr denn wissen, ob diese ›June Bug‹ immer noch da wohnt?«

»Wir haben die Adresse im Internet eingegeben«, erklärte Seely. »Und da wohnt eine June Budger. Eine Telefonnummer gab's nicht – bloß die Adresse.«

»Und wo ist das?« Ich schlang die Gummibänder wieder um den Poststapel.

»Hier.«

Seely trat auf die Bremse und wir kamen vor einem kleinen blauen Haus auf einem riesigen Grundstück zum Stehen.

Billy drückte sich hinten die Nase an der Autoscheibe platt.

»Sollen wir mitkommen?«, bot Seely an.

»Nein.« Ohne den Blick vom Haus zu wenden, stieß Billy die Autotür auf. »Ich kann das alleine.«

»Du, es tut ihm echt leid«, sagte Seely, sobald sich die Tür hinter ihm geschlossen hatte.

»Ist mir egal.«

»Ihm war einfach nicht klar –«

»Themawechsel«, blaffte ich und sah Billy nach, der auf das Haus zulief.

Seely seufzte. »Okay. Wir haben jedenfalls die restlichen Rätsel gelöst.«

Mein Kopf fuhr so schnell zu ihr herum, dass es in meinem Nacken knackte. »Was?«

Seely griff nach hinten und zerrte den Atlas aus Billys Rucksack. Oben lugten blaue Klebezettelchen zwischen den Seiten hervor – genau wie bei dem Jahrbuch –, aber die im Atlas waren jeweils mit zwei Buchstaben markiert, die für die verschiedenen Bundesstaaten standen. Die Schrift war Billys, aber ich war mir sicher, dass Seely ihm mit den Abkürzungen geholfen hatte.

Sie schlug die Karte von New York auf. »Du hattest recht. Die Rätsel sind wie eine Kette. Jedes davon führt zu einem neuen Staat mit einem neuen Hinweis und immer so weiter.«

Ich las, was Billys Dad unten an den Seitenrand geschrieben hatte.

Das braucht man für ein Duell.

Dieser Hinweis hatte mich eine komplette Schulwoche gekostet. Anscheinend war Seely hilfreicher gewesen. Auf dem Klebezettel auf dieser Seite stand *AZ*.

Ich sah hoch zum Haus, wo Billy jetzt an die Tür hämmerte. Wenn ich einfach mit ihm an dem Hinweis herumgerätselt hätte, wäre ich vielleicht gar nicht im Büro des Disziplinarrats gelandet.

»Two Guns, Arizona«, sagte Seely. »Zwei Pistolen – die braucht man für ein Duell.« Beim Reden blätterte sie weiter und zeigte mir, wie der Hinweis unter der Karte von Arizona sie nach Indiana geführt hatte, der unter Indiana nach Colorado und der unter Colorado nach Texas. »Das Ganze lässt sich viel leichter lösen, wenn man nur auf den anderen Karten mit Hinweisen nach der Antwort sucht. Also haben wir die Staaten markiert, in denen Billy schon Antworten gefunden hatte, und das Feld so ein bisschen eingegrenzt.«

»Und ihr habt echt alle rausgekriegt?«

»Bis auf zwei«, schränkte Seely ein.

Mein Blick wanderte zurück zu Billy, der mittlerweile aufgehört hatte zu klopfen und nun durch die Fenster ins Haus spähte. »Lass mich raten. Ihr wisst nicht, was nach Mexico, Missouri, kommt.«

»Richtig«, seufzte Seely. »Und deswegen glaubt Billy, das hier ist das Ende der Spur.«

»Er glaubt, dieser Hinweis führt direkt zu seinem Dad.«

Sie nickte. »Und wir werden ihn auch nicht vom Gegenteil überzeugen können, bis wir auf die Lösung kommen.«

Ich nahm Seely den Atlas ab und schlug die Karte von Missouri auf.

Das passiert, wenn man nicht aufgibt.

Draußen klopfte Billy jetzt an eine Seitentür. Ich schüttelte den Kopf. »Gibt es eine Stadt namens ›Blutige Fingerknöchel‹?«

KAPITEL 20

Seely rutschte unruhig auf ihrem Sitz hin und her. »Sollen wir ihn zurückholen?«

»Lass ihm noch ein paar Minuten.«

»Okay.« Sie steckte den Atlas zurück in Billys Rucksack und fummelte am Radio herum, stellte es lauter, um das unbehagliche Schweigen zu füllen. Doch sofort darauf drehte sie die Musik wieder leiser. »Und, fährst du uns dann gleich zurück?«

»Wäre das denn okay?«

»Klar, mein Dad hat nichts dagegen.«

»Welcher von beiden?«

Seely versteifte sich und umklammerte das Lenkrad. »Sehr witzig.«

»Oder auch nicht«, erwiderte ich, als ich sah, wie ihre Fingerknöchel weiß wurden. »Tut mir leid. Ich hab's nicht so –«

»Man weiß halt nie, wann du bloß einen Witz machst und wann du gemein sein willst.«

Das wusste ich manchmal selbst nicht so genau.

»Ich kann ja einfach beides sein lassen, wenn es dir nicht gefällt.«

Seely lächelte zögerlich. »Okay, danke.«

Sie guckte an mir vorbei zu Billy, der inzwischen nicht mehr an die Tür klopfte, sondern nur noch daraufstarrte, als könnte er sie allein durch Willenskraft dazu bringen, sich zu öffnen.

»Meine Dads denken, du und ich, wir wären zusammen.«

Sie lachte, aber mir fiel auf, wie rot ihre Wangen geworden waren, und außerdem sah sie mich nicht an. Irgendwas flatterte aus meiner Brust bis hinunter in meinen Magen und ich lächelte zum allerersten Mal in dieser Woche.

»Dann bin ich ja doppelt in Schwierigkeiten. Väter können mich nie besonders gut leiden und jetzt muss ich mir gleich wegen zweien auf einmal Sorgen machen.« Ich warf Seely einen Blick zu, um sicherzugehen, dass sie noch lächelte. »Oder sogar drei? Gab's da nicht sogar noch einen dritten Typen?«

»Du meinst meinen Bio-Dad?«

»Genau.«

»Der war ja bloß der Samenspender.«

»Aber den Teil hätten deine Dads doch selbst erledigen können.«

Seely nickte. »Ja, darüber wundern sich viele Leute. Aber sie wollten eben nicht, dass einer von ihnen mehr mein ›echter‹ Vater ist oder dass ich einem von ihnen ähnlich sehe und dem anderen nicht, deswegen haben sie sich mal kurz das Ding von 'nem anderen ausgeborgt.«

»Ausgeborgt?« Ich musste kichern. »Haben sie es auch brav zurückgegeben, als sie damit fertig waren?«

Seely lachte auch und gab mir einen Klaps aufs Bein. Ihre Hand fühlte sich gut dort an, obwohl sie sie viel zu schnell wieder wegzog.

Ich dachte gerade darüber nach, meine eigene Hand auf ihre zu legen, als die Autotür aufgerissen wurde und Billy sich auf den Rücksitz warf. Ich klappte die Sonnenblende herunter und beobachtete ihn in dem kleinen Spiegel. Er hatte die Arme verschränkt und seine Mundwinkel zeigten nach unten. Die Unterlippe war vorgeschoben. Ich war immer noch sauer auf ihn, aber jetzt überkam mich doch so was wie Mitgefühl. Ich wusste, wie sehr der arme Kerl sich wünschte, seinen Vater zu finden, und ich merkte, dass ich es mir auch für ihn wünschte. Nicht weil ich Billy irgendwas schuldig gewesen wäre – das war vorbei –, sondern eher, weil mich interessierte, ob es diesen Dad, mit dem er immer angab und der viel zu toll klang, um wahr zu sein, wirklich gab. Vielleicht war ich auch einfach etwas selbstzerstörerisch veranlagt.

Ich seufzte. »Kopf hoch, Billy D. Dann warten wir eben. Irgendwann muss die gute Frau ja mal wieder nach Hause kommen.«

Unsere Augen trafen sich im Spiegel und ich sah einen Hoffnungsschimmer in seinen aufflackern.

»Na ja«, meldete sich Seely bedauernd zu Wort, »ich muss nur leider das Auto wieder abgeben, bevor es dunkel wird.«

Ich stöhnte auf. Ein Auto, an das so eine Bedingung geknüpft war, war wie gar kein Auto. Um sich wirklich frei zu fühlen, brauchte man eins, das einem ganz allein gehörte.

»Na gut, dann warten wir eben so lange, wie es geht«, sagte ich.

Billy wollte etwas sagen, hustete und versuchte es dann noch mal. »Bist du nicht mehr sauer auf mich?«

»Doch, bin ich. Aber im Gegensatz zu manchen anderen Leuten halte ich, was ich verspreche. Also suchen wir weiter nach deinem blöden Dad.«

Seely warf mir einen mahnenden Blick zu, aber den ignorierte ich. Sie war schließlich so scharf darauf gewesen, dass wir wieder miteinander redeten, also bitte sehr.

»*Ich* halte, was ich verspreche«, verkündete Billy hinter mir. »Aber du nicht.«

»Was zum Teufel soll das denn jetzt wieder heißen?«, schnauzte ich und drehte mich endlich so weit um, dass ich Billy ins Gesicht sehen konnte.

»Du hast gesagt, du haust nur Leute, die es verdient haben.«

Seine Stirn war gerunzelt und sein Blick anklagend. »Nur Leute, die es verdient haben. Das hast du selber gesagt, Dane. Also hast du dein Versprechen auch nicht gehalten.«

»Das war kein Versprechen«, protestierte ich verwirrt. »Das war … das war …«

»Gelogen«, ergänzte Billy. »Weil der Junge es nämlich gar nicht verdient –«

»Ich *dachte* aber, er hätte es verdient!« Ich versetzte dem Autodach einen Fausthieb und Billy und Seely zuckten zusammen. »Wie oft soll ich das denn noch sagen?!«

»Okay, das reicht jetzt«, befand Seely. Sie legte mir die Hand auf den Arm, aber diesmal schüttelte ich sie ab.

»Ich hab das Bild nicht gesehen«, sagte Billy. »Ich hab nur gesehen, wie du ihn gehauen hast. Ich wusste gar nicht … ich wusste nicht –«

»Du wusstest nicht, was du machen solltest«, beendete Seely den Satz in einem Tonfall, der wohl beruhigend auf Billy wirken sollte, aber dabei sah sie mich scharf an.

»Na und?«, rief ich. »Du hättest mir trotzdem nicht in den Rücken fallen dürfen. So was machen Freunde einfach nicht.«

Ich drehte mich wieder nach vorn und guckte überallhin, nur nicht in Seelys oder Billys Richtung.

»Heißt das, du bist immer noch mein Freund?«, schniefte Billy hinter mir.

Als ich nicht antwortete, redete er weiter. »Dane, es tut mir leid. Es tut mir so doll l…«

»Ich weiß«, sagte ich leise.

»Billy macht es wieder gut, stimmt's, Billy D.?«, flötete Seely.

»Ja.« Billy steckte den Kopf zwischen die Vordersitze. »Wenn du mir noch hilfst, meinen Dad zu finden, dann helfe ich dir auch, deinen zu finden.«

Ich seufzte. »Alter, ich will meinen aber gar nicht –«

»Wir nehmen auch nicht das Jahrbuch«, fügte er hastig hinzu. Und dann, an Seely gewandt: »Dane will nicht in einem Jahrbuch nach seinem Dad suchen.«

»Ich will *überhaupt* nicht nach ihm suchen«, korrigierte ich.

»Aber –«

»Hör zu, mein Dad ist nicht in diesem Jahrbuch, okay? Und selbst wenn er es wäre – selbst wenn ich ihn finden wollte –, dann wüsste ich trotzdem, dass ich ihn nicht da drin finde.« Ich starrte Billy eindringlich an, um ihm klarzumachen, wie ernst ich es meinte. »Kennst du dieses Gefühl? Wenn man etwas einfach *weiß*? Auch wenn man keinen Beweis dafür hat?«

Billy nickte. »Ich weiß, dass mein Hamster Larry nicht auf einen Bauernhof gezogen ist. Meine Mom hat mir erzählt, dass er da jetzt wohnt, mit Schweinen und Hühnern und lauter anderen Hamstern. Sie sagt, sie ruft ganz oft auf dem Bauernhof an und erkundigt sich nach ihm, und ich kann auch nicht beweisen, dass sie gar nicht da anruft, weil ich ja nicht zuhören darf, wenn sie telefoniert. Aber Mark hat gesagt, Hamster leben nicht auf Bauernhöfen, und das hab ich nachgeguckt, und er hat recht. Darum glaub ich, Larry ist tot, aber einen Beweis hab ich nicht.« Er hielt inne. »So, meinst du?«

Trotz meiner miesen Laune musste ich grinsen. »Ja. Genau so.«

»Ich glaub, meine Mom lügt ganz schön oft«, sagte Billy leise.

»Viele Eltern lügen, wenn's um Haustiere geht«, beschwichtigte Seely. »Das ist einfach so.«

»Nicht nur über Haustiere. Ich glaub, sie lügt auch über meinen Dad.« Billy lehnte sich zurück und zog die Knie bis unters Kinn. »Sie sagt, vielleicht will er gar nicht gefunden werden. Aber dann hätte er mir doch nicht von den ganzen coolen Städten erzählt, wenn ich ihn nicht da finden soll.«

Meiner Meinung nach hörte es sich eher so an, als wäre Billys Mom diejenige, die nicht gefunden werden wollte.

»Und sie sagt, er weiß nicht, wie man liebt, aber das ist ja Blödsinn, weil, woher weiß man denn schon, wie man jemanden lieben soll? Man liebt doch einfach los, oder nicht?« Billy sah mich Zustimmung heischend im Spiegel an.

»Ich hab keine Ahnung, Billy D.«

Und das hatte ich wirklich nicht. Klar klang das logisch und wahr, aber wenn man einfach »losliebte«, dann hieß das auch, dass man vielleicht irgendwann wieder ausgeliebt hatte, und das bedeutete, mein Dad war damals vor sechzehn Jahren abgehauen, weil er in diese »Ausgeliebt«-Kategorie fiel.

»Billy D.« Seely zögerte. »Bist du dir denn sicher, dass dein Dad gefunden werden will?«

Auf Billys Gesicht braute sich ein finsterer Mix aus Zweifeln und Traurigkeit zusammen.

Seely hob die Hände. »Ich frage nur, weil –«

»Ganz sicher«, antwortete er.

»Aber wie kannst du dir sicher –«

Billy beugte sich wieder vor und erhob die Stimme. »Weil er es gesagt hat. Ich hab mit unseren Sachen im Auto gesessen und Mom stand mit dem Schlüssel draußen, und da hat Dad gesagt: ›Nimm ihn mir nicht weg!‹« Billy ruderte mit den Armen und redete noch lauter. »Das hat er gesagt, genau so. Und ganz oft. ›Nimm ihn mir nicht weg! Nimm ihn mir nicht weg!‹«

Ich legte die Hand auf Billys Schulter. »Schon gut, schon gut. Wir glauben dir ja. Beruhig dich.«

Nach einer Weile lehnte er sich wieder zurück und starrte nach draußen auf das kleine blaue Haus, als könnte die geheimnisvolle June Bug jeden Moment aus der Tür spaziert kommen.

Er saß jetzt still, aber innerlich tobte *ich* für ihn. Meine Eingeweide brodelten vor Wut auf Billys Mom. Sie hörte sich an wie eine von diesen biestigen Hausfrauen, die angepisst waren, weil ihr Mann sie vielleicht betrogen oder sonst irgendwelchen Mist angestellt hatte, und sich rächten – mit einem Schlag weit unterhalb der Gürtellinie –, indem sie ihm das Schlimmste antaten, was ihnen einfiel: ihm das Kind wegnehmen.

Ich dachte daran, was für ein Glück Billy hatte, zumindest *irgendwo* einen Dad zu haben, der ihn liebte, der ihn bei sich haben wollte und darum gekämpft hatte, ihn behalten zu dürfen. Ich hasste Billys Mom dafür, dass sie ihm das weggenommen hatte.

»Ich muss …«, sagte Billy.

Seely schüttelte den Kopf. »Schon in Ordnung, wir warten einfach noch ein bisschen.«

»Nein«, erwiderte Billy. »Ich *muss* mal.«

Fünf Minuten später standen wir vor einer Tankstelle, während Billy sich auf der Toilette Zeit ließ. Ich stieg aus dem Auto, um mir ein bisschen die Beine zu vertreten, und Seely kam hinterher.

»Darf ich dann jetzt fahren?«, fragte ich und streckte die Hand nach dem Schlüssel aus.

Sie steckte ihn in ihre Shortstasche und verschränkte die Arme. »Du meinst echt, ich vertraue dir das Auto an, nachdem du fast ein Loch ins Dach geboxt hättest?«

Ich verzog das Gesicht. »Tut mir echt leid, das war ziemlich daneben.«

»Du hast mir richtig Angst eingejagt«, sagte sie. »Ich dachte schon, du … du würdest Billy …«

»Ich würde … Du dachtest, ich würde Billy schlagen?«

Sie trat von einem Fuß auf den anderen und sah zu Boden.

»Leute wie ihn verprügele ich nicht«, erklärte ich.

»Leute wie ihn.«

»Ich schlage keine Mädchen. Und keine …« Ich hielt inne.

»Keine Behinderten oder Kinder mit Handicap oder wie man das auch immer nennen will.«

Seely starrte hoch in mein Gesicht. »Du hast also Regeln dafür, wen du alles *nicht* verprügelst, aber der Rest der Menschheit kriegt einfach ohne Sinn und Verstand was aufs Maul?«

»Quatsch«, antwortete ich. »Bloß die, die es verdient haben.«

»Wie Ben Demopolous?«

Ich zog die Augenbrauen hoch. »Woher weißt du das denn?«

»Tja, du verhältst dich nicht ganz so unauffällig, wie du vielleicht meinst.«

Ben war mein erster Nachsitzgrund gewesen, nachdem Mom das mit meinem Neuanfang klargemacht hatte. Er hatte auf der Schultoilette seinem Kumpel gegenüber rumgeprahlt, wie er auf einer Party ein Mädchen befummelt hatte, nachdem es stinkbesoffen aus den Latschen gekippt war. Blöderweise wusste er nicht, dass ich in einer der Kabinen mithörte. Ich schob ihn mit dem Gesicht voran so tief ins Urinal, dass man den Klostein wohl als sein zweites Frühstück hätte bezeichnen können.

Ich erklärte Seely, was er gesagt hatte, aber sie winkte nur ab. »Und was ist mit Jimmy Miller?«

»Oh Mann, stalkst du mich etwa, oder was?« Ich lachte, aber Seely meinte es ernst.

»Ich war dabei. Du hast ihn völlig grundlos vom Rad geholt.«

»Es gab einen Grund.«

Es gibt immer einen Grund.

»Ihr habt doch nicht mal geredet. Du hast dir einfach im Vorbeigehen einen Stock geschnappt und ihn Jimmy zwischen die Speichen geworfen.«

»Mann, das ist doch schon Monate her. Daran erinnert sich doch kein –«

»Ich mich schon. Ich war dabei, hab ich doch gesagt.«

»Mag sein, aber du warst nicht dabei, als dieser kleine Kotzbrocken mir meine Englischarbeit geklaut, aus der Eins eine Sechs gemacht und sie dann öffentlich an meinen Spind gehängt hat.«

Seely riss die Augen auf. »Hat er nicht.«

Ich blinzelte. »Äh, doch, hat er.«

»Äh, nein«, äffte Seely mich nach. »Da liegst du leider falsch. Das mit deiner Englischarbeit war nicht Jimmy. Sondern Marcus Fletcher.«

»Was? Nein …«, stammelte ich. »Er … aber woher weißt du …«

»Weil ich *wohl* dabei war. Ich hab in der Kunststunde gesehen, wie Marcus mit einer Klassenarbeit rumhantiert hat. Er hat mit so einem Spezialstift die Eins mit einer größeren, dunkleren Sechs übermalt. Und später hab ich sie dann an einem Spind hängen sehen, aber ich dachte, die würde einem Freund von ihm gehören – ich dachte, das Ganze wäre bloß ein Scherz.«

»Und du hast keinem was davon erzählt?«

Ich weiß nicht, warum mich das so schockierte. Ich hätte es ja auch niemandem gesagt. Es wäre mir scheißegal gewesen, wenn ich die Arbeit am Spind von jemand anderem gesehen hätte. Und Petzen konnte ich sowieso noch nie leiden.

»Nein, hab ich nicht. Wen hätte das interessiert? Ich sag's dir bloß jetzt, weil ich weiß, wer es war – und es war nicht Jimmy Miller.«

Langsam dämmerte mir die Tragweite dieser neuen Info. Bis zu dem Tag damals hatte Jimmy mir nie irgendwas getan. Aber ich wusste, dass ich die Arbeit im Bioraum liegen gelassen hatte, und Jimmy war als Einziger noch dort gewesen, als ich ging. Also war ich davon ausgegangen, dass …

Scheiße.

Jeder miese Spruch, den Jimmy mir seitdem reingedrückt hatte, jeder finstere Blick in meine Richtung war absolut gerechtfertigt gewesen, denn als ich ihn damals vom Rad geholt hatte, hatte er das offenbar kein bisschen verdient gehabt. *Ohne jegliche Provokation.* So hätte der Disziplinarrat es ausgedrückt – und ausnahmsweise hätte er damit mal recht gehabt.

»Dann hat Jimmy mir gar nichts getan«, murmelte ich.

»Nö.« Seely wiegte sich auf den Fersen vor und zurück. »Er ist bloß ein unschuldiges Opfer.«

»Ein Opfer«, wiederholte ich. Unbehagen machte sich in meinem Magen breit. »Und was bin ich dann?«

Seely schüttelte den Kopf, als wäre das doch wohl offensichtlich, und lächelte wehmütig. »Du bist ein Täter.«

KAPITEL 21

Seely kaufte für jeden von uns eine Dose Cola aus dem Automaten, bevor sie den Wagen mit entschuldigender Miene vom Tankstellengelände und heimwärts lenkte. Sie fuhr ein bisschen zu schnell für die holprigen Landstraßen, weswegen es ein ziemlicher Zufall war, dass ich das Schild überhaupt sah. Mexico lag hinter uns und die Häuser waren gerade erst üppig belaubten Bäumen und Apfelverkaufsständen gewichen. Im Vorbeirasen blieb mein Blick an einem Schriftzug an einem dieser Stände hängen:

June Bugs Obst und Gemüse: Frisch vom Bauernhof.

Ich bekam gerade mal »June Bug« heraus, als Seely auch schon so heftig auf die Bremse trat, dass ich Kieselsteine vom Kotflügel des Wagens abprallen hörte. Sie setzte rückwärts auf den Platz vor dem Stand, und mein Magen knurrte, als ein süßer Duft durch die offenen Fenster hereindrang.

Billy sprang schon aus dem Auto, bevor es überhaupt ganz stillstand.

Ich öffnete die Tür und sah mich nach Seely um. »Kommst du?«

»Ich bleibe lieber hier und lasse die Klimaanlage laufen«, sagte sie, griff hinter ihren Sitz und zerrte Billys Rucksack vom Boden hoch. »Und außerdem wollte ich noch was nachgucken. Geht ihr ruhig.«

Ich folgte Billy und atmete tief ein. Der Geruch nach erntefrischem Obst und Gemüse machte mich so benommen, dass ich die Frau mit dem langen, zerzausten grauen Haar und dem schiefen Lächeln erst auf den zweiten Blick sah.

»Hallöchen! Na, habt ihr Jungs unterwegs Hunger gekriegt oder hat eure Ma euch einkaufen geschickt?«

Ich öffnete den Mund, um lässig zu antworten, dass wir uns bloß umschauen wollten, aber Billy platzte gleich mit der Wahrheit heraus.

»Meine Mom heißt Molly Drum. Kennen Sie sie?«

Die Frau musterte Billy einen Augenblick lang, bevor sie den Kopf in den Nacken warf und ein tiefes, raues Lachen ausstieß.

»Ach du lieber Himmel, ja, und ob ich die kenne.« Sie schob sich zwischen Möhren und Kartoffeln hindurch auf Billy zu. Zuerst dachte ich, sie wollte ihn umarmen, dann aber legte sie ihm nur die Hände auf die Schultern. »Lass dich mal ansehen. Halb Molly May, halb Paul Drum. Tolle Mischung, das ist mal sicher.«

Billys Augen wurden groß. »Meinen Dad kennen Sie auch?«

Ich wich zurück hinter die hoch mit Obst und Gemüse beladenen Tische, um die beiden beobachten zu können, ohne dass sie sich angestarrt fühlten. Ich persönlich wäre das Ganze ja etwas einfühlsamer angegangen, aber Billys Haudrauftaktik schien auch Ergebnisse zu liefern. Ich griff nach einem grün-gelben Kürbis und tat so, als würde ich ihn auf seine Frische untersuchen.

»Klar kenn ich die beiden«, sagte die Frau, trat einen Schritt von Billy zurück und lehnte sich an einen Stapel schwerer Kisten. »Haben hier bei mir im Laden gearbeitet.«

Ich warf einen verstohlenen Blick auf die nackte Erde und die wackeligen Holztische. Als »Laden« hätte ich dieses Zeltgebilde nicht unbedingt bezeichnet, aber ich schnupperte bloß an meinem Kürbis und hielt den Mund.

»Ich bin June.« Sie hielt Billy die Hand hin. »Aber ihr könnt mich June Bug nennen. Das macht jeder so.«

Billy gab ihr die Hand, und sie schüttelte sie so kräftig, als wollte sie seinen ganzen Arm vom Körper losrütteln. »Ich bin Billy D.«

Die Frau warf ihre wilde Mähne zurück. »Ich glaub's nicht, dass deine Ma und dein Daddy zurück in der Stadt sind und mich noch gar nicht besucht haben. Wir haben uns zwar vor ein paar Jahren aus den Augen verloren, aber davor haben wir uns 'ne ganze Weile geschrieben. Da könnten sie doch ruhig mal Hallo sagen.«

»Wir wohnen in Columbia.« Billy hatte endlich seine Stimme wiedergefunden. »Nur Mom und ich.«

June Bugs Stimme wurde sanfter.

»Oh. Verstehe. Wie schade. Aber trotzdem schön, dass sie wieder hier in Missouri ist. War 'ne wilde Geschichte damals, als Molly May und Paul Drum so mir nichts, dir nichts geheiratet haben und weggezogen sind.«

Billy kletterte auf einen Stapel Holzpaletten und stützte die Ellbogen auf die Knie. Er hing gebannt an June Bugs Lippen.

»Ich fand ja immer schon, dass deine Mom mehr der Kleinstadttyp ist«, erklärte June Bug. Sie zog eine Grimasse, als wäre sie sich noch nicht sicher, was sie als Nächstes sagen sollte. Dadurch wirkte ihr Mund noch schiefer. »Aber für so eine Riesenpersönlichkeit wie deinen Daddy war das Nest hier einfach zu klein. Er war generell nicht der Sesshafteste, egal, wo. Überrascht mich gar nicht, dass er euch sitzen gelassen hat. Tut mir zwar leid, es zu hören, aber überrascht bin ich nicht.«

Billy machte sich nicht die Mühe richtigzustellen, wer wen sitzen gelassen hatte. Er stand viel zu sehr unter Strom, seit er gehört hatte, dass June Bug seinen Vater kannte. Er beugte sich so weit vor, dass ich ihn schon von der Palette plumpsen sah, aber er geriet nur kurz ins Schwanken und fing sich dann wieder. »Wissen Sie, wo er ist?«

»Dein Daddy?« June Bug winkte ab. »Tut mir leid, Schätzchen, aber ich hab keine Ahnung. Hab mich immer besser mit deiner Ma verstanden, um ehrlich zu sein. Ich meine, dein Daddy konnte ziemlich charmant sein. Er hatte – wie sagt man so schön? – *Charisma*. Aber manchmal hat er einfach so finster vor sich hingebrütet. Genau wie dein Kumpel da.«

Ihr Kopf ruckte zu mir herum, und ich fuhr zusammen, überrascht, dass sie sich überhaupt erinnerte, dass ich da war. Sie schenkte mir ihr halbseitiges Lächeln und wandte sich dann wieder Billy zu.

»Tja, Teenager halt. Nichts für ungut.« Der letzte Satz war an mich gerichtet.

»Schon okay«, erwiderte ich. Dann widmete ich mich erneut meinem Kürbis, in der Hoffnung, wieder aus dem Gespräch aussteigen zu können.

»Und Sie wissen auch nicht, wie ich ihn finden kann?«, drängelte Billy.

»Ach, Schätzchen. Wenn deine Ma und du es nicht wissen, dann ich erst recht nicht. Dein Daddy hatte es schon immer mit irgendwelchen entlegenen Orten, von denen kein Mensch je was gehört hatte. Und nicht nur einem, er wollte sie *alle* sehen. Hatte eine Riesenangst davor, für den Rest seines Lebens hier in Missouri festzusitzen. Manchmal war er furchtbar niedergeschlagen, weil er meinte, er hätte keine Zukunft, aber ich hab ihm immer gesagt: ›Bloß nicht aufgeben.‹ Wenn man aufgibt, *dann* sitzt man fest. Das hab ich ihnen beiden erklärt, deiner Ma und deinem Daddy. Solange man nicht aufgibt, ist man auch noch nicht gescheitert.«

Ich sah von meinem Kürbisgeschnüffel auf. »Was haben Sie da gerade gesagt?«

Sie drehte den Kopf, sah mich an und wiederholte: »Nur, dass man nie scheitern kann, wenn –«

»Nie scheitern«, echote ich. »*Never fail.*«

»Neverfail«, rief Billy. »So heißt eine Stadt. Von der hat mein Dad mir erzählt.«

Ich ließ den Kürbis fallen.

»Billy D.«, sagte ich langsam. »Bist du sicher?«

»Ja, die ist in … ich weiß nicht mehr. Auf jeden Fall ist sie in meinem Atlas.«

Ich trat vor Billy, sah ihm in die Augen und wiederholte noch mal sehr eindringlich: »Das ist also eine *Stadt* … in deinem *Atlas*?«

Billy legte den Kopf schräg. »Du bist komisch.«

»Und du begriffsstutzig«, entgegnete ich. »Neverfail ist eine Stadt. Und das, was ›passiert, wenn man nicht aufgibt‹.«

Endlich breitete sich Verständnis auf Billys Gesicht aus. »Wir müssen los«, verkündete er, hüpfte von der Palette und winkte June Bug zu. »Danke, tschüss.«

»'tschuldigung«, stammelte ich. »Ihm, äh, ist bloß gerade eingefallen, dass er noch einen Termin hat.«

June Bugs Augen wurden zu schmalen, skeptischen Schlitzen. »Aha. Gut, dann nehmt aber wenigstens noch einen kleinen Snack für unterwegs mit. Billy D., was für Obst isst du denn gern?«

Billy konnte es kaum erwarten, sich wieder auf die Suche zu machen, aber gleichzeitig schien ihm ganz schön der Magen zu knurren, denn jetzt ließ er sich von June Bug ihre Waren zeigen. Er deutete auf seine Lieblingssorten und sie packte ihm alles in eine Tüte. Darauf schrieb sie ihre Telefonnummer und Billy riss sich ein Stückchen ab und kritzelte seine Nummer ebenfalls auf das braune Papier.

In der Eile fiel seine Schrift noch krakeliger aus als sonst, und ich bezweifelte, dass sie die Zahlen später überhaupt würde entziffern können.

»Rufen Sie an, wenn Sie meinen Dad sehen«, sagte er und drückte ihr den Fetzen Papier in die Hand.

June Bug erklärte sich mit einem traurigen Lächeln dazu bereit und nahm Billy das Versprechen ab, seine Mom von ihr zu grüßen – ein Versprechen, das er natürlich würde brechen müssen, wenn er seine Suche weiter geheim halten wollte. Dann nahm June Bug Billys Gesicht zwischen beide Hände – dieses Gesicht mit den runden Wangen, den schweren Lidern und der hervorlugenden Zunge, die der Welt zeigten, dass Billy anders war.

»Dich kennenzulernen hat mir wirklich den Tag versüßt. Du siehst deinem Daddy sehr ähnlich.«

Billy machte kreisrunde Augen. »Das hat mir noch keiner gesagt.«

»Tja«, entgegnete June Bug und richtete sich kerzengerade auf. »Das liegt daran, dass heutzutage keiner mehr richtig hinguckt.«

Billy konnte nicht an sich halten. Die Autotüren waren noch nicht mal hinter uns zugeklappt, als es auch schon aus ihm herausplatzte: »Wir haben das Rätsel gelöst.«

Überrascht blickte Seely auf. »Und was kommt raus?«

»Neverfail!«, rief Billy. »Das ist in … in …«

»Tennessee?«, riet Seely.

»Ja! Genau!«

Ich zog die Augenbrauen hoch. »Woher wusstest du das?«

Schuldbewusst hob Seely den Atlas. »Die ganzen Hinweise unter den Karten führen ja woandershin und irgendwelche anderen führen wiederum zu *ihnen*. Also findet man auf jeder Seite ein Rätsel und eine Lösung.«

»Und?«, fragte ich.

»Die Karten von New York und Tennessee waren die einzigen, die noch ohne Lösung waren. Aber wir wussten schon, dass New York nach Arizona führt, darum dachte ich mir, dass die Antwort in Tennessee liegen muss. Wir sind den Rätseln vorwärts gefolgt, dabei hätten wir uns besser zurückarbeiten sollen.« Sie ließ den Atlas auf meinen Schoß fallen und legte den Gang ein. »Guck mal nach.«

Ich blätterte bis Tennessee und entdeckte, dass Billy die Stadt bereits markiert hatte. *Neverfail.*

»Siehst du, Billy D.? Du hattest die Antwort längst, du wusstest es nur noch nicht.« Seely lenkte den Wagen vom Kiesparkplatz auf die Straße.

Billy beugte sich vor und spähte mir über die Schulter. Lange starrte er schweigend auf den unteren Rand der Tennessee-Karte. »Und wo führt der hin?«, wollte er wissen.

Seely biss sich auf die Unterlippe. »Tja …«

»Wenn uns jeder Hinweis zu einer anderen Karte bringt, wohin führt der hier?« Ein aufgeregtes Zittern lag in seiner Stimme.

»Ich weiß es nicht«, gestand Seely. »Vielleicht nach New York, zurück an den Anfang, wie eine Schleife –«

»Das ist der Hinweis auf die Stadt.« Billy lächelte. »Die Stadt, wo mein Dad ist.«

»Das können wir nicht mit Sicherheit –«

Billy riss mir den Atlas aus den Händen. Wir kannten das Rätsel – wir hatten all die Hinweise schon hundertmal gesehen –, aber diesen hier wusste Billy nicht auswendig, deswegen las er nur langsam.

»›Nicht Dorf und nicht Stadt, dieser Ort ohne Sch… ohne Sch…‹« Er grummelte frustriert vor sich hin und schob den Atlas schließlich unsanft zu mir zurück.

Ich las laut vor.

»›Nicht Dorf und nicht Stadt, dieser Ort ohne Schuh’.

Die hab ich am liebsten, genau wie du – und was gehört zum Stirnrunzeln dazu?‹«

»Das muss eine Stadt in New York sein«, beharrte Seely. »So bilden die Hinweise einen Kreis.«

»Oder sie enden in einer Sackgasse«, sagte ich.

Aber Billy starrte völlig selbstvergessen auf das schwere Buch in meinen Händen und ich konnte es in seinem Gesicht sehen: Für Billy endete hier gar nichts. Es fing gerade erst an.

KAPITEL 22

»Dieser Ort ohne Schuh' …«

»Also auf Socken?«

»Schon mal von einer Stadt gehört, die Socken heißt?« Ich zog eine Augenbraue hoch.

»Nö«, gab Billy zu.

Auf dem Weg von Seely nach Hause nahmen wir den letzten Hinweis Stück für Stück auseinander. Wir hatten den Samstagabend und fast den gesamten Sonntag bei ihr in der Garage gesessen und mit Ideen jongliert. Na ja, Seely und Billy hatten jongliert, während ich vor allem den Geruch von Benzin und Sägemehl in mich aufgesogen hatte. Die Garage wurde immer mehr zu meinem Lieblingsort – einem Ort für einen »echten Kerl«, mit herrlichster Aussicht auf Seely.

»An welchem Ort trägt man denn keine Schuhe?« Ich kickte eine leere Bierdose vom Gehweg auf die Straße.

Das war bei Weitem das schwierigste Rätsel.

Billy hob die Schultern. »Keine Ahnung.«

»Noch mal von vorne: ›Nicht Dorf und nicht Stadt‹«, rezitierte ich. »Das ist ja ziemlich eindeutig. Muss einer von deinen unsichtbaren Orten sein, die nicht auf der Karte zu finden sind.«

Billy nickte.

»›Die hab ich am liebsten, genau wie du‹ …« Ich sah Billy an. »Gibt es irgendwas, was du und dein Dad beide immer besonders mochtet?«

Billy zählte an den Fingern ab: »Wir mögen Schokoladeneis und Western …« Doch die Liste brach abrupt ab, als er wie angewurzelt stehen blieb.

»Was ist?«, fragte ich.

Billy antwortete nicht, sondern streckte einen zitternden Zeigefinger aus, mit dem er nach vorne rechts über die Straße deutete. Mein Blick fiel auf den Bus, mit dem wir manchmal nach Hause fuhren. Er stand an unserer Haltestelle, etwa einen Häuserblock entfernt.

»Ach, komm, das kurze Stückchen können wir doch wohl noch laufen«, sagte ich.

Billy schüttelte den Kopf.

Was sollte dieses Pantomimengetue?

Dann, als der Bus weiterfuhr, erkannte ich, worauf er wirklich gezeigt hatte. Eine Gruppe Jungs – sie waren zu dritt – kam aus der entgegengesetzten Richtung auf die Haltestelle zu. Einer von ihnen machte unvermittelt einen Satz vor den Bus, sodass der Fahrer voll in die Bremsen gehen musste, und hüpfte dann hysterisch lachend wieder auf den Gehweg.

Vollidiot.

»Na und?«, fragte ich und wandte mich zu Billy um.

Aber Billy war nicht mehr da. Ich drehte mich einmal um mich selbst. »Billy?«

»Psst.« Das Flüstern kam hinter einer niedrigen Steinmauer zu meiner Linken hervor.

Ich spähte hinüber und sah ihn auf dem Boden kauern, den Rücken an die Mauer gepresst.

»Alter, was machst du denn da?«

»Psst!«, machte Billy wieder, diesmal eindringlicher, und winkte mich zu sich.

Ich kam mir zwar reichlich blöd dabei vor, über die Mauer zu klettern, aber noch blöder hätte es ja wohl gewirkt, weiter auf dem Gehweg stehen zu bleiben und vermeintliche Selbstgespräche zu führen.

»Billy, was genau soll das werden?«, erkundigte ich mich, als ich schließlich neben ihm hockte.

Er legte den einen Zeigefinger auf die Lippen und zeigte mit dem anderen über die Mauer zu der Jungstruppe auf der Straße.

»Was ist denn mit denen?«

Ich erkannte sie – die waren alle in der Zwölften, aber eigentlich keine besonders harten Typen. Ein paarmal hatte ich sie beim Nachsitzen gesehen und nach der Schule beim Kiffen hinter der Imbissbude. Warum hatte Billy bloß solche Angst vor …

Oh.

»Das sind sie, stimmt's?«, raunte ich.

Billy nickte, den Zeigefinger noch immer auf dem Mund wie angeklebt.

Ich spähte über die Mauer und versuchte, die Typen einzuschätzen. Sie waren größer als Billy, wirkten aber nicht sonderlich bedrohlich. Wahrscheinlich hatten sie sich sogar noch nie richtig geprügelt. »Vor den Kiffern da brauchst du doch keine Angst zu haben«, erklärte ich Billy. »Die sind bestimmt viel zu high, um überhaupt einen Treffer zu landen. Wetten, du würdest die fertigmachen?«

Billys Augen weiteten sich. Ihm war schon ein Licht aufgegangen, bevor ich meine Idee aussprechen konnte.

»Hey, Billy D.! Das ist es – dein großer Showdown. In den Karate-Kid-Filmen gibt es am Ende jedes Mal eine große Szene, wo Daniel-san – so nennt ihn Mr Miyagi – gegen die Arschlöcher kämpfen muss, die ihn vorher immer getriezt haben …«

»Psst!«

Ich senkte die Stimme. »'tschuldige. Aber im Ernst, wovor hast du denn Angst? Ich bin doch bei dir – oder nein, warte, das ist noch besser: Ich bleib hier unten und du –«

Billy schüttelte wie wild den Kopf.

»Na komm schon, das wird super. Du musst bloß einen von den Typen ausschalten. Verpass ihm einen von deinen Kopfstößen. Und dann springe ich über die Mauer und kümmere mich um die anderen, versprochen. Aber sie müssen mitkriegen, wie du mindestens einen von ihnen erledigst – nur einen, damit ihnen klar wird, was du draufhast. Ich bin hier nur so was wie – wie die Geheimwaffe.«

Billys Kopf hielt still und er ließ den Zeigefinger von seinen Lippen sinken.

»Geheimwaffe?«, flüsterte er fasziniert.

»Ja, wie im Film. Du willst schließlich ein Held sein, oder nicht?«

»Ja.«

»Na, dann leg mal los, Billy-san.«

Billy sah zögernd auf und erhob sich ein wenig aus seiner Kauerhaltung. »Und du bist wirklich hier?«

»Ganz in deiner Nähe.«

Er stand auf.

Kurz bevor sein Kopf über die Mauerkante lugte, packte ich ihn beim Handgelenk. »Aber denk dran. Nur einen, okay?«

Billy nickte und kletterte los.

Ich kroch bis zum Ende der Mauer und weiter in den nächsten Vorgarten, wo ich mich hinter einem dichten Dornengestrüpp versteckte und trotzdem näher am Geschehen war. Durch die Büsche beobachtete ich, was passierte.

Zunächst überquerte Billy noch einigermaßen selbstbewusst die Straße, aber dann, auf der anderen Seite, zögerte er plötzlich. Die Jungs hatten ihn entdeckt. Sie hörten auf rumzublödeln, blieben stehen und starrten Billy an. Als er in Hörweite kam, rief der Größte der drei:

»Na, Fensterlecker, wie läuft's?«

Billy stolperte, und ich zuckte in meinem Versteck zusammen, entspannte mich aber wieder, als er sich fing und weiter auf die Jungen zuging.

Nur einen, Billy, nur einen. Ich verlagerte mein Gewicht auf die Fußballen, bereit, sofort über die Straße zu preschen, wenn er mich brauchte.

»Hey, wohin denn so eilig?«, fragte der große Junge.

»Zum Bus«, antwortete Billy. Ich hörte das Zittern in seiner Stimme.

Rede nicht mit denen. Geh einfach so nah ran, bis du einen von ihnen umnieten kannst.

»Ach was, den Bus hier meinst du?« Der Junge deutete mit dem Daumen auf die Haltestelle. Seine Stimme klang gefährlich freundlich – äußerlich ganz liebenswürdig, aber direkt unter der Oberfläche brodelte etwas Bedrohliches. »Nee, *der* Bus ist nichts für dich. Du musst doch mit dem Baumschulbus fahren.«

Die anderen Jungs lachten, aber selbst von der anderen Straßenseite aus konnte ich Verwirrung über Billys Gesicht huschen sehen.

»Nein, ich will den ganz normalen.«

Die Jungs lachten noch lauter.

Billy war jetzt nahe genug, um einem von ihnen seinen Kopfstoß zu verpassen, wenn er davor ordentlich Anlauf nahm, stattdessen aber blieb er stehen. Ihr Gelächter machte ihm Angst.

Los, Billy, nur einen, und dann nichts wie weg.

»Er will den ›ganz normalen Bus‹«, äffte einer der anderen Jungs Billy übertrieben hoch und lispelnd nach.

Meine Handflächen fingen an zu jucken. Billy redete vielleicht manchmal etwas undeutlich, aber es hörte sich nie an, als hätte er den Mund voller Murmeln. Ich kämpfte gegen den Drang an, aus dem Gebüsch zu springen und sie mir alle selbst vorzuknöpfen. Stattdessen konzentrierte ich meine Wut auf Billy und hoffte, dass sie sich irgendwie auf ihn übertragen und er endlich zum Berserker werden würde.

»Ich glaub nicht, dass der Baumschulbus hier hält, Fensterlecker«, sagte der große Junge.

Was zum Teufel sollte denn ein Fensterlecker sein?

»Was ist denn ein Baumschulbus?«, fragte Billy.

Ich klatschte mir die flache Hand vor die Stirn. Er war voll in die Falle getappt.

»Na, der Bus zur Baumschule«, sagte der große Junge, »der ist für solche wie dich, du weißt schon – für Mongos.«

»Ich bin kein Mongo.« Billy ballte die Fäuste.

Na also. Ich beugte mich vor zwischen die Büsche, um nicht zu verpassen, wie Billy es ihnen zeigte – um ihre Gesichter zu sehen, wenn er loslegte.

Dem großen Jungen fielen die geballten Fäuste auf. »Was ist los? Wirst du jetzt etwa sauer? Willst du mir eine reinhauen?«

Billy zuckte zusammen und seine Finger lockerten sich wieder ein bisschen.

Der Junge machte langsam ein paar Schritte nach vorne und seine Kumpels zogen nach. Vor Billy angelangt, verschränkte er die Arme und beugte sich zu ihm. Frustriert beobachtete ich, wie Billy zurückwich.

»Na komm schon, Mondgesicht, schlag zu.«

Billy zögerte und sein Körper bog sich nach hinten, kurz davor, einen weiteren Schritt zurück zu machen.

Jetzt, Billy. Den Kopf in den Bauch. Genau jetzt.

Aber Billy zögerte einen Moment zu lange. Während er in dieser komisch zurückgelehnten Haltung stand, löste der Junge seine Arme aus der Verschränkung und boxte zu beiden Seiten von Billys Kopf in die Luft. »Buh!«

Er berührte Billy gar nicht, aber der kippte trotzdem vor Schreck nach hinten und landete auf dem Hintern.

Ich war schon über die Büsche, bevor Billy auch nur auf dem Boden aufkam, aber irgendwas hielt mich an der Jacke fest. Eine Dornenranke von einem der Büsche hatte sich im Innenfutter verhakt und riss ein Loch in den Stoff. Kurz spielte ich Tauziehen mit dem Gestrüpp, bevor ich schließlich aufgab und zusah, dass ich aus der Jacke rauskam.

»Dane?«, wimmerte Billy.

»Schon unterwegs!«, rief ich, während ich noch mit dem zweiten Ärmel kämpfte.

»Dane!« Diesmal lauter.

Endlich konnte ich mich mit einer Drehung befreien und rannte auf die Straße, aber alles, was ich auf der anderen Seite sah, war Billy – immer noch auf dem Hintern und knallrot im Gesicht.

»Wo sind sie hin?«

»Die haben dich gesehen«, sagte Billy, als ich bei ihm anlangte. »Die haben dich gesehen und dann haben sie ›Scheiße‹ gesagt und sind weggerannt.«

Ich sah den Gehweg hoch und spähte in eine Seitenstraße. »Wo lang?«

Billy deutete vage in Richtung der Vorgärten auf der anderen Straßenseite, auf das Wäldchen hinter der Bushaltestelle. »Da so überall.«

Ich streckte Billy die Hand hin und half ihm auf, aber sobald er stand, versetzte ich ihm einen Stoß gegen die Brust – härter, als ich geplant hatte, aber es fühlte sich gut an, denn meine Handflächen juckten immer noch.

»Was sollte das, verdammt noch mal?«, schrie ich ihn an.

Billys Mund klappte auf, und plötzlich kotzte mich der Anblick seiner hervorlugenden Zunge nur noch an, seiner viel zu weit auseinanderstehenden Zähne, seiner schweren Lider, die ihn immer ein bisschen traurig aussehen ließen. Es kotzte mich an, dass er so sehr nach Opfer aussah, und noch viel mehr kotzte es mich an, dass er sich selbst so *verhielt*.

»Du hattest eine Chance. *Zwei* sogar. Warum hast du nichts gemacht?«

Billy schloss den Mund, und ich sah, wie seine Unterlippe zitterte. Wahrscheinlich hätte ich in diesem Moment Mitleid mit ihm empfinden sollen, aber stattdessen wurde ich nur noch wütender.

»Wolltest du überhaupt wirklich kämpfen lernen?«, fragte ich, einen drohenden Finger unter seiner Nase. »Oder hab ich hier nur meine Zeit verschwendet?«

Er antwortete nicht. Seine Augen wurden ganz glasig, und mir war klar, dass gleich die Schleusentore aufgehen würden. Ich blickte die verlassene Straße rauf und runter. Na ja, wenn er jetzt zu heulen anfing, würde es zumindest keiner mitbekommen und mir die Schuld daran geben. Obwohl mir ein kleines Stimmchen zuflüsterte, dass es möglicherweise doch meine Schuld war.

Ich presste die Hände aneinander und holte tief Luft, während ich versuchte, das Jucken zu verdrängen.

»Ach, Scheiße, tut mir leid. Ich meine ja nur …«

»Es sollte dir auch leidtun!«, brüllte Billy.

»Wa…«

»Du hast mir nicht gesagt, was ich sagen soll. Du hast mir nicht gesagt, wann ich … und wo ich … und wie … wie …«

Billy zitterte am ganzen Körper, so sehr, dass ich beinahe Angst bekam. Seine Fäuste waren wieder geballt und sie bebten noch heftiger als an dem Tag, als ich ihn auf dem Schulweg erschreckt hatte.

Ich packte ihn bei den Schultern, genau wie damals.

»Nein!«, schrie er und machte sich los. »Nein! Nein! Nein!«

Noch immer schreiend rannte er los. Sein schwerer Rucksack hüpfte bei jedem stampfenden Schritt auf und ab. Ich war viel zu perplex, um ihm zu folgen, also stand ich einfach da und glotzte ihm hinterher, bis er um die Ecke verschwand. Ich konnte ihn immer noch »Nein!« schreien hören, als ich ihn schon lange nicht mehr sah.

Nachdem er endlich verstummt war, setzte ich mich in das Haltestellenhäuschen und wartete auf den Bus, den Kopf auf die Hände gestützt. Ich hatte von Anfang an recht gehabt: Ich war kein Mr Miyagi und Billy war kein Karate Kid.

KAPITEL 23

Am Montagmorgen auf dem Schulweg fehlte von Billy jede Spur. Genauso wie am Tag danach. Auch nicht auf dem Nachhauseweg. Zuerst war ich sauer. War das nicht genau das gewesen, was er wollte? Was hatten wir denn die ganzen Tage im Park gemacht, wenn Billy sich doch nicht verteidigen wollte? Zuallermindest hätte er sich ja wohl an meinem ersten Schultag nach der Suspendierung blicken lassen können – um dem Disziplinarrat zu zeigen, dass er immer noch auf meiner Seite war. Denn allmählich wurde mir klar, wie viel mir das bedeutete – Billy auf meiner Seite zu haben.

Keine Ahnung, wie er das hingekriegt hatte, aber die kleine Quasselstrippe war mir tatsächlich ans Herz gewachsen. Irgendwie ärgerte mich das, als hätte er mich ausgetrickst oder so. All diese Wut bündelte ich in meiner Faust, als ich am Dienstag nach der Schule bei ihm klopfte. Niemand machte auf. Und das Auto von Billys Mom stand nicht vor dem Haus. Ich klopfte noch einmal, fester.

»Du kannst die Tür auch einschlagen, da ist trotzdem keiner zu Hause«, schallte eine Stimme von der Straße zu mir rauf.

Seely stützte sich mit einer Hand auf ihr aufgestelltes Skateboard, die andere steckte in der Tasche ihres Kapuzensweatshirts.

»Woher weißt du das?«, fragte ich.

»Seine Mom ist mit ihm bei einem Therapeuten. Schon beim

zweiten, um genau zu sein. Vor der Schule, nach der Schule. Er hat gesagt, sie schleppt ihn diese Woche jeden Tag zu einem neuen, um sie auszuprobieren.«

»Aha, mit *dir* redet er also noch.« Ich verschränkte die Arme.

»Jetzt komm mal wieder runter, du beleidigte Leberwurst.« Seely lehnte ihr Skateboard an die Bordsteinkante und kam über den Bürgersteig auf mich zu. »Mit dir redet er auch noch.«

»Das kannst du doch gar nicht wissen«, erwiderte ich. »Es hat eine Prügelei gegeben … oder na ja, fast …«

»Mhmm, hab ich gehört.« Seely warf mir einen finsteren Blick zu. »Was hast du dir überhaupt dabei gedacht, Dane?«

»Hä?« Ich fuchtelte mit der Hand Richtung Billys Tür. »Er hat mich drum gebeten! Was glaubst du denn, warum ich ihm das Kämpfen beigebracht habe?«

»Gegen drei Typen auf einmal?«

Ich schob die Hände in die Taschen. »Okay, das war vielleicht ein bisschen viel. Aber deswegen muss er mir doch nicht so die kalte Schulter zeigen.«

»Macht er auch nicht«, erklärte Seely. »Er will bloß nicht, dass du weißt, dass er zu einem Seelenklempner geht.«

»Warum darf ich das denn nicht wissen?«

Seely schmunzelte. »Du hast echt keinen Schimmer, wie viel er von dir hält.«

Unbehaglich trat ich von einem Fuß auf den anderen. Was genau meinte sie damit? »Und was machst du dann hier? Wenn du doch weißt, dass er nicht zu Hause ist?«, wollte ich wissen.

Sie verdrehte die Augen. »Ich kenne zufällig noch jemanden in dieser Straße.«

»Oh.« Meine Wangen fühlten sich mit einem Mal warm an. »Willst du … willst du reinkommen oder so?«

»Eigentlich bin ich hier, um dir zu sagen, dass Billy und ich den ersten Teil des Rätsels gelöst haben.«

Zorn sandte die Hitze aus meinen Wangen runter in meine Handflächen. »Ihr habt wieder ohne mich mit dem Atlas weitergemacht?«

»Nein, keine Sorge«, sagte Seely. »Ich hab bloß an dem einen Teil ein bisschen rumüberlegt. Dem ›Ort ohne Schuh'‹.«

»Und?«

»Na ja … barfuß halt. Gestern Abend hab ich Billy angerufen, und der meinte, es gibt tatsächlich eine Stadt, die dazu passen würde: Barefoot in Kentucky. Also haben wir schon mal den Bundesstaat!« Sie lächelte, ziemlich zufrieden mit sich.

Das Jucken in meinen Handflächen ließ nach, als mein Hirn zu rattern begann. »Nicht schlecht. Nur dass es in Kentucky keinen Hinweis gibt.«

»Genau.«

»Wenn wir also die Stadt rauskriegen – dann könnte das tatsächlich das Ende sein.«

Seely biss sich auf die Unterlippe.

»Was ist?«, fragte ich.

»Irgendwas … irgendwas stimmt da nicht. Wenn Billy über seinen Dad redet, hast du da auch manchmal das Gefühl, dass – ich weiß auch nicht – dass er irgendwas für sich behält? Was ist, wenn der Mann wirklich nicht gefunden werden will?«

»Aber was ist, wenn *doch*?«, hielt ich dagegen.

Ich nahm Seely mit rein. Wir setzten uns nebeneinander aufs Bett, eine Tüte Chips zwischen uns, und redeten weiter.

Ich erinnerte sie an das, was Billy uns über seinen Vater erzählt hatte, was er an dem Tag, als seine Mom mit Billy weggefahren war, geschrien hatte, aber Seely war trotzdem nicht überzeugt.

»Dane, er ist besessen von seinem Dad. Vielleicht betrachtet er das alles ein bisschen sehr durch die rosarote Brille oder wie das heißt. Er sieht diesen Moment ja quasi nur im Rückspiegel und deshalb vielleicht ein bisschen verzerrt, weißt du?«

Das musste ich erst mal sacken lassen. Es kam mir nicht ganz unlogisch vor; vielleicht machte Billy sich wirklich ein bisschen was vor darüber, wie dringend sein Dad ihn finden wollte.

»Aber warum lässt Billys Mom die beiden denn nicht mal miteinander telefonieren?«, fragte ich, während ich die letzten Chipskrümel aus der Tüte pulte, die ich dann zusammenknüllte und auf den Boden warf. Seely rutschte kaum merklich näher und schloss die entstandene Lücke zwischen unseren Hüften. »Das ist ja, als wäre er einfach vom Erdboden verschluckt worden.«

Seely keuchte auf und packte meinen Arm.

»Was?« Ich zuckte zusammen. »Was ist los?«

»Dane.« Ihr Griff wurde fester, was wehgetan hätte, wenn es nicht gleichzeitig so angenehm gewesen wäre, und sie sah mir eindringlich in die Augen. »Was ist, wenn er im Gefängnis sitzt?«

»Quatsch. Dann darf man doch trotzdem telefonieren.«

Seely lehnte sich wieder zurück und ließ meinen Arm los, aber ich spürte immer noch, wo ihre Hand gelegen hatte.

»Hast recht«, gab sie zu. »Ich dachte bloß … vielleicht will sie ihn irgendwie vor der Wahrheit schützen – vor etwas Schlimmem, was er über seinen Dad nicht weiß.«

»Ja, vielleicht ist er ja ein Ehebrecher.«

»Was?«

Ich legte Seely meine Theorie dar, der zufolge Paul Drum ein beschissener Ehemann gewesen war und Billys Mom ihn nun dafür bestrafte.

»Aber wenn Billys Mom ihn von seinem Dad fernhalten will, warum lässt sie sich dann nicht einfach scheiden und beantragt das Sorgerecht?«, wandte Seely ein. »Da gewinnen Mütter doch sowieso immer, stimmt's?«

»Keine Ahnung.«

»Deine Mom doch auch, oder nicht?«

Wir lehnten beide mit dem Rücken an der Wand und hatten die Beine ausgestreckt. Ihr Fuß sackte immer wieder ein Stückchen zur Seite, sodass ihr rechter kleiner Zeh fast meinen linken berührte. Ich sah zu, wie unsere Zehen aufeinander zukippten und wieder auseinanderdrifteten wie Magnete.

»Es gab keinen Sorgerechtsstreit«, sagte ich.

Seely schwieg einen Augenblick. »Ich frage mich, warum sie wohl mit ihm zu einem Therapeuten geht.«

»Äh.« Ich musste mir das Lachen verkneifen. »Er hat da so ein paar Problemchen, falls dir das noch nicht aufgefallen ist.«

»Therapeuten sind teuer«, überlegte Seely unbeirrt weiter. »Muss ganz schön ernst sein, wenn sie dafür so viel Geld ausgibt. Und wie will sie das überhaupt bezahlen? Ich glaube nicht, dass jemand aus einer Gegend wie dieser hier sich so was leisten kann.« Sie schluckte. »Ich meine –«

»Schon okay«, unterbrach ich sie. »Du hast ja recht. Und, ja –« Ich richtete mich gerade auf. »Ich hab sie mal gefragt, wo sie arbeitet, und da hat sie total komisch reagiert, als wäre das ein Riesengeheimnis. Was, wenn sie irgendwas – ich weiß nicht – Illegales macht?«

Seely lachte, als wäre das ein Witz gewesen, aber ich grübelte darüber nach, was für Geheimnisse Billys Mom wohl noch haben mochte. Mein Blick schweifte aus dem Fenster auf die andere Straßenseite, rüber zu Billys Haus. Ihr Auto stand jetzt in der Einfahrt. Das Auto, in dem sie ihn durchs ganze Land gekarrt hatte. Vor dem Haus voller Kartons, die nie ausgepackt wurden. Ich dachte daran, wie Billy seine Mutter als Lügnerin bezeichnet hatte, und an die Szene, die sein Dad ihr angeblich gemacht hatte, als sie weggefahren waren.

Konnte man von Kidnapping reden, wenn jemand sein eigenes Kind entführte?

Seely rückte noch näher. Jetzt berührten sich unsere kleinen Zehen definitiv. Und unsere Knie auch. Und unsere Ellbogen. Alle Gedanken an Billy und seine Mom verschwammen und lösten sich schließlich ganz auf. Seelys Hand schlüpfte in meine, was ein Kribbeln darin auslöste, das sich viel besser anfühlte als das gewohnte Jucken. Die andere Hand legte ich auf Seelys Wange und drehte ihr Gesicht zu mir. Ich dachte noch darüber nach, wie ich mich so entspannt und nervös zugleich fühlen konnte, als sie mich küsste.

Wahrscheinlich hätte ich es sein sollen, der die Initiative ergriff. Die meisten Mädchen überließen das mir, aber Seely war eben anders. Fast wollte ich mich von ihr lösen und noch mal von vorne anfangen, aber dann fuhren ihre Hände über mein Gesicht und ihre Lippen bewegten sich meinen Kiefer entlang und ich vergaß völlig, wie es angefangen hatte. Ich wollte bloß nicht, dass es aufhörte.

Wie automatisch griff ich nach ihrem T-Shirt-Saum und versuchte, wie gewohnt, ein bisschen weiter zu gehen, aber als ich ihre Haut unter den Fingern spürte, erstarrten sie. Ihr Bauch war so weich, dass meine Hand blieb, wo sie war, und es war mir egal, ob ich damit etwas Wichtigeres ertasten würde. Seelys Haut war genug. Aber ich wollte mehr davon. Meine Lippen fanden ihren Hals – noch weicher als ihr Bauch – und mit jedem Kuss löschte ich einen Mädchennamen nach dem anderen aus meinem Gedächtnis. Ich stellte mir vor, wie all die Saras und Annies und Marjories aus meinem Telefonverzeichnis verschwanden.

Als sich unsere Lippen wieder trafen, öffnete ich die Augen, nur für eine Sekunde, um mir etwas auszugucken, was ich als Nächstes küssen würde, und mein Blick fiel wieder auf Billys Haus.

Billy. Er war zuerst in sie verknallt gewesen. Das hier würde ihm wahrscheinlich gar nicht gefallen. Mir war nicht bewusst, dass ich mit Küssen aufgehört hatte, bis Seely sich aufrichtete.

»Äh … Dane?« Ihre Lippen wirkten rosiger als zuvor und ein bisschen angeschwollen.

»Tut mir leid.«

»Was ist denn los?«

»Nichts. Ach, Scheiße, tut mir leid.« Aus purer Gewohnheit schoss meine Hand nach oben und strich meine widerspenstige Haarsträhne glatt.

»Das machst du immer, wenn du nervös bist«, merkte Seely an.

Ich musste ein bisschen lachen. »Billy hat gesagt, ich mache das, wenn ich ein Mädchen mag.«

»Aha, du magst mich also.« Seely legte den Kopf schief. »Du willst mich bloß nicht küssen.«

»Doch, will ich … ich bin nur … du hast mich bloß überrumpelt und ich war abgelenkt und –«

Seely legte mir die Hand auf den Arm. »Schon okay.«

»Nein, entschuldige. Ich bin froh, dass du … dass wir … ich bin froh, dass das passiert ist. Ich musste nur –«

»Ich weiß«, sagte Seely. »Ich mache mir auch Sorgen seinetwegen.«

Am Samstag hatte ich die Nase voll vom Sorgenmachen und wollte endlich Antworten. Ich lauerte am Fenster, bis Billys Mom sich zur gewohnten Zeit auf den Weg zur Arbeit machte, dann flitzte ich über die Straße und spazierte einfach zur Tür rein.

»Billy D.!«, schnauzte ich, und meine Stimme hallte durch das leere Haus. »Ich weiß, dass du da bist.« Nach einem kurzen Blick in die Küche ging ich den Flur runter zu Billys Zimmer und rief immer noch nach ihm. »Mir reicht's langsam, wie du mich links liegen lässt. Wenn du nicht bald –«

»Hallo.« Billys großer Kopf schob sich durch den Türspalt.

Ich zog eine finstere Grimasse. »Hallo? Du strafst mich eine Woche lang mit Nichtbeachtung und dann fällt dir nichts Besseres ein als ›Hallo‹?«

»Ich strafe dich mit gar nichts.« Billy machte seine Tür ganz auf und winkte mich rein. »Ich hatte … Termine.«

»Ich weiß, dass du zu ’nem Seelenklempner gehst«, sagte ich und ließ mich auf Billys Matratze fallen.

Billy wurde knallrot und sah weg.

»Ist doch nichts dabei«, sagte ich. »Aber warum so viele verschiedene? Und warum jeden Tag?«

Billy schubste einen Haufen dreckiger Wäsche von seinem Bett und setzte sich neben mich. »Mom sagt, wir probieren sie erst mal aus. Wir waren bei einem mit einer Brille und einem mit einer großen Couch und einem mit einer kleinen Couch und einem mit lauter Zeug an den Wänden, wie deine Mom das hat. Der tut auch keine Bilder in seine Rahmen, bloß irgendwelche Zettel mit ganz viel Schrift drauf. Und bei einem, der immer ›Kumpel‹ zu mir gesagt hat, waren wir auch noch. Und dann sollte ich Mom sagen, mit wem von denen ich am liebsten rede.«

»Und, was hast du geantwortet?«

»Dass ich am liebsten mit *dir* rede.«

Ich musste einen kleinen Hustenanfall vortäuschen, um ein Lächeln zu verbergen. Schlimm genug, dass der Kleine mir so ans Herz gewachsen war. Aber zum Megaweichei musste ich deswegen ja wohl nicht auch noch werden.

Ich zeigte auf Billys Atlas, der auf dem Boden lag. Die Karte von Kentucky war aufgeschlagen. »Und, gibt’s was Neues?«

Billys Laune hob sich, als er mir Barefoot zeigte und erklärte, wie Seely und er den ersten Teil des Rätsels gelöst hatten. Ich sagte ihm nichts davon, dass Seely mir das schon erzählt hatte, und bemühte mich, möglichst überrascht und beeindruckt zu wirken. Er hatte eine ganze Reihe von Städten mit ulkigen Namen in Kentucky ausfindig gemacht, musste aber leicht geknickt zugeben, dass keine davon auf den zweiten Teil des Rätsels passte: *Die hab ich am liebsten, genau wie du – und was gehört zum Stirnrunzeln dazu?*

»Echt schade, dass wir nicht deine Mom bitten können, uns bei den Rätseln zu helfen«, sagte ich. Verstohlen spähte ich zu Billy rüber, um einzuschätzen, ob ich mich hiermit schon auf dünnes Eis begab. Er schien keinerlei Verdacht zu hegen.

»Ja, schade. Sie ist total gut in so was.«

»Ach ja?«

»Mein Dad hat früher immer ihre Weihnachtsgeschenke versteckt. Er hat ihr nur einen Hinweis gegeben und sie musste erst das Rätsel lösen, um das Geschenk zu kriegen.«

»Witzige Idee.«

»Ja, mein Dad ist voll witzig.«

Ich rutschte von der Matratze auf den Boden, um Billy gegenübersitzen zu können. »Aber wenn er so witzig ist, wieso ist deine Mom dann weg von ihm?« Ich hielt die Luft an, während ich darauf wartete, dass Billy der Frage auswich oder sich aufregte, so wie er das getan hatte, als Seely ihn zu sehr gelöchert hatte.

Aber er zuckte nur mit den Schultern. »Sie meint, es gibt Dinge, die sind unverzeihlich.«

»Zum Beispiel?«

Billy blätterte durch den Atlas und sah mich nicht an. »Weiß nicht. Aber ist sowieso nicht wahr. Ich hab dir auch verziehen, dass du den Jungen verhauen hast.«

»Du meinst wohl, *ich* hab *dir* verziehen, dass du mir so in den Rücken gefallen bist.«

»Ja.«

»Also weißt du gar nicht, was genau zwischen deiner Mom und deinem Dad vorgefallen ist«, sagte ich.

Billy sah von seinen Karten auf und lächelte. »Wenn wir ihn finden, kannst du ihn ja fragen!«

Na klar. Hallo, Mr Drum, sagen Sie mal, wie war das eigentlich: Mit welcher anderen Frau sind Sie ins Bett gestiegen und wieso wurden Sie dabei erwischt?

Ich riss Billy den Atlas vom Schoß.

»Hey!« Er grabschte danach, aber ich hielt ihn so, dass er nicht drankam.

»Ich würde deinen Dad viel lieber fragen, was er uns mit diesem blöden Rätsel sagen will.« Den letzten Hinweis las ich laut vor und Billy hockte sich neben mich auf den Boden, während wir rückwärts durch die Karten blätterten.

Bei Missouri hielt ich inne und tippte auf das Rätsel am unteren Seitenrand, über das wir uns so lange den Kopf zerbrochen hatten. »Schon komisch, dass wir tatsächlich nach Mexico fahren mussten, um hierauf eine Antwort zu finden«, sagte ich. »Wer weiß, vielleicht würde man ja in jeder von diesen Städten jemanden treffen, der einem weiterhelfen könnte.«

Sicher erwartete Billys Dad nicht von ihm, dass er wirklich diese ganzen Orte aufsuchte, aber ich fragte mich, ob er wohl selbst überall dort gewesen war – ob er auf seinen Reisen Menschen begegnet war, die ihn auf die Rätsel gebracht hatten. Einen Mann, der so viel Mühe in ein Geschenk für seinen Sohn steckte, hätte ich wirklich gern kennengelernt. Je mehr ich über Billys Dad nachdachte, desto mehr musste ich Billy zustimmen – nichts war unverzeihlich. Und je mehr ich darüber nachdachte, dass Billys Mom ihn von einem solchen Vater fernhielt, desto mehr kam sie mir wie eine Kidnapperin vor.

KAPITEL 24

Seely war von meiner Kidnappingtheorie nicht überzeugt. Das entnahm ich ihrem gigantischen Augenrollen, als sie am Montagmorgen ihr Skateboard in ihrem Spind verstaute. In der Hoffnung, eine Minute allein mit Seely zu ergattern, hatte ich Billy in seine Klasse geschickt, aber dann hatte ich selbst alles verdorben.

»Dane, sie ist doch keine Kidnapperin. Sie ist seine Mom.«

»Ist mir auch klar. Aber wenn sie Billy vor seinem Dad versteckt –«

»Versteckt?« Seely knallte ihre Spindtür zu und guckte mich an, als hätte sie einen kompletten Vollidioten vor sich. »Knapp eine Stunde von der Stadt entfernt, in der seine Eltern aufgewachsen sind? Da hab ich ja mit fünf schon bessere Verstecke gefunden und dabei war ich in dem Spiel nie sonderlich gut.«

Ich öffnete den Mund, um zu widersprechen, aber dann wusste ich eigentlich gar nicht so recht, wogegen, also klappte ich ihn wieder zu. Es war ja wirklich komisch, dass sie in die Nähe von Mexico gezogen war. Fast, als *wollte* sie gefunden werden oder … Ein neuer Gedanke flocht sich zwischen die alten: Vielleicht war sie ja selbst auf der Suche nach Billys Dad. Vielleicht hatte sie es sich anders überlegt und wollte ihn zurückhaben, aber da war er dann schon fort gewesen. Das hätte allerdings bedeutet, dass er Billy gar nicht zu finden versuchte, und diese Vorstellung konnte ich einfach nicht ertragen. Ich musste daran glauben können, dass es da draußen einen Dad – *irgendeinen* Dad – gab, der so großartig war wie der, den Billy mir beschrieben hatte. Einen Dad, der es wert war, gefunden zu werden. Also schob ich diesen neuen, quälenden Gedanken beiseite.

Die Schulglocke schallte über den Flur, was hieß, dass uns nur noch dreißig Sekunden bis zur ersten Stunde blieben.

»Du darfst nicht zu spät kommen!«, schimpfte Seely und schubste mich in Richtung Klassenzimmer. Ich lachte über ihr besorgtes Gesicht und packte den Arm, mit dem sie mich gestoßen hatte. Meine Finger schlossen sich um ihr Handgelenk und ich zog sie so dicht an mich, dass unser Atem sich zwischen unseren Lippen zu einer kleinen, warmen Wolke vermischte.

»Du musst nur wieder nachsitzen«, flüsterte sie, lächelte jedoch, als ich sie küsste. Dieser Kuss wäre es wert gewesen, dafür von der Schule zu fliegen, aber Seely drückte sich schließlich mit beiden Händen von meiner Brust ab und scheuchte mich den Flur hinunter. »Los jetzt!«

Ich glitt genau in dem Moment auf meinen Platz, als die Glocke verstummte.

Nach der Schule sah ich mich auf dem Parkplatz nach Seely um – in der Hoffnung, an der Stelle weiterzumachen, wo wir morgens aufgehört hatten –, aber stattdessen fiel mein Blick auf Billy, der wie immer am Rand des Baseballfelds wartete. Und er war nicht allein. Er plauderte mit irgendeinem Mädchen, das auf der Motorhaube eines Autos saß. Nein, nicht *irgendeinem* Mädchen, sondern Marjorie. Nicht gerade diejenige, die ich für Billy ausgesucht hätte, aber hey, trotzdem nicht übel, dass der Kleine einfach mal sein Glück versuchte.

Gerade als ich ihnen ein Hallo zurufen wollte, sprang Marjorie blitzschnell von der Motorhaube und im nächsten Moment landete ihre Hand auf Billys Wange.

Ich hörte das Klatschen noch in zehn Metern Entfernung.

»Was soll das denn?«, brüllte ich und raste über den Parkplatz auf sie zu.

Innerhalb von Sekunden war ich bei ihnen, bereit, mich mit erhobener Faust auf Marjorie zu stürzen. Ich konnte mich gerade noch zurückhalten. Sie zuckte zurück und drängte sich gegen ihr Auto. Mir war es egal, dass sie aussah wie ein verängstigtes Tier, egal, dass ich keine Ahnung hatte, was hier überhaupt los war. Ich wusste nur eins: Sie würde Billy D. nicht noch einmal anrühren.

Ich sagte ja immer, ich würde keine Mädchen oder Behinderten schlagen, darum hätte ich, wenn es zu einem Kampf zwischen beiden gekommen wäre, wirklich nicht gewusst, auf wessen Seite ich sein sollte – vermutlich hätte ich mich einfach rausgehalten. Aber sobald irgendwer Hand an *Billy* legte, war klar, zu wem ich hielt.

Ich löste meine Faust und legte die Hand auf Billys Schulter. Der Zeigefinger der anderen deutete anklagend auf Marjories Gesicht.

»Was sollte das denn, verdammt?«

»Dein Kumpel hier ist total pervers!«

»Was?«

»Ich hab nichts gemacht, Dane. Ich hab überhaupt nichts gemacht!« Billy wedelte mit den Händen. Es klang, als wäre er kurz davor, in Tränen auszubrechen.

Mein Griff um seine Schulter wurde fester. »Was hast du gesagt, Billy D.?«

»Nichts! Sie hat auf dem Auto gesessen und die Beine übereinandergeschlagen, und ich hab nur gesagt, dass das toll ist, weil ich doch dachte, sie kann die nicht zusammenhalten, aber jetzt hat sie's wohl doch gelernt!«

Oh Scheiße.

Mein Blick bohrte sich in Billys, und ich versuchte, ihn telepathisch zum Schweigen zu bringen.

»Nur, weil du doch gesagt hast –«

»Billy. Nicht.« *Bitte halt den Mund.*

»Du hast gesagt, Marjorie Benson kann die Beine nicht zusammenhalten.«

»Mann, Billy D.!«

»Hast du gesagt!«

»Ach, *Tatsache*?« Marjorie stierte mich wütend an.

Ich erwiderte den Blick, schneidend wie ein Diamant. Auf keinen Fall würde ich mich entschuldigen. Wenn sie nicht wollte, dass irgendwer solche Sachen über sie sagte, dann hätte sie vielleicht öfter mal die Beine zusammenhalten *sollen*.

Marjorie richtete sich zu voller Größe auf. »Dane, du bist so ein Arschloch.«

»Ach ja, und du bist eine Prinzessin, oder was?«

Ich ging los über das Baseballfeld und zog Billy mit.

»Ruf mich nie wieder an!«, kreischte sie uns hinterher.

»Als hätte ich das überhaupt schon mal getan!«, rief ich zurück.

Das Letzte, was ich sah, bevor ich ihr endgültig den Rücken kehrte, war Marjories ausgestreckter Mittelfinger. Ich wartete, bis wir das Feld überquert hatten und sie uns definitiv nicht mehr sehen konnte, dann drückte ich Billy verärgert gegen einen Pickup, der an der Straße parkte.

»Was ist?«, protestierte er.

»Billy D., wenn einer sagt, dass ein Mädchen die Beine nicht zusammenhalten kann, dann … ist das nur so eine Redewendung, okay? Das soll heißen, sie ist leicht zu haben.«

Billys Gesicht blieb ausdruckslos.

»Verdorben halt. Kapiert?«, probierte ich es.

Er schüttelte den Kopf.

Seufzend trat ich einen Schritt zurück. »Sie hat mit ziemlich vielen Leuten *Sex*, Billy.«

Seine Augen traten fast aus den Höhlen hervor. »Oh.«

»Du hast sie gerade mehr oder weniger direkt eine Schlampe genannt.«

Billys Augen wurden noch riesiger. »Aber du doch dann auch.«

»Klar, aber ich hab's ihr nicht ins Gesicht gesagt.« Ich lachte. »Na ja, ist ja nicht deine Schuld, wenn du so was einfach nicht weißt.«

Aber wessen Schuld dann?, fragte ich mich. Die seines Dads? Weil er ihm das mit den Mädchen nicht erklärt hatte? Oder die seiner Mom? Weil sie ihn seinem Dad weggenommen hatte, bevor der die Gelegenheit gehabt hatte, Billy das mit den Mädchen zu erklären?

»Was meinst du, sollen wir uns heute Abend noch mal das Rätsel vornehmen?«, wechselte ich das Thema, während wir weitergingen.

»Geht nicht. Mom sagt, ich darf keinen Besuch mehr haben, wenn sie bei der Arbeit ist.« Sein Blick huschte zu mir, aber so verstohlen brauchte er gar nicht zu tun. Wenn Mrs Drum »Besuch« sagte, meinte sie mich, so viel war klar.

»Sie arbeitet also abends *und* am Wochenende?« Wieder beschlich mich Misstrauen. Sicher, meine Mom arbeitete auch abends, aber ihre Uniform bestand aus Spandex und Jogginghosen, also war es nicht gerade ein Geheimnis, was sie für einen Job hatte. Mrs Drums graue OP-Kleidung ließ sie wie eine deprimierende Krankenschwester aussehen. Aber welche Krankenschwester kam mitten in ihrer Arbeitszeit nach Hause, um eine Flasche Bleichmittel zu holen? »Weißt du eigentlich, was sie arbeitet?«, fragte ich.

Billy schüttelte den Kopf. »Als Mom mich am ersten Tag zur

Schule gebracht hat, hat Mrs Pruitt gefragt: ›Und was machen Sie beruflich?‹, und Mom hat geantwortet: ›Mir den Allerwertesten aufreißen.‹ Und dann haben sie beide bloß gelacht. Und einmal im Supermarkt hat der Mann, der einem immer das Fleisch einpackt, sich beschwert, weil alles so teuer geworden ist, und da hat Mom gesagt: ›Zumindest haben wir noch Arbeit.‹ Und …«

Billy hörte nicht auf, über seine Mom zu reden, bis sie plötzlich vor uns stand. Wir kamen gerade noch rechtzeitig in unserer Straße an, um zu sehen, wie sie im Vorgarten die Arme um jemanden schlang. Viel mehr konnten wir nicht erkennen, dafür waren wir zu weit weg, aber der Jemand war definitiv männlich und die Umarmung dauerte definitiv länger, als es eine gewöhnliche Begrüßung erforderte.

Außerdem schien es sich sowieso um einen Abschied zu handeln, denn als die beiden sich voneinander lösten, stieg der Typ in sein Auto und fuhr weg, während Mrs Drum ihm hinterhersah.

Billy machte einen riesigen Schritt nach vorn, als wollte er losrennen, aber ich zerrte ihn am Kragen zurück und hinter ein Auto, bevor seine Mom uns sehen konnte.

»Wer war denn der Typ?«, fragte ich, während ich mich duckte.

»Weiß nicht.« Mit finsterem Gesicht versuchte Billy, meine Hand von seinem T-Shirt abzuschütteln.

»Hat deine Mom einen Freund?«

»Nein!«, schrie er geradezu.

»Psst! Na gut, aber wenn sie hier einen … Bekannten hat, dann könnte das ja vielleicht jemand wie June Bug sein, der auch deinen Dad kennt.«

Billy hörte auf, sich zu wehren, und schien endlich interessiert.

»Überleg mal, Billy D. Hat deine Mom dir vielleicht mal irgendwen vorgestellt oder dir erzählt, dass –«

»Ich kenne hier keinen«, unterbrach er mich. »Nur dich. Und deine Mom. Und Seely und Mrs Pruitt und Mr –«

Ich hob die Hand, um ihn zum Schweigen zu bringen. »Ist ja gut.«

»Und du meinst, der Mann kennt meinen Dad?«, hakte Billy nach.

»Keine Ahnung. Aber selbst wenn – so, wie der deine Mom da gerade betatscht hat, ist ihm sicher nicht wahnsinnig dran gelegen, deinen Dad zu finden, verstehst du?«

Ein Blick in Billys Gesicht zeigte mir, dass er in der Tat verstand und die Vorstellung ihm alles andere als gefiel. Bevor ich ihn aufhalten konnte, machte er sich los und stampfte die Straße runter. Ich folgte ihm mit ausgebreiteten Armen.

»Billy D.! Das war doch nur ein Witz!«

Aber entweder hörte er mich nicht oder er wollte mich nicht hören, denn er sah sich nicht mal um. Er marschierte an seiner Mom vorbei, ohne auch nur Hallo zu sagen, und knallte die Tür hinter sich zu.

Das Krachen hallte über die Straße. Mrs Drum blickte erschrocken von der Tür zu mir und runzelte die Stirn.

Ja, klar, als wäre das alles *meine* Schuld.

KAPITEL 25

Am nächsten Morgen war Billy immer noch stinkig. Nur seine Mom zog eine noch finsterere Grimasse, als sie ihn an der Haustür verabschiedete.

»Alter«, sagte ich zu Billy, nachdem wir um die Straßenecke waren. »Will deine Mom mich mit dem bösen Blick belegen, oder was?«

Billy zerrte seinen Rucksack höher, und daran, wie schwer er ihm wieder auf die Schultern sackte, erkannte ich, dass der Atlas darin stecken musste.

»Sie hat gestern mitgekriegt, dass wir ihr nachspioniert haben.«

»Wir haben ihr doch nicht nachsp…«

»Und ich hab ihr erzählt, dass du wissen wolltest, wer der Mann war.«

»Ich … das hast du ihr *erzählt*?«

»Sie hat gesagt, du sollst nicht so neugierig sein.«

»Aber ich wollte doch nur –«

Mit einem übellaunigen Blick brachte Billy mich zum Schweigen.

»Ich will nicht mehr über meine Mom reden.«

»Okay.«

»Wir müssen das Rätsel lösen.«

»Na gut.«

Billy hielt auf die Gärten zu und ich schlitterte ihm auf dem taunassen Gras hinterher, das Billy mit seinem Gestampfe nichts anhaben konnte.

»Ist dir schon eine Idee dazu gekommen, was du und dein Dad am liebsten haben?«, fragte ich.

Tja, keine Antwort war auch eine Antwort.

»Okay, wie wär's mit einem Spielchen?« Ich sah zu Billy rüber in der Erwartung, dass seine Miene sich angesichts dieses Vorschlags aufhellen würde, aber seine Brauen blieben fest zusammengezogen und er starrte zu Boden. Trotzdem versuchte ich es weiter. »Was ist dein Lieblingslied?«

»Hab keins.«

»Gut, was ist das Lieblingslied von deinem Dad?«

»Weiß ich nicht.«

Die Gärten kamen in Sicht.

»Was ist deine Lieblingsblume?«, fragte ich.

»Blumen sind Mädchenkram.«

Ich biss die Zähne zusammen und bemühte mich, das leichte Kribbeln in meinen Handflächen nicht zu beachten.

»Was ist deine Lieblingsfarbe?«

»Grün.«

»Und die von deinem Dad?«

»Nicht grün.«

Spätestens jetzt hätte jeder andere als Billy mit geschwollenem Kinn am Boden gelegen. Zum ersten Mal seit Wochen musste ich mir in Erinnerung rufen, dass ich Billy nicht bloß deshalb half, weil ich das wollte, sondern weil ich musste – wenn ich nicht von der Schule fliegen wollte. Mit betont ruhiger Stimme fragte ich weiter, während wir den Abhang auf der anderen Seite der Gärten hinunterglitschten.

»Okay, lassen wir das fürs Erste. Wie sieht's mit dem Teil danach aus? ›Was gehört zum Stirnrunzeln dazu?‹ Ein Lächeln?«

Billy verdrehte die Augen. »Das ist doch das *Gegenteil.*«

»Ach wirklich, du Genie?«, fauchte ich. »Hast du das etwa auch in Bio gelernt?«

»Das weiß ja wohl jeder.«

»Na schön, dann lass doch mal hören. Was gehört deiner Meinung nach zum Stirnrunzeln dazu, hm, Billy D.?« Ich fuchtelte entnervt mit den Händen. »Oh Mann. ›Was gehört zum Stirnrunzeln dazu?‹ Was soll das überhaupt heißen? Man sollte meinen, dein Dad würde dir leichtere Hinweise hinterlassen, schließlich bist du …«

Ich holte tief Luft, als könnte ich damit die letzten Worte zurück in meinen Mund saugen.

Billy guckte so grimmig, dass es mich nicht erstaunt hätte, wenn er mich angeknurrt hätte. »Schließlich bin ich was?«

»Schon gut.«

»Schließlich bin ich ja *zurückgeblieben*?«

»Das hab ich nicht gesagt.«

»Bin ich nämlich nicht!«

Ich hob die Hände. »Das weiß ich doch!«

»Ich bin schlau genug für die Hinweise.«

»Ich weiß –«

»Zumindest schlauer als du. Ich weiß wenigstens, wer mein Dad ist!«

Er rannte an meinen ausgestreckten Händen vorbei und die Straße runter, bevor ich etwas herausbekam.

Teils wütend auf Billy und teils schuldbewusst, weil ich ihm gegenüber so die Beherrschung verloren hatte, saß ich in der ersten Stunde, als sie plötzlich in der Tür standen.

Zuerst kam der Disziplinarrat rein und winkte Mr Johnson flüsternd zu sich. Da standen sie auf dem Flur, Seite an Seite – Billys und meine Mom. Und irgendetwas in ihren Gesichtern sorgte dafür, dass sich die Härchen an meinen Armen aufstellten.

Der Disziplinarrat bedeutete mir, ihm zu folgen. Es sollte wohl unauffällig sein, aber da er ja direkt vor der ganzen Klasse stand, in der er gerade den Unterricht zum Erliegen gebracht hatte, folgte jedes einzelne Augenpaar der Geste zu mir und beobachtete, wie ich meine Bücher zusammenpackte und aufstand. Das Ganze wäre mir echt peinlich gewesen, wenn diese verängstigten Gesichter nicht gewesen wären. So aber war es, als steckte etwas Hartes, Kaltes in meiner Brust.

»Was ist los?«, fragte ich, als wir alle draußen standen.

Der Disziplinarrat führte uns ein kleines Stück weiter, sodass man uns nicht mehr durch die Klassentür hören würde. »Wir haben ein kleines Problem, Dane.«

»Ich hab nichts gemacht!«, rief ich. »Ich war immer pünktlich, ich hab nie Ärger angefangen, ich hab alle meine Aufgaben nachgeholt –«

»Dane, es geht nicht um dich.« Mom legte mir die Hand auf den Arm.

Aber das war mir längst klar gewesen, wenn ich ehrlich war. Ich wagte mir bloß nicht einzugestehen, dass es, wenn es nicht um mich ging …

»Hast du Billy D. heute schon gesehen?«, fragte der Disziplinarrat.

»Ja«, antwortete ich, führte das aber nicht weiter aus. Ich dachte an die Idioten von der Bushaltestelle. Hatten sie auf eine Gelegenheit gelauert, Billy allein zu erwischen?

»Er ist mit Billy zur Schule gegangen«, sagte Mrs Drum. In ihrer Stimme lag der Hauch einer Anklage.

»Nein. Bin ich nicht.« Ich trat von einem Fuß auf den anderen und sah zu Boden. »Jedenfalls nicht den ganzen Weg.«

»Was soll das heißen?«, fragte Mom.

»Wir … wir hatten ein bisschen Stress.«

Disziplinarrat und Mütter keuchten simultan auf vor Schreck.

»Oh Mann, jetzt mal ganz ruhig. Ich hab ihn nicht geschlagen oder so was, wir haben uns einfach nur gestritten. Aus irgendeinem Grund hatte er wohl schlechte Laune.« Ich warf Mrs Drum einen vielsagenden Blick zu, die die Lippen aufeinanderpresste.

»Dane«, mahnte Mom.

»Wenn er aufgebracht war, dann hat das ja wohl die letzte Person, die ihn gesehen hat, zu verantworten.« Das Zittern in Mrs Drums Stimme schien die Wut in ihren Worten und ihrem Gesicht nichtig zu machen und plötzlich wurde mir kalt.

Das hier war nicht bloß der übertriebene Wirbel, weil ein Junge die Schule schwänzte. Alles an Billys Mutter strahlte Angst aus.

»Hören Sie, ich bin ja nicht sein Babysitter.« Ich sah Billys Mom unbeirrt an. »Blödes Gefühl, nicht zu wissen, wo der eigene Sohn ist, was? Geht sicher allen Eltern so.«

Mrs Drum und ich starrten einander ein paar Sekunden lang an, kochend vor Zorn. Der Disziplinarrat neben uns wand sich unbehaglich und hüstelte dann. »Dane, wie dir bestimmt bereits klar ist, ist Billy nicht im Unterricht. Er ist zur ersten Stunde nicht erschienen.«

»Wahrscheinlich ist er bloß auf der Toilette oder so.« Ich wünschte mir eine simple Erklärung.

»Auf den Toiletten haben wir schon nachgesehen«, erwiderte der Disziplinarrat. »Und auch sonst überall. Normalerweise würden wir ihn einfach als fehlend eintragen, aber in Billys Fall … nun ja, das sind eben besondere Umstände.«

»Was denn für Umstände?«

An meine Mom gerichtet, wimmerte Mrs Drum: »Ms Washington, irgendwas –«

»Was für Umstände?«, wiederholte ich.

»Bitte«, sagte Mom zu Mrs Drum. »Ich heiße Jenny.«

Ich wurde lauter. »Was für Umstän…«

»Okay, Dane, du kannst zurück in deine Klasse«, unterbrach mich der Disziplinarrat und versuchte, mich am Arm wegzuführen.

»Nein!« Mrs Drums Schrei hallte über den leeren Flur. Rasch senkte sie ihre Stimme wieder zu einem Flüstern. »Er kann uns helfen.«

»Ich glaube nicht –«, setzte meine Mom an, aber Mrs Drum schnitt ihr das Wort ab und wandte sich dann direkt an mich.

»Du kennst ihn bess…« Sie brachte den Rest des Satzes nicht heraus. »Du weißt sicher, wo wir ihn suchen sollten.«

»Ist es wirklich so ernst?« Ihre Angst war ansteckend und wuchs immer stärker in mir an, sodass sich mir der Magen zusammenkrampfte.

»Bitte.« Der scharfe, wütende Unterton in Mrs Drums Stimme verpuffte und die Tränen brachen sich Bahn. »Bitte, kannst du uns suchen helfen?«

Natürlich würde ich ihnen suchen helfen – selbst wenn es bedeutete, dass ich dafür die Schule schwänzen musste und auf der Stelle rausflog. Aber wie sich herausstellte, bestand dieses Risiko nicht.

Der Disziplinarrat nickte Mom zu. »Wenn Sie einverstanden sind, ist Dane vom Unterricht befr…«

»Natürlich, in Ordnung«, sagte Mom.

Mrs Drum ließ mich nicht aus den Augen. »Du hilfst uns also?«

Als könnte mich irgendwer daran hindern.

»Na schön, ich helfe Ihnen«, seufzte ich. »Und wenn auch nur, um zu beweisen, dass Sie völlig überreagieren. Wahrscheinlich sitzt er schon längst zu Hause vor dem Fernseher oder kuschelt mit seinem blöden Atlas.«

Ich weiß nicht, ob ich das sagte, um sie zu überzeugen oder mich selbst.

Ich gab Mom und Mrs Drum den Auftrag, unseren Nachhauseweg entlang der Straße abzusuchen, während ich mir die Gärten vornahm. Ich war zwar überzeugt, dass sie Billy nicht finden würden, aber ich wollte sie loswerden. Ohne zwei alte Frauen am Hacken war ich einfach schneller.

»Ruf an, wenn du ihn findest!«, rief Mom mir hinterher, als ich vom Parkplatz aus Richtung Baseballfeld lief.

Ich winkte, ohne mich umzudrehen, und fiel dann in Laufschritt. Unsere Mütter hatten mich so verdammt nervös gemacht, dass ich ihn so schnell wie möglich finden wollte, damit alle sich wieder beruhigen konnten.

Ich rannte den ganzen Weg bis zu den Gärten, obwohl mir von vornherein klar war, dass er dort nicht sein würde.

Am anderen Ende angekommen, stolperte ich auf die Straße. Einem Instinkt folgend, wandte ich mich nach rechts anstatt nach links, wo wir beide wohnten. Meine Füße trugen mich zur Imbissbude, wo manchmal nach der Schule die Kiffer rumhingen.

Mittlerweile hatte ich so viel Tempo drauf, dass ich regelrecht um die Ecke des Gebäudes schlitterte und dahinter zum Stehen kam. Nichts zu sehen außer einem verbeulten Müllcontainer und einer einsamen Kakerlake, die vor der Hintertür des Ladens herumkrabbelte, auf der Suche nach einem ausreichend großen Spalt, durch den sie nach drinnen schlüpfen konnte. Keuchend beugte ich mich vornüber, die Hände auf die Knie gestützt. In meinem Hirn pulsierte das Blut und ich konnte nicht klar denken.

Was will ich überhaupt von diesen Typen? Ich sollte mich lieber auf die Suche nach Billy machen.

Das Pulsieren ließ nach einem Weilchen nach und ich ging weiter, ohne den Imbiss eines zweiten Blickes zu würdigen. Billy war nicht von einem Haufen Schlägertypen angegriffen worden. Er war weggelaufen. Ich hatte es doch selbst gesehen – gleich nachdem wir uns gestritten hatten.

Wenn es eine Richtung gab, in die Billy rennen würde, dann die, in der sich sein Dad befand, wo auch immer das sein mochte. Und mir fiel nur ein einziger Ort ein, an dem er in diesem Punkt jemals weitergekommen war.

Während ich mich auf den Weg zu Seely machte, rief ich Mom an und sagte ihr, sie und Mrs Drum sollten auch dort hinkommen.

Auf halbem Weg erklang hinter mir ein kurzes *Wiu-wiu*, wie ein Vogelruf, und ließ mich herumfahren. Beim Anblick des Polizeiwagens hob ich reflexartig die Hände und wollte schon anfangen zu erklären, warum ich nicht in der Schule war. Aber bevor ich etwas sagen konnte, sah ich Moms Gesicht in einem der hinteren Fenster. Jetzt wurde quietschend die Scheibe heruntergefahren und ich beugte mich vor die Öffnung.

»Ihr habt die Polizei gerufen?«

Mom wollte antworten, aber Mrs Drum lehnte sich über sie und fragte dazwischen: »Hast du ihn gefunden?«

»Ich hab noch eine Idee, wo wir nachgucken könnten«, erwiderte ich und wandte mich dann dem Polizisten auf dem Fahrersitz zu. »Wollen, äh … wollen Sie mir vielleicht hinterherfahren?« Normalerweise mied ich Polizisten, wo es nur ging. Darum fühlte es sich jetzt einfach nur falsch an, dass ich einen von ihnen bat, mir zu folgen. »Ist nur noch ein Stück weiter da runter.« Ich zeigte geradeaus, vorbei an der Bushaltestelle, wo Billy um ein Haar die Fresse poliert gekriegt hätte – die Beinaheprügelei, in die ich ihn buchstäblich hineingedrängt hatte, indem ich ihn hinter der Mauer hervorgeschubst hatte. Mein schlechtes Gewissen verknäuelte sich in meinem Magen zu einem dicken Knoten.

»Willst du mitfahren?«, fragte der Polizist.

Nein, ich würde lieber wegrennen.

»Danke, ich laufe«, antwortete ich.

Mrs Drum ließ sich wieder in ihren Sitz fallen und das Bild von ihr auf dem Rücksitz eines Polizeiautos traf mich wie ein Blitz. Das war genau der passende Ort für eine mögliche Entführerin. Aber welche Entführerin bat schon die Polizei um Hilfe?

Sie wedelte panisch mit den Händen, ganz ähnlich wie Billy, wenn er aufgebracht war. »Können Sie nicht einen, wie heißt das, Suchbefehl an die anderen Streifen ausgeben?«

Ich trat vom Autofenster zurück auf den Bürgersteig, um mich nicht wieder von ihrer Angst anstecken zu lassen. Vielleicht war es einfach typisch Mutter – selbst wenn besagte Mutter eine Kidnapperin war –, gleich derart überzureagieren. Allerdings wunderte es mich, dass die Polizei dann tatsächlich gekommen war. Mussten Kinder nicht erst vierundzwanzig Stunden verschwunden sein oder so was, bevor die Polizei überhaupt einen Finger krumm machte? Aber falls Billy hier mal wieder eine Sonderbehandlung wegen seines Downsyndroms bekam, dann machte es mir wohl in diesem speziellen Fall nichts aus.

Ich joggte los. Seelys Haus war nur noch einen Block entfernt. Sie hatte uns gezeigt, wo der Garagenschlüssel versteckt war, sodass wir reinkonnten, wann immer wir wollten. Dort würde ich Billy finden, und wenn ich ihn mit in den Polizeiwagen zerren konnte, würde ich auch einsteigen. So langsam wurde ich echt ein bisschen stinkig auf ihn, weil er mich in so eine Lage gebracht hatte und seiner Mom und allen anderen solche Sorgen bereitete. Wenn seine Mom mit ihrer Schimpftirade fertig war, konnte er sich direkt danach auf eine von mir gefasst machen.

Hinter mir drehten sich langsam die Räder des Streifenwagens, der mir die Straße hinunter folgte.

»Dane, was soll das denn?«, rief Mom aus ihrem Fenster.

Ich lief weiter.

»Jetzt steig schon ein«, sagte sie, doch es klang mehr wie eine Frage als wie eine Aufforderung.

Aber ich beachtete sie nicht. Ich würde nicht ein Wort sagen, bis ich Billy aus Seelys Garage geschleift hatte.

Ich stand schon mit einem Fuß in der Einfahrt, als eine Bewegung im Park – *unserem* Park – auf der anderen Straßenseite meinen Blick auf sich zog, jenseits der großen Wiese, ein Stückchen links von dem angeranzten, graffitiverschmierten Spielplatz, wo die Bäume dichter standen und allmählich in einen Wald übergingen.

Ein Schrei blieb mir im Hals stecken, als ich losrannte. Die Szene spielte sich wie in Zeitlupe vor mir ab, jedoch nicht langsam genug, um irgendetwas verhindern zu können.

Hilflos sah ich zu, wie zwei Arme etwas Schweres anhoben und es in einem langen, gedehnten Schwung auf den Körper hinunterkrachen ließen, der bereits blutend und schlaff am Boden lag. Auf, ab, auf, ab. Immer wieder. Ich rannte, so schnell ich konnte, aber es war, als versuchte ich, unter Wasser gegen eine Strömung anzukommen. Ich war fast da, als endlich meine Brust aufsprang und der Schrei herausbrach.

»BILLY D.!«

KAPITEL 26

Das war alles so falsch. Ich sah es mit eigenen Augen vor mir und wusste, dass es die Realität war, aber ich kriegte es einfach nicht in meinen Kopf. Es war so … *falsch.*

Ein Junge lag zusammengerollt auf dem Boden, blutüberströmt, aber noch atmend. Ein weiterer klammerte sich Halt suchend an einen Baum und übergab sich. Und vor ihnen, in einer Hand einen dicken Ast und die andere zur härtesten Faust geballt, die ich ihn je hatte machen sehen, stand Billy D.

Er atmete keuchend, sein Gesicht war rot und tränenverschmiert, und er stand mit leicht gespreizten Beinen, wie ich es ihm beigebracht hatte. Nach meinem Schrei hatte er aufgehört, auf den Jungen zu seinen Füßen einzuschlagen, aber sein ganzer Körper schien noch immer unter Strom zu stehen – wie erstarrt blickte er mir entgegen.

Die Fragen schossen zu schnell aus meinem Mund, um einen Sinn zu ergeben.

»Was? Wie hast du …? Warum? Wie …?« Ich holte tief Luft. »Verdammt, Alter, was ist denn passiert?«

Billys Muskeln lockerten sich ein wenig und er fing an zu zittern, gab jedoch keine Antwort.

Hinter mir hörte ich ein Funkgerät quäken und den Polizisten irgendwas hineinsprechen. Kurz darauf war er an meiner Seite und legte mir die Hand auf die Brust. »Gehst du bitte ein Stück zurück?«

Ich wich ihm aus und trat den kleinstmöglichen Schritt nach hinten.

»Bist du Billy?«, fragte der Polizist. Er kniete sich neben den blutenden Jungen, ohne dabei Billy aus den Augen zu lassen.

Billy sagte nichts, aber ich sah, wie sein Körper sich wieder versteifte.

Der Polizist tastete den Jungen am Boden mit einer Hand ab, fühlte am Handgelenk seinen Puls und strich seine Arme entlang, um zu prüfen, ob sie gebrochen waren. Der Junge schaffte es, sich allein umzudrehen und auf den Ellbogen zu stützen. Entweder war er noch zu sehr aus der Puste oder zu verängstigt, um etwas zu sagen. Ich kannte ihn nicht. Er war keiner von den Kiffern, die Billy solche Angst gemacht hatten, und sein Kumpel auch nicht.

Der Polizist stand auf und sprach Billy erneut an. »Bist du Billy?«, wiederholte er mit strengerer Stimme.

»Billy!«, schrie Mrs Drum hinter uns.

Tja, damit war die Frage dann wohl beantwortet. Ich wandte gerade weit genug den Kopf, um zu erkennen, dass Mom und sie ein paar Meter entfernt standen, wo der Polizist ihnen vermutlich zu warten befohlen hatte, nur dass Mrs Drum sich nun von meiner Mom losgemacht hatte und näher kam.

»Ja, das ist er«, sagte ich.

»Billy, bitte tu genau das, was der Polizist dir sagt.« Mrs Drum stand jetzt fast neben mir.

Der Polizist streckte den Arm aus, wie als stumme Warnung an uns beide zurückzubleiben. Dann sagte er zu Billy: »Lass die Waffe fallen.«

»Das ist doch keine *Waffe*«, protestierte ich.

»Du sollst ein Stück zurückgehen, habe ich gesagt!«, blaffte der Polizist, ohne sich umzudrehen.

Ich wandte den Blick nicht von Billy, aber ein mittlerweile

vertrautes *Wiu-wiu* verriet mir, dass ein zweiter Streifenwagen vorgefahren war. Na super. Noch ein Polizist, damit sie Billy einkreisen konnten wie ein wildes Tier.

Der Polizist versuchte es jetzt auf die sanftere Tour. »Ist ja gut. Alles gut. Aber du musst jetzt wirklich die Waffe fallen lassen, mein Sohn.«

Schlechte Wortwahl, dachte ich. *Ganz, ganz schlechte Wortwahl.*

»Ich bin nicht Ihr Sohn!«, brüllte Billy.

Na, was hab ich gesagt? Ich steckte die Hände in die Taschen und lehnte mich zurück. *Er hätte mich einfach machen lassen sollen.*

Als er Billy schreien hörte, rutschte der blutüberströmte Junge am Boden von ihm weg. Klar, er war voller blauer Flecken und Kratzer, aber offensichtlich konnte er sich ja noch bewegen. So wie ich das sah, hatte Billy keinen allzu schlimmen Schaden angerichtet.

Der Junge, der am Baum lehnte, bekam anscheinend wieder Luft und stimmte in den allgemeinen Tumult mit ein.

»Erschießen Sie ihn!«, rief er dem Polizisten zu. »Schießen Sie! Der ist total durchgeknallt!«

»Halt den Mund!«, sagte ich.

Der Polizist sah sich zu mir um. »Halt *du* den Mund. Das ist meine letzte Warnung.«

Jede Stimme in diesem Chor wurde lauter, bis das Ganze nur noch eine Collage von Schreien war. Der zweite Polizist war inzwischen ausgestiegen und schlug nun einen Bogen um Billy, um sich ihm von hinten zu nähern. Die Sache drohte ziemlich ungemütlich zu werden. Angst und Frustration in einer hochexplosiven Mischung brodelten in mir, bis ich mich nicht mehr zurückhalten konnte und schrie: »Jetzt schmeiß das verdammte Ding endlich hin, Billy D.!«

Billy D. folgte meinem Kommando sofort und ließ das Stück Holz zu Boden plumpsen. Erst jetzt erkannte ich, dass es kein Ast war, sondern ein abgebrochenes Stück Bahnschwelle aus dem Rahmen des Sandkastens.

Als er kapierte, dass Billy auf mich hörte, winkte der Polizist mich zu sich. »Rede weiter mit ihm«, sagte er.

»Ach, *jetzt* darf ich also, ja?«

Er warf mir einen finsteren Blick zu, der Moms ziemlich alt aussehen ließ.

»Na schön.« Ich trat auf Billy zu. »Keine Angst, Billy D., bleib cool. Du bist nicht in Schwierigkeiten oder so was.«

»Und ob er das ist!«, geiferte der Junge an dem Baum. »Der kleine Spasti wandert in den Knast!«

Mein Kopf ruckte herum. »Wenn ich noch ein Wort von dir höre, dann –«

»Ruhe!«, unterbrach mich der Polizist.

Als ich mich umsah, merkte ich, dass er gar nicht mich so angefahren hatte. Sondern den Jungen am Baum.

»Und bleib, wo du bist«, mahnte der Polizist, als der Junge aufzustehen versuchte. »Wir wollen mit euch allen reden.«

»Siehst du, Billy?«, sagte ich. »Die wollen bloß mit dir reden. Mehr nicht. Einfach reden.«

»Einfach reden?«, wiederholte Billy kleinlaut. Er gab seine Kampfpose auf und zog wie sonst die Schultern hoch. Kluger Schachzug, wie ich fand. Das ließ ihn gleich mehr wie ein Kind und weniger wie einen psychotischen Bahnschwellenmörder wirken.

»Ja. Komm, wir gehen mit den Polizisten mit.« Ich trat auf Billy zu, bis er nur noch eine Armlänge entfernt war. »Du erzählst denen, was passiert ist, und dann –«

»Ich kann Ihnen sagen, was passiert ist!«, rief der Junge am Baum und kam auf uns zugehumpelt. Den Zeigefinger anklagend auf Billy gerichtet, sah er die Polizisten an. »Dieser Freak hat uns komplett aus dem Nichts attackiert!«

»Nenn meinen Sohn ja nicht noch einmal Freak!«

Bislang war Billys Mom so still gewesen, dass ich sie fast vergessen hatte. Jetzt stand sie da, die Fäuste geballt, und sah aus, als wollte sie diesem Jungen noch so einiges mehr antun als Billy vor ihr.

»*So* muss das nämlich gewesen sein!«, wandte sich Mrs Drum an die Polizisten. »Sie haben ihn beschimpft und angegriffen. Da muss er sich doch verteidigen!« Mit zwei Schritten war sie bei Billy und zog ihn an sich. Billy ließ die Arme hängen und erwiderte ihre Umarmung nicht. Er schien völlig unter Schock zu stehen.

»*Wir?* Wir sollen *ihn* angegriffen haben?«, schrie der Junge. »Von wegen! Der hat angefangen!«

Mrs Drum schnaubte. »Na, das wage ich aber zu bezweifeln.«

»Doch, hat er!«, meldete sich der blutende, mit blauen Flecken übersäte Junge zu Wort und trat zu uns in den Kreis. »Er hat zuerst zugeschlagen.«

»Na klar«, höhnte ich.

»Nein, das stimmt«, sagte Billy leise. »Ich hab zuerst zugeschlagen.«

Ich stierte Billy an. »Im Ernst jetzt?«

»Im Ernst.«

»Tja, Alter, in dem Fall hältst du besser sofort die Klappe.«

KAPITEL 27

Wir saßen auf dem Gehweg, den Rücken an einen der Streifenwagen gelehnt – Billy, der Typ mit der großen Klappe und ich. Für den blutenden Jungen hatten die Polizisten einen Krankenwagen gerufen, was ich für unnötig hielt und leider auch für ein ziemlich sicheres Anzeichen, dass Billy ganz schön tief in der Scheiße saß. Sie ließen zu, dass ich mich zu Billy setzte, da ich offensichtlich der Einzige war, auf den er hörte, aber seine Mom durfte sich uns nicht nähern. Als sie nicht aufhörte, nach einem Anwalt zu verlangen und ihre eigene Version dessen, was passiert sein *musste*, vom Stapel zu lassen, rieten sie ihr schließlich, sich doch einen Anwalt zu suchen und so schnell wie möglich mit ihm zur Polizeiwache zu kommen, denn dorthin würden sie Billy jetzt bringen.

Sie flippte ganz schön aus, aber meine Mom hatte einen beruhigenden Einfluss auf sie und schaffte es, sie mit den Worten ins Auto zu verfrachten, dass mit Billy schon alles in Ordnung kommen würde und sie nichts Besseres für ihn tun könnten, als ihm schnellstmöglich Hilfe zu holen. Echt witzig, wie überzeugend Mom klang, denn ich wusste genau, dass sie selbst mich keine Sekunde aus den Augen gelassen hätte, wenn ich dermaßen Ärger am Hals gehabt hätte.

Billy konzentrierte sich auf seine Hände und knibbelte sich getrocknetes Blut von den Fingern – nicht sein eigenes. Seit die Polizisten ihn dort ans Auto gesetzt hatten, war er vollkommen verstummt. Der andere Junge hingegen hielt einfach nicht den Mund. Immer wieder fing er davon an, dass er und sein Kumpel nur ein bisschen Schule geschwänzt und auf dem Spielplatz rumgehangen hätten, als plötzlich Billy aufgetaucht sei, total komisch drauf, und sie nur angestarrt und kein Wort gesagt habe.

»Und mit einem Mal duckt sich der Spasti und rammt mir voll den Kopf in den Bauch«, sagte er.

»Nenn ihn noch ein Mal Spasti –«, knurrte ich.

»Ach ja, und was dann?« Der Junge lehnte sich über Billy zu mir rüber, aber einer der Polizisten drückte ihn unsanft zurück gegen das Auto.

Ich wünschte, sie hätten ihm Handschellen angelegt, aber dann hätten sie das bei Billy wohl auch tun müssen.

»Sieht aus, als müsste ich gar nichts mehr machen«, antwortete ich. »Mein Freund Billy D. hier hat dir ja schon selbst einen ganz ordentlichen Arschtritt verpasst.«

»Den Spasti erledige ich doch mit links! Der hat mich bloß überrascht.«

»Was habe ich dir über dieses Wort gesagt?«

»Schluss jetzt«, ging der Polizist dazwischen und hockte sich vor uns.

»Na ja, und dann ist er einfach durchgedreht«, fuhr Labertasche fort. »Joe wollte mir hochhelfen und da zieht ihm der Typ den Stock oder was das war über den Rücken und hört und hört nicht mehr auf. Sieht man ja, wie übel er ihn erwischt hat.« Mit einem fiesen Grinsen wandte er sich an Billy. »Du kommst hundertpro in den Knast … du *Spasti*.«

Ich hielt die Luft an und versuchte, das Jucken in meinen Handflächen zu unterdrücken. Der einzige Trost war, dass der Polizist offenbar genauso angewidert von Labertasche war wie ich. Und als er Billy ansah, wirkte seine Miene gleich viel freundlicher. »War das so?«, fragte er ihn.

Billy knibbelte methodisch einen blutverkrusteten Finger nach dem anderen sauber und weigerte sich, dem Polizisten in die Augen zu sehen.

»Seine Mom hat ihm verboten, ohne seinen Anwalt irgendwas zu sagen«, erklärte ich.

Der Polizist nickte. »Dann muss er uns seine Version der Ereignisse auf der Wache erzählen.«

Da sah Billy auf, das Gesicht angstverzerrt. »Bringen die mich jetzt ins Gefängnis?«, flüsterte er mir zu.

»Nicht ins Gefängnis«, sagte ich und blickte den Polizisten fragend an. »Stimmt doch, oder? Bloß auf die Wache.«

»Richtig.«

»Na siehst du, das ist doch in Ordnung«, beruhigte ich Billy. »Und ich komme mit, du brauchst dir keine Sorgen zu machen.«

»Du kannst nicht mitfahren.« Der Polizist schüttelte den Kopf. »Du kannst gern wie seine Mom zur Wache kommen, wenn du willst, aber er fährt mit uns. Du musst dein eigenes Auto nehmen.«

»Ich *hab* kein Auto«, murrte ich verbittert.

»Tut mir leid.« Der Polizist erhob sich. »Dann musst du wohl nach Hause gehen. Wir sind schließlich kein Taxiservice.«

»Ach so …«, sagte ich, dann schwang ich blitzschnell den Arm um Billy D. herum und rammte Labertasche die Faust ins Gesicht. Sein Kopf donnerte mit einem befriedigenden *Bunk!* gegen die metallene Autotür hinter ihm.

Ich sah den Polizisten an. »Kann ich jetzt mit?«

Die Polizeiwache war heller und freundlicher, als ich sie mir vorgestellt hatte.

Jede Menge Fenster, sauberer Teppichboden und glänzend polierte Schreibtische. An einem dieser Schreibtische sollten

Billy und ich nun Platz nehmen, uns gegenüber der Polizist, der bei der Suche geholfen hatte. An einem weiteren Schreibtisch befragte der Kollege, der zur Verstärkung gerufen worden war, gerade Labertasche.

Unser Polizist machte erst ein bisschen Small Talk mit uns und plauderte darüber, dass die frisch renovierte Wache ihn fast dazu verleiten könnte, seinen Streifenjob an den Nagel zu hängen und ein Bürohengst zu werden. Er ließ mich meine Mom anrufen, damit ich ihr erklären konnte, warum jetzt auch ich einen Anwalt brauchte, und dann saßen wir bloß da und warteten darauf, dass sämtliche Mütter und Anwälte eintrudelten, bevor irgendwer zu reden anfing.

Aber Billy war nun mal Billy. Nachdem er ein paar Minuten schweigend zugesehen hatte, wie der Polizist seinen Bericht tippte, platzte es aus ihm heraus: »Dane, ich wollte das nicht!«

Sein Ausbruch überraschte mich so sehr, dass ich vergaß, ihn zum Stillsein zu ermahnen. »Was wolltest du nicht?«

»Ich wollte nicht, dass der eine Junge ins Krankenhaus kommt.«

»Ach, der ist doch bloß ein Weichei. Dem fehlt nichts.«

Der Polizist hinter seinem Schreibtisch räusperte sich. »Der Junge hatte Glück, dass dein Freund hier nicht stärker ist. Er hätte einen ganz schönen Schaden anrichten können.«

Mein Freund hier ist stärker, als Sie denken.

Ich musterte den Polizisten so lange mit finsterem Blick, bis er als Erster wegsah. Dann wandte ich mich mit gesenkter Stimme wieder an Billy.

»Was ist denn passiert?«

Ich wusste, dass ich ihn das eigentlich nicht im Beisein des Polizisten hätte fragen sollen. Ich wusste, dass wir auf die Rechtsverdreher hätten warten sollen, aber die Ungewissheit machte mich noch wahnsinnig, und die Art, wie Billy auf seinem Stuhl hin- und herrutschte, sagte mir, dass es ihn genauso wahnsinnig machte, es mir nicht erzählen zu können.

»Ich war heute nicht in der Schule«, fing Billy an.

»Ja, das hatte ich auch schon mitgekriegt.«

»Ich war sauer auf dich.«

Vielleicht hatte Billys Mom doch recht. Vielleicht war das Ganze irgendwie meine Schuld.

»Ich bin zu Seely gegangen«, fuhr er fort. »Aber die war nicht zu Hause. Und ich wusste nicht mehr, wo sie den Schlüssel gelassen hatte.«

Letzteres schien Billy ziemlich peinlich zu sein, also nickte ich nur, damit er weiterredete.

»Aber zur Schule wollte ich nicht und ich war *echt richtig* sauer auf dich.«

»Mhmm, ich hab's kapiert.«

»Und dann ist mir eingefallen, dass ich schon mal sauer auf dich war, weil du wolltest, dass ich diese Jungen verhaue.«

Ich zuckte zusammen und warf dem Polizisten einen Blick zu. Na klar, der lauschte gebannt. Aber jetzt, wo er einmal dabei war, die Katze aus dem Sack zu lassen, war Billy nicht mehr zu stoppen.

»Und dann hab ich da vor Seelys Haus am Park gestanden und gedacht, dass ich *wohl* kämpfen kann, und wenn ich es dir zeigen würde, würden wir vielleicht nicht mehr sauer aufeinander werden.«

Ich wünschte, der Erdboden unter meinem Stuhl würde sich auftun und mich verschlucken. Je mehr Billy erzählte, desto mehr klang es danach, als wäre sein Verbrechen *meine* Idee gewesen. Fast glaubte ich schon selbst daran.

»Und ich musste dran denken, dass du gesagt hast, du haust keine Behinderten und keine Mädchen, aber bei allen anderen wäre es okay –«

»Nicht *allen* anderen –«

»Weil das was anderes ist, hast du gesagt, aber ich wusste nicht, warum das was anderes sein soll, und da waren diese Jungs, drüben im Park, und –«

»Ganz langsam, Billy D.«

»Und da wollte ich bloß wissen, wie sich das anfühlt.«

»Wie sich was anfühlt?«

»Jemanden zu verhauen.«

Also hatte Labertasche wirklich die Wahrheit gesagt. Mir war nur zu deutlich bewusst, wie reglos der Polizist plötzlich hinter seinem Schreibtisch saß. Er hatte alles mit angehört, was Billy gesagt hatte. Wir hatten ihm ein Geständnis inklusive Motiv auf dem Silbertablett serviert. Billy hatte die Prügelei angezettelt. Auf keinen Fall würden wir es jetzt noch den anderen Jungs anhängen können oder behaupten, sie hätten Billy provoziert.

»Und?«, fragte ich. »Wie hat es sich angefühlt?«

»Hat wehgetan.«

Ich streckte mich auf meinem Stuhl und gab mich lässig. »Tja, ich hab dir ja gesagt, du sollst die Schultern weiter hochziehen, wenn du jemanden mit dem Kopf rammst. Und manchmal schürfe ich mir auch ein bisschen die Fingerknöchel auf –«

»Nein.« Billy legte sich die Hand auf die Brust. »Hier drin.«

Oh.

Ich musste an Jimmy Miller denken – an das Lächeln, das er immer auf den Lippen gehabt hatte, den seltsam sorglosen Gesichtsausdruck, bis zu dem Tag, an dem ich ihn vom Fahrrad geholt hatte. Seitdem hatte ich nur noch Verachtung in seiner Miene gesehen. Und nach dem, was Seely mir erzählt hatte, wusste ich nun auch, dass ich das verdient hatte. Ich dachte daran, wie die Leute in der Schule oft einen Bogen um mich machten oder wegguckten, wenn ich sie ansah. An manchen Tagen machte mich das wütend. An anderen machte es mich stolz.

Ich sah Billy an, der sich immer noch die Hand aufs Herz presste. Und ich musste mir eingestehen, dass es auch Tage gab, an denen es einfach nur wehtat.

»Vielleicht bist du einfach kein Schlägertyp«, sagte ich.

Billy ließ die Hand in den Schoß sinken und starrte darauf. »Vielleicht sollte einfach keiner ein Schlägertyp sein.«

Ich lächelte. »Das hätte Mr Miyagi nicht besser ausdrücken können.«

»Der aus dem Film?«

»Genau.« Ich straffte den Rücken und setzte meine ernsteste Miene auf. »Kämpfen ist keine Lösung, Daniel-san.«

Billy lachte über meine Schauspielkünste. »Das sagt der?«

»Na ja, so was in der Art. Im ersten Film, glaube ich. Obwohl«, ich winkte ab, »eigentlich sagt er das in allen von den Filmen.«

Billy legte das Gesicht in Falten. »Aber du hast doch gesagt, du bist Miyagi und ich bin Karate Kid.«

»Hab ich, ja.« Seufzend lehnte ich den Kopf zurück an die Stuhllehne, ohne Billy aus den Augen zu lassen. »Aber vielleicht lag ich da falsch.«

Schließlich tauchte ein Anwalt auf, der verkündete, er würde uns beide vertreten. Ich fragte mich, ob unsere Moms da ein Zwei-zum-Preis-von-einem-Angebot abgestaubt hatten. Billig genug sah der Typ jedenfalls aus mit seinen ausgelatschten Schuhen und ohne Jackett oder Krawatte oder sonst irgendwelche anwaltmäßigen Klamotten. Unsere Mütter mussten vorne in der Lobby warten, wofür ich dankbar war. Es war wesentlich leichter, Polizisten und Anwälten gegenüber die Wahrheit zu sagen als der eigenen Mom. Und genau das machten Billy und ich – wir sagten die Wahrheit. Nicht dass ich überhaupt groß die Wahl gehabt hätte. Ich hatte schließlich direkt vor der Nase eines Polizisten zugeschlagen. Aber Billys Geschichte war weitaus komplizierter, und jedes Wort darin stimmte mit dem überein, was Labertasche gesagt hatte.

Als der Polizist und der Anwalt sich darauf einigten, dass wir nicht hinter Gitter kommen würden, atmeten wir beide erleichtert auf. Dann veranstalteten sie noch ein ewiges Tauziehen darüber, wie genau unsere Anklage lauten sollte: Ich bekam Körperverletzung und Billy D. würde wohl etwas Schlimmeres erwarten – oder vielleicht auch weniger schlimm, je nachdem, wie weit sie dabei seine Behinderung mit einrechneten. Sie debattierten in einer Sprache, die ich nicht verstand, gespickt mit juristischen Floskeln wie »mögliche Verständigung im Strafverfahren blabla« und »strafmildernde Dingsbums«.

Irgendwann verdrehte ich die Augen und raunte Billy zu: »Diese Wörter denken die sich doch nur aus, um uns Angst zu machen. Wie Löffelchensprache.«

Das brachte Billy zum Lachen.

Schließlich ging der Anwalt unseren Müttern Bericht erstatten, während der Polizist Formulare für uns ausfüllte, in denen mehr oder weniger stand, dass wir verhaftet worden waren, obwohl es uns überhaupt nicht so vorkam. Als er mir meinen Wisch reichte, dachte ich kurz, dass er den Zetteln, die ich Mom zu Hause vorlegen musste, wenn ich mal wieder nachsitzen sollte, verdammt ähnlich sah. Aber diesmal würde Billy mich definitiv nicht aus dem Schlamassel befreien können.

KAPITEL 28

Billys Mutter ließ ihn den ganzen Rest der Woche nicht zur Schule gehen. Meiner Meinung nach war das schon ein ziemlich extremer Hausarrest, aber Mom behauptete beharrlich: »Molly ist nur vorsichtig.«

Ich fragte sie, was das denn heißen solle und ob sie und Mrs Drum jetzt Freundinnen seien, aber sie wimmelte mich bloß mit irgendwelchen Binsenweisheiten wie »Alleinerziehende Mütter müssen eben zusammenhalten« und »Teenager meinen immer, sie wüssten alles« ab. Aber ein bisschen mehr als Mom wusste ich eben doch, denn ich konnte mir nicht vorstellen, dass sie sich mit jemandem anfreunden würde, der einem Vater sein Kind gestohlen hatte. Und das hätte ich ihr auch gesagt, aber jedes Mal, wenn ich Billy erwähnte, lenkte Mom das Gespräch auf meine eigenen Probleme mit dem Gesetz.

Der Anwalt hatte uns damit beruhigt, meine Anklage auf ein geringfügiges Vergehen runterhandeln, wenn nicht sogar komplett abwenden zu können, und er war sich auch ziemlich sicher, dass Billys Downsyndrom und bislang lupenrein weiße Weste ebenfalls für eine Strafminderung sorgen würden. Was dabei natürlich auch nicht schadete, war, dass die Jungen, die Billy angegriffen hatte, selbst schon Vorstrafenregister hatten, mit richtig dicken Dingern wie Autodiebstahl darin. Sie waren schon in diversen Jugendstrafanstalten ein und aus gegangen und standen selbst auf der Alternativschule kurz vor dem Rauswurf.

Vielleicht lag es an diesen kleinen Hoffnungsschimmern oder Mom war einfach viel zu beschäftigt damit, sich Sorgen zu machen, um wütend zu werden – egal, was der Grund war, sie war jedenfalls ziemlich nachsichtig mir gegenüber. Tatsächlich wurde mir klar, dass sie das, wenn sie erst mal den ersten vulkanartigen Wutausbruch hinter sich hatte, eigentlich immer war. Meine schlimmste Strafe schien daher von Billys Mom zu kommen, denn da sie Billy zu Hause behielt, musste ich alleine zur Schule laufen.

Am Sonntag, beinahe eine Woche nach Billys blutiger Schlacht im Park, entließ seine Mom ihn endlich wieder in die Freiheit zu einem Nachmittag bei Seely.

Wir mussten ihr aber versprechen, uns vom Park und jeglichem Ärger fernzuhalten.

Seely saß im Schneidersitz auf dem Teppich, während Billy und ich uns an den entgegengesetzten Enden des Sofas ausstreckten. Es war nichts zu hören als der Regen auf dem Dach. Keiner von uns verlor ein Wort über Billys schräge Aktion. Ich hatte Seely schon alles erzählt und Billy war voll und ganz auf ein anderes Thema konzentriert – die Lösung des letzten Rätsels. Während der Woche Hausarrest hatte er eine Liste seiner Lieblingssachen angelegt, aber wir konnten keine Städte mit passenden Namen in Kentucky finden. Das ganze Unterfangen kam mir jetzt, da Billy und ich größere Probleme hatten als unsere abwesenden Väter, wie eine ziemliche Zeitverschwendung vor, er aber war regelrecht besessen.

»Ich brauch mal ’ne Pause«, verkündete Seely erschöpft. Sie warf die Liste mit Billys Lieblingssachen auf den Wohnzimmertisch und streckte sich Richtung Decke.

Billy legte die Liste in seinen Atlas und ließ sich, die Arme um das schwere Buch geschlungen, rücklings in die Sofakissen fallen. Seine Miene war undurchdringlich, sogar für mich.

Seely legte den Kopf schief und sah ihn mitleidig an. »Wir kriegen's schon noch raus, Billy D.«, versprach sie. »Vielleicht sind Väter einfach schwerer zu finden, als man denkt.«

»Nicht alle«, murmelte Billy und warf mir einen Blick zu.

»Was?« Ich setzte mich an meinem Ende des Sofas auf.

»*Deinen* Dad könnten wir finden«, sagte Billy, und in seiner Stimme lag ein Hauch von Feindseligkeit. »Aber du willst ja nicht in das Jahrbuch gucken.«

Ich verdrehte die Augen. »Fängst du schon wieder damit an?«

Seely zupfte an einer Teppichfaser und versuchte, sich möglichst unsichtbar zu machen. Mittlerweile wusste sie genug über mich, um zu kapieren, dass ich keinen Dad hatte, keinen wollte und *definitiv* kein Interesse daran hatte, über ihn zu reden. Aber wie es schien, war die Neugier stärker, denn sie kam mir nicht zur Hilfe.

»Ich hab dir doch gesagt, du sollst das Teil zurück in die Bücherei bringen«, schimpfte ich.

»Hab ich ja. Aber wetten, deine Mom hat auch ein Jahrbuch? Wir könnten gucken, wer alles da drin unterschrieben hat, und –«

»Schluss jetzt«, unterbrach ich ihn. Ich würde mich von Billy nicht zu einer weiteren enttäuschenden Observierungsaktion verleiten lassen. Es war ja schon schwer genug, den Dad zu finden, der tatsächlich gefunden werden *wollte*. Wieso sollte ich dann meine Zeit mit der Suche nach dem vergeuden, der sich bewusst von mir fernhielt?

Klar, wenn ich ihm jemals begegnen würde, könnte ich ihm endlich mal ein paar Fragen stellen und vielleicht eins auf die Nase hauen, aber ich brauchte ihn doch nicht. Ich hatte mir ja wohl selbst das Rasieren beigebracht, oder? Und mit Mädchen kam ich auch super klar, richtig? Bei meinem letzten Besuch hatte sogar Seelys Dad angeboten, mir ein bisschen was über Autos beizubringen. Für alles andere, was ein Dad für mich hätte tun können – mir zeigen, wie man ein Fort aus Schnee baute oder wie man Fahrrad fuhr oder sich nicht in Schwierigkeiten brachte –, tja, dafür war es wohl sowieso schon zu spät.

Als ich wieder etwas sagte, war meine Stimme lauter als geplant. »Die Typen auf diesen Bildern, die sind niemand. Unterschriften – das ist doch nichts.«

»Aber –«

»Nichts! Wir werden meinen Dad in keinem Jahrbuch finden, genauso wenig, wie wir deinen auf einer Karte finden werden.«

Sobald es heraus war, wünschte ich, ich hätte es nie gesagt.

Seelys Unterkiefer sackte ein kleines Stück ab. »Dane.«

»Ach, Scheiße, so hab ich das nicht gemeint.«

Billy knibbelte an der Ecke seines Atlasses und sagte kein Wort.

»Wirklich, Billy D., ich wollte nicht –«

»Du hast ja bloß Angst«, fauchte er.

»Angst? Wovor?«

»Davor, deinen Dad zu finden.«

»Ich hab vor gar nichts Angst!«

Jetzt sah Billy mir in die Augen und sein Blick war eiskalt. »Wenigstens trau ich mich, nach meinem Dad zu suchen.«

Seely setzte sich zwischen uns aufs Sofa.

Ich reckte den Hals und sah Billy um ihren knochigen Körper herum höhnisch an. »Tja, bloß Pech, dass du immer am falschen Ort suchst!«

»Tja, Pech, tu ich gar nicht!« Billy hielt mir den Atlas unter die Nase. »Mein Dad ist irgendwo an einem dieser Orte. Er steht halt nur nicht im Telefonbuch. Aber er wartet auf mich. Er … er …«

Billy fuchtelte so wild mit dem Atlas herum, dass Seely ihm das Buch wegnehmen musste, bevor er sie noch damit ausknockte.

»Ist ja gut, Billy D. …«

»Nein, es ist *nicht* gut«, sagte ich. »Er muss endlich mal aufwachen.« Ich riss Seely den Atlas aus der Hand und schüttelte ihn. »Das hier ist so was wie ein Schnuffeltuch. Oder der Weihnachtsmann. Irgendwann wird man dafür zu alt. Du bist zu groß, um noch an Märchen zu glauben, und das hier ist eins.«

»Dane«, zischte Seely mir durch zusammengepresste Zähne zu. »Du benimmst dich wie ein Riesen*wichser.*«

»Ja, ›dieser Wichser‹, das hat Mark auch gesagt«, wütete Billy.

»Du kannst mich mal, Billy.«

»Du mich auch.«

»Schluss jetzt!«, rief Seely und drückte jedem von uns eine flache Hand ins Gesicht. »Wenn ihr so seid, will ich euch nicht mehr hierhaben.«

Das brachte uns beide zum Schweigen.

Seelys Garage war so was wie mein Zufluchtsort, und den würde ich nicht aufs Spiel setzen – nicht mal, um Billy zu beweisen, dass ich recht hatte.

Billy und ich lehnten uns schmollend in unsere jeweiligen Sofaecken zurück.

»Schon besser«, lobte Seely und schüttelte den Kopf. »Jungs, also echt.«

Ich hätte noch einiges mehr zu sagen gehabt – eine Menge mehr –, aber ich hielt den Mund und blätterte durch den Atlas. Hellhole Palms, Kalifornien … Climax, Colorado … Looneyville, Texas. *Da gehört Billy hin.*

Solange ich konnte, betrachtete ich die Karten und versuchte, das immer angespanntere Schweigen in der Garage zu ignorieren. Schließlich knibbelte ich nur noch an dem lockeren Vorsatzblatt hinten im Buch, das innen am Einband klebte. Immer wieder ließ ich den Daumen über die Stelle gleiten, wo sich das

Papier von der glänzenden blauen Kante löste und die hässliche Pappe darunter freigab. Je öfter ich über den Spalt strich, desto größer wurde er, bis ich meinen Daumen schließlich ganz hineinstecken konnte. Und da fühlte ich es – ein weiteres Stück Papier. Nicht so dick wie das darüber und auch nicht festgeleimt.

Ich spähte in die Öffnung, konnte jedoch nichts erkennen. Gelangweilt und neugierig – und immer noch ein bisschen sauer auf Billy – zog ich das Vorsatzblatt einfach ab. Mit einem angenehmen Reißgeräusch löste sich nun auch die untere Ecke.

»Was machst du da?!« Billy wollte über Seely zu mir rüberklettern, aber sie hielt ihn zurück.

»Dane, was soll denn das?«

»Wartet mal«, sagte ich und hob die Hand.

Mein Vandalismus hatte einen Streifen des verborgenen Stücks Papier freigelegt. Es war ein einfacher linierter Zettel, aus einem Notizblock ausgerissen. Ich versuchte, ihn rauszuholen, aber er klemmte immer noch zu fest unter dem Vorsatzblatt. Ich steckte den Zeigefinger in die Öffnung und schob ihn nach unten, überrascht, wie leicht sich das Vorsatzpapier löste – als wäre es schon einmal abgezogen und wieder festgeklebt worden.

Als ich es endlich geschafft hatte, flatterte mir der Zettel direkt in die Hand.

Mit angehaltenem Atem las ich die Worte, die jemand per Hand quer darauf gekritzelt hatte, und die Unterschrift darunter.

Als ich das Ganze zweimal gelesen hatte und Billy und Seely aussahen, als würden sie gleich vor Neugier platzen, krächzte ich endlich: »Oh Mann.«

»Oh Mann, was?«, fragte Seely. Sie klang in etwa so verzweifelt, wie Billy aussah.

Ich sah Billy an und schluckte.

»Billy D.«, flüsterte ich. »Du hattest recht.«

KAPITEL 29

»Hey, Kumpel,

tut mir leid, dass ich diesen Brief verstecken musste, aber du weißt ja, wie neugierig deine Mom sein kann, und manches bleibt nun mal am besten unter uns Jungs. Ich weiß, das erzähle ich dir andauernd, aber manchmal sagen wir Daddys Sachen, die wir nicht so meinen, und manchmal tun wir Dinge, die wir am liebsten sofort zurücknehmen würden. Deine Mom glaubt, dass du das nicht verstehst, aber ich glaube, du verstehst es vielleicht sogar besser als sie.
Okay, mein Lieber, jetzt will ich dir noch ein Geheimnis über uns Daddys verraten: Wir können nicht lügen. Und deshalb weißt du jetzt auch, dass es immer die Wahrheit ist, wenn ich dir sage, dass ich dich lieb habe. Genau wie damals, als ich dir erklärt habe, dass die Antworten immer ganz hinten im Buch zu finden sind – siehst du? Das war nicht gelogen!
Pass auf:
Jeder weiß, dass man für ein Duell zwei Pistolen (Two Guns) braucht, aber nur ganz wenigen Glücklichen ist klar, dass Santa Claus in Indiana wohnt.
In Colorado gibt es einen Dinosaurier und in Texas einen sprechenden Frosch.«

»Kermit!«, platzte es aus Seely heraus.

Ich hatte den Brief laut vorgelesen, hielt jetzt aber inne, als Seely mir den Atlas vom Schoß riss und wie wild durch die Seiten mit den Haftzettelchen blätterte. Ich beobachtete Seely und Billy beobachtete mich.

»Was steht da noch?«, fragte er, beugte sich über Seely und wollte nach dem Brief greifen.

Aufgeregt hielt Seely seinen ausgestreckten Arm fest. »Die Lösungen für die Rätsel, Billy D.«

Kurz abgelenkt, wandte er ihr den Kopf zu, aber die Hand, die immer noch nach dem Zettel zu grabschen versuchte, ließ er trotzdem nicht sinken.

»Guck doch.« Seely drehte den Atlas zu Billy herum und blätterte schnell von einer Karte zur nächsten. »Ich lag falsch. Es ist kein Kreis. Der Hinweis in New York ist einfach der Anfang – ›Das braucht man für ein Duell‹. Das führt uns zu Two Guns und von da aus geht's nach Santa Claus und Dinosaur und –«

»*It's not easy being green*«, rezitierte Billy auswendig den Hinweis nach einem kurzen Blick auf die Karte von Colorado. Endlich ließ er die Hand sinken und legte sie stattdessen auf die Seite, wo er mit dem Zeigefinger den Worten des Rätsels folgte, das sein Dad dort hingeschrieben hatte.

»Ganz genau«, sagte Seely. »Das Lied von Kermit, dem sprechenden Frosch. Und der Hinweis auf die Stadt Kermit in Texas.«

Sie deutete mit dem Kinn auf mich und den Brief in meiner Hand. »Das ist ein Lösungsschlüssel.«

Rasch überflog ich den Rest des Briefs und stellte fest, dass sie recht hatte. Billys Dad nannte alle Lösungen in genau der Reihenfolge, die Seely herausgefunden hatte. Texas führte zu Washington und danach kamen Florida, Alabama, Montana, Ohio und so weiter. Und endlich, in zwei kurzen Sätzen, erklärte er das Rätsel, mit dem wir uns wochenlang herumgeschlagen hatten – das Rätsel, das wir nie hatten lösen können.

Wenn du niemals aufgibst, kannst du auch nie scheitern (Neverfail).
Und wenn du jemals barfuß (Barefoot) in Kentucky bist, treffen wir uns in Monkey's Eyebrow.

»Das war's.« Ich drehte den Zettel um, damit beide sehen konnten, dass auf der Rückseite nichts stand. Dann gab ich ihn Billy.

Er strich den Brief auf dem Couchtisch glatt und beugte sich so tief darüber, als würde sich ihm die Bedeutung des Ganzen besser erschließen, je näher er der Tinte kam. In der Stille, die sich in der Garage ausbreitete, wirkte das Prasseln des Regens auf dem Dach noch lauter.

»Monkey's Eyebrow«, sagte Seely nach einer Weile. »Das kann doch nicht stimmen.«

»Doch«, erwiderte Billy. Er schnappte sich den Atlas und schlug die Karte von Tennessee auf, unter der der letzte Hinweis am Seitenrand stand. »Da, lies mal vor«, verlangte er von Seely.

Sie seufzte. »›Nicht Dorf und nicht Stadt, dieser Ort ohne Schuh'.‹«

»Barefoot, Kentucky – genau wie du gesagt hast.« Billy strahlte Seely an. »Lies weiter«, drängte er.

Seely fuhr fort. »›Die hab ich am liebsten, genau wie du –‹«

»Weißt du noch, Dane? Davon hab ich dir erzählt – wie Dad und ich den ganzen Tag vor dem Affengehege im Zoo gestanden haben.«

»Ja, das weiß ich noch, aber –«

»Weil ich Affen von allen Tieren *am liebsten* habe. Und …« Er suchte auf der Karte nach dem Rest des Rätsels. *Und was gehört zum Stirnrunzeln dazu?* »Eyebrow?«

»Klar«, sagte Seely. »Weil du, wenn du die Stirn runzelst, immer die Augenbrauen so zusammenziehst.«

Sie zog ein derart übertrieben finsteres Gesicht, dass Billy sich völlig kaputtlachte.

Als er sich wieder beruhigt hatte, blickte Billy erst mich, dann Seely an und flüsterte schließlich verschwörerisch: »Ich weiß, wo das ist.«

Ich wusste es auch. Es war keine richtige Stadt, sondern einer der Orte, die Billy eingezeichnet hatte. Ich schlug die Karte von Kentucky auf.

»Das hier.« Ich deutete auf eine Stelle ganz am oberen Rand von Kentuckys buckeliger Westküste, wo der Staat sich ein Stück unter Illinois schob und Südmissouri anstupste.

»Genau«, bestätigte Billy.

»Aber da steht doch gar kein Hinweis auf der Seite«, wandte Seely ein. »Und jetzt?«

»Also ist es entweder eine Sackgasse oder …« Ich sog scharf die Luft ein. Es war möglich. *Alles* war möglich. Vielleicht hatte Billys Dad ja kommen sehen, was passieren würde. Vielleicht hatte er geahnt, dass Billys Mom ihm seinen Sohn wegnehmen würde. Ich wusste zwar nicht, ob er allen Ernstes geglaubt hatte, dass Billy ihn mithilfe einer so komplizierten Spur finden würde, aber kompliziert hatte sie ja sein müssen, sonst wäre Billys Mom dahintergekommen.

»Da ist er«, sagte Billy, und seine Augen leuchteten vor Hoffnung.

»Da könnte er sein«, stimmte ich zu. Natürlich war die Vorstellung aufregend, aber so ganz überzeugt war ich noch nicht, dass Billys Dad tatsächlich in dieser Nichtstadt in Kentucky wartete, und ich wollte nicht, dass Billy enttäuscht war, wenn wir falschlagen.

Fragend blickten wir beide Seely an.

»Na ja, wir könnten ja mal im Internet nachgucken«, schlug sie zögernd vor.

»Na, dann schmeiß den Computer an, worauf warten wir noch?«, sagte ich. »Wollen doch mal sehen, ob ein Paul Drum in Monkey's Eyebrow wohnt.«

Seely kaute an einem Fingernagel.

»Wo liegt das Problem?«, fragte ich. »Selbst wenn er nicht da ist –«

»Er *ist* da«, unterbrach mich Billy.

»Ja, ähm, klar. Ganz bestimmt. Wir müssen nur noch rausfinden, wie wir mit ihm Kontakt aufnehmen können«, erwiderte ich.

Seely nahm Billy sanft den Brief aus der Hand, lehnte sich zurück und las ihn sich noch mal durch, während sie weiter an den Nägeln kaute.

Billy schob den Atlas in seinen Rucksack und zerrte den Reißverschluss zu. »Wir müssen überhaupt nichts nachgucken. Wir gehen jetzt nach Hause.«

»Jetzt?« Seely blickte von dem Brief auf.

Billy streckte die Hand aus. Zuerst sah es aus, als wollte Seely ihm den Brief geben, dann aber zog sie ihn in der letzten Sekunde wieder zurück und umklammerte mit beiden Händen das Papier.

»Was soll das denn jetzt?«, protestierte ich. »Gib ihm seinen Brief.«

»Ich kapiere nur nicht …«, begann Seely. »Manches hier drin ergibt einfach keinen Sinn.«

»Ach so«, sagte Billy. »Manchmal nennt er mich Kumpel. Das ist so was wie ein Spitzname. Ein Spitzname ist, wenn man jemanden anders nennt, als er wirklich heißt, aber er trotzdem noch weiß, dass er gemeint ist.«

»Nein, nicht die Anrede«, erklärte Seely ungeduldig. Sie bewegte den Kopf von links nach rechts, während sie erneut las, was auf dem Zettel stand. »›…manchmal sagen wir Daddys Sachen, die wir nicht so meinen, und manchmal tun wir Dinge, die wir am liebsten sofort zurücknehmen würden.‹ Was soll das heißen?«

Mit einem Mal wirkte Billy schrecklich beschäftigt damit, seine Rucksackriemen enger zu ziehen und die Schleifen an seinen Schuhen zu überprüfen.

»Billy D.?«, fragte Seely.

»Weiß nicht.« Billy warf genervt die Hände in die Luft und verdrehte die Augen. »Gar nichts heißt das.«

Billy nahm Seely den Brief weg, faltete ihn sorgfältig zusammen und steckte ihn in seine Jeanstasche. Dann marschierte er aus der Garage, ohne sich auch nur zu verabschieden.

Ich wollte ihm hinterher, aber Seely hielt mich am Arm fest und zog mich wieder zurück.

»Dane, es *muss* was bedeuten. Meinst du nicht auch?«

»Könnte alles Mögliche sein«, entgegnete ich, klaubte ihre Hand von meinem Arm und nahm sie in meine. »Ich glaube ja, sein Dad hat seine Mom betrogen – oder sonst irgendwie mies behandelt. Wahrscheinlich hat Billy das alles mitgekriegt und will es jetzt nur nicht zugeben.«

»Da steckt mehr dahinter.« Seely starrte auf unsere verschlungenen Hände. »Dass sein Dad ihm diesen Atlas gemacht hat, ist doch was ganz Besonderes, ein echt tolles Geschenk, und der geheime Brief hinten drin ist so was wie eine Extraüberraschung ganz zum Schluss.«

»Ja, und?«

Seely kaute an einem Nagel ihrer freien Hand. »Und warum fängt sein Dad den Brief dann mit einer Entschuldigung an?«

»Was weiß denn ich? Vielleicht war es bei ihnen zu Hause richtig übel, bevor Billys Eltern sich getrennt haben. Vielleicht hat er was gesehen oder gehört –«

Seely schüttelte den Kopf. »Aber selbst dann würde er doch den Atlas nicht benutzen, um sich bei Billy dafür zu entschuldigen, dass er seine Mom betrogen hat, da bin ich mir sicher – dafür würde er sich doch nicht so ein aufwendiges Geschenk ausdenken.«

»Ja, okay, schon komisch irgendwie.« Ich kam mir ein bisschen schwer von Begriff vor, aber eine andere Idee hatte ich auch nicht, allerdings war ich mir auch nicht sicher, ob das Ganze wirklich so eine große Sache war, wie Seely meinte.

»Das ergibt keinen Sinn, es sei denn …«

»Es sei denn was?«

Seely ließ meine Hand los und tigerte ein paar Schritte auf und ab. »Und dann kommt noch hinzu, dass er ja auch nicht hier in Missouri ist und nach Billy sucht …«, murmelte sie vor sich hin.

»Seely, was denn?« Ich hielt sie auf, indem ich einen Arm um ihre Taille schlang und sie an mich zog. »Was ist los?«

Seely seufzte tief. »Ich glaube, es ist ein Abschiedsbrief. Dane, vielleicht hat ja doch Billys Dad die beiden verlassen und nicht umgekehrt.«

Sofort fing ich an, den Kopf zu schütteln, aber Seely nahm mein Gesicht zwischen ihre Hände und zwang mich, ihr in die Augen zu sehen. In ihrer Miene erkannte ich, welche Teile des Briefs sie meinte – die seltsame Entschuldigung und die Beteuerung, dass es immer die Wahrheit war, wenn er ihm sagte, dass er ihn lieb hatte. Wenn man das Ganze mal auseinandernahm, wurde ziemlich schnell klar, dass Seely recht hatte. Das alles klang verdächtig nach einem Mann, der kurz davor war, seinen Sohn im Stich zu lassen.

Nun musste ich wirklich den Kopf schütteln, um diesen Gedanken loszuwerden. *Niemals. Billys Dad ist auf keinen Fall wie meiner. Ist das nicht überhaupt der Grund, warum wir nach ihm suchen? Um den Dad zu finden, der es wert ist, gefunden zu werden?*

Auf der Suche nach einer Bestätigung fiel mir Billys Erinnerung an seinen Vater wieder ein, der draußen vor dem Auto »Nimm ihn mir nicht weg« geschrien hatte. Das reichte aus, um mich zu überzeugen. Ich wusste nicht, was genau dieser Brief zu bedeuten hatte, und ich glaubte auch nicht recht daran, dass Billys Dad sich in Kentucky versteckte, aber in einem Punkt war ich mir sicher: Wo auch immer er war, er wollte gefunden werden.

Und ich würde Billy dabei helfen.

»Ich ruf dich an«, sagte ich zu Seely.

»Aber, Dane –«

Ich versuchte, sie mit einem Kuss zum Schweigen zu bringen, doch sie redete einfach weiter, trotz unserer aufeinandergepressten Lippen, bis wir beide lachen mussten und uns voneinander lösten.

»Du bist unmöglich.« Sie lächelte, aber ihre Augen blickten traurig.

Ich gab ihr noch einen Kuss – so fest, dass sie keine Luft mehr bekam und erst recht nicht reden konnte –, bevor ich Billy nach draußen ins Unwetter folgte.

Billy hatte anscheinend keine Lust mehr gehabt, auf mich zu warten, und ich musste ein Stück joggen, um ihn einzuholen. Mit jedem Schritt wurde der Regen stärker, und als wir endlich an der Bushaltestelle ankamen, waren wir völlig durchnässt. Unsere Zähne klapperten zu stark zum Reden und außerdem donnerte es sowieso in einer Tour. Auch die Busfahrt über schwiegen wir und versuchten, uns irgendwie aufzuwärmen, um anschließend klitschnass und frierend auch noch das letzte Wegstück nach Hause in Angriff zu nehmen. Zwischen unseren Häusern angelangt, stieß ich Billy den Ellbogen in die Rippen.

»Sehen wir uns morgen auf dem Weg zur Schule?«

Unter der Riesenkapuze konnte ich sein Gesicht nicht richtig erkennen, aber seine Schultern hoben und senkten sich. »Von mir aus.«

Entweder hatte der Regen seine Begeisterung weggespült oder die Realität hatte ihn inzwischen eingeholt. Vielleicht war ich ja nicht der Einzige hier, der nicht wusste, was er zu seinem Dad sagen sollte, wenn er ihn jemals fand.

»Alles okay mit dir?«, fragte ich. Aber ein lautes Donnergrollen übertönte meine Worte, und bevor ich sie wiederholen konnte, hatte Billy mich schon stehen gelassen.

Mom war in der Küche und wärmte sich eine Tasse Kaffee in der Mikrowelle auf.

»Hey, ich bin spät dran, tut mir leid«, sagte ich.

Sie strich meine widerspenstige Strähne glatt, nur um mir gleich darauf durchs Haar zu wuscheln, sodass wieder alles zu Berge stand.

»Ist doch noch gar nicht spät.«

»Nicht?«

Die Digitaluhr an der Mikrowelle zeigte 17:16 Uhr an. Durch das Unwetter war es draußen so dunkel, dass es mir schon wie Abend vorgekommen war.

»Du bist ja völlig durchnässt«, sagte Mom. »Warum hast du nicht angerufen? Ich hätte euch abgeholt.«

»Warum kriege ich nicht einfach ein Auto? Dann müsstest du mich nie mehr irgendwo abholen.«

»Dane.«

Ich zuckte mit den Schultern. »Hast du jetzt nicht eigentlich einen Kurs?«

»Ja.« Sie sah auf die Uhr. »Und *ich* bin spät dran. Ich muss los.« Sie drückte mich mit einem Arm an sich und hob mit dem anderen den Kaffee für einen letzten Schluck an die Lippen. Dann knallte sie die Tasse auf den Küchentisch und hastete aus der Tür.

Ich setzte mich allein an den Tisch, schnupperte an Moms Kaffee und starrte auf die verhassten Rubbellose. Hatte die frühe Schwangerschaft Mom durchdrehen lassen oder war sie immer schon ein bisschen neben der Spur gewesen – mit ihren komischen Theorien über das Glück und das Leben und ihrer Heiterkeit, die von jetzt auf gleich in einen Wutanfall umschlagen konnte? Vielleicht hatte sie mit ihrer Verrücktheit meinen Dad vergrault. Vielleicht war es gar nicht *ich* gewesen, mit dem er nichts zu tun haben wollte.

Ich wusste nicht, ob ich mich dadurch besser oder schlechter fühlte.

Ein gewaltiger Donnerschlag ließ die Haustür erbeben. Erschrocken sprang ich vom Tisch auf, als vor dem Fenster ein Blitz aufzuckte und die Küche erhellte. Das Donnergrollen verklang, aber das Geräusch an der Tür hielt an. Ich traute meinen Ohren zunächst nicht ganz und wartete einen Augenblick, aber das Hämmern wurde eindringlicher. Das war definitiv kein Donner.

Fast erwartete ich, irgendeinen irren Meth-Junkie zu sehen, als ich durch den Türspion spähte. Es wäre jedenfalls nicht das erste Mal gewesen. Aber stattdessen stand dort Billy D., nass bis auf die Knochen, zitternd und ohne Jacke.

Ich riss die Tür auf.

»Hast du mir vielleicht einen Schiss eingejagt«, schimpfte ich. »Was machst du denn hier?«

»F-f-frieren.« Billy schlotterte regelrecht.

Ich zog ihn ins Haus.

»Bleib da stehen«, befahl ich. »Tropf hier ja nichts voll. Ich hol dir ein Handtuch –«

»Wir m-m-müssen«, schnatterte Billy.

»Was? Was müssen wir?«

»Meinen Dad suchen.«

»Klar. Das machen wir doch schon die ganze Zeit. Und wir kommen der Sache doch auch immer näher, oder nicht?« Ich musterte Billy unauffällig. Hatte er sich beim vielen Rumrennen im Regen vielleicht was eingefangen? Ob er Fieber hatte?

»Nein.« Billy schlang die Arme um seinen Oberkörper und das Zähneklappern hörte langsam auf. »Wir müssen los. *Jetzt.*«

Da kapierte ich.

»Jetzt? Nach Monkey's Elbow?«

»Monkey's *Eyebrow*«, korrigierte er. »Wir müssen sofort los.«

»Das ist doch verrückt, Billy D.«

»Wieso?«

»Na ja«, ich fuhr mir mit der Hand durchs Haar, »erst mal braucht man bis nach Kentucky mindestens sechs Stunden. Du hast doch auf der Karte gesehen, wie weit das ist. Wir würden erst mitten in der Nacht da ankommen.«

»Na und?«

»Und … und …«, stammelte ich. »Und wir wissen doch gar nicht, wie wir da hinkommen sollen. Wir haben keinen Plan, nichts. Wir wissen ja nicht mal sicher, ob er dort ist.«

»*Ist* er.« Billy wurde lauter. »Ich muss da hin. Und du musst mich fahren. Du hast versprochen, dass du mir hilfst!«

Billy starrte mich eindringlich an und blinzelte nicht mal dann, als ihm die Regentropfen von der Stirn auf seine schweren Lider rannen. »Du hast es *versprochen.*«

»Aber vor morgen früh würden wir ihn doch sowieso nicht finden!«, protestierte ich. »Und dann wären wir nie im Leben rechtzeitig zur Schule zurück! Ich kann nicht blaumachen, Billy D. Noch ein Mal nachsitzen und ich fliege.«

»Na schön. Ich muss los.« Billy wandte sich ab und trat wieder raus in den Regen.

»Billy! Warte!« Ich folgte ihm.

Wieder donnerte es heftig und wir zuckten beide zusammen. »Weißt du, was passiert, wenn ich das mache?«, schrie ich seinen Rücken an, während ich hinter ihm die Stufen runterjagte. »Dann war's das für mich! Dann darf ich *nicht* nach einer Woche wiederkommen. Weil es dann vorbei ist. Ich bin draußen! Willst du das?«

Wir standen jetzt beide auf der Straße, knöcheltief in den rauschenden Fluten, während niagarafallartige Wassermassen auf uns einstürzten.

Billy wirbelte zu mir herum und selbst durch den nassen Vorhang zwischen uns konnte ich den Unterschied zwischen den Regentropfen und den Tränen auf seinen Wangen erkennen.

»Du hast es versprochen!«, schluchzte er.

»Hör auf, das andauernd zu sagen!«

Mit ausgestreckten Armen machte Billy zwei schnelle Schritte auf mich zu und schubste mich. Heftig.

Ich taumelte rückwärts durch die Pfützen.

»Was soll –«

»Du hast mich angelogen!«

»Hab ich nicht –«

»Du hast gesagt, du hilfst mir, aber das war gelogen. Du bist ein Lügner!« Billy weinte noch immer, aber jetzt klang er eher zornig als verletzt.

Mit den Händen versuchte ich mein Gesicht vor dem Regen abzuschirmen, aber es hatte keinen Zweck.

»Hey, Mann, immer langsam mit den jungen Pferden!«

»Was?« Vor lauter Verwirrung vergaß Billy sogar, mich anzuschreien.

»Ich meine … wozu die Eile? Lass uns das Ganze doch erst

mal anständig planen. Wir könnten nächstes Wochenende hinfahren oder –«

»Nein. Heute.«

»Aber wieso denn, Billy D.? Wenn er wirklich da ist, dann ist er das auch in ein paar Tagen noch und –«

»Und was ist, wenn *ich* in ein paar Tagen nicht mehr da bin?« Billy stampfte mit dem Fuß auf und verursachte eine Riesenfontäne.

»Was soll das denn heißen, verdammt noch mal?«

»Ich bin vielleicht nicht mehr da«, wiederholte er nur.

»Wegen der Polizei, oder wie? Du kommst doch nicht morgen ins Gefängnis oder so was –«

»Ich könnte *sterben*!«, brach es aus Billy heraus.

»Bitte was?«

»Ich hab …. ich hab …« Billy zögerte, er verknotete die Hände und wiegte sich vor und zurück. »Herzschmerz.«

Ich verdrehte die Augen. Das war ganz schön theatralisch, selbst für Billy.

»Alter«, sagte ich, »ich versteh ja, dass dich das Ganze ziemlich fertigmacht, aber –«

»Nein! Mein Herz tut weh.« Er deutete auf seine Brust. »Ich brauche ein neues. Meins ist kaputt und daran kann ich sterben, Dane. Ich *sterbe* vielleicht.«

Ich ließ die Hände sinken und gestattete Wind und Regen, mir mit voller Wucht ins Gesicht zu peitschen.

»Was?«

»Ich muss vielleicht sterben.«

»Sterben?«, plapperte ich nach, aber die Bedeutung erschloss sich mir nicht.

Es war wie ein Nonsenswort, eine leere Hülse.

Billy nickte so nachdrücklich, dass Regentropfen aus seinen Haaren flogen. Er wirkte kein bisschen beunruhigt über die

Bombe, die er gerade hatte platzen lassen – er schien sich lediglich zu freuen, dass er endlich zu mir durchgedrungen war.

»Ja. Verstehst du jetzt, Dane? Verstehst du? Wir müssen sofort los.«

Ich schüttelte den Kopf, während ich zu erfassen versuchte, was Billy da gerade gesagt hatte. Oder vielleicht versuchte ich auch, es aus meinem Gedächtnis zu löschen.

»Lass uns reingehen und darüber reden, dann –«

»Nein. Wir müssen los.«

»Wohin denn? Und *wie*?«, polterte ich. Das Unwetter unterstrich meine Worte mit einem Donnergrollen. »Wir haben kein Auto! Und wir haben keine Ahnung, wie man da hinkommt!«

»Na schön, dann komm eben nicht mit. Du Lügner.« Billy wandte sich wieder ab, aber ich hielt ihn am Ellbogen fest.

»Ich hab ja nicht gesagt, dass ich nicht mitkomme. Ich will nur kurz reingehen.«

Billy riss die Augen bis zum Anschlag auf. Das Gesicht nass von Tränen und Regen, sah er zu mir auf. »Du kommst also mit?«

»Na gut, ja. Ja!«, rief ich und zerrte ihn mit ins Haus. »Ich komme mit, okay?«

Ich muss doch echt 'nen totalen Lattenschuss haben.

Kapitel 30

Und wie immer lief alles auf das Thema Auto hinaus. Seit meinem sechzehnten Geburtstag drehte sich mein ganzes Leben um die Fragen: Fahrbarer Untersatz oder nicht? Zur Schule fahren oder laufen? Zur Party mitgenommen werden oder den Bus nehmen? Tja, entweder man konnte sich ein Auto leisten oder nicht, und Billy und ich fielen definitiv in die zweite Kategorie.

Mit einiger Mühe konnte ich ihn davon abbringen, Seely anzurufen. Ich wusste, dass sie sich nicht darauf eingelassen hätte, und schlimmer noch – vermutlich hätte sie uns sogar verpfiffen.

Verdammt, eigentlich sollte ich *uns verpfeifen.*

Aber ich wusste, dass ich Billy niemals so lange vertrösten konnte, bis unsere Mütter nach Hause kamen. Er wäre mir ja eben schon fast davongestampft. Wenn ich noch länger versuchte, ihn im Haus zu halten, würde er nur einen Wutanfall bekommen und verschwinden. Und wer wusste schon, was er dann anstellen und wohin er gehen würde? Allein Bus fahren konnte er, so viel wusste ich. Ich sah Billy vor mir, inmitten all der zwielichtigen Gestalten, die abends den Bus runter zum Park nahmen. Wir waren ihnen ein paarmal begegnet, wenn wir zu lange trainiert hatten. Sie waren um einiges größer und kräftiger als die Jungs, mit denen Billy tagsüber im Park zu tun gehabt hatte. Wenn die ihn sich vorknöpften, würde er definitiv nicht gegen sie ankommen, und im Bus gab es kein Entrinnen.

»Das Auto von meiner Mom können wir nicht nehmen«, sagte ich und marschierte in der Küche auf und ab. »Die ist damit gerade unterwegs, und bis sie wieder zu Hause ist, sind es noch Stunden. Außerdem würde sie dann auch mitkriegen, dass irgendwas los ist. Wir kommen hier nicht weg.«

Billy saß am Küchentisch, eine Tasse Kakao zwischen den Patschehänden. Was Besseres war mir nicht eingefallen, um ihn zu beruhigen, damit ich wenigstens kurz nachdenken konnte. Hauptsächlich hatte ich überlegt, wie ich aus der Sache rauskommen könnte, aber außer Billy an einen Stuhl zu fesseln fiel mir nichts ein. Und ohne mich würde ich ihn nirgends hinlassen.

»*Ich* hab ein Auto«, sagte Billy leise. »Ich weiß, wo Mom den Schlüssel aufbewahrt.«

Draußen grollte der Donner und ließ die Fenster klirren, aber er klang schon viel zahmer als vorher.

Ich blieb stehen und stützte mich auf eine Stuhllehne. »Ach ja? Und wie, bitte schön, sollen wir deiner Mom das Auto klauen, ohne dass sie was merkt?«

»Die merkt nichts, weil sie nämlich nicht zu Hause ist. Sie ist verabredet, mit einem *Mann*.« Das letzte Wort spie Billy aus, als schmeckte es fies.

Ich setzte mich ihm gegenüber. »Mit einem Mann?«

»Ja. Sie hat nur gesagt, sie würde ins Kino gehen. Aber dann hat dieser Mann – der, den wir schon mal gesehen haben – sie mit seinem Auto abgeholt, genauso wie die Jungs in den Filmen das immer mit den Mädchen machen, und darum weiß ich, was da los ist.«

Seufzend vergrub ich das Gesicht in den Händen. »Alter, ist das vielleicht das eigentliche Problem? Dass deine Mom eine Verabredung mit einem Mann hat?«

»Nein!« Billy fuchtelte wild durch die Luft und verschüttete etwas von seinem Kakao. »Hab ich doch gesagt, das ist wegen meinem Herz.«

Da war sie wieder – die Sache mit dem Herzen. Natürlich hatte ich Billy dazu befragt, aber er hatte mich mit ein paar vagen Aussagen über Kinder mit Downsyndrom und Löcher im Herzen abgespeist. Ein durchlöchertes Herz hörte sich für mich ziemlich ernst an, aber Billy hatte es zu eilig, endlich loszufahren, um mir eine vernünftige Antwort zu geben. Als er wieder aufstand und drohte, sich allein auf den Weg zu machen, ließ ich ihn in Ruhe.

Ich hatte keine Ahnung von Herzen oder vom Downsyndrom, aber mir war auch nicht entgangen, dass Billy bei unseren Trainingseinheiten ziemlich schnell außer Atem geriet oder sich über irgendwas so aufregte, dass sein Kopf knallrot anlief. Und trotzdem lebte er noch. Also wusste ich nicht, was ich mit dieser neuen Information anfangen sollte. Ich wusste nicht, warum dieser Trip nach Kentucky nicht noch eine Woche warten konnte. Billy sah genauso wenig aus, als würde er vor nächstem Samstag sterben wie vor *letztem* Samstag.

Aber er selbst schien daran zu glauben – so fest, dass er mitten im schlimmsten Unwetter losstapfte, um seinen Dad zu finden, bevor sein kaputtes Herz explodierte oder was auch immer. Wenn ich nicht mitkam, würde er wahrscheinlich nach Kentucky *laufen*. Ich dachte an das, was alte Omis immer sagten, wenn man in solchem Wetter draußen unterwegs war: »Du holst dir noch den Tod!« Ich erschauderte.

Wenn Billy tatsächlich recht hatte mit seiner kurzen Lebenserwartung, dann konnte ich ihn vorher wohl zumindest ein bisschen rumkutschieren.

»Na gut, dann nehmen wir das Auto von deiner Mom. Aber wie sieht es mit Geld aus?«

Aufs Geld lief nämlich auch immer alles hinaus.

»Ich hab meine Kreditkarte für Notfälle«, sagte Billy.

Ich schüttelte den Kopf. »Die kann man nachverfolgen. Hast

du denn aus deinen blöden Polizeisendungen gar nichts gelernt? Wir brauchen *Bares.*«

»Wozu?«

Ich schlug mit der Faust auf den Tisch. »Für Benzin, für Essen – verdammt, wahrscheinlich brauchen wir sogar ein Hotelzimmer, denn vor morgen früh finden wir deinen Dad sowieso nicht.«

Billy schob seine Tasse von sich. »Können wir dann jetzt endlich los?«

»Außerdem brauchen wir wahrscheinlich auch noch Geld für die Kaution, um meine Mom aus dem Knast zu holen, nachdem sie versucht, mich umzubringen …«

»Dane!«, holte mich Billy wieder ins Hier und Jetzt zurück.

Ich starrte ihn finster an und wollte gerade etwas Patziges erwidern, als mein Blick über seinen Kopf hinwegglitt und auf einer besseren Antwort landete – ich hatte sie die ganze Zeit direkt vor der Nase gehabt. Entschlossen stieß ich die Luft aus.

»Hol du den Autoschlüssel, Billy D. Ich kümmere mich um das Geld.«

Sobald Billy aus der Tür war, stand ich vor der Wand mit den Rubbellosen und kratzte all meinen Mut zusammen. Mom und ich hatten ein ziemlich gutes Mutter-Sohn-Verhältnis, aber ihre Wutanfälle konnten einem echt Angst machen. Und was ich jetzt vorhatte, dieser Verrat, würde einen wahren Vulkanausbruch nach sich ziehen. Das würde sie mir nie verzeihen.

Meine Hand bewegte sich auf den größten Rahmen zu – den König aller Küchenrubbellose. Fünftausend Dollar. Aber mittendrin erstarrte ich. Wie sollte ich einen so großen Gewinn an einem Sonntagabend einlösen? Selbst wenn noch eine Annahmestelle geöffnet hatte, musste man achtzehn sein, um sich das Geld auszahlen zu lassen, und ich bezweifelte, dass ich mit dem gefälschten Ausweis ganz unten in meiner Unterhosenschublade irgendwen hinters Licht führen würde. Nein, ich musste das Los irgendwo abgeben, wo sie nur einen flüchtigen Blick auf den Ausweis werfen würden – wenn überhaupt.

Ich betrachtete die anderen Lose an der Wand – hundert Dollar hier, fünfzig da. Die konnte ich an der Tankstelle einlösen, und vielleicht würde Mom mir ja doch vergeben, wenn ich den Jackpot hängen ließ.

Ich zögerte nur kurz, bevor ich mir fünf Lose schnappte. Die leeren Rahmen ließ ich auf dem Tisch liegen, neben einer hastig hingekritzelten Notiz:

Keine Panik. Wurden nicht ausgeraubt.
Die Lose hab ich. Bin mit Billy D. unterwegs.
Erklär dir alles später. Dane.

Viel war es nicht, aber für mehr blieb mir keine Zeit.

Billy wusste, wie man den Wagen anließ, weswegen er schon schön warmgelaufen war, als ich auf den Fahrersitz plumpste.

Umständlich schaltete ich Licht und Scheibenwischer ein, obwohl wir Letztere kaum noch brauchten, denn der Regen hatte nachgelassen. Dann stellte ich meinen Sitz und die Spiegel in die richtige Position und versuchte, mich mit dem Auto vertraut zu machen.

»Atlas?«, vergewisserte ich mich.

»Hier.« Billy hob das große blaue Buch mit dem zerfetzten Vorsatzpapier. Oh Mann, wie sehr ich mir wünschte, ich hätte diese Wunde niemals aufgeknibbelt.

»Snacks?«

Billy präsentierte mir eine Einkaufstüte voller Essenskram.

»Getränke?«

Er schob eine Flasche – grüner Eistee, kalorienreduziert – in den Getränkehalter.

Ich zog die Augenbrauen hoch. »Ist das dein Ernst?«

»Was anderes hatten wir nicht.« Billy zuckte entschuldigend mit den Schultern.

»Macht nichts. Wir kaufen einfach unterwegs was.«

Hinter dem Steuer, mit dem warmen, vibrierenden Motor unter den Füßen, einem Kumpel auf dem Beifahrersitz, einer Tüte mit leckeren Sachen und voller Kontrolle über das Radio, vergaß ich einen Augenblick lang, wo wir hinwollten und warum. Alles, was ich spürte, war die Freiheit des Autofahrens.

Durch das Unwetter hatte es sich draußen stark abgekühlt, aber ich schwitzte trotzdem in meiner Jacke, als wir an der ersten Tankstelle hielten. Was, wenn es nicht funktionierte? Den gefälschten Ausweis hatte ich schon seit Jahren, dank eines Typen von der Alternativschule, der die Dinger billig vertickte, aber ich hatte ihn erst zweimal benutzt – einmal, um in eine Bar zu kommen, wo Marjorie sowieso den Türsteher kannte, und einmal, um einem mehr oder weniger vor sich hindösenden Supermarktkassierer einen Kasten Bier abzukaufen.

»Vielleicht war das doch keine so gute Idee«, sagte ich, mehr zu mir selbst als zu Billy.

»Warum?«

»Weil es verdächtig wirken könnte, wenn ich so viele Lose auf einmal einlöse. Die denken bestimmt, ich hätte sie geklaut, oder sie gucken sich meinen Ausweis genauer an oder … ich weiß auch nicht. Scheiße.« Ich rieb mir das Gesicht.

Billy dachte kurz nach.

»Warum löst du dann nicht einfach an mehreren Tankstellen immer nur ein Los ein?« Er sagte das ganz unschuldig – er wollte einfach nur weiterfahren und mich davon abhalten, es mir anders zu überlegen –, und merkte gar nicht, was ihm da für ein Geistesblitz gekommen war.

Ich packte ihn bei der Schulter. »Billy, du bist ein Genie!«

Billys Gesicht verzog sich zu einem breiten Grinsen. »Ich weiß.«

Als ich das erste Los an der ersten Tankstelle abgab, zitterten meine Hände noch ein wenig, aber als wir die dritte ansteuerten, fühlte ich mich schon wie ein Profi. Eins löste ich sogar an der Kundenservicetheke im Buy-&-Bag-Supermarkt ein, so als kleine Abwechslung zwischendurch. Nur ein einziges Mal wurde ich nach meinem Ausweis gefragt und da ließ mich das gefälschte Teil nicht im Stich.

Mit dem Gewinn des letzten Loses machte ich den Tank voll und kaufte uns ein bisschen was Netteres zum Trinken. Dann zählte ich unsere Beute – mehr als dreihundert Dollar.

Billy sah zu, wie ich die Scheine ins Handschuhfach stopfte, und als er etwas sagte, klang es zum ersten Mal nicht ganz so begeistert wie zuvor.

»Meinst du, deine Mom wird sauer?«

»Ja.«

»Weil du geklaut hast?«

Ich schüttelte den Kopf. »Wenn man innerhalb der Familie klaut, ist das was anderes.«

»Wieso?«

Ich lachte, aber es klang grantig, unsicher.

»Weil die Familie einen wahrscheinlich nicht anzeigt.«

Billy biss sich auf die Unterlippe.

»Egal«, sagte ich. »Die Sache ist sowieso gelaufen. Jetzt gibt's kein Zurück mehr.«

Und als ich es aussprach, wurde mir klar, dass das die Wahrheit war. Es wurde Zeit, dass ich mein Versprechen einlöste. Selbst wenn Billys Dad nicht in Kentucky auf ihn wartete, konnte ich immer noch sagen, dass ich ihm geholfen hatte – ich würde ihn so weit wie nur möglich auf seinem Weg begleiten. Also schalteten wir unsere Handys aus, um den unvermeidlichen Anrufen zu entgehen, und fuhren los.

Als wir die Autobahn erreichten, war es schon nach acht, aber zumindest hatte der Regen aufgehört und dem süßen Duft von nassem Gras Platz gemacht. Wir kurbelten die Fenster runter und brausten durch die Dunkelheit. Columbia, Missouri, und alle meine Zweifel ließen wir hinter uns.

Billy steckte für eine Weile den Kopf aus dem Fenster. Er schien sich genauso frei zu fühlen wie ich.

Als er sich schließlich wieder richtig hinsetzte, plapperte er ununterbrochen über Monkey's Eyebrow und seinen Dad und darüber, wie sicher er sich war, dass wir das Richtige taten.

»Und wenn wir meinen Dad erst gefunden haben«, versprach er, »kommen wir zurück und suchen nach deinem.«

Ich beugte mich über das Lenkrad und spähte durch die Windschutzscheibe auf die lange, finstere Straße vor uns. »Ach, weißt du, Billy D., ich bin mir gar nicht so sicher, ob alle Dads diese Mühe wert sind.«

KAPITEL 31

»Ist es ein Tier?«, fragte Billy.

»Nein, kein Tier.«

»Ist es eine Pflanze?«

»Nein, auch keine Pflanze.«

»Ist es größer als ein Brotkasten?«

»Wie zum Teufel kommst du denn auf einen Brotkasten?«

Billy zuckte mit den Schultern. »Keine Ahnung. Das fragt meine Mom immer. Sie sagt, das ist ungefähr so groß.« Er formte ein Rechteck mit den Händen.

»Ja, es ist größer«, sagte ich.

»Ist es größer als ein Elefant?«

Das Spiel wurde langsam langweilig. Unsere Begeisterung darüber, einfach nur mit röhrendem Motor und voll aufgedrehtem Radio dahinzuheizen, war schon nach etwa einer Stunde abgeflaut.

Jetzt versuchte Billy, mich mit jedem Spiel bei Laune zu halten, das ihm seine Mom auf der Fahrt von Oregon nach Missouri beigebracht hatte. Ich musste echt aufpassen, nicht in Sekundenschlaf zu verfallen. Obwohl, ein Autounfall wäre vielleicht wenigstens spannender als eine Runde »Was ist es?«.

»Dane?«

»Mhmm?«

»Ist es größer als ein Elefant?«

»Alter, es ist ein Fahrrad.«

»Hey! Das darfst du mir doch nicht verraten!« Billy verschränkte empört die Arme.

»Das ist doch blöd. Mir ist langweilig.«

»*Du* bist blöd«, murrte Billy vor sich hin.

Ein Schild tauchte vor uns auf. ST. LOUIS 30 MEILEN. Mein Magen zog sich zusammen. Bislang war uns kein einziger Polizeiwagen begegnet – zu beiden Seiten der Straße nichts als offene Felder, hinter deren paar Maisstängeln sich eine Autobahnstreife nur schlecht verstecken konnte. Aber ich wusste, je näher wir der Stadt kamen, desto mehr Polizei würde unterwegs sein.

Wenn Billys Mom ihr Auto als gestohlen gemeldet hatte, würden sie uns dort schnappen. Anders als ich hatte Billy seiner Mom keinen Zettel hinterlassen. Da blieb nur noch Beten, dass meine Mom ihren genommen hatte und damit über die Straße zu Mrs Drum marschiert war. Natürlich würden sie trotzdem nach uns suchen, aber wenigstens würde ich nur als Ausreißer und nicht als Dieb und Kidnapper gehandelt. Wenn ich schon wieder in einem Polizeiauto landen musste, dann lieber als ausgebüxter Teenager, der zurück nach Hause kutschiert wurde, und nicht als Krimineller auf dem Weg zur Wache.

»Billy D.«, fing ich vorsichtig an, »denk dran, wir können immer noch umdrehen. Wir könnten auch ein andermal herkommen und –«

»Nein.«

Billy wusste genauso gut wie ich, dass wir, wenn wir zurückfuhren, bis an unser Lebensende Hausarrest bekommen würden. Unsere Mütter würden uns nicht mal mehr in den Park lassen, geschweige denn nach Kentucky. Die Angst vor Moms Zorn ließ mich fester aufs Gas treten, um noch mehr Entfernung zwischen mich und die Strafe zu legen, die mich zu Hause erwartete. Aber obwohl es sich anfühlte, als würde ich mich von diesem Ärger wegbewegen, war mir die ganze Zeit klar, dass ich mich mit jeder Meile tiefer hineinritt.

»Welche Ausfahrt müssen wir nehmen?«, fragte ich.

Billy zog den Atlas zurate und lotste mich zu einer Umgehungsstraße, die uns südlich an der Stadt vorbeiführte. Den ganzen Weg um St. Louis herum schimmerten meine Fingerknöchel am Lenkrad kreideweiß. Bei jedem Auto, das uns überholte, zuckte ich zusammen, überzeugt, dass ein Polizist darin saß.

»So was dürfte nicht so schwer sein«, sagte ich zu Billy, als uns tatsächlich eine Streife passierte.

»Was?«

»Einen Menschen zu finden. Das dürfte einfach nicht so schwer sein.«

»Das ist nur, weil wir kein Handy mit G… GP… weil wir kein Handy mit Landkarten drin haben.« Billys Kopf ruckte zu mir herum. »Aber du hast ja sowieso gesagt, wir dürfen die Handys nicht anmachen.«

»Ich meine auch nicht auf der Karte. Sondern einfach nur rauszufinden, wo jemand ist. Ich meine, du hast doch keine Verwandten mehr in Oregon, stimmt's? Wenn du noch eine Oma oder sonst wen hättest, der uns die Nummer von deinem Dad geben könnte, dann müssten wir das alles nämlich gar nicht machen.«

Billy starrte aus dem Fenster.

»Stimmt's?«, drängte ich. »Weil, wenn da doch die ganze Zeit jemand gewesen wäre, den wir hätten anrufen können, dann –«

»Nein«, antwortete Billy. »Ich hatte eine Oma, aber die ist gestorben.«

»Tut mir leid.«

»Einen Opa hab ich noch. Der wohnt in einem großen, müffeligen Haus mit Gittern vor den Fenstern. Aber Mom sagt, er kann sich nicht mehr an uns erinnern. Mich nennt er immer Edward.«

»Und das war's?«

»Na ja, Tante Jean. Von der hab ich keine Nummer. Aber Dad kann sie sowieso nicht leiden, weil sie einmal gesagt hat, er darf zu Weihnachten nicht kommen, und Mom ist auch ganz sauer geworden und hat gesagt, Tante Jean hat kein Gefühl… kein Fühlungs … oder …«

»Kein Einfühlungsvermögen?«

»Ja, genau. Darum hab ich sie schon lange nicht mehr gesehen.«

Billy stemmte die Füße gegen das Armaturenbrett und musterte eingehend seine Schuhe.

»Immerhin hast du jemanden«, sagte ich. »Na schön, vielleicht kennen die dich nicht oder mögen dich nicht oder was auch immer, aber wenigstens sind sie irgendwo da draußen. Wenn ich noch irgendwelche Verwandten habe, dann wissen die wahrscheinlich nicht mal, wie ich heiße.«

»Wieso nicht?«

»Die ganze Story kenne ich auch nicht, aber ich glaube, es hat ihnen nicht gepasst, dass meine Mom schon in der Highschool schwanger wurde. Auf meinen Babyfotos sind immer nur meine Mom und ich und ihre Freunde und die Familien von ihren Freunden und so.«

Billy sagte nichts, also redete ich weiter, um das Schweigen zu füllen.

»Ich glaube, sie haben sie rausgeschmissen – nachdem sie mich gekriegt hat. Jedenfalls gibt sie immer damit an, wie sie trotz Kind und Job ihren Schulabschluss geschafft hat, und zwar ganz ohne Hilfe.«

»Du weißt nicht, wer dein Dad ist, und du weißt auch nicht, wer deine Oma ist. Oder dein Opa. Gar nichts«, stellte Billy fest.

Ich blickte stur geradeaus auf die Straße. »Tja, wenn man es so zusammenfasst, klingt es echt erbärmlich.«

»Vielleicht wohnen die ja alle bei uns in der Straße und du weißt nur nichts davon.«

Ich lachte, als ich mir unsere Nachbarn als meine lange verschollene Familie vorstellte. »Nee, mit so einem Idioten wie Mark bin ich auf keinen Fall verwandt. Na ja, wenn du meine Mom fragst, wird sie dir höchstwahrscheinlich sagen, dass du sie alle hinter Gittern oder auf dem Boden einer Flasche findest.«

»Das geht ja gar nicht.«

»Das heißt nur …« Ich umklammerte das Lenkrad fester und mein Lachen erstarb. »Was weiß ich – dass sie es nicht wert sind, sie zu suchen.«

»Auch wenn du dadurch vielleicht deinen Dad finden würdest?«

»Auch dann nicht.«

Plötzlich wurden wir von einer Sirene unterbrochen und im Rückspiegel blitzte es rot und blau auf.

»Scheiße!« Reflexartig zuckte mein Fuß Richtung Bremse, aber eine Sekunde später stieg ich doch wieder aufs Gaspedal.

Der Streifenwagen war uns direkt auf den Fersen und das Jaulen der Sirene erfüllte das ganze Auto.

»Wenn die das machen, soll man anhalten«, erklärte Billy ganz ruhig, als stünden wir nicht kurz davor, verhaftet zu werden.

»Ach ja? Man soll aber auch keine Autos klauen!«, blaffte ich, ging dann aber doch vom Gas und schaltete den Blinker ein. Besser, ich übernahm die Verantwortung für die Verbrechen, die ich schon begangen hatte, als der Liste noch eine Verfolgungsjagd hinzuzufügen. Ich fuhr rechts ran, und mein Herz hämmerte so heftig, als wollte es meine Brust sprengen.

Billy wand sich unbehaglich auf dem Beifahrersitz. »Sind wir in Schwierigkeiten?«

Wir nicht, dachte ich. *Hauptsächlich ich.*

Es klopfte an die Scheibe und ich zuckte zusammen.

»Führerschein«, verlangte der Polizist, als ich das Fenster runterkurbelte. Ich kramte hektisch nach meinem Portemonnaie.

»Wir sind nicht zu schnell gefahren«, informierte ihn Billy.

Ich versuchte, ihn mit einem Blick zum Schweigen zu bringen. Nein, zu schnell gefahren waren wir nicht. Was bedeutete, dass sie uns aus einem anderen Grund angehalten hatten, wie Autodiebstahl oder –

»Ihre Heckleuchte ist kaputt«, sagte der Polizist und nahm den Führerschein entgegen.

Ich hätte erleichtert aufgeatmet, wenn mir nicht klar gewesen wäre, dass uns die Sache immer noch um die Ohren fliegen konnte. Selbst wenn Billys Mom den Diebstahl noch nicht gemeldet hatte, würde der Polizist als Nächstes die Fahrzeugpapiere sehen wollen, und dann würde er merken, dass ich in diesem Auto nichts zu suchen hatte.

Das Funkgerät an der Schulter des Polizisten quäkte. Eine Stimme, die klang, als wäre es dringend, rief eine Reihe von Zahlen und unverständlichen Wörtern durch den Lautsprecher. Der Polizist reagierte nicht, warf mir jedoch den Führerschein wieder zu.

»Lassen Sie das reparieren.«

Im nächsten Moment saß er wieder in seinem Wagen und die rot-blauen Lichter flackerten neben uns und nicht hinter uns. Dann wurden sie vor uns auf der Autobahn kleiner und verschwanden.

Ich blieb noch eine Weile auf dem Seitenstreifen, gelähmt und mit klopfendem Herzen.

»Warum ist der so schnell weggewesen?«, wollte Billy wissen.

Ich schüttelte den Kopf und musste fast lachen, als mir ein Wort aus dem letzten Halbjahr im Englischunterricht einfiel, als wir Shakespeare durchgenommen hatten. »Weil wir Glücksnarren sind.«

»Was heißt das?«

Ich fädelte mich wieder in den Verkehr ein. »Das heißt, wir zwei fahren jetzt nach Monkey's Eyebrow.«

Je weiter wir nach Süden gelangten, desto dunkler wurde es auf der Straße. Die offenen Felder verschwanden in tiefen Schatten, die sich gegen den Wagen zu drängen schienen. Ganz Missouri legte sich schlafen, nur wir heizten noch immer durch die Nacht. Auf dem Beifahrersitz schnarchte Billy vor sich hin, und ich selbst ertappte meine Lider auch ein-, zweimal dabei, wie sie nach unten sanken.

Ich schnipste Billy gegen das Ohr.

»Aua! Manno, Dane!«

»Aufwachen.«

»Bin doch wach.« Er hatte die Augen noch immer geschlossen und lallte schläfrig.

Ich rüttelte ihn unsanft an der Schulter. »Im Ernst jetzt, wach auf.«

Billy streckte sich, wobei er mir den linken Arm fast ins Gesicht schlug. »Wo sind wir?«, gähnte er.

»Sag du's mir. Ungefähr eine Stunde hinter St. Louis.«

»Wie weit ist das?«

»Keine Ahnung. Sechzig Minuten halt. Guck auf die Karte.«

»Die Karte ist aber in Meilen und nicht in Minuten«, schnaubte Billy. Er rieb sich die Augen und blinzelte in den Atlas. »Wir müssen dieses Straßendings Nummer vierundsiebzig nehmen, über den Fluss.«

»Aha, das Straßendings Nummer vierundsiebzig? Na vielen Dank, das hilft mir sehr weiter.«

»Das ist bei Cape Girar… Girar…«

»Girardeau?«

»Ja.« Billy lächelte.

»Verdammt.« Ich versetzte dem Lenkrad einen Fausthieb.

Billy zuckte zurück. »Was ist?«

»Da sind wir gerade dran vorbei.«

»Stand da denn vierundsiebzig?«

»Weiß nicht. Ich war zu sehr damit beschäftigt, deine Wegbeschreibung zu kapieren.«

»Bestimmt stand da vierundsiebzig.«

Wir stritten uns den ganzen Weg bis zur nächsten Ausfahrt, auf der Umkehrschleife und zurück zur verpassten Ausfahrt auf der anderen Seite.

In Cape Girardeau fuhr ich ein bisschen langsamer und hielt entlang der Autobahn schon mal Ausschau nach Hotels. Die Stadt bestand komplett aus eingeschossigen Gebäuden, voneinander getrennt durch weite, ungemähte Grasflächen. Hier und da kreuzte ein Bach die Wiesen, und mir war klar, dass uns bald die Stadt ausgehen und nur noch Fluss übrig bleiben würde.

Billy schmollte über meine Hotelsuche; er wollte die Nacht durchfahren.

»Aber wir sind doch fast da«, jammerte er. »Ich bleib auch wach, versprochen.«

»Vergiss es, Mann. Wenn wir so weitermachen, brettere ich noch gegen einen Baum.«

»Nur noch eine Stadt weiter.«

»Wieso? Wann kommt denn die nächste Stadt?«

Billy klappte den Atlas zu, als könnte ich versuchen, auf die Karte zu linsen.

»Billy D.?«

Er knibbelte an einer Buchecke.

»Es kommt gar keine Stadt mehr, stimmt's?«

»Doch.«

»Wo denn?«

Billy guckte aus dem Fenster.

»Tja, dachte ich mir. Alter, ich mache das doch nicht, um dich zu ärgern. Ich will uns bloß nicht umbringen.«

Aber in Wahrheit war mir selbst ziemlich unwohl dabei, in einer Stadt wie Cape Girardeau haltzumachen, wo Polizisten in der Nähe sein könnten. Also biss ich die Zähne zusammen und hoffte, dass Billy recht hatte und es auf der anderen Flussseite tatsächlich Hotels geben würde.

»Gut, dass Seely nicht mitgekommen ist«, sagte Billy.

»Wieso das?«

»Weil sie nicht mit uns im Hotelzimmer schlafen könnte.«

»Warum das denn nicht?«

»Wir können doch nicht mit einem *Mädchen* in einem Zimmer schlafen.« Die Vorstellung schien Billy ernsthaft anzuwidern.

»So ein Blödsinn«, lachte ich. »Ich hätte nichts dagegen, mir ein Zimmer mit Seely zu teilen. Sie könnte sogar bei mir im Bett pennen – gar kein Problem.«

Billy kapierte, worauf ich anspielte.

»Huuuiiii!«, machte er. »Du bist in sie verliiiiebt.«

»Klappe.« Spielerisch drückte ich seinen Kopf weg Richtung Fenster, aber er kam bloß zurückgefedert und sang: »Verliebt, verlobt, verheiratet! Verliebt, verlobt, verheiratet! Dane plus Seely!«

»Oh Mann, Billy D.« Ich schüttelte den Kopf. »Den Spruch hättest du in der vierten Klasse beerdigen sollen.«

»Wieso?«

»Wenn das irgendwer hört – na ja, sagen wir einfach, wenn man einen Arschtritt kassieren will, dann ist das genau die richtige Methode.«

»Du würdest jemanden verhauen, weil er das singt?«

»Wenn er mir damit auf den Keks geht, vielleicht. Und wenn er es absichtlich macht, um mich zu ärgern, dann auf jeden Fall.«

Billy verstummte und schien nachzudenken.

»Riechst du das?«, fragte ich.

Billy kurbelte sein Fenster runter und schnupperte.

»Das ist der Fluss«, erklärte ich. Eine Brücke konnte ich noch nirgends entdecken, aber die Lichter der Stadt wurden immer weniger und lagen weiter auseinander, und der süßliche Gestank schlammigen Wassers verriet mir, dass wir nah dran sein mussten.

»Nicht bloß irgendein Fluss«, korrigierte Billy. »Der *Mississippi.*«

Er klappte den Atlas auf und fuhr mit dem Zeigefinger das breite Gewässer auf und ab.

»Ach, Flüsse. Kennst du einen, kennst du alle«, erwiderte ich.

»Wie kann man denn alle kennen, wenn man in Wirklichkeit nur einen kennt?«

»Das ist einfach nur so eine … das heißt … ach, egal. Ich bin zu müde zum Erklären. Wenn da kein Hotel auf der anderen Seite von diesem verdammten Fluss ist, dann …«

KAPITEL 32

Das Mondlicht klatschte auf den Mississippi, prallte von der Wasseroberfläche ab und tauchte alles in Silber, nur um auf der anderen Seite von völliger Dunkelheit verschluckt zu werden. Nirgends war auch nur ein Schuppen zu sehen, geschweige denn ein richtiges Haus, in dem man hätte übernachten können. Billy blieb stumm, als wir uns schmale Straßen entlangschlängelten, zwischen Bäumen hindurch, die immer weiter auf unser Auto zurückten.

Ihm war klar, wie stinksauer ich war – stinksauer, mitten in der Nacht ohne Aussicht auf einen Schlafplatz unterwegs zu sein, stinksauer, dass wir uns nicht die Zeit genommen hatten, einen vernünftigen Plan zu schmieden, stinksauer, dass ich überhaupt mit auf diese verdammte Fahrt gekommen war.

»Vielleicht gibt es ja in der nächsten Stadt ein Hotel«, versuchte er es einmal.

Ich brachte ihn mit einem finsteren Blick zum Schweigen.

Es gab kein Hotel. Nicht im verschlafenen East Cape Girardeau und auch nicht in den noch verschlafeneren Dörfchen danach. Wir fuhren jetzt eine noch dunklere, schmalere Straße entlang und der allerverschlafenste Ort von allen befand sich in meinem Kopf. Ich musste die Augen zumachen, und wenn es nur für eine Minute war. Weiter nach einem Hotel zu suchen stand völlig außer Frage. Ich musste anhalten.

Zwischen den einzelnen Ortschaften lag zu beiden Seiten der

Straße ausgedehnter Wald, nur hin und wieder unterbrochen von kleinen Kieswegen. Beim nächsten stieg ich auf die Bremse und bog ab.

Billy war auf die plötzliche Kurve nicht eingestellt und musste sich am Armaturenbrett festklammern. »Wo willst du hin?«

»Schlafen.«

Ich fuhr so weit den holprigen Weg runter, wie es meine schweren Lider zuließen, dann lenkte ich den Wagen nach rechts auf ein Stück Wiese. Eine geschütztere Stelle mit Bäumen wäre natürlich netter gewesen, aber alles war besser, als *gegen* einen Baum zu krachen, was zu diesem Zeitpunkt die einzige Alternative gewesen wäre. Meine Augen fielen zu, noch bevor der Motor ganz aus war.

»Hier sollen wir schlafen?«, fragte Billy.

»Ja.«

»Cool! Das ist ja wie Camping.«

»Mhmm.«

Die ganze Aktion war zwar mit keinem Campingtrip zu vergleichen, den ich je erlebt hatte, aber zumindest beklagte er sich nicht. Dann kam mir eine Erkenntnis und ich schlug in der Dunkelheit die Augen wieder auf: Ich war noch auf überhaupt keinem Campingtrip gewesen.

Wir kippten unsere Sitze nach hinten und zogen die Reißverschlüsse unserer Jacken hoch, um nicht frieren zu müssen.

»Du, Billy?«, fragte ich leise.

»Ja?« Er gähnte.

»War dein Dad mal mit dir campen?«

»Ja, einmal. Da waren Kiefern und Berge und Fische und Spinnen und –«

»Cool.«

»Ja, mein Dad ist cool.«

Billy rollte sich auf dem Beifahrersitz zu mir herum und sah mich an. »Vielleicht geht er ja mal mit uns beiden campen, wenn wir ihn gefunden haben.«

Ich drehte mich auch um, sodass wir einander gegenüberlagen. »Meinst du?«

»Bestimmt.«

»Cool.«

In diesem verlassenen Wald, wo wir von der Hauptstraße aus nicht mal zu sehen waren, hätten wir wirklich nicht flüstern müssen, aber irgendwie hatten die Stille im Auto und das dichte Dunkel ringsum etwas an sich, was uns dazu brachte, die Stimmen lieber gesenkt zu halten.

Meine Lider waren gerade wieder nach unten gesackt, als Billy, leiser denn je, fragte: »Du, Dane?«

»Ja?«

»Erinnerst du dich gar nicht mehr an deinen Dad?«

»Nein, gar nicht mehr«, antwortete ich schläfrig und ließ die Augen geschlossen.

»Wer hat dich denn dann gehauen?«

»Hä?«, grummelte ich. So langsam war mir wirklich mehr nach süßen Träumen als nach Gelaber. »Mich haut überhaupt keiner.«

»Vielleicht erinnerst du dich bloß nicht mehr daran, wie du gehauen wurdest«, erwiderte Billy.

Ich machte die Augen wieder auf und sah, dass Billy mich anstarrte.

»Von wem denn? Was soll der Blödsinn?«

Billys Stimme war ganz ruhig und sachlich. »Mom sagt, Leute, die andere Leute hauen, machen das nur, weil sie früher selber verhauen wurden.«

Ich kämpfte gegen den Schlaf an, der mich einzuhüllen versuchte, und gab mir Mühe, mich auf Billys Worte zu konzentrieren. »Du meinst also, ich verprügele andere, weil ich … was geht das deine Mom überhaupt ...« Ich schüttelte den Kopf, um den duseligen Nebel aus meinem Hirn zu vertreiben. Als er sich lichtete, blieb ein schrecklicher Gedanke zurück. »Moment mal, was?« Ich riss die Augen weit auf. »Billy, schlägt deine Mom dich etwa?«

»Nicht meine Mom«, flüsterte er.

Jeder Gedanke an Schlaf ging in Flammen auf – Flammen, die von dem Feuerball gespeist wurden, der in meiner Brust anwuchs. Ich setzte mich kerzengerade auf.

Nein. Nein, nein, nein, nein, nein. Er will damit nicht sagen, was ich denke, dass er sagen will. Ich versuchte, meine Stimme ganz ruhig zu halten, aber sie bebte.

»Dein Dad?«

Billy, der immer noch zusammengerollt auf der Seite lag, nickte. »Mom sagt, Dad hat mich gehauen, weil *sein* Dad *ihn* gehauen hat und der Dad von seinem Dad seinen Dad.«

»Moment mal.« Ich hob die Hand, um Billy zu unterbrechen, und fuhr mir dann damit durchs Haar. Das konnte doch nicht wahr sein.

»Scheiße«, sagte ich. Es kam kaum als Flüstern heraus – nur als schwacher Lufthauch.

»Dich hat also keiner gehauen?«, hakte Billy nach.

»Nein.«

»Und warum haust du dann –«

»WAS MACHEN WIR DANN EIGENTLICH HIER, VERDAMMT NOCH MAL?«, explodierte ich.

Billy zuckte zurück und drückte sich erschrocken an die Beifahrertür. »Warum schreist du denn so?«

Ich rutschte hektisch auf dem Autositz herum und wünschte, ich könnte auf und ab marschieren. Als ich das Lenkrad umklammerte, merkte ich, wie sehr meine Handflächen juckten – nein, nicht bloß juckten. Sie *brannten.* Denn ich glühte vor Wut.

Ich wollte diese Wut lenken, bündeln, aber sie hüpfte nur immer wieder zwischen Billys Dad und Billy selbst hin und her. Vor ein paar Sekunden hatten wir doch noch davon geredet, mit Billys Dad campen zu gehen. Und jetzt sollte er Billy auf einmal als menschlichen Punchingball missbraucht haben?

Die Fragen wirbelten mir durch den Kopf. *Wie oft? Wie schlimm? Wieso?* Ich versuchte, mir jemanden vorzustellen, der ein Gesicht wie das von Billy D. schlagen würde – besonders, wenn es das des eigenen Sohnes war –, aber ich hatte nichts als Monster vor Augen. Das Feuer breitete sich von meinen Handflächen aus, schoss in meine Finger und meine Arme hinauf. Ich sah mich schon nach irgendetwas um, woran ich mich abreagieren konnte, als mir ein verstörender Gedanke kam: *Ob es Billys Dad auch in den Handflächen juckt, bevor er zuschlägt?*

Doch alle meine Fragen wurden von einer einzigen überstrahlt, also stellte ich sie erneut, sanfter diesmal.

»Was machen wir dann hier, Billy D.?«

»Wir suchen meinen Dad.«

»Aber er hat dich geschlagen.«

Billy lehnte sich auf seinem Sitz zurück und rollte sich wieder zusammen. »Nicht immer.«

»Aber öfter als einmal?«

»Nur wenn es nicht anders ging – wenn ich mich nicht richtig benommen hab oder wenn er versucht hat, mir was zu zeigen, und ich es nicht richtig hingekriegt hab.«

»Aber das ist doch nicht fair. Du bist … du bist schließlich anders, darum –«

»Dad sagt, ich bin nicht anders. Er meint, ich bin wie jeder andere auch. Dass ich alles genauso können und wissen sollte wie jeder andere auch. Er behandelt mich nicht anders.«

»Nein, er behandelt dich schlechter.«

»Aber er kann nichts dafür.«

»Billy D., ich schwöre dir, wenn du jetzt sagst, es ist *deine* Schuld, dann drehe ich sofort um und wir fahren zurück nach Columbia, verdammt noch mal.«

Billy sagte nichts. Ihm war klar, dass ich es ernst meinte, er konnte es förmlich in meinem Hirn rattern hören – wie ich berechnete, wie schnell wir sein mussten, um morgens wieder zu Hause zu sein, und ob ich wach genug war, um in dieser Minute aufzubrechen.

»Du hast es versprochen«, flüsterte er schließlich.

Ich musterte ihn, wie er dort zusammengekauert auf dem Sitz lag, und fand, dass er aussah wie ein kleiner Junge – nicht wie ein Teenager, der schon fast ein Mann war, wie ich.

»Ich hab versprochen, dass wir deinen Dad suchen und keine Prügel.«

»Er verprügelt mich ja nicht«, sagte Billy. »Nur manchmal haut er mich eben. Und er meint es auch gar nicht so. Danach sagt er immer, dass es ihm leidtut, und ist ganz traurig.« Billy hielt inne und unterdrückte ein Gähnen. Dann, die Augen geschlossen und mit ganz leiser Stimme, sagte er: »Mich macht es auch traurig.«

»Aber warum willst du ihn denn dann so unbedingt finden?«, fragte ich.

»Na, weil …«, murmelte Billy, schon halb vom Schlaf übermannt, »weil er mein Dad ist.«

Eine Sekunde darauf schnarchte er.

Meine eigene Brust hob und senkte sich im selben Rhythmus wie Billys. Ich sog den Atem in tiefen, rauen Zügen ein, als stünde ich kurz vor irgendeiner Art Anfall. Und dafür riskierte ich einen Schulverweis? Das war kein Traum von einem Dad, das war ein Albtraum.

Jetzt war es schätzungsweise ein Uhr. Wenn ich den ganzen Weg nach Hause raste, ohne anzuhalten, würde ich es in vier

Stunden schaffen. Das hieß, wenn ich pünktlich zur ersten Stunde da sein und einen Rauswurf vermeiden wollte, müssten wir uns um vier wieder auf den Weg machen. Ich zog mein Handy aus der Tasche, um den Wecker zu stellen, doch dann fiel mir ein, dass wir ja beide unsere Telefone ausgestellt hatten. Ich konnte nicht riskieren, es einzuschalten und Mom so die Möglichkeit zu geben, mich zu erreichen. So bereit ich inzwischen war, wieder nach Hause zu fahren, ich war noch nicht bereit, mich Moms Zorn zu stellen. Also blieb mir nichts anderes übrig, als zu hoffen, dass die unbequeme Schlafsituation dafür sorgen würde, dass ich in drei Stunden von selbst wieder aufwachte.

Ich wusste, das war reines Wunschdenken, aber ich hatte ja keine Wahl. Die Müdigkeit zog mich wieder runter auf den Sitz. Ich beobachtete, wie Billy ein- und ausatmete, bis ich die Augen nicht mehr offen halten konnte. Doch selbst als sie zufielen, hatte ich immer noch sein Gesicht vor mir – unschuldig, treuherzig und friedlich, genau so, wie ich ihn kannte. Billy sah einen Freund, wo andere bloß einen Schläger sahen. Und er sah einen Vater, wo andere ein Monster sahen. Schließlich schlief ich ein mit dem unguten Gefühl, dass ich für Billy dem Mann ähneln musste, der ihm mit der einen Hand gezeigt hatte, wie man ein Lagerfeuer machte, während er ihm mit der anderen eine Ohrfeige verpasste – dass Billy nach seinem Dad gesucht und sich mit dem Nächstbesten zufriedengegeben hatte.

KAPITEL 33

Schwitzend wachte ich in der prallen Sonne auf. Ich ließ kurz das Auto an, um die Uhr im Armaturenbrett zu sehen. Dabei wusste ich auch so, dass es zu spät war, um rechtzeitig zur Schule wieder zurück zu sein, und ein Blick auf die Digitalziffern bestätigte meinen Verdacht – die Schule hatte sogar schon angefangen. Mühsam richtete ich mich auf und stöhnte über Schmerzen in den seltsamsten Körperregionen, ausgelöst durch die unbequeme Haltung, in der ich geschlafen hatte.

Billy war schon draußen und kickte einen Stein auf der Lichtung umher. Als ich die Autotür öffnete, strömte mir kühle Luft entgegen. Ich stand auf und streckte mich, erleichtert, der Sauna zu entkommen. Der schlammige Flussgeruch in der Luft rief mir in Erinnerung, dass wir immer noch nah am Wasser waren – allerdings auf der falschen Seite, wenn man mich fragte. Wir hätten längst wieder zu Hause sein sollen.

Billy sah mich aussteigen, sagte jedoch nichts.

Ich trat näher und starrte ihn über die Lichtung hinweg an. Unsere Blicke verschränkten sich ineinander. Ein stummes Willensduell.

Billy sagte als Erster etwas, aber mir kam es trotzdem nicht vor, als hätte ich gewonnen.

»Du willst nach Hause, ich weiß.«

Ich blinzelte ihn über die Wiese hinweg an, ohne den leisesten Schimmer, was ich antworten sollte. Der Punkt war ja weniger, dass ich nach Hause wollte, sondern dass ich wünschte, ich wäre überhaupt gar nicht erst hergekommen. So wie ich die Sache sah, erwartete uns an *beiden* Enden des Wegs nichts als Ärger, und ich konnte mich nicht entscheiden, welche Richtung die schlimmere war.

»Ist er wirklich mit dir campen gegangen?«, fragte ich.

»Ja.«

Ich nickte. Hatte ich auch nicht anders erwartet. Über so etwas würde Billy nicht lügen. Sein Dad hatte vermutlich alles gemacht, was gute Dads so machten – und dann noch ein paar extrabesondere Sachen, wie Billy die ulkigen Städtenamen beizubringen und geheime Briefe für ihn in Büchern zu verstecken. Aber er hatte eben auch üble Sachen auf dem Kerbholz – Sachen, die nur manche Dads machten, Sachen, an die man nicht denken wollte, wenn man sich vorstellte, wie es wäre, einen Dad zu haben.

Hilflos hob ich die Hände. »Ich weiß nicht mehr weiter, Billy D. Wenn wir jetzt zurückfahren, wirst du mich ewig hassen, aber ich kann dich doch nicht zu diesem Kerl bringen, der … Ich meine, das ist doch verrückt! Oder?«

»Du verstehst das nicht.« Billy trat gegen seinen Stein.

»Nein, da hast du recht. Der einzige Grund, warum ich dem Kerl begegnen wollen würde, wäre, um ihm einen Arschtritt zu verpassen.« *Hey, Moment mal.* Hoffnungsvoll blickte ich auf. »Willst *du* ihm etwa einen Arschtritt verpassen?«

Billy verzog empört das Gesicht. »Nein.«

Ich ließ die Schultern hängen. Verdammt. Dabei hätte ich ihm wenigstens helfen können.

Billy schoss seinen Stein über die Wiese zu mir rüber. »Nenn ihn nicht immer ›Kerl‹. Er ist mein Dad.«

»Aber so verhält er sich nicht.«

»Doch, tut er.« In Billys Stimme lag weder Wut noch Trotz, nur die Wahrheit.

Sein letzter Tritt beförderte den Stein vor meine Schuhspitze. Als ich aufsah, stand er direkt vor mir und seine Miene war ernst. Er musste gewusst haben, dass es nicht richtig von seinem Dad gewesen war, ihn zu schlagen – sonst hätte er wohl kaum diese Ausreden für ihn erfunden –, und trotzdem glaubte er immer noch daran, dass er ein guter Dad war. Oder vielleicht liebte er den Kerl einfach trotz der Schläge, nahm all das Schlechte hin, weil das Gute es wert war. Und ich konnte es ihm nicht ausreden, weil ich selbst ja gar nicht wusste, wie es war, einen Vater zu haben – gut oder schlecht oder sonst wie. Aber Billys aufrichtiger Gesichtsausdruck schien mir zu sagen, dass *jeder* Dad besser war als gar keiner.

Tja, da stand ich also und war immer noch eifersüchtig auf Billy, wünschte mir immer noch, ich hätte auch einen Dad, der mich bei sich haben wollte. Selbst wenn dieser Dad jemand war, den ich besser gar nicht erst kennenlernte. Wie krank war das denn? Ich war ja noch gestörter als Billy.

Billy merkte, dass ich Zweifel bekam, also spielte er seinen Trumpf aus.

»Ich muss ihn noch mal sehen, bevor ich sterbe.« Er legte sich die Hand aufs Herz.

Scheiße.

»Lass das.«

»Ich muss ihn sehen, Dane.«

»Wozu?«

»Damit ich weiß, dass es ihm gut geht.«

»Dass es *ihm* gut geht? Weil ihm das bei dir ja auch immer so wichtig war, ja?«

»Als Mom mich mitgenommen hat – da hab ich mich gar nicht verabschiedet.«

»Scheiß drauf! Sag mir lieber, dass du ihm mal ordentlich den Marsch blasen willst! Dass du ihm erklären willst, wie … wie traurig es dich macht, wenn er dich schlägt. So wie du es mir heute Nacht erzählt hast. Sag mir, dass du ihn finden willst, damit du diesen bescheuerten Brief vor seinen Augen zerreißen kannst!«

»Der ist nicht bescheuert!«

»Doch, ist er!« Ich fuhr herum und stemmte mich frustriert gegen das Auto. Meine Handflächen juckten zwar nicht, aber ich hätte verdammt gern auf irgendwas eingeschlagen. »Dieser ganze Quatsch von wegen ›manchmal tun Daddys Sachen, die sie gar nicht so meinen‹. Jetzt kapier ich das erst. Gib her!« Ich wollte in Billys Hosentasche langen, aber er presste die Hände darauf und wich zurück.

»Nein!«

Ich ballte die Fäuste, aber es hatte ja keinen Zweck. Diesen Kampf würde ich verlieren, egal, wie sehr ich um mich schlug. Resigniert hockte ich mich auf die Motorhaube.

»Wenn ich verspreche, dass ich den Brief vor seinen Augen zerreiße, bringst du mich dann zu ihm?«, fragte Billy.

»Na klar …«

»Doch, ich versprech's.«

»Ach komm. Ich weiß genau, dass du deinen geliebten Brief nicht einfach so zerreißt.«

Nach einer Weile setzte Billy sich neben mich und das Blech gab mit einem tiefen metallischen Ploppen unter unserem Gewicht nach.

»Dane.«

»Ja?«

»Wenn du dabei bist, haut er mich doch nicht, oder?«

»Eher nicht. Wieso?«

»Und wenn ich mich einfach nur verabschiede und wir danach nach Hause fahren, dann schlägt er mich nie wieder.«

»Alter, du liegst mir jetzt, seit wir uns kennen, mit deinem Dad in den Ohren. Und da denkst du echt, ich nehm dir ab, dass du ihn nur noch dieses eine Mal und dann nie wieder sehen willst?«

»Kann ich ja gar nicht«, antwortete Billy. »Wegen meinem Herz. Weil ich doch sterbe.«

»Du stirbst nicht –«

»Woher willst du das wissen?«, entgegnete Billy.

Ich sah weg. Ich wusste es nicht und ich wollte auch nicht darüber nachdenken.

»Siehst jedenfalls ziemlich gesund aus«, murmelte ich.

»Ich bin aber nicht gesund. Ich hab Löcher im Herz und ich brauch ein neues. Meins ist kaputt und ich hab Schmer…«

»Ja, ja, du und dein Herzschmerz!« Ich sprang vom Auto und stapfte rüber zur Fahrerseite. »Schon kapiert, okay? Dein Herz ist kaputt und du brauchst ein neues, blablabla! Steig einfach ein!«

Billy beeilte sich, zu seiner Tür zu kommen. »Wo wollen wir denn hin?«

»Nach Monkey's Elbow, verflucht.«

Ich ließ mich auf den Fahrersitz plumpsen, knallte die Tür hinter mir zu und drehte den Schlüssel im Zündschloss.

Billy stieg zögernd ein und wartete ab, bis wir uns auch tatsächlich in Bewegung gesetzt hatten, bevor er flüsterte: »Monkey's *Eyebrow*.«

KAPITEL 34

Während wir durch Illinois fuhren, stieg die Sonne immer höher. Wir zogen unsere Jacken aus und staunten darüber, wie viel wärmer es bereits wenige Stunden südlich von Columbia war. Wir redeten über Seely und ihr stacheliges weißes Haar, das, darüber waren wir uns einig, vielleicht nicht so hübsch war wie Ninas dunkle Locken, dafür aber tausendmal cooler. Wir redeten über alles Mögliche, nur nicht darüber, wohin wir unterwegs waren. Ich wollte es am liebsten verdrängen, und Billy fürchtete wohl, mich damit vollends von dem Unternehmen abzubringen.

Was er über sein Herz gesagt hatte, schien in meinem eigenen einen Schalter umgelegt zu haben. Ich wusste, ich war nicht bloß mit ihm auf diese Reise gegangen, um mich für irgendeinen Gefallen zu revanchieren. Nicht mehr. Wenn ich Billy hängenließ – wenn ich die Sache abblies und er wirklich starb –, dann würde ich mir das nie verzeihen.

Eine Stimme in meinem Kopf schrie mir immer noch zu, dass ich Billy höchstwahrscheinlich in Gefahr brachte, indem ich versuchte, ihm seinen Wunsch zu erfüllen, aber ich beruhigte mich damit, dass die Chance, Billys Dad tatsächlich am Ende dieser Straße zu begegnen, verschwindend gering war. Wenn wir ihn nicht fanden, würde Billy enttäuscht sein, aber zumindest nicht von mir.

Die Fahrt durch Illinois beinhaltete eine Menge mehr Kurven und Geschwindigkeitsbegrenzungen als der bisherige Weg durch Missouri. Billy sabberte förmlich, wann immer uns ein Schild anzeigte, wie nah wir schon an Kentucky waren, aber unsere knurrenden Mägen ließen sich mittlerweile nicht mehr ignorieren, und er erklärte sich mit einer Pause einverstanden, als wir am Straßenrand ein schmieriges Diner entdeckten.

Tatsächlich war »schmierig« gar kein Ausdruck. Es ließ sich kaum in Worte fassen, wie *fies* der Laden war, mit nikotinfleckigen Holzfurnierwänden und einem Boden, der komplett aus gesprungenen oder gar nicht erst vorhandenen Fliesen bestand. Wir setzten uns auf zwei Hocker an der Theke und klappten mit einiger Mühe die Speisekarten auf, die vor Fett und anderem unidentifizierbarem Zeugs zusammenklebten.

Auf der gegenüberliegenden Seite der Theke, ganz am anderen Ende, stand ein Typ mit Hosenträgern und einem T-Shirt, das so schmuddelig war wie der Laden selbst, und unterhielt sich mit dem einzigen anderen Gast: einem Mann, dem zwei Schneidezähne und ein halber Finger fehlten. Die Hand mit dem halben Finger um eine Kaffeetasse gekrümmt, ließ er uns nicht aus den Augen. Er nickte in unsere Richtung und sagte etwas zu dem Typen hinter der Theke, der daraufhin im Schneckentempo zu uns rüberschlurfte.

»Na, Jungs, wollt ihr frühstücken?«

Die Frage richtete sich an uns beide, aber er sah – oder besser gesagt: *glotzte* – dabei nur Billy an.

Billy merkte davon entweder nichts oder war so daran gewöhnt, angestarrt zu werden, dass er einfach darüber hinwegging. »Ich will Speck – richtig, richtig viel – ungefähr so.« Er deutete pantomimisch einen Haufen Speck vor sich an. »Und Orangensaft.«

»O-Saft und Speck«, wiederholte Schmuddelshirt, bevor er sich kurz von Billy losriss und mich anguckte. »Und du?«

»Einmal das Würstchen-Käse-Omelette und Kaffee.«

Eigentlich fand ich Kaffee widerlich. Der fantastische Duft war nichts als eine dicke, fette Lüge über den Geschmack. Aber irgendwie stand dieser Kerl so komisch steif vor uns und starrte Billy so unverhohlen an, dass ich das Gefühl hatte, ich sollte besser irgendwas Erwachsenes machen, wie zum Beispiel Kaffee bestellen.

Er warf erst Billy noch einen Blick zu, dann seinem Kumpel am Ende der Theke und verschwand schließlich in der Küche, um unser Essen in die Pfanne zu schmeißen. Offenbar hatten wir es hier mit Koch, Wirt und Kellner in einer Person zu tun.

Das Schweigen, das nun folgte, hätte man behaglich nennen können, wenn es nur zwischen Billy und mir geherrscht hätte, aber der Gruseltyp an der Theke verhinderte das. Er musste sich auch unwohl fühlen – oder vielleicht war ihm auch einfach nur langweilig –, denn er quatschte uns an.

»Was macht 'n ihr zwei, 'ne Reise oder was?« Seine Stimme klang wie Autoreifen, die über groben Kies knirschten.

»Wieso?«, erwiderte ich im selben Moment, als Billy mit »Ja« antwortete.

Halbfinger rutschte von seinem Barhocker und kam auf uns zu. Neben Billy blieb er stehen und lehnte sich seitlich auf die Theke, um eingehend sein Gesicht zu mustern.

»Wo wollt 'n ihr hin?«

»Kentucky«, sagte ich schnell, bevor Billy nähere Einzelheiten ausplauderte.

»Sonderschüler, was?«, fragte Halbfinger Billy.

Ich setzte mich kerzengerade auf meinem Hocker auf und umklammerte die Thekenkante. Ich wünschte, es wären noch andere Leute im Diner. Irgendwas sagte mir, dass dieser Typ vor Publikum wohl nicht so »gesellig« gewesen wäre.

»Nee, also eigentlich …« murmelte Billy, ohne den Fremden anzusehen.

»Dooooch, biste«, widersprach der Typ ganz langsam und gedehnt. Mir war nicht klar, ob er so redete, weil er Billy für beschränkt hielt oder weil er selbst beschränkt war.

Schmuddelshirt kam mit unseren Tellern aus der Küche, und mir fiel auf, dass sich auf dem von Billy weniger als die Hälfte des Specks befand, den er verlangt hatte. *Wobei er auch nicht gerade eine vernünftige Menge geordert hat.*

Ich ermahnte mich, nicht zu viel in das Ganze hineinzuinterpretieren. Wir waren einfach Fremde in einer kleinen Stadt, was uns überall interessant gemacht hätte, schätzte ich – und da einer von uns ein bisschen anders aussah, fielen wir natürlich umso mehr auf.

»Der hier is 'n Sonderschüler«, sagte Halbfinger zu Schmuddelshirt und deutete mit dem Daumen auf Billy.

Schmuddelshirt strich sich übers Kinn und beugte sich über die Theke. »Ach was? Was is 'n an dir so besonders?«

Die beiden brachen in Gelächter aus, als wäre das der absolute Riesenwitz gewesen.

»Weiß nicht.« Billy mampfte seinen Speck.

Ich rührte meinen Teller nicht an.

Ich räusperte mich. »Ähm, mein Kaffee? Und er hatte noch Orangensaft bestellt.«

Schmuddelshirt warf mir einen genervten Blick zu. »Kaffee läuft noch durch.« Dann sah er wieder Billy an. »Und dir macht's nix, noch 'n bisschen auf deinen Saft zu warten, was, Sonderschüler? Wie heißt 'n du?«

»Billy Drum. Aber alle nennen mich Billy D.«

»Ach was, is das wahr?«

»Ja, ist es.« Billy versuchte zu lächeln, aber es war nicht sein gewohntes Grinsen von Ohr zu Ohr.

Ich stemmte die Füße auf die Querstange meines Barhockers, sprungbereit wie eine Katze.

»Eier nich' okay?« Schmuddelshirt nickte in Richtung meines Tellers.

»Ich warte bloß auf den Kaffee dazu«, sagte ich.

»Hey, ich weiß, was das für einer is!«, rief Halbfinger mit seiner Kiesstimme. Er starrte weiter Billy an, redete jedoch mit Schmuddelshirt, als stünden die beiden in einem Museum oder im Zirkus vor irgendetwas, was sie noch nie gesehen hatten. »Von denen hab ich gehört. Können von jetzt auf gleich total ausflippen, wenn der falsche … wie heissas noch? Impuls. Wenn der falsche Impuls kommt.«

»Impuls?«, wiederholte Schmuddelshirt. Sein Ton gefiel mir nicht; es war, als spielte er auf einen Insiderwitz an, den ich nicht kapierte.

»Genau«, bekräftigte Halbfinger. »'n Impuls, wie … wie zum Beispiel, wennse was *Gelbes* sehen!« Völlig unvermittelt schob er seine hässliche, zahnlose Visage ganz dicht vor Billys Gesicht und bellte das Wort heraus. Danach wich er hastig wieder zurück, als müsste jetzt irgendwas Außergewöhnliches passieren. Als nichts kam, versuchte er es noch mal. »Was hältst 'n du von Gelb?«

Billy starrte zurück. »Ich mag Gelb.«

»Das reicht jetzt«, sagte ich.

Ich hielt meine Stimme ruhig und bemühte mich, meine Atmung, die sich beschleunigt hatte, wieder unter Kontrolle zu bringen. Im Nachhinein denke ich, ich hätte sofort anfangen sollen, ein paar ordentliche Arschtritte zu verteilen, aber es ist nun mal so, wenn man Typen abcheckt, mit denen man kurz vor einer Prügelei steht: Es geht nicht bloß darum, wie groß und kräftig sie sind. Sondern darum zu erkennen, ob sie vorher schon mal die Fäuste geschwungen und Treffer kassiert hatten. Denn je öfter Leute sich prügeln, desto mehr Schläge halten sie aus und versuchen trotzdem weiter, sich auf einen zu stürzen. Und bei diesen beiden stand außer Frage, dass sie schon die eine oder andere Handgreiflichkeit hinter sich hatten. Außerdem waren sie, trotz ihrer fetten Bierplauzen, die sie sich über die Jahre angetrunken hatten, auch noch ziemlich muskulös. Mit einem allein wäre ich vielleicht fertiggeworden, aber mit beiden auf einmal … und schließlich musste ich auch noch Billy beschützen … Dermaßen aussichtslose Kämpfe fing ich dann doch nicht an.

Ich legte einen unserer Hundertdollarscheine auf die Theke, in der Hoffnung, dass sie uns dafür ohne irgendwelche Zwischenfälle aus der Tür und in unser Auto lassen würden.

Schmuddelshirt gönnte dem Geld keinen Blick.

»Wie nennt man die noch mal?« Er glotzte wieder Billy an. »Hey, wie nennt man euch Jungs noch mal?«

»Und superschlau sind die auch! Richtige Genies«, höhnte Halbfinger.

Schmuddelshirt schnippte mit den Fingern. »Autisten! So heißen die.«

Sie unterhielten sich, als wären wir gar nicht da.

»Vielleicht ja auch keine Farbe«, sagte Halbfinger. »Vielleicht mehr 'ne schnelle Bewegung oder so was.«

»So, meinste?« Mit einem Mal ging Schmuddelshirt hinter der Theke in die Hocke und schoss noch schneller wieder hoch. »Buh!«

Billy zuckte zusammen, aber ich genauso. Das hätte jeder getan.

Die Typen lachten sich scheckig.

Meine Handflächen brannten jetzt ernsthaft, aber ich wollte einfach nur gehen, bevor es hier wirklich übel wurde.

»Er ist kein Autist, Mann, okay? Lassen Sie ihn einfach in Ruhe.«

Aber ich sprach so leise und gepresst, dass sie mich möglicherweise gar nicht hörten, denn Halbfinger hatte schon nach einem Salzstreuer gegriffen und ließ etwas von seinem Inhalt auf die Theke rieseln. Sobald das Salz das Resopal berührte, stellte er den Streuer wieder weg und deckte die flache Hand über die Körner.

»Na los«, forderte er Billy auf. »Wie viele Salzkörner waren das?«

Billy sagte nichts. Auf diesen Typen musste Billys Gesicht so wirken wie anfangs auf mich – ausdruckslos, verständnislos. Aber mittlerweile kannte ich dieses Gesicht so gut, dass mir die winzigsten Veränderungen darin auffielen: ein Wimpernzucken, eine leichte Röte in den Wangen, die sonst hervorlugende Zunge, die sich nun zurückzog, als er an seiner Unterlippe saugte.

Ich erkannte seine Angst.

»Komm schon«, drängte Halbfinger in einem Tonfall, den er anscheinend für ermutigend hielt. »Sag doch mal, wie viele Salzkörner das hier –«

»Das kann er nicht«, unterbrach ich ihn, und diesmal kam es lauter heraus als geplant.

Halbfinger sah mich mit schief gelegtem Kopf an, und ich konnte in seinem Blick die Bosheit erkennen, die unter der ekelhaft süßlichen Art, wie er mit Billy redete, lauerte. Am liebsten hätte ich meinen juckenden Handflächen gleich hier mithilfe seiner hässlichen Visage Erleichterung verschafft.

Als er mir antwortete, war seine Stimme wieder voller Kiessplitter.

»Ach so? Na, wenn er kein Genie is, dann isser wohl ganz normal zurückgeblieben.«

»Ich bin nicht zurückgeblieben.«

Ich hörte die Anspannung in Billys Stimme, hörte ihn ein- und ausatmen.

»Na dann …«, forderte Halbfinger Billy jetzt ganz offen heraus. Mit jedem Wort rückte er näher an Billy heran. »Wie. Viel. Salz?«

»Er ist nicht Rain Man, du Wichser!« Ich fegte den Salzstreuer vom Tisch und hörte ihn auf dem Fliesenboden zerspringen.

Danach ging alles ganz schnell.

Als Allererstes schubste ich Billy aus dem Weg, damit ich freie Bahn auf Halbfingers Gesicht hatte. Im nächsten Moment landete auch schon meine Faust auf einem Unterkiefer und ein Zahn mit einem Plumpsen in einer Kaffeetasse. *Die lassen sich wohl leichter ausschlagen, wenn links und rechts davon auch schon Lücken sind.* Ich öffnete die Faust, packte mir eine Handvoll strähniger Zotteln und knallte den dazugehörigen Kopf auf die Theke. Ein widerwärtiges Knacken markierte das Aufeinandertreffen von Nase und Thekenkante. Irgendwas riss mir das rechte Ohrläppchen auf, was ich als Stichwort nahm, mich umzudrehen und zuzuschlagen.

Ich duckte mich vor dem Konter, der über die Theke kam, und schnappte mir auf dem Weg zurück nach oben eine Ketchupflasche. Eigentlich hatte ich gar nicht so richtig etwas damit vor, ich wollte bloß zeigen, dass ich eine Waffe hatte. Blöderweise hatte Schmuddelshirt eine bessere. Mit dem Rücken zu mir, war er gerade dabei, einen Schrank aufzureißen, und dann sah ich sie – glänzend und schwarz, mit einer von diesen Trommeln, die man rotieren lassen konnte, nachdem man die Patronen eingelegt hatte. Ab dem Moment handelte ich nur noch instinktiv. Ich drehte die Ketchupflasche um, sodass nun der schwere Boden nach oben zeigte, hechtete über die Theke und ließ die Flasche niederkrachen, so hart und schnell ich konnte.

Schmuddelshirt kippte um wie ein Sack Mehl. Ich zuckte zusammen, als sein Kopf auf die Fliesen knallte. Dann wirbelte ich herum, bereit, Halbfinger den Rest zu geben, aber der war schon hinüber.

Er lag flach auf dem Rücken, den Kopf zur Seite verdreht, und aus seiner Nase sprudelte Blut. Ich wusste, dass man einen Menschen mit einem Schlag auf die Nase töten konnte, und mir blieb nur zu hoffen, dass ich nicht gerade aus Versehen herausgefunden hatte, wie das ging. So oder so hatte ich hier innerhalb von zwei Minuten schon mehr Schaden angerichtet als je zuvor. Da lagen zwei Typen auf verschiedenen Seiten der Theke – zwei Typen, die sicher noch mehr Kumpels hatten. Wir mussten abhauen.

»Komm, Billy!«

Ich drehte mich um – und dann drehte ich mich wieder zurück. *Wo ist er hin?*

Mit einem Blick durchs Diner überzeugte ich mich davon, dass er sich nicht unter einem der Tische versteckte. Und er lag auch nicht auf dem Boden wie unsere Gegner, also konnte ich mir einigermaßen sicher sein, dass sie ihn nicht erwischt hatten. Der Kerl hinter der Theke stöhnte. Vermutlich würden sie beide innerhalb der nächsten Minute zu sich kommen und bald darauf wieder auf den Beinen sein. Ich glaubte nicht, dass ich hier irgendwen völlig k. o. geschlagen hatte – ich hatte sie nur kurz betäubt.

»Billy D.! Komm jetzt!«

Nichts.

Ich stürmte aus der Tür und betete, dass er schon wieder im Auto saß. Fehlanzeige. Ich traute mich nicht, nach ihm zu rufen, aus Panik, mit dem Lärm Leute anzuziehen. Endlich hörte ich ihn: zuerst ein Schniefen, gefolgt von einem lang gezogenen Winseln und einem erstickten Schluchzen. Ich folgte den Geräuschen auf die Rückseite des Diners und entdeckte ihn schließlich hinter einer dreckigen Mülltonne, zusammengekauert vor der abblätternden Wand.

»Was machst du denn da? Na los, komm!«, zischte ich.

Aber Billy wich vor mir zurück, drückte sich noch weiter in seine kleine Nische und weinte umso heftiger.

Ich ging vor ihm in die Hocke und musste beinahe würgen, so schlimm stank der Müll.

»Es ist vorbei, okay? Wir müssen jetzt nur hier weg.«

Ich streckte Billy die Hand hin, aber er schlug sie zur Seite und stieß irgendetwas zwischen einem Heulen und einem Schrei aus.

Der Laut hallte von der Metallmülltonne wider und breitete sich über den Parkplatz aus. Ich hielt mir die Ohren zu und kippte prompt seitlich gegen die Wand.

»Was soll denn der Scheiß, Mann?«

Billys Schrei ging in hysterisches, schrilles Geheul über und er fing an zu hyperventilieren.

»Billy D., ich bin's doch, Dane. Ist ja gut.« Ich bemühte mich, ruhig zu bleiben, aber am liebsten hätte ich mitgeflennt. Wenn er nicht bald mit diesem Lärm aufhörte, waren wir geliefert, egal, wie einsam das Diner lag. Dieses Geschrei war vermutlich noch am anderen Ende eines Maisfelds zu hören. Verzweifelt wünschte ich mir, wir würden endlich wieder im Auto sitzen.

»Sind die tot?«, jammerte Billy.

»Nein, natürlich nicht. Psst.«

»Die sind tot!«

»Alter, jetzt hör mal auf mit deinem ›tot‹. Nachher kriegt das noch jemand mit!«

»Mir doch egal.«

»Denen geht's gut, das verspreche ich dir, aber wir müssen jetzt abhauen. Wenn uns irgendwer sieht, dann kommen wir hier nicht mehr weg. Und dann schaffen wir es nicht nach Kentucky.«

Billy unterdrückte ein Schluchzen. »Wir fahren nicht nach Kentucky?«, fragte er zwischen zwei Atemzügen.

»Nicht, wenn du da hocken bleibst. Nicht, wenn du nicht sofort da rauskommst. Na los.«

Aber Billy rührte sich immer noch nicht. Geduckt saß er da und wischte sich die Nase an seinem Jackenärmel ab.

»Warum haust du?«, fragte er leise.

»Was?«

»Warum haust du?« Diesmal lauter.

»Psst. Was soll das heißen, warum? Ich hab die geschlagen, weil sie dich fertiggemacht haben – weil sie sonst vielleicht *dich* geschlagen hätten. Ich hab bloß auf dich aufgepasst, kapiert?«

»Nein.« Billy schüttelte den Kopf. »Warum haust du immer alle?«

»Mach ich doch gar nicht. Dich haue ich nicht.«

»Na gut, aber warum haust du *andere* Leute?«

»Können wir darüber im Auto reden? Wir müssen wirklich –«

»Wenn dein Dad dich nicht gehauen hat, warum haust *du* dann andere?« Billys Stimme klang wild und verzweifelt.

»Ich weiß es nicht, Billy –«

»Warum haust du?!«

»Verdammt! Wir haben jetzt keine Zeit für solchen –«

»Warum haut er?«

»Wir müssen hier –«

»Warum haut er?«

Moment mal. Was?

»Warum haut er mich, Dane? Warum haut er mich?«

Billy hatte wieder angefangen zu schluchzen und sackte zitternd wie ein Häufchen Wackelpudding auf dem Boden zusammen. Ich steckte die Hand in die Nische zwischen Mülltonne und Wand, hielt die Luft an, um nicht so viel von dem Gestank mitzukriegen, und packte Billy beim Jackenkragen. Er ließ sich widerstandslos aus seinem Versteck ziehen und aufrichten, doch sobald er auf den Füßen stand, stieß er mich von sich weg.

Die Frage stand noch immer in seinen Augen, aber er stellte sie nicht noch einmal.

»Gehen wir«, sagte ich leise.

Ich war so erleichtert, Billy endlich in das verdammte Auto verfrachten zu können, dass ich beinahe selbst anfing zu heulen.

KAPITEL 35

Ich fuhr Richtung Süden und schlug aus purer Gewohnheit wieder unsere ursprüngliche Route ein. Billy wischte sich die Tränen ab, aber er atmete immer noch schwer, erschöpft nach seinem Ausbruch. An einer Tankstelle hielt ich an, um Benzin nachzufüllen und mir ein Pflaster für mein blutendes Ohrläppchen zu holen. Und eine Packung Aspirin, von denen ich gleich das Doppelte der empfohlenen Menge mit einer Dose Cola runterstürzte. Meine Schultern und Handgelenke brachten mich fast um. Ich wusste nicht, ob die Schmerzen von der Prügelei herrührten oder von der Anspannung, unter der ich seit dem Moment stand, als wir dieses Drecksloch von Diner betreten hatten.

Wir erreichten den Fluss, der Illinois und Kentucky voneinander trennte, und folgten ihm, auf der Suche nach einem Weg auf die andere Seite. Billy zog seinen Atlas zurate und schwor, dass bald eine Brücke kommen müsse, aber ich fuhr und fuhr und trotzdem blieb der Fluss hartnäckig zu unserer Linken und hielt uns in Illinois gefangen. Das war ein Zeichen, dachte ich – ein Zeichen, dass Kentucky uns nicht wollte, und ob *ich* nach Kentucky wollte, war noch eine ganz andere Frage. Erst in einer Stadt namens Cairo, wo uns seit Missouri zum ersten Mal wieder Polizeiautos begegneten, ging es mir auf – wir waren einfach vom Tatort eines Verbrechens geflüchtet. *Verbrechen? Das war Selbstverteidigung ... mehr oder weniger jedenfalls.* Trotzdem hatten wir zwei Männer blutend liegen gelassen und keine Hilfe gerufen. Selbst wenn sie unser Auto nicht gesehen hatten, waren wir ja ziemlich einfach zu identifizieren. Eine egoistische Welle von Wut auf Billy überrollte mich. Mit ihm war es schlicht unmöglich, unauffällig zu sein. Wir würden nirgends mehr anhalten können, um nicht das Risiko einzugehen, erkannt zu werden. Und das alles war nur Billys Schuld.

Billys Schuld? Oder meine?

Ich umklammerte das Lenkrad. Es war nicht Billys Gesicht, das uns diesen Ärger eingehandelt hatte, es waren meine Fäuste.

»Alles in Ordnung?«, erkundigte sich Billy.

Nein, nichts ist in Ordnung.

»Schon gut.« Ich schüttelte den Kopf. »Du hast mir da eben nur echt Angst eingejagt, Mann. Dabei dachte ich, ich hätte es kapiert. Schon klar, dass es kompliziert ist … also, das mit deinem Dad. Ich dachte, wenn du ihn siehst, dann sagst du, was immer du ihm zu sagen hast, und ich bin dabei, damit –«

»Ja«, unterbrach mich Billy. »Ich sag ihm ja auch alles, das mit meinem Herz und dem Brief –«

»Was? Er weiß nicht Bescheid über dein Herz?«

Billy rutschte unbehaglich auf seinem Sitz hin und her. »Äh … nein?«

»Nein, Fragezeichen? Das klingt, als wärst du dir nicht sicher.«

»Ich will … ich bin … ich glaube nicht, dass er es weiß. Ich muss es ihm sagen, Dane. Ich muss ihm das mit meinem Herz sagen.« Billy fummelte an dem Atlas auf seinem Schoß rum.

»Du bist doch gerade erst nach Oregon gezogen. Du bist gerade erst weg von deinem Dad, vor … vor ein paar Monaten, oder? Wenn überhaupt?«

»Ich hab doch gesagt, wir waren vorher noch woanders.«

»Aber insgesamt war es doch sicher nicht länger als, na ja, ein Jahr?«

»Weiß nicht«, sagte Billy und drückte den Atlas an seine Brust.

»Billy D.« Ich trat aufs Gas und passte das Tempo meiner wachsenden Verärgerung an. »Du hast gesagt, du hättest diese Löcher im Herzen schon seit deiner Geburt.«

Billy wich meinem Blick aus. »Ja.«

»Meinst du nicht, dass dein Dad da Bescheid wissen müsste?«

»Er weiß nicht, dass ich sterbe!« Billy presste den Atlas noch fester an sich, die Augen ängstlich aufgerissen.

Oh Gott.

»Oh Gott.«

Ein Schild tauchte am Straßenrand auf und raste auf uns zu – eine Warnung, langsamer zu fahren. Ein zweites gleich dahinter brüllte mir zu, dass wir auf eine Abzweigung zufuhren. Pfeile zeigten die Richtungen an: links nach Kentucky, geradeaus nach Missouri.

Ich ging in die Bremsen und schlitterte auf einen Kiesparkplatz. Staub wallte um uns auf, als ich den Motor abstellte. Die Wolke legte sich langsam wieder und ich sah nur ein einziges weiteres Fahrzeug – einen ausgebrannten alten Pick-up ein Stück abseits eines Gebäudes, das aussah wie ein Schuppen voller moderndem Holz. Das Schild daran war so verblasst, dass ich nicht mehr erkennen konnte, wozu es einmal gedient hatte.

»Du bist an der Brücke vorbei«, bemerkte Billy. »Ich hab sie gesehen.«

Ich stieg aus dem Wagen und knallte die Tür zu.

Billy folgte mir und schlug den Atlas auf der Motorhaube auf. »Guck, Dane! Wir sind jetzt hier.«

So fröhlich – als wäre nichts passiert. Als wäre das Ganze nur ein verschissener Spaßausflug.

Ich stellte mich vor ihn, die Fäuste geballt, schnaufend. »Du hast überhaupt nichts am Herzen, stimmt's?«

»Wetten, man kann die Brücke sogar noch sehen?«, murmelte Billy. »Auf der anderen Seite von dem Haus da. Da kann man die Brücke bestimmt noch –«

»Stimmt's?« Ich fühlte mich, als könnte ich jeden Moment Feuer speien.

Billy hielt sich den Atlas wie einen Schutzschild vors Gesicht. »Wir sollten lieber weiterfahren. Wir müssen doch nach Monkey's Eyebrow.«

»*Stimmt's?*«, schrie ich.

Billy stolperte ein paar Schritte rückwärts und ließ den Atlas fallen.

»Nein.«

»Oh Gott!« Meine Hände fuhren durch die Luft, konnten sich nicht entscheiden, ob sie sich zum Himmel strecken oder mir die Haare ausreißen sollten.

»Aber ich *könnte*!« Billy trat auf mich zu in dem Versuch, mich wieder an Bord zu holen. »Ich könnte wirklich was am Herzen haben!«

Ich presste mir die Fäuste gegen die Schläfen. »Was? Was soll das denn heißen?«

»Viele Kinder mit Downsyndrom haben ein kaputtes Herz – mit Löchern drin, genau wie ich gesagt hab.«

»Also bist du nur *vielleicht* krank, oder wie?«

Billy stopfte die Hände in die Taschen. »Tja, also … nein.«

»Nicht mal ein kleines bisschen?« Meine Stimme war nur noch ein Zischen, als ich mich ganz dicht zu Billy vorbeugte.

»Nicht mal ein kleines bisschen«, sagte er.

»Nicht mal ein winziges Löchlein?« Ich hielt Daumen und Zeigefinger ein paar Millimeter auseinander und schob sie Billy unter die Nase.

Er sah aus, als würde er gleich anfangen zu weinen, schüttelte jedoch nur den Kopf. »Kein einziges.«

»Ich glaub's nicht!«, explodierte ich.

»Du bist sauer«, stellte Billy fest.

»Sauer. Ha!« Ich marschierte auf dem Parkplatz auf und ab, hieb mit den Fäusten in die Luft und kickte Kieselsteine durch die Gegend. »Sauer trifft es nicht mal annähernd … im Ernst jetzt, willst du mich verarschen?«

»Aber du hast es versprochen«, jammerte Billy. »Du hast gesagt, wir fahren hin und zerreißen den Brief. Und … und … er ist doch gleich da drüben.« Billy zeigte auf die Brücke. »Es ist nicht mehr weit. Er ist da drüben. Bitte, können wir –«

»Mir doch egal!«, schrie ich. »Mir doch egal, ob er direkt nebenan ist. Du hast mich ausgetrickst.«

»Nein, hab ich nicht.«

»Du hast mich angelogen.«

»Du mich doch auch. Du hast gesagt, du würdest mir helfen, meinen Dad zu finden.«

Ich stürmte zurück zum Auto und deutete mit dem Finger auf Billy. »Scheiß auf deinen Dad. Scheiß auf deine Lügengeschichten. Und scheiß auf Monkey's Elbow!«

»Monkey's *Eyebrow*!« Jetzt flippte auch Billy aus. Er hob den Atlas auf und schleuderte ihn in meine Richtung. »Und scheiß auf *dich*!«

Es waren mehr seine Worte, die mich stehen bleiben ließen, als der fliegende Atlas. Fast wünschte ich mir, er würde wieder zusammenbrechen und mir einen Grund liefern, seinen Heulsusenarsch ins Auto und zurück nach Columbia zu verfrachten. Aber er schäumte vor Wut. Selbst seine Körperhaltung – die Beine leicht gespreizt, die Arme leicht angewinkelt – drückte schiere Kampfbereitschaft aus.

Tja, gekämpft hatte ich für diesen Tag genug. Er würde sich jemand anderen für seinen Berserkeranfall suchen müssen.

Ich riss die Autotür auf und ließ mich auf den Sitz fallen.

»Wo willst du hin?« Billy hämmerte mit der Faust gegen mein Fenster.

Ich kurbelte es herunter und schubste ihn zurück. »Nach Hause.« Ich ließ den Motor an und legte den Gang ein.

»Du kannst nicht einfach abhauen!«, kreischte Billy. »Das ist das Auto von meiner Mom!«

Ich krallte die Finger um das Lenkrad und fragte mich, ob es wohl gegen das Gesetz war, einen behinderten Jungen mitten im Nirgendwo auszusetzen. Irgendeinen Dummen, der ihm seine Lügengeschichten abnahm, würde er schon finden.

»Dann steig ein«, knurrte ich.

Zur Antwort verschränkte Billy nur die Arme. Ich gab Gas.

»Nein!« Billy warf sich auf die Motorhaube.

Ich stieg auf die Bremse und er kullerte seitlich herunter.

»Scheiße! Billy D., alles in Ordnung?« Ich sprang aus dem Wagen und drehte ihn um.

Er stieß mich weg.

»Hast du dir wehgetan?«

»Ich hasse dich«, sagte er.

Es ging ihm also gut.

»Ich *hasse* dich!«

»Meinetwegen, aber entscheide dich endlich! Entweder du bleibst hier, oder du kommst mit. Ich … ich …« Oh Mann, ich klang schon wie meine Mom. »Ich zähle bis zehn.«

Und ich fing an.

Bei drei saß ich wieder im Auto, die Hände am Steuer.

Bei fünf war Billy aufgestanden. Er warf erst mir, dann dem Fluss einen langen Blick zu, als überlegte er, nach Kentucky zu schwimmen.

Bei acht hob er seinen Atlas auf und stampfte auf die Beifahrerseite.

Bei zehn verließen wir den Parkplatz ohne ein weiteres Wort.

KAPITEL 36

»Schnall dich an.«

Verdammt, ich hatte es echt satt, mich wie meine Mom anzuhören.

»Nein.«

»Los jetzt, setz dich ordentlich hin. Nicht, dass sie uns noch anhalten.«

Billy kniete auf dem Sitz, die Arme um die Kopfstütze geschlungen, und starrte aus dem Rückfenster. Zuerst hatte ich gedacht, er trauerte nur der Brücke nach Kentucky nach, aber so langsam wusste ich gar nicht mehr, was es da hinter uns zu sehen gab.

»Billy D., dreh dich endlich um. Du musst mir sagen, wo ich langfahren soll.«

»Wieder zurück«, antwortete er, ohne den Blick vom Fenster zu wenden.

»Nein, im Ernst jetzt, da vorne kommt eine Abzweigung. Muss ich wechseln?«

Schließlich ließ Billy die Kopfstütze los und plumpste runter auf seinen Sitz. »Weiß nicht.«

»Dann guck bitte mal auf die Karte.«

»Guck doch selber.«

»Ich muss fahren.«

Billy glotzte aus dem Fenster.

»Na schön«, sagte ich. »Von mir aus können wir auch bis

Texas so weitermachen. Zurück fahre ich jedenfalls nicht. Entweder du sagst mir, wie wir wieder nach Hause kommen, oder wir verbringen den Rest unseres Lebens in diesem Auto.«

Gar nicht mal so eine blöde Idee. Immer noch besser, als sich Mom zu stellen.

Widerwillig schlug Billy den Atlas auf.

»Die Interstate 55«, las ich vom Schild ab. »Ist das nicht die, auf die wir schon in St. Louis aufgefahren sind?«

»Kann sein.«

»Also was jetzt, ja? Soll ich die nehmen?«

Wir waren nur noch eine Ausfahrt entfernt.

Billy klappte den Atlas zu und guckte aus dem Fenster.

Leise vor mich hinfluchend nahm ich die 55 nach Norden. Zum Glück wies das nächste Schild sowohl Cape Girardeau als auch St. Louis aus. Irgendwie waren wir wohl im Kreis gefahren und südlich der Staatsgrenze von Missouri gelandet, dort, wo es sich Richtung Osten ausdehnte und sich mit einem kleinen Ausläufer unter Illinois schob. Nun war ich mir ziemlich sicher, dass ich auch ohne Atlas nach Hause finden würde – selbst wenn Billy sich den ganzen Weg stumm stellte. Tatsächlich wäre mir das sogar lieber gewesen, denn als er schließlich doch wieder den Mund aufmachte, war es alles andere als angenehm.

Mit Betteln fing es an. Als wir an der Ausfahrt nach Cape Girardeau vorbeikamen, wo wir auf dem Hinweg abgefahren waren, flehte und weinte Billy und beschimpfte mich unter Tränen als Lügner. Als ich dann die Umgehungsstraße an St. Louis vorbei nahm, fing er an zu schreien. Die Beleidigungen, die er mir an den Kopf warf, schrumpften jedoch schnell zu unverständlich aneinandergereihten Silben zusammen, der Rest ging in furchtbaren Lauten unter, die tief aus seiner Brust drangen. Er warf sich auf seinem Sitz hin und her und trat wieder und wieder gegen das Armaturenbrett. Einmal griff er mir sogar ins Lenkrad und ich musste ihn so fest beim Handgelenk packen, dass es einen Abdruck hinterließ.

Der Schmerz beendete Billys Ausbruch abrupt. Er schluckte all die schrecklichen Geräusche herunter, sackte in sich zusammen und wimmerte leise vor sich hin. Ein mulmiges Gefühl in der Magengegend sagte mir, dass Billy schon öfter auf diese Art zum Schweigen gebracht worden war.

Als wir St. Louis hinter uns gelassen hatten und den Weg nach Columbia einschlugen, hatten sich Billys Tränen erschöpft. *Er* war erschöpft, Punkt. Das Schniefen und Jammern ging in leises Schnarchen über und zum ersten Mal seit Langem konnte ich wieder einen klaren Gedanken fassen.

Wie blöd war ich eigentlich gewesen, auf Billys Story mit dem kaputten Herzen reinzufallen? Ach was, ein Blödmann war ich doch schon von Anfang an gewesen, mit meinen ganzen bescheuerten Regeln, wen man schlagen durfte und wen nicht. Ich hätte den kleinen Spinner direkt an dem Tag, als er mir das erste Mal zur Schule gefolgt war, umhauen sollen. Dann wäre das alles nicht passiert. Und jetzt saß ich hier mit ihm im Auto und ganz schön in der Scheiße.

Ich rüttelte Billy wach.

»Sind wir schon da?«, fragte er und rieb sich die Augen.

»Fast. Hör mal, was erzählen wir denen zu Hause eigentlich?«

»Was meinst du?«

»Na ja, wo wir waren. Was wir gemacht haben. Und warum.«

Billy starrte mich auf seine unnachahmliche, ausdruckslose Weise an. »Das weißt du nicht mehr?«

»Nein, so meine ich das doch –«

»Wir sind über den Fluss und dann waren wir in diesem Diner und dann sind wir wieder zurück über den Fluss. Und wir hatten Streit, weil du wütend auf mich warst. Und außerdem hatten wir Streit mit diesen Männern, weil du auf *die* wütend warst. Und dann hatten wir noch mal Streit, weil du wieder auf mich wütend warst. Und –«

»Oh Mann, halt einfach die Klappe.«

»Aber du hast gefr…«

»Ich meine doch nicht das, was wirklich passiert ist. Ich wollte wissen, was wir zu Hause erzählen sollen.«

»Du willst lügen?«, hakte Billy nach.

Ich warf ihm einen scharfen Blick zu. »Als wärst du darin nicht der Profi.«

Billy runzelte die Stirn. »Warum können wir nicht einfach die Wahrheit darüber sagen, wo wir waren?«

»Deine Mom soll also erfahren, dass du nach deinem Dad suchen wolltest?«

»Nein«, gab Billy zu.

»Und meine Mom soll erfahren, dass wir ihre Rubbellose klauen mussten, nur weil du unbedingt sofort loswolltest?«

Billy verknotete die Finger in seinem Schoß.

»Nein.«

»Und willst du –«

»Sag meiner Mom bloß nicht, dass wir im Auto geschlafen haben!«, platzte es aus Billy heraus.

Ich zuckte zusammen. »Okay. Warum nicht?«

»Sie sagt immer, nur Obdachlose schlafen im Auto. Sie sagt, egal, was passiert, obdachlos sind wir nicht. Das sagt sie andauernd. ›Wir haben vielleicht Hunger, aber wenigstens sind wir nicht obdachlos.‹ ›Wir sind vielleicht unglücklich, aber wenigstens sind wir nicht obdachlos.‹ So was halt.«

Ich musste daran denken, wie ich meine Mom immer wegen Geld piesackte, an mein Gequengel um ein Auto oder einen Computer. Dabei mussten wir nie Hunger leiden, waren nie wirklich unglücklich. Und obdachlos schon gar nicht. Na schön, unser Küchenboden war ziemlich abgeranzt und mein Handy stammte aus der Steinzeit, aber über meine Grundversorgung hatte ich mir nie Sorgen machen müssen.

»In Ordnung«, beruhigte ich ihn. »Wir sagen deiner Mom nicht, dass wir im Auto geschlafen haben. Aber was machen wir –«

»Hat sich aber auch gar nicht angefühlt wie obdachlos sein«, murmelte Billy, mehr an sich selbst als an mich gerichtet. »Eher wie Camping.«

»Das ist es!« Ich hob die Hand und Billy schlug ein, und für eine Sekunde vergaßen wir beide, dass wir vielleicht gar keine Freunde mehr waren. »Wir sagen einfach, wir waren campen!«

»Super!« Billy ließ sich von meiner Begeisterung anstecken. »Und angeln! Weil wir ja an dem Fluss waren!«

»Aber wir haben doch gar kein Angelzeug«, wandte ich ein.

»Deswegen haben wir ja auch nichts gefangen!«, rief Billy.

Wir brachen in Gelächter aus.

»Okay, Billy D.«, sagte ich. »Das erklärt aber immer noch nicht, warum wir einfach so ohne Erlaubnis losgezogen sind … in einer Schulwoche … in einem gestohlenen Auto.«

»Vielleicht dachten wir ja, wir wären morgens rechtzeitig vor der Schule wieder da«, erklärte Billy.

Beim Wort »Schule« blieb mir das Lachen im Hals stecken und ich schluckte. Jetzt wusste ich wieder, warum ich eigentlich wütend auf Billy hätte sein müssen. Mit seinen Lügen über sein Herz und seinen Drohungen, mitten in der Nacht allein abzuhauen, hatte er mich komplett ausgetrickst und praktisch zu diesem Ausflug gezwungen. Aber so würde das sicher niemand sehen, wenn wir zurückkamen. Selbst meine Mom würde einen einzigen Blick auf Billys unschuldige Schnute werfen und dann mit dem Finger auf mich zeigen. Und das konnte ich ihnen nicht mal verübeln. Wenn sogar ein Typ wie ich auf diesen Jungen reinfiel, dann hatten unsere Mütter keine Chance.

Und ob der Disziplinarrat mir glaubte oder nicht, spielte sowieso keine Rolle. Der hatte mich ja schon suspendiert, nachdem ich damals für Billy eingetreten war. Jetzt würde er wahrscheinlich seine Unterschrift unter meinen endgültigen Schulverweis setzen, bevor ich ihm auch nur erklären konnte, dass ich nur nicht im Unterricht war, weil ich auf Billy aufpassen musste. Verdammt, vielleicht erwartete mich der Wisch sogar schon zu Hause.

»Was ist mit den Rubbellosen?«, fragte Billy.

Ich seufzte. »Da fällt mir schon noch was ein, was ich meiner Mom erzählen kann.«

In Wirklichkeit hatte ich vor, ihr die Wahrheit zu sagen – teils, weil ich ihr das schuldig war, nachdem ich schon ihre Lose gestohlen hatte, aber vor allem deshalb, weil sie mir diesen Campingquatsch sowieso nicht eine Sekunde lang abnehmen würde.

»Meinst du nicht, sie ist richtig stinkig deswegen?«, wollte Billy wissen.

»Ich glaube, sie wird wegen der ganzen Geschichte ziemlich stinkig sein.«

»Also hast du genauso großen Ärger am Hals wie ich.«

»Eher größeren.«

Billy legte die Füße aufs Armaturenbrett und begutachtete lange seine Schnürsenkel. Schließlich sah er auf und holte tief Luft.

»Ich bin sauer auf dich, weil du gelogen hast.«

Fassungslos starrte ich ihn an. »*Du?* Sauer auf *mich*? Du … du bist …«, stammelte ich. »Der Lügner hier bist ja wohl du.«

»Du hast gesagt, du würdest mir helfen, meinen Dad zu finden«, fuhr Billy unbeirrt fort, als hätte er mich gar nicht gehört. »Du hast versprochen, dass du mich nach Monkey's Eyebrow bringst, und dann hast du es nicht gemacht.«

»Und *ich* bin sauer auf dich, weil du ein Hochstapler bist.«

»Was ist ein Hochst…«

»Du hast gelogen, du hast gar keine Löcher im Herzen. Und dein Dad ist auch nicht so toll, wie du immer behauptest hast.«

»Der ist wohl t…«

»Und was das Kämpfen angeht, hast du mich auch belogen.« Ich war jetzt auf hundertachtzig und schleuderte Billy so schnell seine Lügen um die Ohren, wie sie mir klarwurden. »Du wolltest das gar nicht wegen diesen Typen von der Bushaltestelle lernen, stimmt's?«

»Du bist nicht mit mir nach Monkey's Eyebrow gefahren«, wiederholte Billy. »Und bei der Suche nach meinem Dad hilfst du mir auch nicht mehr, oder?«

»Natürlich nicht, das kannst du vergessen.«

»Dann hast du dein Versprechen gebrochen.«

»Genau wie du deins«, erwiderte ich. »Deinetwegen fliege ich jetzt von der Schule … wegen deiner Lügerei.«

Darauf hatte Billy wohl keine Antwort mehr und so saßen wir eine Weile bloß da und kochten vor Wut.

Schließlich brach Billy das Schweigen. Seine Stimme war jetzt viel leiser als vorher.

»Ich bin immer noch sauer auf dich.«

Ich schnaubte. *Gleichfalls.*

»Ich bin so sauer, dass ich vielleicht für immer sauer bleibe«, redete Billy weiter. »Aber … aber … ich hasse dich nicht dafür.«

Ich stieß die Luft aus, ohne gemerkt zu haben, dass ich sie angehalten hatte, und spürte, wie sich in meinem Magen etwas entkrampfte. Ich wollte ihm erklären, dass es mir total egal war, ob er mich hasste oder nicht. Dass ich *ihn* hasste. Aber das konnte ich noch nicht mal denken, geschweige denn aussprechen, denn der einzige Gedanke, der sich gewaltsam in meinem Kopf ausbreitete, egal, wie sehr ich ihn zu unterdrücken versuchte, war: *Ich hasse dich auch nicht.*

»Hast du gehört, Dane?«, sagte Billy. »Ich hasse dich nicht.« Er suchte in meiner Miene nach einem Anzeichen dafür, dass ich ihn verstanden hatte.

Trotzig schob ich den Kiefer vor, damit mein Gesicht mich nicht völlig verriet. Dann schenkte ich Billy ein winziges Nicken.

»Na dann«, sagte ich.

»Na dann.« Zufrieden lehnte Billy sich zurück.

»Dane?«

»Hm?«

»Müssen wir eigentlich auf ein großes Schild achten, auf dem ›Columbia‹ steht, mit so einem Pfeil drauf?«

»Ja, so was in der Art. Wieso?«

Billy deutete hinter uns. »Weil wir da gerade dran vorbeigefahren sind.«

Es dauerte lange, bis Mom aufhörte, mich anzuschreien. Ab und zu machte sie mal eine Pause, um ein paar Tränen zu vergießen oder mich mit einer ihrer gefürchteten Umarmungen zu attackieren und mir zu versichern, wie sehr sie mich liebe, aber dann machte sie gleich wieder weiter. Ich hatte ja gehofft, sie würde sich irgendwann in den Schlaf weinen wie Billy im Auto, aber so viel Glück hatte ich nicht.

Ich bekam nur vereinzelte Schnipsel von ihrer Tirade mit – Wörter wie »gefährlich«, »minderjährig« und »enttäuscht«. Letzteres tat ganz schön weh.

Irgendwann beruhigte sie sich endlich so weit, dass ich ihr meine Geschichte erzählen konnte. Nicht das Campingmärchen, das Billy und ich uns ausgedacht hatten, sondern die Wahrheit, jedes einzelne Detail – das, was ich über Billys Dad erfahren hatte, eingeschlossen. Es schien sie nicht zu überraschen. Offenbar hatten Mom und Mrs Drum, während wir verschwunden waren, auch ein paar ziemlich aufschlussreiche Gespräche geführt.

Einmal unterbrach sie mich, um den Anwalt anzurufen, den sie und Mrs Drum engagiert hatten. Als er ihr erläuterte, dass ich wegen dieser erneuten Prügelei bis zu meinem Gerichtstermin mit Billy ins Gefängnis kommen könnte, fing sie wieder an zu weinen. Der Anwalt bat sie, nicht in Panik zu geraten, bis er sich mit der Polizeiwache unten in Südillinois in Verbindung gesetzt hatte, und versprach, sich dann wieder zu melden.

Mom legte auf, trocknete sich die nass geweinten Wangen und ließ sich auf einen Küchenstuhl sinken, den Kopf in die Hände gestützt.

»Oh Gott«, flüsterte sie, mehr an sich selbst als an mich gerichtet. »Mein Kind ist doch nicht kriminell.«

Ich bin echt der letzte Abschaum.

»Aber nah genug dran, dass es einen Anwalt braucht.« Sie sah auf; jetzt redete sie definitiv mit mir. »Du bist sechzehn Jahre alt und hast einen Anwalt.«

Der Schimmelbelag auf dem letzten Abschaum.

Moms Blick schweifte zur Wand, wo die verbliebenen Rubbellose hingen.

»Mom«, fing ich an.

Sie hob die Hand, um mich zum Schweigen zu bringen.

»Ich will nur sagen, wie leid –«

»Nein«, unterbrach sie mich.

»Was?«

»Ich will keine Entschuldigungen von dir hören, solange du nicht gründlich darüber nachgedacht hast – solange du deine schlechten Entscheidungen nicht wirklich bereust. Dann kannst du kommen und sagen, dass es dir leid tut.«

»Okay.« Ich stand auf und drehte mich im Gehen noch mal um. »Äh, Mom? Wie lange soll ich denn nachdenken? Soll ich nachher noch mal rauskommen oder …«

Ihr Todesblick ließ mich verstummen, und ich zog mich in

mein Zimmer zurück, immer noch unsicher, wie lange ich dort sitzen und so tun sollte, als dächte ich über meine Missetaten nach.

Wie sich herausstellte, konnte ich dafür mehr Zeit einplanen als angenommen, denn eine Stunde später rief der Disziplinarrat an. Von diesem Tag an hatte die Twain-High einen Schüler weniger.

KAPITEL 37

»Du hättest mich decken müssen … warum hast du denen nicht einfach gesagt, ich wäre krank?«

»Krank? Ich dachte, du wärst *tot*! Verschwindest einfach mitten in der Nacht, machst dein Handy aus … ich dachte … ich dachte …«

»Ich hab dir doch einen Zettel geschrieben!«

»Mit so gut wie keinem Inhalt!«

Diesen immer gleichen Streit führten Mom und ich schon seit zwei Tagen.

Als die Schule anrief, um wegen meiner Abwesenheit nachzufragen, war Mom die halbe Nacht zuvor mit Mrs Drum unterwegs gewesen und hatte nach Billy und mir gesucht. Das musste sie in eine Art Delirium versetzt haben, weil sie antwortete, nicht zu wissen, wo ich sei, und damit zuließ, dass sie mein Fehlen als »Schwänzen« eintrugen. Bis zur Wochenmitte waren sämtliche Rettungsversuche wie Anrufe beim Direktor und flehentliche Appelle getätigt und abgeschmettert worden, und inzwischen waren wir dabei, die Formulare für meine Anmeldung an der Alternativschule auszufüllen.

Am Küchentisch schob Mom frustriert den Papierkram von sich und starrte auf ihre Rubbelloswand. Die geplünderten Rahmen hatte sie leer wieder aufgehängt, was in mir wohl Schuldgefühle wecken sollte. Aber alles, was ich dort sah, waren die übrigen, nicht eingelösten Gewinne.

»Uns bleibt immer noch die Möglichkeit, gerichtlich dagegen vorzugehen.« Mom atmete tief durch und rieb sich mit der Hand übers Gesicht. »Aber bis wir einen Termin für eine Anhörung bekommen, ist das Schuljahr wahrscheinlich schon längst um. Vielleicht eine Privatschule?« Sie schien mit sich selbst zu reden.

»Als könnten wir uns das leisten«, antwortete ich trotzdem.

Moms Blick huschte zurück zu den Losen, aber sie sagte eine ganze Weile lang nichts. Als sie es schließlich doch tat, klang ihre Stimme sehr dünn. »Irgendwas fällt mir schon ein.«

Und daran hatte ich keinen Zweifel. Die einzigen Gelegenheiten, zu denen Mom mehr Elan zeigte, als wenn sie mit mir stritt, waren, wenn sie versuchte, etwas *für mich* zu erstreiten. Und plötzlich hatte ich ein schlechtes Gewissen, weil sie diesen ganzen Stress auf sich nehmen musste.

Zu einer richtigen Entschuldigung reichte es nicht, aber immerhin sammelte ich die auf dem Küchentisch verstreuten Papiere zu einem ordentlichen Stapel vor mir zusammen und begann, meine Anmeldung für die Alternativschule auszufüllen.

Billy hatte auch nicht mehr zu lachen. Das Schwänzen hatte seinen makellosen Ruf ziemlich angekratzt und der Disziplinarrat ließ ihn sogar nachsitzen. Worauf Billy ganz schön stolz zu sein schien, so, wie er ein paar Abende später mit dem Benachrichtigungswisch herumwedelte. Dafür, dass ich seinetwegen von der Schule geflogen war, hatte er sich schon entschuldigt, aber ganz offensichtlich war er der Meinung, dass sein Nachsitzen die ultimative Strafe war.

Hausarrest hatte er auch bekommen. Erstens fürs Weglaufen und zweitens dafür, dass er deswegen auch noch gelogen hatte. Er hatte es tatsächlich mit der Campinggeschichte versucht, aber Mrs Drum war schnurstracks zu meiner Mom marschiert und hatte sich von ihr die Wahrheit erzählen lassen. Nach alldem überraschte es mich, dass unsere Mütter uns überhaupt ein Treffen erlaubten, aber zu meinem Geburtstag hatten sie eine Ausnahme gemacht.

Vor nicht allzu langer Zeit hatte ich mir meinen siebzehnten Geburtstag noch ziemlich anders ausgemalt, mit anderen Gästen und vielleicht sogar einem Auto, das ich Mom aus dem Kreuz geleiert hätte. Aber unter den heutigen Umständen war ich schon froh über ein bisschen Gesellschaft.

Auch wenn ich mich als Geschenk anscheinend mit Billys Nachsitzwisch begnügen musste.

Als Billy endlich genug damit angegeben hatte, steckte er den Zettel zurück in seinen Rucksack, den er auf meinem Bett abgeladen hatte. Ich erhaschte einen Blick auf den Atlas, Billys treuen Begleiter, der immer noch seinen Ehrenplatz ganz vorne einnahm. Dahinter sah ich ein weiteres Buch – ähnlich vertraut und fast genauso gefährlich.

»Das ist nicht das Jahrbuch«, sagte Billy, der meinem Starren gefolgt war. »Das ist aus einem anderen Jahr.«

Als wäre es in dem Fall okay.

Aber wenn ich Billy schon nicht mehr böse dafür sein konnte, dass er mir einen Schulverweis, eine Verhaftung und Hausarrest eingebrockt hatte, dann brauchte ich mich über so ein blödes Jahrbuch wohl gar nicht erst aufzuregen.

Nachdem er sich vergewissert hatte, dass ich nicht in die Luft gehen würde, zog er das Jahrbuch vorsichtig aus dem Rucksack. »Guck dir das mal an«, sagte er. »Also, nur wenn du willst. Es ist … *besser* als das andere.«

Ich ließ zu, dass er das Buch auf mein Bett legte, nahm mir jedoch fest vor, es später unter einem Haufen Wäsche zu vergraben.

Nach dem Essen kam Seely vorbei, und wir erzählten ihr alles, was ich ihr noch nicht am Telefon berichtet hatte. Wir stopften uns mit Geburtstagstorte voll und danach knubbelten wir uns auf die Couch im Wohnzimmer und guckten *endlich* »Karate Kid«. Billy hörte während des ganzen Films nicht auf zu grinsen, und Seely ließ zu, dass ich ihr im Schutz der Decke unters T-Shirt ging. Ich konnte mir fast einreden, es wären Ferien und ich wäre nicht von der Schule geflogen.

Das Sahnehäubchen auf dem ganzen Abend war jedoch der Anruf, den Mom von meinem Anwalt erhielt. Sie nickte und machte immer nur »mhmm«, aber ihr Lächeln wurde alle paar Sekunden breiter. Dann bedankte sie sich ungefähr tausend Mal bei ihm und legte auf.

»Was war das denn?«, fragte ich.

Billy und Seely waren schon weg und Mom und ich hatten nebeneinander an der Spüle gestanden und den Abwasch erledigt.

Sie legte das Telefon weg und trocknete weiter ihren Teller ab. »Tja, es wird dich freuen zu hören, dass es euren ›Freunden‹ aus dem Diner gut geht.«

»Ach, wird es das?« Ich zog die Augenbrauen hoch.

»Na ja, zumindest sollte es das. Und was noch besser ist: Sie wollen keine Anzeige erstatten.«

»Wir sollten *die* anzeigen«, murrte ich. »Wegen Arschlochigkeit.«

Es überraschte mich nicht, dass die Typen lieber Gras über die Sache wachsen lassen wollten. Sie waren schließlich bewaffnet gewesen und wir nur zwei Teenager. Aber das mit der Knarre hatte ich Mom nicht erzählt – dieses Detail hätte wohl das Fass zum Überlaufen gebracht.

»Da seid ihr ja gerade noch mal aus der Schusslinie gekommen«, sagte sie.

Wenn du wüsstest, wie recht du damit hast.

»Also, auf jeden Fall hat der Anwalt mit dem Sheriff oder

sonst wem da unten gesprochen, der gesagt hat, einer von diesen Männern – der Besitzer des Diners – ist wegen irgendeiner anderen Geschichte auf Bewährung und will deswegen keinen Ärger. Er und sein Kumpel haben sich darauf geeinigt, dass sie dich und Billy D. nie gesehen haben und absolut nichts passiert ist.«

Mom musste offenbar schwer an sich halten, um nicht in Freudentänze auszubrechen, aber ich konnte nur daran denken, dass sehr wohl was passiert war. Irgendwo zwischen Moms Rubbellosen und Billys Lügengeschichten hatte ich einen Teil von mir kennengelernt, auf den ich nicht stolz war. Mein zu fester Griff, der Billys Wutanfall beendet hatte, die Typen auf dem Boden des Diners – all diese Bilder warfen eine einzige Frage auf.

»Mom?«

»Ja?«

»Glaubst du, ich werde vielleicht … mal so wie Billys Dad?«

Mom hielt im Abtrocknen inne und lehnte sich seitlich an die Arbeitsplatte, um mich anzusehen. »Wieso fragst du denn so was?«

Er ist ein Schlägertyp, ich bin ein Schlägertyp. Und Billy mag uns beide, was man von den meisten anderen Leuten nicht behaupten kann.

»Du weißt doch, wie ich das meine«, konnte ich nur erwidern.

Sie zog sich einen Küchenstuhl unter dem Tisch hervor und ließ sich darauf fallen. »Mit diesem Mann hast du absolut nichts gemeinsam.«

Ich setzte mich neben sie. »Woher willst du das wissen? Du kennst ihn doch gar nicht.«

»Aber ich kenne dich.«

Ich öffnete den Mund, um zu widersprechen, aber Mom schnitt mir das Wort ab. »Du hast es schwerer gehabt als die meisten anderen Kinder. Du bist oft sehr wütend und diese Wut sucht sich eben manchmal das falsche Ventil.«

Ich musste an Jimmy Miller denken und an die Wut, die sich sein Gesicht als Ventil ausgesucht hatte, als ich ihm einen Segelflug von seinem Fahrrad aufs Pflaster beschert hatte.

Mom holte tief Luft. »Würdest du gern mal mit jemandem darüber sprechen?«

»Worüber?«

»Deine Wut.« Hastig redete sie weiter. »Molly hat mir eine Liste gegeben … von Ärzten … du könntest ja einfach mal –«

»Nein«, unterbrach ich Moms nervöses Gestammel. Aber dann fiel mein Blick auf meine Hände, die ich so oft zu Fäusten ballte. »Na, vielleicht. Wenn du meinst, das könnte mich davon abhalten … Ich meine, ich will nicht so enden wie –«

»Das wirst du auch nicht.« Mom legte die Hand auf meine. »Du würdest nie so etwas tun wie er. Du würdest jemandem wie Billy D. nie so wehtun.«

»Lass das.«

»Was?«

»Sag nicht ›jemand wie Billy D.‹, als wäre er irgendwie anders als du und ich.«

»Dane, er *ist* aber anders als du und ich.«

Ich zog die Hand weg und wich vor ihr zurück.

»Das ist doch nichts Schlimmes«, sagte Mom. »Aber dass du diesen Unterschied erkennst und Billy trotzdem so akzeptierst, wie er ist – genau das ist es, was dich von seinem Dad unterscheidet.«

»Was genau weißt du über ihn?«, fragte ich.

»Billys Dad? Ich weiß, dass er Rätsel entwirft.«

»Was?«

»Ja, er verfasst Denksportaufgaben für Bücher und manchmal auch Kreuzworträtsel für große Zeitungen.«

Ich dachte an Billys Atlas. »Das passt ja.«

»Molly sagt, er ist ein höchst intelligenter Mensch, aber als

Billy auf die Welt kam, wollte sein Dad nicht wahrhaben, was mit ihm los war. Er verschuldete sich hoch, weil er Billy von einem Spezialisten zum anderen schleppte und versuchte, ihn zu … tja, ich weiß auch nicht. Ihn zu heilen, vielleicht. Oder ihm zumindest dabei zu helfen, sich weiterzuentwickeln.«

»Aber das ist doch gut, oder nicht?«

Mom rieb sich die Stirn. »Natürlich ist es gut, dass Billy so früh schon die bestmögliche Betreuung und Förderung bekommen hat, aber … ab irgendeinem Punkt in seiner Entwicklung ging es nun mal einfach nicht mehr viel weiter. Und Molly sagt, als er diesen Punkt erreicht hatte, konnte sein Dad das einfach nicht hinnehmen. Er hat andauernd versucht, Billy über seine Grenzen zu treiben, und wenn Billy dann nicht mehr mithalten konnte, artete das bei seinem Dad in Gewalt aus.«

»Er hat ihn geschlagen.«

»Ja, das hat er. Molly sagt, irgendwann war Paul völlig besessen davon, Rätsel zu entwerfen, die Billy lösen sollte. Er dachte, wenn Billy so etwas meisterte, dann würde er alles andere auch meistern. Aber je schwerer es Billy fiel, desto wütender wurde sein Dad. Sie vermutet, dass er manchmal sogar absichtlich Rätsel ohne Lösung verfasst hat. Ob als Grund dafür, Billy zu schlagen, oder einfach, weil ihn die Sache verrückt gemacht hat – sie weiß es bis heute nicht.«

Bilder aus dem Atlas rollten sich wie Tapetenbahnen in meinem Kopf aus – eine Seite mit einer in Bleistift eingetragenen Stadt, ein Hinweis am unteren Rand einer anderen. Es war alles nur ein großer, grausamer Test gewesen, um Billy zu quälen. Und der Brief ganz hinten enthielt nichts als bedeutungslose Antworten auf bedeutungslose Fragen.

Wer hört alles und sagt nichts? Interessiert doch keine Sau.

Wer weiß alles und hat doch von nichts eine Ahnung? Billys Dad.

Ich fragte mich, ob diesem Kerl eigentlich klar war, dass er das größte Rätsel aller Zeiten erschaffen hatte: Wie konnte ein Kind seinen Dad immer noch lieben, obwohl der so ein verdammtes Schwein war? Auf die Lösung dazu würde ich niemals kommen.

»Also ist sie gegangen?«, fragte ich. »Sie hat sich Billy geschnappt und ist mit ihm abgehauen?«

»Ja, sie sind seit einer ganzen Weile auf der Flucht vor ihm«, sagte Mom. »Molly hat Jobs angenommen, wo immer sie konnte, aber Billy brauchte dringend ein wenig Stabilität im Leben – er musste mal länger auf einer Schule bleiben. Darum ist sie mit ihm hergekommen, weil sie hier ein paar Leute kennt. Ein Freund hat ihr das Haus überlassen und ihr einen Job besorgt. Schwarz natürlich.«

Schwarzarbeit. Daher die Geheimnistuerei.

»Was macht sie denn?«

»Sie ist Hausmeisterin.« Mom fing meinen Blick auf und fügte, bevor ich etwas sagen konnte, in scharfem Tonfall hinzu: »Und dafür braucht sich niemand zu schämen.«

»Ich weiß, ich wollte doch gar nicht –«

»Eine Mutter braucht sich für gar nichts zu schämen, was sie für ihren Sohn tut.«

»Ich weiß«, wiederholte ich, diesmal nachdrücklicher, und sah ihr fest in die Augen. »Das weiß ich besser als jeder sonst.«

Moms Blick wurde ein kleines bisschen sanfter, dann stand sie auf und tat etwas so Seltsames, dass ich ihr fast ein Thermometer in den Mund gesteckt hätte, um mich zu vergewissern, dass sie kein Fieber hatte. Sie marschierte zu der Wand mit den Losen und nahm den größten Rahmen von seinem Ehrenplatz. Wie erstarrt saß ich da, als sie die Klemmen auf der Rückseite löste und den Hauptgewinn herauszog. Sie drehte das Los um und murmelte: »Gilt noch.«

Ich schluckte. »Mom?«

Sie wob das Fünftausenddollarlos zwischen ihre Finger und sah mich an. »Das reicht für einen Computer – vielleicht einen schönen Laptop.«

»Mom?«

»Und fürs College ist es zumindest ein Anfang. Natürlich müssten wir noch was drauflegen, aber ein paar Jährchen bleiben uns ja noch. Ich finde, du solltest mal überlegen, ob du diesen Sommer nicht einen Job annimmst. Ich weiß, du wolltest immer –«

Sie konnte nicht ausreden, weil meine Umarmung ihr die Luft abschnitt. Ich schlang beide Arme fest um ihren Hals und ihre Schultern. »Danke, Mom. Danke.«

Mom ließ zu, dass ich sie ein paar Sekunden lang an mich presste, dann schob sie mich mit ihren starken, schlanken Armen zurück auf meinen Stuhl. Wenn die Träne nicht gewesen wäre, die ich sie wegwischen sah, hätte ich fast gedacht, sie wäre sauer.

Ich deutete auf den leeren Rahmen auf der Arbeitsplatte. »Ich dachte, du wolltest dir dein Glück ›aufsparen‹.«

Mom nahm meine Hände und lächelte. »Dieses Glück habe ich eingelöst, als du unbeschadet nach Hause gekommen bist.«

»Wenn ich mir einen Job suche und verspreche, dass ich das meiste von dem Geld fürs College spare, kann ich dann … können wir … ein kleines bisschen was davon für ein Auto abknapsen?«

Ich hielt die Luft an, bis Mom mir schließlich zuzwinkerte. »Darüber unterhalten wir uns noch.«

Als ich schlafen ging, hatte ich so gute Laune, dass mir selbst beim Anblick des Jahrbuchs auf meinem Bett nicht das Lächeln verging.

Eigentlich wollte ich es auf den Boden fegen, aber etwas hinderte mich daran. Kleine Papierfetzen, die unter dem Einband hervorlugten. Billy hatte mal wieder eine Klebezettelchenparty veranstaltet. Vermutlich hatte er auf jeder Seite irgendwen markiert, von dem er fand, er sähe mir ähnlich. Mein Grinsen wurde breiter. Besser, wenn Billy nach sonst wem suchte als nach seinem Dad.

Anstatt das Buch also vom Bett zu schmeißen, klappte ich es auf und ließ mich auf die Matratze plumpsen. Langsam blätterte ich hindurch und sah mir jedes Foto an. Ich fragte mich, wie viele von diesen Jungs mittlerweile Väter waren … wie viele von ihnen ihre Kinder schlugen … wie viele von ihnen ihre Kinder verlassen hatten. Aber ihre Gesichter lieferten mir keine Antworten. Sie sahen einfach aus wie verwirrte, verkorkste Teenager. Und in dieser Hinsicht sahen sie mir *alle* ähnlich.

KAPITEL 38

Am nächsten Tag lieh ich mir Moms Auto, um ein paar Sachen zu erledigen – unter anderem gab ich meine Anmeldung an der Alternativschule ab. Im Gebäude begegnete ich nur wenigen Schülern, aber ich bekam trotzdem genug mit, um zu wissen, dass dort eine Menge juckende Handflächen versammelt waren und der normale Unterricht stark dem Nachsitzen an der Twain ähneln würde.

Darum war ich sowieso schon nicht allerbester Laune, als ich in unsere Straße einbog und ihn sah. Schon wieder so ein verdammter Umzugswagen, die Ladeklappe geöffnet. Genau, was uns gefehlt hatte: noch mehr Fremde in unserer Nachbarschaft, wahrscheinlich irgendeine Asi-Familie mit tausend brüllenden Bälgern und …

Ich blinzelte. Der Wagen stand genau da, wo ich ihn auch das letzte Mal gesehen hatte – vor Billys Haus –, und gerade lud Mrs Drum einen großen Karton ein.

Ich blieb mit Moms Auto mitten auf der Straße stehen, ließ den Motor einfach weiterlaufen und stieg aus.

»Was wird denn das?«

Mrs Drum drehte sich um und klopfte sich den Staub von den Händen.

Ihre Augen blickten freundlicher, als ich es je erlebt hatte. »Tut mir leid, Dane.«

»Was tut Ihnen leid? Was ist denn hier –«

»Dane!« Billy raste die Eingangstreppe herunter und schleuderte die Kiste Spielzeug, die er trug, achtlos zur Seite.

Mrs Drum sammelte die Sachen auf und verschwand im Haus.

»Wir ziehen um«, berichtete Billy ganz außer Atem.

»Was? Warum?«

Billy starrte auf seine Schuhe.

»Billy D., was ist hier los?«

Die Tür ging wieder auf und Mrs Drum erschien mit einem Armvoll kleinerer Kisten. »Billy, ich hab dir doch gesagt, du sollst dein Bett abziehen. Und von deinen Büchern ist auch noch keins eingepackt.«

»Aber ich rede gerade mit Da…«

»Sofort.«

Billy gehorchte und stampfte ins Haus, ohne mir auch nur noch mal zuzuwinken.

»Verdammt, äh, verflixt noch mal, Mrs D., was soll denn das al…«, stammelte ich los, aber sie unterbrach mich wieder.

»Dane, tut mir wirklich leid, aber lass dir das am besten von deiner Mom erklären. Wir haben es ein bisschen eilig.« Sie setzte die Kartons auf dem Gehweg ab und wandte sich wieder zum Haus um.

»Nein! Ich will wissen, was hier los ist! Wo wollen Sie hin?«

»Es tut mir leid«, wiederholte sie. Und sie schien es wirklich ernst zu meinen. Ihr Haar stand wild in alle Richtungen ab und ihre Bewegungen waren hektisch, aber für eine winzige Sekunde sah ich ein Echo dieses »Es tut mir leid« in ihren Augen. Ich folgte ihr bis zur Tür, aber plötzlich packten mich zwei kleine Hände von hinten bei den Armen. Instinktiv wirbelte ich herum, die Faust erhoben.

»Huch!« Die Hände ließen sofort los und ich sah in Seelys aufgerissene Augen – ihre Stirn war bis hoch zu ihren stacheligen weißen Haaren gerunzelt.

»Entschuldige«, sagte ich, ließ die Faust sinken und umschlang stattdessen ihre Taille. Sie erwiderte die Umarmung.

»Weißt du, was hier vorgeht?«, fragte ich, das Gesicht in ihrem Haar vergraben.

»Ich bin ja gerade erst gekommen.« Sie machte sich los. »Eigentlich wollte ich zu dir. Mein Dad konnte mich nach der Schule nicht in der Werkstatt gebrauchen, darum dachte ich, ich guck mal vorbei und …« Sie machte eine Geste, die den Umzugswagen und das Haus, in dem Billy und seine Mom nun verschwunden waren, einschloss. »Ich hab keine Ahnung, was da los ist.«

»Aber ich«, meldete sich eine Stimme hinter uns zu Wort.

Mom stand auf dem Gehweg, die Arme verschränkt und die Lippen zu einem dünnen Strich aufeinandergepresst. »Kommt mal mit rein.«

Ich hätte ja lieber Billys Haus geentert und dort Antworten verlangt, aber Seely ergriff meine Hand und zog mich hinter Mom her.

Mom winkte uns zu sich an den Küchentisch und kam direkt zur Sache.

»Billy hat seinen Dad angerufen.«

»Was?«, riefen Seely und ich im Chor.

Mom fuhr sich mit den Fingern durchs Haar. »Er hat die Nummer von einer alten Freundin der Familie – June Bug oder irgend so ein alberner Name.«

Ich biss die Zähne zusammen und versuchte, meine Miene so ausdruckslos wie möglich zu halten, aber mein Herz schlug einen Heidenkrach in meinem Brustkorb.

»Offenbar hat sie mit jemandem gesprochen, der Paul vor Kurzem noch gesehen hat –«

»Gesehen?«, wiederholte ich und ein eiskalter Schauder kroch mir über den Rücken. War Billys Dad etwa doch in Missouri gewesen und hatte nach ihm gesucht?

Mom nickte. »Das hat sie zumindest behauptet. Also hat diese Frau den Kontakt zu Paul hergestellt und dann hat sie Billy angerufen und ihm seine Nummer gegeben, ohne zuerst mit Molly zu reden.«

»Ich … äh … ich bin mir sicher, sie hat es nur gut gemeint.« Seelys Stimme brach. Unter dem Tisch drückte ich ihre Hand, damit sie nicht noch mehr sagte.

»Wo ist er?«, fragte ich.

»Billys Dad?« Mom stieß lange und gedehnt die Luft aus. »Mittlerweile könnte er sonst wo sein. Aber Molly meinte, er hätte zu Billy gesagt, er wäre in Detroit.«

Ein kleiner Teil von mir – der winzige Fitzel, der verstanden hatte, warum Billy sich noch immer nach dem Dad sehnte, der mit ihm campen, Affen beobachten und Eis essen gegangen war – starb. Ich spürte, wie er in mir schwarz wurde und zusammenschrumpelte. Natürlich war er nicht in Monkey's Eyebrow. Ich hatte es doch gewusst. *Hatte ich doch, oder?*

»Tja«, fuhr Mom fort. »Und Billy hat seinem Dad natürlich gesagt, wo er ist.«

»Oh nein«, hauchte Seely.

»Wann?«, fragte ich.

»Heute Morgen. Molly hat ihn gehört, sich aber zurückgehalten, bis er aufgelegt hatte. Sie dachte, wenn Paul nicht weiß, dass *sie* Bescheid weiß, kommt er vielleicht nicht ganz so schnell.«

»Ist sie sich denn so sicher, dass er überhaupt kommt?«, erwiderte ich. Konnten wir uns nicht erst mal alle wieder ein bisschen einkriegen? Der Typ war schließlich nach Detroit gezogen. Vielleicht wollte er nur seiner Heimat einen kurzen Besuch abstatten. Vielleicht wusste er selber, wie krank er war, und hatte gar nicht nach Billy gesucht.

Das alles versuchte ich, den beiden zu erklären, aber Mom und Seely wirkten nicht überzeugt. Seely wies darauf hin, dass er nicht mal die Polizei gerufen hatte, als Mrs Drum mit Billy verschwunden war – das klang für sie verdächtig nach einem Mann, der die Detektivarbeit lieber selbst erledigte. Mom ergänzte, Mrs Drum kenne ihn schließlich am besten, und wenn sie sich fürchte, habe sie vermutlich guten Grund dazu.

Ich blieb skeptisch. Oder vielleicht wollte ich auch einfach nicht den Tatsachen ins Auge sehen, jedenfalls schien mir Weglaufen die schlechteste Lösung zu sein. Ich wusste, je mehr Billys Mom ihn von seinem Dad fernhielt, desto verzweifelter würde Billy versuchen, ihn zu finden. Und es war ja auch nicht so, als stünden sie unter Zeugenschutz. Sie würden eine Spur quer durchs ganze Land hinterlassen und früher oder später würde Billys Dad sie finden. Allein hier in Columbia tauchte Billys Name in den Schulakten auf und sogar in denen der Polizei – *die Polizei!*

»Mom!«, rief ich. »Billy kann hier nicht weg! Wir haben doch den Gerichtstermin. Wird man nicht automatisch schuldig gesprochen, wenn man da nicht erscheint, oder irgendwie so was?«

Mir kam es vor, als würde ich mich da nur an Strohhalme klammern, und ich erwartete schon, dass Mom meine Bedenken mit einer logischen Antwort beiseitewischen würde, aber zu meiner Überraschung presste sie sich die Hand auf die Stirn und lehnte sich entmutigt in ihrem Stuhl zurück.

»Das macht mir auch Sorgen«, gab sie zu.

»Daran hab ich noch nicht mal gedacht«, flüsterte Seely.

»Ich werde versuchen, Molly zu überreden, dass sie wenigstens bei der Polizei anruft und ihnen alles erklärt – vielleicht können sie sich ja auf irgendwas einigen –, aber ehrlich gesagt fürchte ich, das alles interessiert sie im Moment gar nicht. Sie ist wie ein führerloser Zug, völlig außer Kontrolle.« Mom ließ den Arm vorschießen, um pantomimisch darzustellen, wie dieser Zug entgleiste. »Ich glaube, ihr ist klar, dass am Ende alles den üblichen Weg gehen muss … Scheidung, Sorgerecht und so weiter. Aber zuerst will sie nun mal Billy in Sicherheit bringen. Danach versucht sie sicher, alles wieder in den Griff zu bekommen, und fährt zurück nach Oregon, um sich darum zu kümmern.«

»Aber das werden wir wohl nie erfahren, was?«, fragte ich.

Ich stellte mir vor, wie Billys Mom meine Nummer aus seinem Handy löschte, genau wie sie es mit der seines Dads getan hatte.

Mom schüttelte den Kopf. »Ich weiß es nicht, Dane.«

Die Resignation in ihrer Stimme ließ uns alle verstummen. Das Einzige, was hin und wieder die Stille durchbrach, war das gedämpfte Rumsen eines weiteren Umzugskartons, der auf der anderen Straßenseite in den Wagen geladen wurde.

KAPITEL 39

Mom hatte gesagt, dass Billy und Mrs Drum am nächsten Tag früh loswollten, also standen wir im Morgengrauen auf, um uns von ihnen zu verabschieden. Seely war auf dem Nachhauseweg am Abend zuvor noch kurz bei Billy gewesen. Ich fragte mich, was sie wohl zueinander gesagt hatten. Ich fragte mich, was *ich* sagen würde.

In der Nacht hatte es gestürmt und die Straße war ganz schön verwüstet. Ich musste über einen großen Ast springen, der quer über dem Asphalt lag, um zum Umzugswagen zu gelangen. Die Sonne stand noch so tief, dass sie nicht zu sehen war; nur vereinzelte grelle Strahlen stachen wie Scheinwerfer zwischen den Häusern hervor und ließen die eine Straßenseite wie eine Bühne wirken, während die andere den dunklen Zuschauerraum darstellte.

Der Umzugswagen stand im Schatten, aber die Blicke unserer Mütter lagen auf Billy und mir wie Spotlichter.

»Weißt du denn, wo ihr hinwollt?«, fragte ich.

»Nein«, seufzte Billy. »Hoffentlich in eine Stadt mit einem coolen Namen.«

»Solange es nicht Monkey's Eyebrow ist.«

Billy senkte den Kopf. »Da will ich gar nicht mehr hin«, wisperte er.

»Nee, du willst lieber nach *Detroit*, was?« Meine Stimme triefte vor Säure, und ich wünschte mir, ich hätte noch mal von vorn anfangen können. So sollte es nicht enden zwischen Billy und mir, aber ich war einfach so wütend.

Ich hatte die ganze Nacht wach gelegen und darüber nachgegrübelt, wer eigentlich die Schuld an alldem trug: Billys Mom, weil sie so paranoid war, sein Dad, weil er ein Monster war, oder ich, weil ich mich in die Sache hatte reinziehen lassen? Aber ich landete immer wieder bei Billy D. Ich wünschte, er hätte seinen Dad nie angerufen – ich wünschte, er hätte ihn nie auch nur erwähnt.

»Tut mir leid«, sagte ich. »Ich will dich gar nicht blöd anmachen oder so, okay? Ich will nur … ich glaube, du solltest vielleicht aufhören, nach deinem Dad zu suchen.«

»Der Doktor – einer von denen, zu denen mich Mom geschickt hat, zum Reden –, der hat gesagt, ich suche in Wirklichkeit gar nicht nach meinem Dad.«

»Nein?«

Billy sah auf. »Er hat gesagt, ich suche nach Antworten.«

»Scheint ein kluger Typ zu sein.«

»Find ich nicht.« Billy verzog das Gesicht.

»Wieso nicht?«

»Na, wie kann ich denn nach Antworten suchen, wenn ich die Fragen gar nicht kenne?«

Nicht die Fragen, dachte ich. *Die Frage. Singular. Nur die eine: Warum schlagen manche Leute zu?*

Auf seine ganz eigene Art hatte Billy mir diese Frage quasi gleich bei unserem Kennenlernen gestellt. Ich hatte bloß ziemlich lange gebraucht, um es zu kapieren. Und bei Billy war es offenbar immer noch nicht so weit.

»Und was findest du?«, fragte ich.

Billy zuckte mit den Schultern. »Ich finde, dieser Doktor hat ’ne ulkige Brille auf.«

»Tja, dann …« Ich räusperte mich und starrte auf meine

Füße. »Deine hässliche Visage wird mir jedenfalls ganz schön fehlen.«

»Ich bin nicht hässlich«, protestierte Billy. »Ich bin ein hübscher Kerl. Das sagen alle. ›Mensch, was für ein hübscher Kerl‹, sagen die Leute immer.«

»Alter, was irgendwelche Omis sagen, zählt nicht.«

»Beeilt euch ein bisschen, Billy«, rief Mrs Drum. »Sonst kommt Dane noch zu spät zur Schule.«

Ich wollte gerade ein spöttisches Lachen ausstoßen, aber es blieb mir im Hals stecken, als ich ihr Gesicht sah. Sie strahlte.

»Dane ist wieder aufgenommen«, sagte sie, mehr zu Mom als zu mir.

»Was?«, fragten Mom und ich im Chor.

Mrs Drum vollführte ein paar kleine Hüpfer auf den Zehenballen und sah dabei so sehr wie Billy und so wenig wie sie selbst aus, dass ich ein paarmal blinzeln musste, um mich zu vergewissern, dass ich nicht halluzinierte.

»Ich habe der Schulkommission einen Brief geschrieben. Und ich habe Direktor Davis persönlich berichtet, was Billy durch sein Weglaufen für ein Chaos angerichtet hat.« Ihr Lächeln erlosch für eine Sekunde, und sie warf Billy einen Blick zu, unter dem er förmlich zusammenschrumpfte. Dann wandte sie sich mir zu und ihre Miene wurde ganz weich und bedauernd. »Ich habe erklärt, dass du die Schule nur geschwänzt hast, um ihm zu helfen. Direktor Davis sagt, die ganze Schulkommission war sehr gerührt.« Jetzt sah sie Mom an. »Das wollte ich dir schon gestern sagen. Es sollte eine Überraschung werden, aber dann … kam leider was dazwischen. Die Schule wollte heute bei euch anrufen.«

Mom schlang die Arme um Mrs Drum, und ich musste ihr nicht ins Gesicht sehen, um zu wissen, dass sie weinte. Als sie sich wieder aufrichtete, hielt sie Mrs Drums Arme fest umklammert. »Und du willst es dir nicht noch mal anders überlegen?«

»Nein.« Mrs Drums Lächeln verflüchtigte sich erneut, und sie sah wieder aus wie die besorgte, erschöpfte Frau, als die ich sie inzwischen kannte. »Wir hätten gar nicht erst herziehen dürfen. So nah an zu Hause … das war dumm … ich dachte nur –«

»Schh.« Mom zog sie wieder in eine Umarmung und jetzt schnieften sie beide.

Mir ging auf, dass auch Mom hier eine Freundin verlor. Und gleichzeitig fragte ich mich, ob sie wohl Freundinnen geworden wären, wenn Billy und ich nicht so viel Ärger gemacht hätten. Was wäre passiert, wenn wir uns nie auf die Suche nach Billys Dad gemacht hätten? Wahrscheinlich hätten Billy und ich Videospiele gespielt, Witze über Mark gerissen und uns mit Seely getroffen. Aber hätten wir uns wiederum mit Seely angefreundet, wenn wir nicht ihren Computer für die Jagd nach Billys Dad gebraucht hätten? Und wären Billy und ich überhaupt Freunde geworden, wenn er *mich* nicht aus dem gleichen Grund gebraucht hätte? Das konnte niemand wissen, und um mir zu wünschen, wir könnten noch mal von vorne anfangen, war ich schlicht zu egoistisch.

Irgendwie war ich als Gewinner aus der ganzen Sache hervorgegangen. Billy verließ uns mit leeren Händen, während ich hierbleiben durfte, Seely hatte, mir einen Job suchen konnte. Mom würde endlich die Rubbellose einlösen. Billy verlor alles – und alles, was ich verlor, war Billy.

Doch in diesem Moment fühlte es sich an wie *alles*.

»Meinst du, du kannst mich mal anrufen?«, fragte ich.

Billys Miene hellte sich auf. »Ich hab ja deine Nummer«, flüsterte er. Dann griff er in seinen Rucksack, der offen zu seinen Füßen lag, und zog den Atlas heraus. Er stellte sich so, dass meine breiten Schultern ihn vor den Blicken unserer Mütter abschirmten, und schlug das Buch ganz hinten auf. Ich konnte sehen, dass er das abgerissene Vorsatzpapier wieder mit Klebeband befestigt hatte, eine Ecke jedoch war noch lose. Diese Ecke knickte er nun zurück und darunter kamen zwei zusammengefaltete Zettel zum Vorschein.

Zentimeter für Zentimeter zog Billy sie heraus und klappte einen davon auseinander. *Dane Washington* stand dort in seiner Druckschrift und darunter meine Telefonnummer. Ich lächelte.

»Die von Seely hab ich auch«, sagte er.

Vorsichtig steckte er meine Nummer zurück und drückte mir dann den zweiten Zettel in die Hand. Ich wollte ihn gerade auseinanderfalten, aber Billy hielt mich auf.

»Noch nicht gucken!«

»Warum nicht?«

»Weil dir vielleicht nicht gefällt, was da drinsteht, und dann will ich's nicht wissen, weil ich wirklich, wirklich, *wirklich* gern hätte, dass es dir gefällt.«

»Okay, okay«, lachte ich. »Ich guck's mir später an.« Ich steckte den Zettel in meine hintere Hosentasche. »Ich hab auch was für dich.«

Aus meiner anderen Tasche zog ich eine schmale Plastikhülle mit einer DVD darin und reichte sie Billy.

»›Karate Kid‹«, erklärte ich. »Tut mir leid, die Originalverpackung hab ich nicht mehr, nur noch die DVD, aber sie läuft noch und –«

»Das ist super!«

Billy ließ den Atlas wieder in seinen Rucksack plumpsen und grabschte mit beiden Händen nach der DVD. »Danke.«

»Ach, schon gut«, sagte ich. Meine Wangen fühlten sich heiß an. »Denk bloß immer dran: *Du* bist Mr Miyagi«, sagte ich.

Billy riss den Blick von der DVD los und sah mich an. »Nein«, erwiderte er ernst. »Der Miyagi bist du.«

Die Sonne schob sich über das Dach von Billys Haus und signalisierte uns, dass es für die beiden Zeit wurde zu gehen. Ich fing an, vor mich hinzunicken, als hätte ich sie nicht mehr alle, und trat zurück, die Hände in den Taschen.

»Also …« Ich wusste nicht, was ich sagen sollte.

»Ja«, entgegnete Billy.

Wir sahen uns noch einmal in die Augen.

»Na dann«, sagte ich.

Billy grinste. »Na dann.«

Keine fünf Minuten später fuhr der Umzugswagen los, während Mom und ich mitten auf der Straße stehen blieben und ihm nachwinkten wie im Film.

Schließlich kam ich mir so blöd vor, dass ich die Hand sinken ließ und sie in die Tasche steckte.

Allein zur Schule zu gehen war beschissener, als ich erwartet hatte. Ich meine, ich war drei Jahre lang allein zu dieser verdammten Highschool gelaufen, wieso hätte es mir also plötzlich was ausmachen sollen?

Aber offenbar ist es egal, wie lange man allein war; sobald man sich einmal daran gewöhnt hat, dass einen jemand begleitet, verlässt man sich irgendwie darauf. Und wenn sich dann auf einmal etwas ändert, kann man sich noch so sehr abmühen, man weiß einfach nicht mehr, wie es sich angefühlt hat, niemanden dabeizuhaben. Das Problem war nicht so sehr ich, der allein zur Schule ging, sondern der leere Fleck neben mir.

Die Sonne knallte auf mich runter, und zum ersten Mal in diesem stürmischen Frühling wünschte ich mir, es würde regnen. Ich wollte gerade die Abkürzung durch die Gärten nehmen, als mich ein Hupen aus meinen Gedanken riss.

Ich hatte fast erwartet, einen roten Mustang mit irgendeinem Arschloch hinter dem Steuer zu sehen und auf der anderen Straßenseite vielleicht einen etwas gebückt stehenden Jungen, der mit ausdruckslosem Gesicht zusah, wie ich dem Arschloch zeigte, was Sache war. Stattdessen bot sich mir ein so überraschender Anblick, dass ich die Vergangenheit für einen Moment vergaß.

»Steig ein!«, rief Seely über den Beifahrersitz gelehnt durchs Fenster.

»Was ist das denn?« Trotz meiner miesen Laune musste ich grinsen.

Das war definitiv kein Mustang und hinter dem Steuer saß auch kein Arschloch – es war ein abgerockter, alter Cadillac, und das Mädchen darin rief mir in Erinnerung, dass ich längst nicht alles verloren hatte.

»*Das*«, antwortete Seely, während sie von innen die Tür aufstieß und mich heranwinkte, »ist *meiner*.«

Ich ließ mich auf den Beifahrersitz fallen. »Du hast dir also endlich ein Auto ausgesucht?«

»Tja, Dad hat gesagt, wenn ich noch mehr Geld verdiene, kann er es sich bald nicht mehr leisten, für jeden Dollar einen zuzuschießen, also wurde es langsam Zeit. Hab ihn heute Morgen abgeholt.« Seely strich liebevoll über das Armaturenbrett. »Gefällt er dir?«

»Und wie«, sagte ich.

Es folgte ein etwas angespannter Moment des Schweigens, den ich mit einem Räuspern zu füllen versuchte, bevor ich stammelte: »Und, äh … woher … na ja, wie kommt's, dass du mich abholst –«

»Billy meinte, du könntest heute vielleicht eine Mitfahrgelegenheit gebrauchen«, antwortete sie sanft.

»Oh.«

Seely fuhr los, und ich starrte aus dem Fenster auf den Bürgersteig, der gemächlich an uns vorbeizog. Ich dachte daran, wie oft Billy und ich diesen Weg in den letzten paar Monaten gemeinsam gegangen waren. Ich hoffte, er würde nicht einsam sein, egal, wo er landete. Ich hoffte, er würde einen Arzt finden, der dieselbe Sprache sprach wie er und ihm half, sowohl die Antworten als auch die Fragen zu erkennen. Ich hoffte, er würde jemanden mit einem Skateboard kennenlernen und noch jemanden, der mit ihm zur Schule lief. Ich musste schmunzeln, als ich mir diesen Jemand vorstellte – der arme Kerl hatte ja keine Ahnung, was ihm blühte. Fast bemitleidete ich ihn, aber mein Neid war größer.

Ich rutschte auf meinem Sitz hin und her und spürte etwas in meiner Tasche. Als ich hineingriff, fand ich den kleinen, zusammengefalteten Zettel von Billy.

»Was ist das denn?«, wollte Seely wissen.

Ohne zu antwortеten, faltete ich das Papier auseinander und las die zwei kurzen Zeilen, gefolgt von einem Namen und einer Adresse.

Dane,
das hier ist dein Dad.

KAPITEL 40

Ich war auf der Zielgeraden.

Nur noch eine Woche, in der ich meine Fäuste bei mir behalten und es pünktlich in den Unterricht schaffen musste. Bei der Sache mit den Fäusten half mir der Arzt, den Mom mir gesucht hatte, und Seely sorgte dafür, dass ich rechtzeitig zur Schule kam, indem sie mich jeden Morgen mit dem Auto abholte.

Heute – am letzten Montag vor den Sommerferien – hielten wir länger als nötig an einem Stoppschild. Seely wartete darauf, dass ich eine Entscheidung traf. Sie warf einen Blick in den Rückspiegel, um sich zu vergewissern, dass wir keinen Stau verursachten, dann sah sie wieder auf den Zettel in meiner Hand.

Billy hatte sich Mühe gegeben, so deutlich wie möglich zu schreiben. Ich hatte keine Ahnung, woher er es wusste – was für Recherchen er angestellt, mit wem er geredet und wie er ihn gefunden hatte –, aber mir war klar, dass Billy mir dieses Abschiedsgeschenk nicht gemacht hätte, wenn er sich nicht absolut sicher gewesen wäre.

Ich hatte diesen Zettel nun zwei Wochen mit mir herumgeschleppt, aber ihn bis heute nicht noch mal geöffnet. Er steckte in meiner Gesäßtasche, und sein Gewicht schien mich so herunterzuziehen, dass ich es vor dem Sommer loswerden wollte. Außerdem rechnete ich jeden Tag damit, dass Billy sich meldete, und er würde wissen wollen, was aus der Sache geworden war.

»Bereit?«, fragte Seely leise.

Ich sah aus dem Fenster, die Straße hinunter bis zu dem Punkt, wo Billy und ich immer den Bürgersteig verlassen hatten, um die Abkürzung übers Baseballfeld zu nehmen – wahrscheinlich würde ich nie wieder dort langgehen, jetzt, wo ich eine Freundin mit Auto und vielleicht sogar bald meinen eigenen fahrbaren Untersatz hatte. Um die Ecke befand sich ein Parkplatz und dahinter, nur ein paar Blocks von zu Hause entfernt, die Adresse, die Billy so sorgfältig aufgeschrieben hatte.

Seely tippte mit dem Zeigefinger auf die Uhr im Armaturenbrett des Caddys. »Ein bisschen Zeit haben wir noch bis zur ersten Stunde«, sagte sie. »Aber wir müssten jetzt los.«

Ich nickte und dachte daran, wie gern Billy bei dieser Observierung dabeigewesen wäre. »Bin bereit.«

Seely fuhr an der Schule vorbei und beschleunigte.

Kurz darauf hatten wir das Haus ausfindig gemacht und geparkt.

»Nicht direkt davor!«, zischte ich. »Das ist doch viel zu auffällig.«

Völlig ruhig setzte Seely ein Stück zurück und stellte den Motor ab. Gerade noch rechtzeitig, denn in diesem Moment ging die Haustür auf und heraus stolperte ein Mann im Anzug, der es ziemlich eilig zu haben schien. Eine Frau lehnte sich aus der Tür und rief irgendwas und ein kleines Mädchen tappte hinter seinem Dad her die Stufen hinunter, aber ich schenkte den beiden keine allzu große Beachtung. Dafür war ich viel zu konzentriert auf den Mann im Anzug – seinen ausgeprägten Unterkiefer, die dunkle Haut und die braunen Haare, das Lächeln, mit dem er seine Tochter ansah.

Seine Hand, die mehrmals zu der widerspenstigen Haarsträhne an seinem Hinterkopf hochfuhr, um sie zu glätten.

Irgendetwas verstopfte mir die Kehle.

»Der sieht echt aus wie du«, sagte Seely. Aber das war überflüssig. Jeder, der Augen im Kopf hatte, konnte sehen, dass dieser Mann wie ein Hologramm aus meiner Zukunft war – genau das würde ich in sechzehn Jahren oder so sehen, wenn ich in den Spiegel guckte.

Der Mann scheuchte das kleine Mädchen zurück zu seiner Mutter, der er noch einen flüchtigen Kuss gab, bevor er zu seinem Auto hastete.

»Soll ich die Einfahrt blockieren?«, fragte Seely, die Hand auf dem Schaltknüppel und einen entschlossenen Unterton in der Stimme.

Er war die ganze Zeit hier vor meiner Nase, dachte ich. *In derselben Stadt, direkt neben meiner Schule. Mit seiner Frau und seiner Tochter und seinem hübschen Haus und seinem eigenen Leben.*

»Dane?« Seely nahm die Hand vom Schaltknüppel und legte sie auf meinen Arm.

Ich las den Namen auf dem Zettel und versuchte mich zu erinnern, ob es einer von denen war, die wir in dem Jahrbuch gefunden hatten. Ich wusste es nicht.

Dann sah ich wieder hoch auf die Szene vor mir, sah den Mann, der in letzter Minute noch einmal durch eine Frage oder was auch immer von seiner Frau in der offenen Tür aufgehalten wurde. Ich beobachtete ihn und wartete auf irgendeine Empfindung – Wut, Aufregung oder …

Nichts.

Na gut, vielleicht nicht *nichts* – nur nichts, was diesen Typen betraf. Ich empfand ein kleines bisschen Mitleid für Mom, weil sie dieses Haus in so einer schönen Gegend hätte haben können, und gleichzeitig einen Hauch von Empörung, weil sie hübscher war als die Frau in der Tür. Ich empfand Dankbarkeit für Seelys Hand auf meinem Arm und immer noch Traurigkeit, weil Billy in dem Umzugswagen verschwunden war – aber diesem Typen gegenüber?

Null. Nada.

Endlich stieg der Mann ins Auto, und ich sah, wie er die Hand aus dem Fenster streckte und seiner Familie zuwinkte – *seiner* Familie, nicht meiner.

»Gleich ist er weg«, sprach Seely das Offensichtliche aus.

»Ist okay.«

Seely musterte mein Gesicht. »Sicher? Sollen wir später noch mal wiederkommen, oder –«

»Nein.«

Na gut, vielleicht nicht *Nein*, aber auf jeden Fall nicht später am selben Tag – möglicherweise *viel* später mal, in ein paar Jahren. Vielleicht aber auch nie.

Der Typ sah ja wirklich ganz nett aus, mit seiner kleinen Familie. Er wirkte definitiv nicht wie jemand, der seine Kinder schlug, aber wer konnte so was schon sagen?

Trotzdem war ich irgendwie erleichtert. Er sah einfach aus wie ein Typ, der in der Highschool vielleicht einen Fehler gemacht hatte und damals nicht damit klargekommen war, vielleicht weil er zu schwach war. In dem Moment wurde mir klar, von wem ich meine Stärke hatte – von wem ich *alles* hatte –, und das war nicht er.

»Ich kenne den Kerl ja gar nicht«, erklärte ich Seely, während wir zusahen, wie das Auto aus der Einfahrt setzte und davonfuhr.

»Na ja, aber er ist dein Dad.«

»Nein«, sagte ich. »Er ist der Dad von jemand anderem.«

»Dane –«

»Wer immer er sein mag«, schnitt ich ihr das Wort ab, »er ist es nicht wert, seinetwegen von der Schule zu fliegen.«

Ich zeigte auf die Uhr.

Als Seely sah, wie spät es war, zuckte sie zusammen und legte schnell den Gang ein. So durcheinander ich immer noch wegen Billy und dem Mann im Anzug und überhaupt allem war, was in den letzten Monaten geschehen war, ich musste trotzdem lächeln, als ich das Fenster herunterkurbelte und die Sonne auf dem Gesicht spürte, den rauschenden Wind und das Dröhnen der Reifen unter dem Cadillac.

Ich merkte, dass mein Lächeln Seely nervös machte, als rechnete sie jeden Moment mit dem großen Zusammenbruch, und als wir an der Schule ankamen, wollte sie mir gar nicht von der Seite weichen.

Ich versprach ihr, dass wir uns später am Caddy treffen und zusammen nach Hause fahren würden, und schickte sie in ihre Klasse.

Dann rannte ich selbst den Flur hinunter, um noch pünktlich vor dem Klingeln auf meinem Platz zu sitzen, als ich plötzlich aus dem Augenwinkel etwas sah.

Ich blieb stehen und drehte mich um. Während die anderen Schüler in ihren Klassen verschwanden, blieben zwei vertraute Gesichter übrig: Einer der Kiffer, die Billy terrorisiert hatten, hielt Jimmy Miller am Kragen fest und drängte ihn unangenehm fest, wie es schien, an einen Spind. Jimmy stand auf den Zehenspitzen, das Gesicht krebsrot vor Luftmangel. Ich erkannte die Panik in seinem Blick. Denn ich war selbst schon mal der Grund dafür gewesen.

»Hey!«, rief ich.

Beide Jungen blickten aufgeschreckt in meine Richtung.

»Gibt's hier ein Problem?«

Ich schlenderte lässig auf sie zu, als bestünde überhaupt keine Gefahr, dass ich zu spät zum Unterricht kam und mir das eine Mal Nachsitzen einhandelte, das den letzten Nagel zum Sarg meiner Bildung darstellen würde.

»Nee, kein Problem«, feixte der Kiffertyp. »Wir klären nur gerade was.«

Er sah mich an, und in seinen Augen lag ein Glitzern, als wären wir Brüder im Geiste oder so was in der Art. Am liebsten hätte ich hineingespuckt und den Funken gelöscht.

Ich wartete auf das Jucken, aber es kam nicht. Meine Hände hingen ruhig an meinen Seiten, anstatt sich kribbelnd zu Fäusten zu ballen.

»Ich würde sagen, die Sache ist jetzt geklärt«, erwiderte ich.

Der Kiffertyp zog eine Grimasse. »Das glaub ich weniger.« Sein Griff um Jimmys Kragen wurde noch fester, sodass dieser ernsthaft nach Luft ringen musste.

Ich richtete mich zu voller Größe auf und schob den Unterkiefer auf eine, wie ich wusste, einschüchternde Art vor. Dann ging ich mit dem Gesicht ganz nah an das des Kiffertypen und knurrte ihm ins Ohr: »Aber *ich*. Also entweder lässt du jetzt los oder wir zwei haben später auch was zu klären.«

Der Kiffertyp schrumpfte förmlich in sich zusammen, ließ Jimmy los und wich vor mir zurück. »Hey, ich will keinen Stress mit dir, Mann.«

»Kriegst du auch nicht, wenn du jetzt sofort abhaust«, entgegnete ich.

»Alles klar.« Er hob die Hände und ging, immer noch rückwärts. »Kein Stress.«

Ein paar Schritte weiter wirbelte er auf dem Absatz herum und verschwand den Flur hinunter.

Jimmy sank an der Spindtür zu Boden und rieb sich den schmerzenden Hals. »Was sollte das denn?«, wollte er wissen.

»Hatte was gutzumachen«, antwortete ich.

Ich wandte mich zum Gehen, aber Jimmy hielt mich zurück.

»Tja, ähm, danke. Schätze … schätze, ich bin dir einen Gefallen schuldig.«

Im Weiterlaufen blickte ich über die Schulter. »Nein, ich war *dir* was schuldig. Aber jetzt sind wir quitt.«

Die Schulglocke läutete – in dreißig Sekunden musste jeder an seinem Platz sitzen.

»Glaub mir«, rief ich Jimmy zu. »Gefallen sind nicht mein Ding.«

Danksagung

Für ein Buch über zwei Jungs, die ganz allein durch die Welt wandern, bis sie einander finden, war eine ganz schöne Menge von Leuten nötig, die den beiden ans Ziel geholfen haben.

Als Allererstes möchte ich meinen allerersten Lesern danken – Michael Lange, dessen Expertenmeinung unfassbar wertvoll für diesen Roman war, und Holly Lange, der die Figuren darin sogar noch mehr bedeuten als mir selbst. Ihr seid die einzigen Menschen, die sich tatsächlich durch JEDEN EINZELNEN ENTWURF gequält haben. Und ganz nebenbei seid ihr auch noch die besten Eltern, die man sich nur wünschen kann.

Ich habe einen Monat gebraucht, um dieses Buch zu schreiben. Und anschließend ein Jahr, um es *umzuschreiben*, unterstützt von Gemma Cooper und Kelly Thompson. Tausend Dank an euch beide, ich weiß euer Können und eure Freundschaft wirklich zu schätzen. Ein ganz besonderes Dankeschön geht außerdem an Marie Saavedra, die mir die Art von Einblicken geliefert hat, wie sie nur aus persönlicher Erfahrung entstehen können.

Danke an meine Lektorin sondergleichen, Caroline Abbey, die immer genau wusste, was noch fehlte. Die besten Szenen in diesem Buch gehen auf dein Konto.

Wie immer vielen Dank an meine Agentin Jennifer Laughran, dafür, dass sie diese Geschichte so geliebt und mich schreiben lassen hat, was ich wollte, und dafür, dass sie auf dieser wilden Reise auf mich aufgepasst hat.

Danke an Tony Sahara, Michelle Nagler, Alexa Pastor, Christine Ma, Patricia McHugh, Alexei Esikoff, Katy Hershberger und alle bei Bloomsbury.

Zu guter Letzt und mehr als allen anderen danke ich meiner Familie und meinen Freunden. Ihr haut mich um mit eurer Unterstützung und Ermutigung – ganz besonders Matt Helm, dem jeder Ruhm gebührt, auch wenn er sich nie rühmen lassen will. Ich liebe euch alle sehr.

Tagsüber berichtet Erin Jade Lange über Fakten, nachts schreibt sie Romane: Die Autorin nutzt ihre journalistische Erfahrung, um aktuelle Themen erzählerisch aufzuarbeiten und dabei zu untersuchen, wie sie Jugendliche beeinflussen. Sie lebt mit ihrem Mann in Arizona. Ihr Roman *Halbe Helden* wurde für den Deutschen Jugendliteraturpreis nominiert. Ihr Jugendbuchthriller *Firewall* ist ebenfalls bei Magellan erschienen.

Sandra Knuffinke (links) und Jessika Komina (rechts) arbeiten gemeinsam als Übersetzerinnen. Sie träumen seit ihrem Studium in Düsseldorf von einem gemeinsamen Büro, bislang sitzt allerdings noch jede an ihrem eigenen Schreibtisch. Dafür verabredet sich das Übersetzerinnenteam regelmäßig zum Skype-Frühstück, um gemeinsam mit vollem Mund Metaphern zu zerpflücken und Synonyme zu jagen.

Natürlich magellan®

FSC
www.fsc.org
MIX
Papier aus verantwortungsvollen Quellen
FSC® C110508

Wir pflanzen Bäume
Für unsere Umwelt
www.magellanverlag.de

Hergestellt in Deutschland
CO_2-Ersparnis durch kurze Lieferwege
Gedruckt auf FSC®-zertifiziertem Papier
Lösungsmittelfreier Klebstoff
Drucklack auf Wasserbasis
Farben auf Pflanzenölbasis

Weitere Infos gibt es hier:

www.magellanverlag.de/natürlich

1. Auflage 2024

Die amerikanische Originalausgabe erschien 2013 unter dem Titel
»Dead Ends« bei Bloomsbury Children's Books, New York
Text: Erin Jade Lange
Übersetzung: Jessika Komina und Sandra Knuffinke
Umschlaggestaltung: Christian Keller
unter der Verwendung einer Illustration von istock/kchungtw
Druck: Westermann Druck Zwickau GmbH
ISBN 978-3-7348-8228-9

www.magellanverlag.de